Eulenblues

Thomas Hesse, Jahrgang 1953, Germanist und Kommunikationswissenschaftler, ist Redakteur bei der Rheinischen Post in Wesel.

Renate Wirth, Jahrgang 1957, lebt in Xanten und arbeitet im therapeutischen Bereich als Heilpädagogin und Gestalttherapeutin.

THOMAS HESSE UND RENATE WIRTH

Eulenblues

NIEDERRHEIN KRIMI

emons:

Bibliografische Information der Deutschen Nationalbibliothek
Die Deutsche Nationalbibliothek verzeichnet diese Publikation
in der Deutschen Nationalbibliografie; detaillierte bibliografische
Daten sind im Internet über http://dnb.d-nb.de abrufbar.

© Emons Verlag GmbH
Alle Rechte vorbehalten
Umschlagmotiv: photocase.de/Mella
Umschlaggestaltung: Tobias Doetsch, Berlin
Druck und Bindung: Prime Rate Kft., Budapest
Printed in Hungary 2022
Erstausgabe 2012
ISBN 978-3-89705-930-6
Niederrhein Krimi
Originalausgabe

Unser Newsletter informiert Sie
regelmäßig über Neues von emons:
Kostenlos bestellen unter
www.emons-verlag.de

Man muss oft die Hände küssen, die man lieber brechen wollte.

Sprichwort

Prolog

Er schaute nicht hin, er wusste intuitiv, dass die Taxifahrerin ihn mit wachsamen Augen im Rückspiegel beobachtete. Seit er sich vor dem Ankunftsbereich des Flughafens in den ersten Wagen in der Reihe gesetzt hatte, prallten ihre Versuche der höflichen, oberflächlichen Kommunikation erbarmungslos an ihm ab. Sie blieb hartnäckig, er hingegen sprach nicht viel, erst recht nicht mit einer wildfremden, dahergelaufenen Angestellten einer Berufssparte, die seiner Ansicht nach nur darauf aus war, jeden Kunden zu bescheißen. Trau, schau, wem, hatte sein Vater immer gesagt und dabei breitflächig und auf lange Sicht Misstrauen gesät. Söhne lernen von ihren Vätern. Fahren soll sie, dachte der Mann, fair abrechnen und ihn ohne Umwege vom Airport Niederrhein in Weeze aus nach Wesel bringen.

Seine Maschine aus Innsbruck war pünktlich gelandet, er hatte erleichtert aufgeatmet, als sein Koffer unter den ersten Gepäckstücken auf dem Laufband in Sicht kam, und wollte nur noch weg. Er hasste die kleinen regionalen Flughäfen, die Mischung aus Asphalt, Gummiabrieb und Kerosin, die auf den Rollfeldern in der Luft lag, die man stets zu Fuß überqueren musste. Es gab aber keine schnellere Verbindung in die Berge. Mehrmals im Jahr zog es ihn dorthin, um die Gipfel zu begehen, reines Quellwasser durch die Finger rinnen zu lassen, um zur Ruhe zu kommen. Niemand quatschte ihn dort an, manchmal begegnete ihm stundenlang keine einzige Menschenseele. Stille, Abstand, stets weiteten sich seine Sinne angesichts eines Bergpanoramas. Dort oben war er Gott.

Ob er geschäftlich dort gewesen sei oder zur Erholung, wollte die Fahrerin bereits wissen, bevor sie das weitläufige Flughafengelände verlassen hatten. Sie liebe die Berge ja auch, brauche keine exotischen Reiseziele, ihr reiche der Schwarzwald oder das Allgäu. Er schwieg.

Knapp vor der Auffahrt zur A 57 bei Sonsbeck schien sie verstanden zu haben, dass dieser wortkarge Fahrgast offenbar nicht zu knacken war, und seitdem musterte sie ihn in regelmäßigen Abständen im Rückspiegel, während die niederrheinische Tiefebene an ihnen vorbeizufliegen schien.

Stocksteif saß er da, umklammerte seine abgegriffene Aktentasche. Eine unauffällige Erscheinung, stellte die Taxifahrerin fest, ein grauer Haarkranz umgab eine gebräunte Glatze, seine Augen blieben hinter einer verspiegelten Sonnenbrille verborgen. Einzig die naturfarbenen Baumwollhandschuhe, die seine Hände bedeckten, wirkten befremdlich. Ihr blieb nicht verborgen, dass er mit leicht gerümpfter Nase ständig seine direkte Umgebung taxierte. Er schien den Innenraum des in die Jahre gekommenen Benz genau zu betrachten.

Da sei nichts drin, rief die Frau unvermittelt von der Fahrerseite aus nach hinten, wenn er vorhabe, sich über die Sauberkeit zu beschweren, dann sei er bei ihr an der falschen Adresse. Der Wagen sei in Ordnung, ihre Firma lege größten Wert darauf, es gebe hier nichts zu bemängeln. Er holte tief Luft, neigte den Kopf zum Fenster und ließ sich dazu herab, direkt zu antworten.

»Wenn Sie auch nur die geringste Ahnung davon hätten, wie viele Erregerkeime und Bakterien sich auf Griffen, Geldmünzen und unverpackten Lebensmitteln befinden, wären Sie nicht so leichtfertig mit Ihren Bemerkungen. Um diesen Innenraum für drei Minuten steril zu bekommen, müssten Sie ihn komplett mit Wasser auffüllen und zehn Minuten abkochen. Hier wird doch immer nur oberflächlich durchgewienert, und die Gerüche von Putzmitteln und der dämlichen Tanne an Ihrem Rückspiegel sollen dem Fahrgast Sauberkeit und Frische suggerieren. Sparen Sie sich für den Rest der Strecke Ihre Weisheiten, machen Sie einfach nur Ihren Job und fahren Sie mich ohne Umwege nach Wesel.«

Die strenge Kälte in seiner Stimme ließ die Frau am Steuer frösteln, während sie beobachtete, wie er an seinen Handschuhen nestelte.

In den Bergen ging es seinen Händen prima; sobald er die flache Rheinebene erreicht hatte, begann sein altes Problem, ihn zu malträtieren. Seine Handflächen reagierten extrem empfindlich auf den Dreck der Welt, den sichtbaren, spürbaren und den, der nur zu erahnen war. Seine Verpflichtungen ließen ihn jedoch nicht von hier fort. Das fast verwaiste Elternhaus stand hier, und in Wesel wartete eine neue Arbeitsstelle auf ihn.

Dies sei nur eine Mitteilung, sagte die Fahrerin, als sie an der Abfahrt Alpen/Wesel die Autobahn verließen, eine Umleitung, die durch Büderich geführt werde, könne zu einer zeitlichen Verzögerung von bis zu dreißig Minuten führen. *Over and out.*

Der Mann auf dem Rücksitz nahm seine Sonnenbrille ab, die Härte seines Blickes, der ihre Augen für einen Moment im Rückspiegel traf, ließ sie unwillkürlich wieder nach vorn schauen. Der Rückstau des umgeleiteten Verkehrs reichte bis zum ehemaligen Hotel Bürick an der B 58. Kommentarlos bog die Fahrerin links ab und nutzte einen parallel laufenden Wirtschaftsweg, um an der Schlange vorbei bis zur innerdörflichen Ampel zu gelangen, reihte sich dort wieder in Fahrtrichtung Wesel ein. Mit diesem Fahrgast schien nicht gut Kirschen essen zu sein, schätzte sie, Trinkgeld würde er auch nicht geben, höchstens eine doppelte Quittung verlangen, eine für das Finanzamt und die zweite für sein Ego.

Er betrachtete von Weitem die roten Litzenbündel und den Pylon der neuen Rheinbrücke, richtete sich auf. Gestärkt und erholt wollte er sich seiner neuen Aufgabe stellen. Es musste einfach klappen in der Klinik in der Aue. Die Mitte der Fünfziger hatte er überschritten, und einzig und allein sein neuer, zweiter Doktortitel hatte in der Bewerbung überzeugt. Jemand, der sich in dem Alter noch spezialisiert, der musste geistig sehr rege und belastbar sein, man hatte ihm Hochachtung entgegengebracht. Es war an der Zeit, hier endlich Fuß zu fassen. Hier lagen seine Wurzeln. Zwei Doktortitel würden ihm auf Anhieb die Mitgliedschaft in diversen Golfclubs ermöglichen und die Türen zu anderen angesehenen Kreisen öffnen. Er hatte alles recherchiert, überließ nichts dem Zufall.

Nur der Weg nach Wesel schien dieses Mal mit Hindernissen bespickt zu sein. Ein Lkw hatte auf dem einzigen Zubringer zur Brücke einen Pkw gerammt, es gab kein Fortkommen und keinen Ausweg. Er saß in diesem Bazillenbomber fest, die Innentemperatur stieg, Schweißperlen bildeten sich auf seinem kahlen Schädel.

Die Fahrerin streifte ihn mit einem Blick in den Rückspiegel und bemerkte die Nässe auf der Glatze. Sie ließ die Hände am Lenker. Sie würde die Klimaanlage nicht einschalten, nicht für dieses Ekelpaket.

Der Mann schien sich zu verkrampfen, streckte die Finger in den dünnen Stoffhandschuhen, die Hitze schien den Händen nicht zu bekommen. Er lupfte die Ränder an den Innenseiten der Handgelenke und blies abwechselnd in den linken und rechten Handschuh. Anscheinend brachte ihm das Erleichterung. Dennoch wurde ihr Fahrgast zusehends unruhiger, öffnete das Fenster, setzte die Sonnenbrille wieder auf und blickte auf die Platanenallee entlang der B 58 mitten in Büderich.

»Wenn et juckt, gibbet Ärger«, hatte sein Vater immer gesagt. Als aufrechter Mann hatte er stets gemeint, was er sagte, das konnte der Sohn heute noch spüren.

Es würde wieder passieren. Es gab immer jemanden, der für den ganzen Dreck bezahlen würde, einen, der verantwortlich war, der dafür büßen müsste, dass es so war, wie es war.

EINS

Es war Nachmittag, und der Wald, der diesen idyllischen Ort umgab, schien ebenso eine Pause eingelegt zu haben wie die niederrheinische Welt um ihn herum. Über den vollen Kronen prahlte die Sonne eines lauen Junitages, zum Malen schön. »Mach doch eine Fahrt durch den Wald, wenn du dich unbedingt noch bewegen willst. Frisches Grün und ein dichtes Laubdach, das die Feuchtigkeit am Boden hält, was willst du mehr?«

Der Chef vom Landhotel Voshövel hatte es gut mit ihm gemeint und ein mit einem Schuss Zitronensaft veredeltes Mineralwasser spendiert, konnte wohl den Anblick seines grübelnden Bekannten mit dem eulenartigen Aussehen nicht länger untätig ertragen. Mit mitleidvollem Blick hatte er den Wunsch seines Gastes quittiert, sich ein apfelgrünes Niederrheinfahrrad ausleihen zu wollen, wie sie neuerdings für die Touristen in Hotels, Museen oder Ausflugsorten parat standen.

Weg wollte er von dem Ort, an dem er sich eine Pause gegönnt hatte, weg mit eigener Kraft, auspowern, die Muskeln bewegen. Das gastliche Ambiente auf dem platten Land tat gut, aber er brauchte Stille, nicht Ruhe. Ganz für sich sein und sich darüber klar werden, ob er wirklich dort bleiben wollte, wo er seinen wichtigsten Sieg, der gleichzeitig seine größte Niederlage war, erlebt hatte.

Der Mann in Outdoorkleidung mit seinen kurzen, im Wetlook wild geformten Haaren und den bernsteinfarbenen Augen hinter einer strengen, rechteckigen Hornbrille, die seine Augenpartie breiträumig einrahmte und die dichten, an ihren Enden leicht nach oben geknickten Augenbrauen noch betonte, sinnierte einen Moment. Es war nicht alles geradegelaufen für Gero von Aha in seiner neuen Dienststelle. Gleich der erste Fall hatte ihm nicht den angedachten Jubel, die hoch dotierte Anerkennung eingebracht, nein, seine Eigenmächtigkeiten hatten ein Disziplinarverfahren zur Folge gehabt. Sein Ruf als unberechenbarer Eigenbrötler kursierte im Kommissariat, man ließ ihn wissen, was man in der Provinz von eigensinnigen Freibeutern hielt. Niemand sprach mehr davon, dass der Fall ohne ihn nie zum Abschluss gelangt wäre.

Gero von Aha fühlte sich ungeliebt in Wesel, ausgegrenzt im Kommissariat, skeptisch beäugt von seinen angestammten Kollegen. Er, der aussah wie eine Eule und im Kommissariat auch heimlich so genannt wurde, schob den Blues. Selbst Staatsanwalt Dr. Haase und die Behördenchefin van den Berg machten einen despektierlichen Bogen um ihn. Er durfte Hilfsarbeiten bei kleineren Fällen übernehmen. Kein Wort mehr über seine auf internationaler Ebene erworbenen Fähigkeiten, stattdessen durfte er Zuarbeiten erledigen, und wenn das Kommissariat für Hühnerdiebe zuständig wäre, er dürfte den Fuchs jagen.

Dabei waren die Kollegen im Grunde recht nett, und in Wesel ließ es sich gut leben. Gero von Aha befand sich an einem Scheideweg. Er brauchte Muße, um sich über seine Zukunft klar zu werden. Sollte er am Niederrhein bleiben, wenn ihm Anerkennung fehlte, trotz der grandiosen Aufklärung im aufsehenerregenden letzten Fall um eine Sekte am Niederrhein? Sollte er ein weiteres Mal fliehen? Das Landhotel schien ein guter Ort für innere Einkehr zu sein, allein eine Entscheidung hatte er noch nicht treffen können.

Er brauchte ein Zeichen, einen Wink des Himmels. Er blickte durch die verspiegelte Sonnenbrille in das wolkenlose Blau, spürte, wie der fortschreitende Nachmittag ganz langsam längere Schatten zog. Er wusste, er musste eine Lösung suchen. Heute. Jetzt schnell noch ein paar extra feine Pistazien geknackt – seine Leibspeise to go half beim Denken, in jeder Lage und überall. Er schnippte die Schalen in den liebevoll angelegten Garten und verließ die geschmackvoll bestuhlte Terrasse in Richtung Parkplatz. Von Weitem leuchtete die auffällige Farbe seines Leihvehikels im Sonnenlicht.

Nun schwang er sich auf das verdammt grüne Niederrheinfahrrad, um durch das Forstgebiet von Weselerwald jenseits der Stadt zu radeln. Solange in diesem von der Natur verwöhnten Stückchen Niemandsland noch Beschilderungen zu entdecken waren, musste er wählen, ob er zum Gut Haus Esselt, dem Otto-Pankok-Museum, nach Marienthal, in den Dämmerwald oder nach Drevenack wollte. Richtung Wesel, das war ihm klar, fiel aus.

So ließ er sich treiben und würde später von reinem Schicksal sprechen.

★★★

»Nacktheit des Ursprungs«, stand auf dem Plakat vor dem Haus und wies zur Vernissage in den Garten, während der Eyländer Weg unter der Vielzahl von parkenden Fahrzeugen qualvoll überfüllt in der abendlichen Mittsommersonne lag.

»Du meinst, wir sind hier richtig?« Karin Krafft schaute ihren Lebensgefährten skeptisch von der Seite an, während sie ihre Räder an die Buchenhecke lehnten.

Maarten de Kleutje nahm die Sonnenbrille ab, zog seinen Zopf zurecht und legte einen Arm um Karins Schultern.

»Komm schon, nur Mut. Bevor Phillip nach New York übersiedelt und seine Werke unerschwinglich werden, sollten wir uns anschauen, was dieser überbordende Geist produziert. Es sind bestimmt viele lustige Leute da, und ich habe ihm doch versprochen, dass wir kommen würden.«

Selbst die Tageszeitung versprach ein herausragendes kulturelles Erlebnis, am Vortag war den Zuschauern der »Aktuellen Stunde« eine vollmundig präsentierte Ankündigung in die Wohnzimmer geflimmert. Phillip Rossmüller sei ein begnadeter Aktionist, moderne Düsseldorfer Schule, mit einem Fuß bereits in namhaften Galerien der angesagten Großstädte. Der Künstler, einer der ältesten Freunde Maartens, lud ein, und alle kamen.

»Einen kinderfreien Abend mit dir habe ich mir anders vorgestellt. Irgendwie intimer, Dinner für zwei und so.«

Maarten lachte laut auf. »Wer weiß, was sich hier bietet, lass dich überraschen. Und nachher kannst du mir deine Vorstellung von ›und so‹ gerne näher erläutern.«

In der Garage, durch die der Besucherstrom gelenkt wurde, drückte ihnen eine schüchterne Serviererin Sektgläser in die Hände, eine Frau in wallendem Seidenkleid begrüßte Neuankömmlinge überschwänglich. Man kannte sich in diesem erlauchten Kreis. Flüchtig-herzliche Begrüßungen mit angedeuteten Küsschen auf die Wange und Small- Talk-Fetzen drangen zu Maarten und Karin herüber.

»Du auch hier? Haben wir uns nicht zuletzt bei der Finissage von Lutz gesehen?«

»Phillip hat Kaiserwetter bestellt.«

»Mittsommer, was für ein Abend für so einen Event. Wann fliegen die Hexen?«

»Nein, nein, die Anja stellt heute in Düsseldorf aus, die hat es geschafft mit ihren eigenwilligen Holzfiguren.«

»Nachher macht er noch Musik.«

Die in erdfarbene Seide gehüllte Frau hielt in der abgewinkelten Hand ein halb gefülltes Sektglas, reckte mit vorgestrecktem, leidlich bedecktem Busen das lächelnde Gesicht zur Abendsonne. Um ihren Hals schlang sich eine schwere Kette aus polierten, keilförmigen Kieselsteinen, überzogen mit Silberfäden. Stonehenge zum Mitnehmen, dachte Karin. Ehrfürchtig leise flanierende Menschen blieben anerkennend nickend vor rätselhaften Objekten stehen, der Künstler *himself*, umringt von einer Fangemeinde, die an seinen Lippen hing, führte durch sein Gartenatelier und pries die Urgewalt, das Archaische, die dämonische Dimension seiner Skulpturen aus Holz, Stein, Metall und Glas.

Man beäugte die Werke, wechselte die Perspektive, behielt eine Spur Kritik im Blick, bitte keine Begeisterung zeigen, nicht loben. Profane Bekundungen des Gefallens blieben dem weltlichen Publikum vorbehalten, den Unwissenden. Nur Eingeweihte erkannten den dahinter verborgenen tieferen Sinn, der sich Außenstehenden nicht auf Anhieb erschloss. Jeder der so wissenden, selbstgewissen Künstler war von seinem Schaffen überzeugt, buhlte selbst auf fremdem Terrain um Aufmerksamkeit und Anerkennung

Karin und Maarten reihten sich in den Tross ein. Über lose angelegte Steinwege zwischen Holundersträuchern und wüsten, wilden Rosenbüschen führten Pechfackeln sie immer tiefer in einen verwunschenen Naturgarten. Die treuen Anhänger folgten des Meisters Stimme, Maarten und Karin folgten einem Nebenweg. Ein Teich lag vor ihnen, im Dickicht quakten Frösche, im letzten Gegenlicht schwirrten Libellen.

***

Er nahm die Landstraße Richtung Lühlerheim, der Arbeiterkolonie mitten im Grünen, und setzte sich der immer noch wärmenden Sonne aus, deren Strahlen den Asphalt aufgeheizt hatten.

»Ein Irrsinn, aber ich muss es tun«, dachte Gero von Aha und lenkte bei nächster Gelegenheit in einen schmalen Waldweg, der ins Schattenreich der hoch aufragenden Buchen und der dichten Tannen führte. Irgendwo dort hinten lagen die Reste eines alten Forsthauses, hatte ihm der Hotelbesitzer erklärt. Ein verwunschener Ort, den der Kommissar nur zu Fuß durchs Dickicht erreichen konnte.

Wenig später warf er das Rad in einen Graben und stapfte durch knisterndes, trockenes Laub, das sich mit feuchten Stellen in Senken des satten Waldbodens abwechselte. Seine suchenden Schritte auf dem Laubboden oder das matschige Geräusch im aufgeweichten Untergrund waren neben dem Keckern von Eichelhähern die einzigen Geräusche. Weiter, immer weiter zog es ihn fernab der Zivilisation, tiefer in die Wildnis ohne Wege und bunte Hinweisschilder. Wenige Insekten umsirrten ihn, hin und wieder schwirrte ein Vogel fast lautlos durch das Geäst. Fast unmerklich begann die Sonne zwischen den Stämmen zu sinken.

Gero von Aha hielt inne. Er erblickte die Ruinen des Forsthauses, die gespenstisch im Schattenspiel der tiefen Sonne zwischen hohen Stämmen aufragten. Hier ist sie, Stille, mehr als Ruhe, wollte er sich zuflüstern. Wenn da nicht ein knöchernes Klirren seinen selbstverordneten Selbstfindungskurs unterbrochen hätte. Ein feiner, ein wenig hohler und im seichten Wind fast schon melodischer Klang, der irgendwo aus den Baumwipfeln kam und eindeutig nicht hierhergehörte.

***

Ein Klangbild, das aus endlosen hölzernen Tonreihen bestand, drang an Karins Ohr und weckte ihr Interesse. »Er macht auch Musik, hieß es vorhin, der Meister persönlich werde spielen.«

Maarten ließ ab von einem elfenartigen Gebilde mit roter Glaskugel als Kopf. »Phillip und Musik? Glaub ich nicht. Der war immer schon unmusikalisch. Wenn der mit en bisskén Genever im Kopp mitgrölen wollte, hielten wir ihm den Mund zu. Was ist das? Das klingt echt schön.«

Sie wanderten um den Teich. Auf einer Seite der Wasserfläche hingen an zwei starken waagerechten Ästen unterschiedliche Klangkörper so dicht an dicht, dass der kleinste Windhauch sie aneinanderstoßen ließ.

»Eine Art Windorgel, schau, schräg angesägte Bambusstangen hat er auch integriert, das sind diese hellen, klaren Töne.«

Sie umrundeten die eigenwillige Installation und entdeckten die Vielfalt der Klangkörper. Karin ließ ihre Finger daran entlangstreifen, eine reizvoll unmelodische Folge von Naturtönen erschallte. Maarten notierte sich gedanklich eine Materialliste. So etwas würde ihren Garten auch beleben.

»Ausgehöhlte Astschalen, schau, gebogene Bretter und dahinten sogar Knochen.«

»Da vorn auch, die klirrend hellen Töne stammen von Hühnerknochen, ganz dünn und krumm. Unheimlich, wie diese Handknochen sich da einpassen. Erinnerst du dich an die Skelette im Biounterricht? Vielleicht hat dein Freund Biologie gehasst und den knöchernen Hannes seiner Klasse gerupft. Wo der die Bambusstangen hergekriegt hat? Armdick, klasse.«

Karin blieb vor den größeren Knochen stehen. Sie musterte die Aufhängungen aus dicken Sisaltauen unterhalb von markanten Gelenkverdickungen. Das ist makaber, ging es ihr durch den Kopf, die Töne des Todes. Ihre Finger weigerten sich, diese Klangkörper zu berühren, sie ließ einen Knochen an der Sisalkordel baumeln wie den Klöppel einer Glocke. Klock, klock. Maarten tippte ihr auf die Schulter.

»Wie sich die Fackeln im Teich spiegeln! Der hatte schon immer ein Feeling für das perfekte Ambiente. Einmal hat er Metallobjekte in einem Hangar auf einem ehemaligen Militärflugplatz ausgestellt, man hätte fast vor ihnen salutiert. Das hier hat was von Shakespeares ›Sommernachtstraum‹.«

Sie waren allein in diesem abgelegenen Teil des Gartens. Aus der Ferne drang vereinzeltes Kichern und Gemurmel zu ihnen, die Klangorgel untermalte einen einzigartigen Sommerabend. Maarten nahm Karins Gesicht sanft in die Hände, küsste sie leidenschaftlich und schaute ihr tief in die blauen Augen.

»Dies ist die perfekte Stimmung für eine Frage, die ich dir dringend stellen muss. Schau, wir sind schon so lange zusammen, und unsere Kleine geht bald in den Kindergarten. Ich denke, wenn jemand sie nach Mama und Papa fragt, dann soll sie erzählen können, die seien verheiratet.«

Eine leichte Windböe ließ Bambus, Holz und Knochen unregelmäßig aneinanderstoßen, klong, klock, klock, klong.

»Willst du meine Frau werden?«

Klong, klong, klacker, klock, klock.

Karin meinte, mitten in dieser Klangwelt ihr Herz laut schlagen zu hören, es übertönte dieses ungewöhnliche Instrument. Mit leicht angefeuchteten Augen hauchte sie Maarten ihre Antwort zu.

»Ja.«

Klock, klock, klock.

Sie lagen sich in den Armen, Glück ohne Worte. Penetrant und lästig umschwirrten kleine Plagegeister die potenziellen Opfer, und von blutgierigen Mücken umlagert, machte sich das Paar auf den flackernd beleuchteten Rückweg, das Indigo des Abendhimmels im Blick.

Klock, klong.

Da war etwas, eine irritierende Ahnung.

***

Der von Zweifeln geplagte Kommissar blickte sich um, reflexartig waren die Sinne des Polizisten geschärft. Ging er nach links, ebbten die Töne ab. Also bewegte er sich im unwegsamen Gelände nach rechts, versuchte, im wechselnden Untergrund den Halt zu bewahren und gleichzeitig in der hereinbrechenden Dämmerung den Blick nach oben zu richten. Das Geräusch blieb fein, wurde aber mit jedem Schritt klarer.

Er arbeitete sich durch eine Wand von miteinander verwachsenen Tannenzweigen, das Restlicht ließ eine Lichtung erahnen. Er hielt inne. Nichts, und doch klang etwas durch den schläfrig werdenden Wald. Gero von Aha erreichte die Lichtung, ein Vogel schreckte auf. Der Kommissar schaute ihm unwillkürlich nach. Er landete im Wipfel der einzigen, alten, stark verzweigten Buche inmitten eines Gewirrs von Tannengeäst. Über der Lichtung glomm ein dunkelblauer Abendhimmel. Dann erkannte er den Ast, einen schweren, waagerechten Buchenast, der wie ein Galgen über diese kleine Lichtung ragte.

An diesem gerade gewachsenen Holz hing etwas, das von Aha zunächst nicht wahrhaben wollte. Er beäugte seinen Fund aus unterschiedlichen Perspektiven, wiegte den Kopf, versuchte, diese unliebsame Halluzination abzugeben an den dichten Wald um ihn herum, es wollte nicht gelingen. Er musste den Tatsachen ins Auge sehen. Gero von Aha hob die Augen zur Baumkrone.

Ja, da hing tatsächlich eine Leiche. Abgenagte, ausgebleichte Knochen schlugen im leichten Abendwind gegeneinander. Die erzeugten Klänge empfand Gero von Aha nicht als unharmonisch. »Makaber«, wollte er sich diesen Gedanken verbieten. Verstörung machte sich breit in dem top ausgebildeten, toughen Kripobeamten angesichts der in ungefähr zwölf Meter Höhe über ihm baumelnden sterblichen Überreste eines Menschen, die in diesem Wald ein knöchernes Konzert gaben.

Entgeistert starrte Gero von Aha in die Wipfel. Ein Waldkauz rief in den Abend.

Das war ein Zeichen. Sein Zeichen, ganz sicher.

***

Karin umkreiste erneut das Kunstwerk, fühlte über die unterschiedlichen Werkstoffe und verharrte bei der zart wirkenden Hand. Sie ließ ihre Finger über die moosig schmutzigen Knochen und Knöchsken, wie man hier sagte, gleiten, stockte, hielt inne. Ihre Finger hatten etwas ertastet, berührten es immer und immer wieder. Unruhe durchfuhr sie.

Karin nahm eine der Fackeln, Teil der romantischen Gartenbeleuchtung, aus der Verankerung und beleuchtete das Objekt ihres gesteigerten Interesses. Sie drehte sich um und starrte auf die baumelnden Klangkörper. Mit ernster Miene ging sie auf Maarten zu.

»Hast du dein Telefon mit? Ich muss telefonieren!«

Maarten lachte irritiert auf. »Kannst du nicht bis morgen warten, um es deiner Mutter zu erzählen?«

»Was? Ach, nein. Liebster, ich muss leider dienstlich werden und mit Wesel telefonieren. Maarten, weißt du, was da am Ast hängt?«

Maarten schaute sich um. Was hatte seine Hauptkommissarin dank ihrer ewig wachen Aufmerksamkeit inmitten dieser Idylle entdeckt?

Klong. Klicker.

»Ein äußerst vielversprechendes Werk des niederrheinischen Künstlers Phillip Rossmüller, bestehend aus Tierknochen, einer Schulskeletthand und Holz?«

Karin schüttelte heftig den Kopf und rang, mit wilden Gesten auf die Windorgel deutend, nach Worten.

»Erinnere dich mal genau an dieses Knochenwesen aus der Schule. Die einzelnen, besonders die kleinen Knochen hingen mit Drähten aneinander. Diese hier sind nicht künstlich miteinander verbunden. Und es gibt eine Sägespur am verbliebenen Handgelenk. Maarten, das sind echte Menschenknochen, garantiert. Dein Freund hat eine Hand zum Klingen gebracht.«

***

Gero von Aha würde am Niederrhein bleiben und diesen Fall aufklären müssen. Augenblicklich beschloss er, seine meditative Ruhepause abzubrechen. Er griff in die Tasche, holte sein Handy hervor und rief den Bereitschaftsdienst an.

»Von Aha hier, ich befinde mich in Weselerwald und habe gerade ein Skelett in den Baumwipfeln gefunden. Genauere Ortsangaben? Weselerwald in der Nähe des uralten Forsthauses. Eh … hallo, hallo hört ihr mich?«

Kein Empfang, kein Licht auf dem Display, seinem Handy fehlte es an Energie.

Über Gero von Aha brach die Nacht herein.

***

»Krafft hier, am Eyländer Weg auf der Bislicher Insel müssen Knochen gesichert werden, die bei der Vernissage eines Künstlers Teil einer Installation sind. … Genauere Ortsangabe? Die Ausstellung ist beschildert, ihr könnt sie nicht verfehlen. … Was? Wie, der von Aha hat ein Skelett im Wald gefunden, und ihr wisst nicht, wo? Klang er nüchtern? … Dann lasst sein Handy orten. … Nicht im Netz?«

Unglaublich, diese Duplizität der Ereignisse würde einen gesonderten Platz in der regionalen Presse einnehmen. Der private Teil des Abends war gelaufen, und die Hauptkommissarin machte sich Gedanken um den nicht gerade beliebten, im dichten Wald verschollenen Kollegen, der vermutlich eine unbequeme Nacht in der niederrheinischen Wildnis verbringen würde.

ZWEI

Kommissar Gero von Aha ließ sich nicht nach Hause schicken. Was sollte er dort? Die Gedanken an die letzte Nacht würden ihm den Tag versauen, die Kratzer und die Mückenstiche hatte sich der Notdienst angesehen, nichts Aufsehenerregendes, nur ein schreckliches Jucken am ganzen Körper plagte ihn. Er saß am PC und tippte seinen Bericht, wie es sich gehörte in diesem kleinkrämerischen Provinzkommissariat. Abwechselnd erschienen die Kollegen bei ihm, wichen jedoch zurück vor dem pumaartigen Geruch, der von seiner verschwitzten und verdreckten Kleidung ausging. Fragen nach seinem nächtlichen Abenteuer beantwortete er jovial und herunterspielend, eher gleichgültig, nur kein Aufheben um seine Person, er hatte doch alles im Griff gehabt.

»Da hast du keine Chance, da musst du dich auf die Nacht einrichten, aber als alter Pfadfinder war das kein Problem. Lage sondieren, Schutzmöglichkeiten orten, die Himmelsrichtung anhand des Sternbilds bestimmen und den Kopf in die Richtung der Morgensonne lagern, um die ersten Strahlen nicht zu verpassen. Alles unter Kontrolle.«

Sie klopften ihm mitfühlend bis anerkennend auf die Schulter, ließen sich von ihm mit seinen zittrigen Händen einen Kaffee einschenken. Er wirkte wie eine Karikatur seiner selbst, der modebewusste Herr von Aha, dessen Frisur zum ersten Mal derangiert auf dem Kopf lag.

Als Hauptkommissarin Krafft wenig später erste Fotos vom Fundort auf der Bislicher Insel auf ihrem Bildschirm sichtete, setzte sich Kommissar Burmeester zu ihr.

»Na? Mal wieder ein freies Wochenende versaut und die Leiche auch noch selbst entdeckt?«

Das sollte wohl ironisch gemeint sein, aber die Chefin blickte ihn ernst an. »Hör bloß auf. Wenn du wüsstest, was diese verdammten Knöchsken gestern alles versaut haben, würdest du nicht so herumstänkern.«

Burmeester wies zur Zwischentür, hinter der Gero von Aha saß. »Der ist völlig fertig und überspielt es mit Abenteurertum.«

»Verbring du mal die Nacht mit einem klappernden Skelett über dir, dann siehst du auch im Morgengrauen Gespenster auf dich zuschweben. Wir müssen darauf achten, dass er nicht dekompensiert.«

Burmeester sah sie fragend an, und sie erläuterte ihre Sorge.

»Der ist doch traumatisiert, irgendwann kriegt der Herzrasen und Schweißausbrüche, bestreitet jedoch vehement jegliche Auswirkung auf sein Gemüt. Ich habe unsere Psychologin schon informiert, sie wird sich heute noch mit ihm in Verbindung setzen.«

»Der sieht aber auch aus, völlig zerstochen, selbst an den Ohren.«

»Und seine Trekkingsandalen sprechen von Moos und Moder.«

Kommissar Jeremias Patalon, von allen Jerry genannt, gesellte sich zu ihnen. Er hielt einen Ordner mit vorläufigen Informationen der Spurensicherung zu dem Fund auf der Bislicher Insel in Händen.

»Würdet ihr euch bitte für die Zukunft vornehmen, nie wieder parallel an unterschiedlichen Orten über Fälle zu stolpern? Da findet die Kripo in der Freizeit ihre Arbeit schon selbst, ich sehe die Lokalpresse jubeln. Krafft und von Aha werden garantiert zur Schlagzeile des Jahres.«

Karin winkte ungeduldig ab. »Lass sehen, was Heierbeck bislang herausgefunden hat.«

»Die Hand aus der Installation von deinem Bekannten hat er sich schon oberflächlich anschauen können, das Skelett hat er gerade zum Pathologen begleitet, höchstpersönlich. Der ist scheinbar ganz aufgeregt, weil er so etwas noch nicht auf seinem Tisch hatte.« Jerry schlug den Ordner auf.

»Das war eine extrem abgelegene Fundstelle, und irgendjemand hatte doch tatsächlich einen Rettungswagen angefordert. Der Notarzt war ziemlich sauer, als er nach dem unwegsamen Gelände die Knochen in der Baumkrone sah. Ich konnte ihn gerade noch umlenken zu Gero, damit der versorgt wurde. Fakt ist, dass die Knochen schon sehr lange dort hängen müssen, dementsprechend kurz fiel die Fundortsicherung aus.«

»Der von Aha war tatsächlich die ganze Nacht draußen im Wald?«, fragte Burmeester ungläubig.

Karin Krafft nickte und dachte für einem Moment an ihr eigenes Entsetzen, als von Aha käsebleich und abgerissen im Büro aufgetaucht war.

»In der Dämmerung kam er an diesen merkwürdigen Ort, bemerkte die Knochen und wollte die Bereitschaft rufen. Dabei gab sein Handy den Dienst auf. Er wusste nicht, was von seiner Ortsbeschreibung bei Tom angekommen war. Der hatte nur den Namen und irgendwas von ›Skelett im Wald‹ verstanden, bevor der leere Akku den Kollegen von der Außenwelt trennte.«

Jerry schauderte es, und er ergänzte: »Er hat gedacht, seine Information sei komplett angekommen, aber Tom hatte keinen Schimmer, wo Gero sich befand. Sein ausgeschaltetes Handy ließ sich nicht orten, und der Mast, der das letzte Gespräch aussendete, stand am Rand von Weselerwald. Tom hat es nicht in Erwägung gezogen, eine Hundertschaft mit Nachtsichtgeräten zu ordern, weil anscheinend keine Gefahr im Verzug war. Außerdem traute er Gero einen geordneten Rückzug im Dunkeln zu.«

Burmeester resümierte: »Das heißt, er hat die ganze Nacht gewartet.«

Karin blätterte in den Papieren von der Spurensicherung und schaute auf.

»Ja, die Schrammen an seinen Armen stammen von den rauen Tannenzweigen, die kleinen Punkte auf der Haut sind allergische Reaktionen von den Nadeln, alles von dem vergeblichen Versuch, sich in der Dunkelheit einen Weg durch das Nadelholz zu bahnen. Seine Hose ist bei der Flucht vor einer Wildschweinrotte zerrissen, die ihn auf den untersten Ast der alten Buche trieb.«

Die drei starrten gebannt auf Karins Bildschirm, wo sich die ersten Fundortfotos aus dem Wald aufbauten.

Burmeester wies auf den Abstand zwischen dem untersten, sehr starken Ast und den baumelnden Skelettbeinen. »Dann muss er sich dort befunden haben, circa fünf Meter über ihm verwitterte, graue Knochen.«

Karin dachte an die Klangorgel in Künstlers Garten. »Bei jedem Windhauch ein klirrendes, klackerndes Klappern. Ohne das Wissen über den Ursprung des Materials klingt das sehr interessant. Eine ganze Nacht lang Beschallung durch Menschenknochen, igitt.«

Jerry senkte seine Stimme. »Mann, daher seine zerschundenen Hände. Gero hat sich in die Rinde gekrallt, um nicht schlaftrunken vor die Hauer zu fallen.«

Burmeester tippte auf den Bildschirm. »Zeig doch mal die Fotos von der Bislicher Insel.«

Karin klickte sich in die Datei ein.

»Das war ein Klangobjekt. Der Künstler hat glaubwürdig erklärt, die Hand bei Streifzügen durch den Reichswald zwischen Uedem und Marienbaum gefunden zu haben. Er wird uns zur ungefähren Fundstelle führen können. Der glaubte an Überbleibsel aus dem Zweiten Weltkrieg und hat keinerlei Skrupel, auch moralisch verwerfliches Material zu benutzen. Künstlerische Freiheit, denk an die Fett- und Filzorgien von Beuys.«

Burmeester erinnerte sich lebhaft. »In Schloss Moyland gibt es eine umfangreiche Ausstellung von ihm. Der hat auch Hasen und Schokolade verarbeitet. Ja, ja, alles ist Kunst, jeder ein Künstler.«

Jerry wies auf Heierbecks Bericht. »Wieso steht innerhalb kürzester Zeit fest, dass es sich um Handknochen jüngeren Datums handelt?«

Karin wies auf die Fotos. »Nach einem Bruch ist ein Mittelhandknochen fachmännisch wieder zusammengesetzt worden.«

Jerry wirkte wie aufgedreht. »Und die Hand gehört definitiv nicht zu Geros Ganzkörperklangobjekt?«

»Definitiv, denn die Abtrennspuren an den Stümpfen beim Skelett passen nicht zu der Hand.« Karin schwieg nachdenklich. Ihr war klar, dass das K1 mit einem noch nie da gewesenen Fall konfrontiert wurde. »Wir haben es auf einen Schlag mit zwei Opfern zu tun, das kann ja wieder ein Riesending sein. Was ist aus dem friedlichen Niederrhein geworden?«

Burmeester ließ Karin zu den ersten Daten über das Skelett zurückklicken. »Hinter jeder Kopfweide eine Leiche, hast du was anderes erwartet? Guck dir die Statistiken an, insgesamt klären wir mehr Fälle auf, dafür gibt es auch mehr Opfer. Aber warum immer diese krassen Dinger bei uns landen, weiß ich auch nicht. Vielleicht ist das hier ja wenigstens ein Fall für die Archäologen.«

Zu dritt lasen sie Heierbecks erste Beurteilung.

»Nix da«, folgerte Karin, »auch die rechtsrheinischen Knochen sind noch nicht so alt. Da gibt es einen gerichteten Schlüsselbeinbruch, diese Technik wurde vor zwanzig Jahren eingeführt und ist heute immer noch aktuell. Außerdem wird der Pathologe das ungefähre Alter anhand der Zähne analysieren. Zeig noch mal das Bild. Gespenstisch, und dann noch die fehlenden Hände, hoffentlich reist hier kein Wahnsinniger über das Land.«

Jerry ließ sich ein Foto der Füße vergrößern. »Da fehlt doch auch einiges. Vielleicht liegt das in der Fauna des Waldes begründet.«

Burmeester ließ sich nicht beirren. »Nein, die Hände jedenfalls wurden abgetrennt, da gibt es keine Zweifel. Mehr dazu gibt es später aus der Pathologie.«

»Ich finde, wir sollten Gero dazuholen, schließlich muss er auf dem neuesten Stand sein, ist ja irgendwie seine Leiche«, meinte Jerry Patalon mit einem Blick auf Karin. Er rechnete wohl mit Widerstand seitens seiner Chefin.

Karin ließ den Neuen schon lange nicht mehr uneingeschränkt agieren. Das Fiasko nach dem Ost-West-Fall mit der Eskalation auf dem Weseler Markt hatte nicht nur für ihn disziplinarische Konsequenzen gehabt, sondern seine Eigenmächtigkeiten sorgten auch für schlechte Stimmung in der Führungsetage – das gesamte Kommissariat 1 musste um seinen Ruf bangen. Lediglich die Fürsprache des Staatsanwalts, der tagelang mit der Behördenchefin van den Berg um den neuen Gleichgesinnten in den alten Mauern am Herzogenring verhandelt hatte und es letztlich schaffte, sie bei einem Abendessen im Flürener Restaurant ART zu überzeugen, hatte von Ahas sofortigen Abgang verhindert.

Karin war nachtragender. Von Aha hatte aus der Entfernung mit Kalkül zugeschaut, wie ihr Sohn Moritz von verfeindeten Geschwistern entführt worden war, damit ein sehr alter Racheplan umgesetzt werden konnte. Gero von Aha hatte gepokert, mit Menschenleben, mit seinem Ruf, eine Suspendierung in Kauf genommen. Und doch durfte er bleiben.

Immer noch saß Karin da und sinnierte, schaute auf die Bilder aus Weselerwald. Es musste eine furchtbare Nacht gewesen sein für den Kollegen. Zwist hin oder her, er gehörte dazu. Sie stand auf und öffnete die Durchgangstür, verharrte kurz und drehte wieder um.

Burmeester seufzte. »Und?«

»Wie, und?«

»Was ist nun, hast du es dir anders überlegt?«

»Nein, hol eine Thermodecke aus dem Erste-Hilfe-Koffer und decke ihn zu.«

»Was ist passiert, brauchen wir einen Notarzt?«

»Ich glaube nicht, er schläft einfach nur, und wir sollten ihm das gönnen. Jerry, sperr die Flurtür ab, damit niemand ihn entdeckt. Nach einer Stunde weckt ihr ihn und begleitet ihn nach Hause.«

Burmeester hakte nach. »Und? Gehört er nun dazu oder nicht?«

Karin nickte. Nicht gerade überzeugend, eher sachlich distanziert.

»Sein Skelett, sein Fall. Er bekommt eine neue Chance.«

***

Am nächsten Tag war das Team um Karin Krafft in der Leitstelle der Kreispolizeibehörde in Wesel bereits intern in »Knochensammler-Einheit« umbenannt worden. Einen zusätzlichen Tag zur Analyse aller Fakten gönnte sich das K 1, bevor nähere Informationen zu den mysteriösen Funden durch eine Pressekonferenz an die Öffentlichkeit gelangen sollten. In der ersten Lage wurden die vorrangigen Aufgaben verteilt, zur Überraschung aller wurde von Aha aktiv einbezogen. Alles Weitere würde von den konkreten Ergebnissen der pathologischen Untersuchungen abhängen.

Die Leiterin des Kommissariats, der man einen offenen und gradlinigen Führungsstil nachsagte, hatte den Neuen nach einer langen Durststrecke wieder in die ermittelnde Tätigkeit mit eingebunden. Sie hatte ihn am Vortag schonend, fast mitfühlend behandelt, sogar zu einer Erholungspause nach Hause geschickt, und in der heutigen kleinen Lagebesprechung übertrug sie ihm die Aktenführung in diesem Fall. Hauptkommissarin Krafft verfügte über ein unbeirrbares Gedächtnis, doch jetzt schienen sich die Aussichten für den Outlaw von Aha wieder zu verbessern. Nach Monaten des schwierigen Miteinanders gab es ein erstes Zeichen der dienstlichen Annäherung, was im Kommissariat als notwendige Entspannung und für ein konzentriertes Arbeiten in einem wohl extrem komplizierten Fall dankbar aufgenommen wurde.

Burmeester wollte seinen lockeren Beitrag dazu leisten und grinste schief in Geros Richtung. Einen, wie er fand, doppeldeutigen und spitzfindigen Satz hatte er vorbereitet, und er erkannte seine Chance, ihn wirkungsvoll zu platzieren. Er räusperte sich, war sich der Aufmerksamkeit der anderen Kollegen gewiss. »Wer die Knochen findet, muss die Suppe auch auslöffeln.« Sein Witz knallte gegen die Wand, konnte die professionelle Geschäftigkeit nicht unterbrechen. Knochen und Suppe, hatte er gedacht, krasser niederrheinischer Verweis auf die Kraftbrühe aus Rinderknochen. Schon komisch, aber niemand lachte über seinen Einwurf.

Von Aha ging seinen Auftrag akribischer an, als sein Vorgänger Simon Termath ihn jemals gemacht hatte, er ordnete sein Material, und statt des althergebrachten Notizblocks richtete er Dateien auf seinem Laptop ein, um neueste Informationen gleich effizient einzugeben und jederzeit ausdrucken zu können. Er veranlasste im Anschluss an die Lagebesprechung, eine Reihe von technischen Geräten aus der Leitstelle in den Besprechungsraum zu bringen, und verbrachte den Rest des Vormittags damit, unter den Tischen, hinter gläsernen Stellwänden und an einer ganzen Reihe von Doppel- und Dreifachsteckern diverse Geräte einzustöpseln und mit dem vorhandenen Computerequipment zu vernetzen.

Zunächst wunderten sich die Kollegen über ständig neu eintreffende Geräte und einen derangierten, mittlerweile verschwitzten und hektisch agierenden Kollegen, der ein großes Geheimnis um sein Handeln im Besprechungsraum machte. Man würde zu gegebener Zeit schon sehen … Die neuesten Bilder würden für alle sichtbar im Großformat an die Wand geworfen werden, Stadtpläne und Straßenpläne der Umgebung könnten aufgerufen werden, und die optische Darstellung von Zusammenhängen ließ sich nun ebenfalls digital steuern. Schluss mit den verkratzten Stellwänden, auf denen Fotos angepinnt und andere Hinweise handschriftlich zusammengefügt wurden, ein Aus für die wackelige Flipchart, deren Papier nie reichte. Das technische Zeitalter hielt binnen drei Stunden Einzug in die Räumlichkeiten des K1.

Währenddessen sah sich Karin Krafft mit einer Tirade des zuständigen Staatsanwalts Haase konfrontiert, der, wie üblich, weit ausholte, um durch das Auge in die Brust zu schießen. Lamentierend schritt er vor Karins Schreibtisch auf und ab.

»Frau Krafft, das Fachwesen Tötungsdelikte ist einiges gewohnt. Ihr Kommissariat hat in den letzten Jahren vorbildlich für eine anerkennenswerte Aufklärungsrate in der Region gesorgt, ja, für diesen und die benachbarten Kreise gleichermaßen als Ansporn gedient. In Düsseldorf blickt man mit Wohlwollen nach Wesel, glauben Sie mir. Ich stehe da in stetigem Kontakt.«

Wie eine Schülerin, deren Klassenlehrer über das unvermeidbare Thema Ordnung im Klassenzimmer referiert, saß Karin da, ließ ihm Raum und Zeit und hatte noch keinen blassen Schimmer, worauf er hinauswollte.

»Sie können sich vorstellen, wie bedenklich man in Fachkreisen die Tatsache diskutieren wird, dass Sie das Auffinden morbider Artefakte zeitparallel zu einem Ihrer Mitarbeiter selbst übernehmen. Als Kunstfreundin die eine und als Waldgänger der andere, das ist ja, als würden Sie sich ihre Fälle selbst besorgen, wenn gerade mal nichts los ist.«

Sie wunderte sich über Haases gedankliche Umwege und ließ ihn eine kleine Weile zappeln, bevor sie zum Kontern ausholte.

»Soll nicht wieder vorkommen. Beim nächsten Mal lassen wir den Öffentlich-Rechtlichen und den Privatsendern den Vortritt. Die interviewen dann mit großformatigen Detailbildern Frau D. aus X., die durch den Knochenfund traumatisiert mit strähnigem Haar vor ihrer Haustür steht und mit Tränen in den Augen ihre Gefühle bei der unvermittelten Begegnung mit dem Tod auf ihrer Joggingrunde durchs Gelände in die Kamera stammelt. Extra für das Foto der überregionalen Blödzeitung trägt sie das T-Shirt mit dem Aufdruck ›Sex macht schlank‹, und wenn es ganz doll kommt, macht ProSieben gleich einen Vertrag zur Verfilmung ihrer Erlebnisse mit ihr. Wäre es Ihnen so genehm?«

Kopfschüttelnd verließ er den Raum. »… bissig geworden, werden mit den Jahren immer schwieriger, die Frauen …«, murmelte er bei seinem Abgang halbverständlich vor sich hin.

Burmeester, der die Szene aus dem Nebenbüro verfolgte, hielt Karin auf, die dem grummelnden Staatsanwalt hinterherwollte.

»Lass es, sinnlose Energieverschwendung. Ich garantiere dir, das war nur der Anfang. Wenn wir die Medien informiert haben, geht es erst richtig los.«

»Du hast recht, wir sollten mit Hochdruck an der Identität der Toten arbeiten, bis zum Nachmittag hat die Pathologie hoffentlich schon was zu bieten.«

Das Deckenlicht ging aus, die Bildschirme verdunkelten sich.

»Was ist das?«

Burmeester und seine Chefin blickten sich um, es schien zumindest die komplette Etage zu betreffen, vielleicht das ganze Haus.

»Stromausfall. Mal sehen, ob in allen Räumen der Saft weg ist.«

Burmeester öffnete die Tür zum Flur, von Aha kam ihm entgegengelaufen.

»Keine Panik, ich suche den Sicherungskasten. Da war ein Verlängerungskabel defekt, konnte ich nicht wissen. Geht gleich weiter, bestimmt.«

Sie schauten ihm nach, wie er zum Treppenhaus entschwand. Karin schien dieser Aktivitätsdrang nicht geheuer. »Was macht der da?«

Burmeester ahnte es, wollte es aber nicht preisgeben. »Keine Ahnung, es hat, glaube ich, mit seiner neuen Aufgabe zu tun.«

»Bei der Aktenführung fällt der Strom aus? Erzähl mir nicht so was.«

Burmeester ging achselzuckend zu seinem Schreibtisch zurück und setzte sich vor den dunklen Bildschirm. Seine Kollegen Tom Weber und Jerry Patalon, die Vorbereitungen zur Sichtung von Vermisstenlisten der letzten Jahre vornahmen, entschieden sich für eine Kaffeepause, bis sie feststellten, dass der Automat ebenfalls Strom benötigte.

»Früher haben wir vor Karteikästen gesessen, da konnte ausfallen, was wollte, heute sind wir ohne Saft aufgeschmissen. Was wuselt der Kerl auch im Stromnetz herum?«

Karin machte sich auf in Richtung Ausgang.

»Ich fahre nach Duisburg, vielleicht sind die in der Pathologie schon weiter. Der soll das so schnell wie möglich wieder richten, notfalls die Haustechnik dazuholen, bestellt ihm das.«

***

Die Pathologie war immer eine olfaktorische Herausforderung für Karin. Bevor sie sich wieder hinter das Steuer setzte, gönnte sie sich ein paar Minuten frische Luft. Diesmal konnte es nicht schlimm werden, hatte sie gedacht, trockene alte Knochen riechen nicht wie verwesendes Fleisch. Doch das Desinfektionsmittel hatte sich an ihre Geruchsnerven gehängt, und auch dies war alles andere als ein betörender Duft. Von einer Leichenschau könne man kaum sprechen, hatte der Pathologe gesagt, mal ohne Analyse des Mageninhalts und Gewebeproben zu arbeiten, sei eine Abwechslung im Berufsalltag.

Ein Jasminstrauch blühte überschwänglich am Rande des Parkplatzes, und dankbar nahm sie den schweren Blütenduft auf, bevor sie über die A 59 und schließlich durch Dinslaken der B 8 folgend in Richtung Wesel weiterfuhr. Sie musste an ihren Maarten denken, diesen Prachtkerl, den sie am Vorabend völlig aus seiner romantischen Laune gerissen hatte. Anrufen? Sie traute sich nicht. Es brauchte noch ein paar Kilometer, bis sich ihre Gedanken wieder auf ihn konzentrieren konnten.

In Höhe von Voerde bog sie auf den Parkplatz des Chinarestaurants ab. Im Hintergrund befand sich eine Art privater Streichelzoo mit Ziegen und Hochlandrindern. Strauße blickten sie mit riesigen dunklen Augen erwartungsvoll durch einen groben Drahtzaun an. Sie ignorierte die bettelnden Blicke und fingerte ihr Handy aus der Tasche. Maarten hatte sich am Morgen sehr bedeckt gehalten, sich hinter seiner liebevollen Versorgung der kleinen Hannah versteckt und sich aus dem Kinderzimmer heraus von ihr verabschiedet, statt wie üblich zu einer Umarmung und einem Kuss an die Haustür zu kommen.

»Hi.«

So kurz angebunden hatte er sie noch nie begrüßt. Er musste doch auf dem Display ihre Nummer erkannt haben. Es versetzte ihr einen Stich.

»Hallo, ich wollte mich eben von unterwegs melden. Geht es dir gut?«

»So lala.«

»Klingt nicht so doll.«

Sie hörte ihn kräftig ausatmen.

»Wundert dich das? Meine Lebensgefährtin hat gestern einen

Heiratsantrag mit einem Polizeieinsatz pariert, wie soll es einem da gehen?«

Er war also nicht nur sauer, es hatte ihn doch tiefer getroffen, als sie erahnt hatte. Sie schwiegen einen Moment.

»Was hätte ich tun sollen?«

»Du hättest zum Beispiel deinen Einsatz auf den nächsten Tag verlegen können, statt eine Vernissage und meine intimsten Geständnisse mal eben wie Seifenblasen zerplatzen zu lassen. ›Ja, ich heirate dich, aber erst muss die Truppe hier was klären‹, so kam es rüber. Karin, die Knochen wären dir nicht weggelaufen.«

Wieder entstand eine Pause, die sich ungut anfühlte.

»Maarten, wenn dir beim Spaziergang auf dem Fürstenberg eine besondere Scherbe begegnet, dann hebst du sie auch auf. Bei mir geht es eben nicht um historische Funde, sondern es geht immer um …«

»… den Tod, ja, ich weiß.«

»Und meine Antwort auf deine Frage hast du bekommen, bevor die Kollegen anrückten. Und ich habe mich, glaube ich, zweifelsfrei, schnell und eindeutig entschieden, oder?«

Sie konnte sich vorstellen, wie seine Gesichtszüge sich langsam entspannten.

»Ja, du hast ja völlig recht. Ich war nur schockiert, plötzlich in dieser perfekten Atmosphäre mit dem vermeintlich Bösen konfrontiert zu werden. Gibt es denn schon Neues?«

Das gefiel Karin schon besser, er begann sich für ihre Arbeit zu interessieren, wie er es immer tat.

»Ich komme gerade vom Pathologen. Den ganzen Vormittag musste ich mir in Wesel schon Frotzeleien über die Vorliebe des K 1 für alte Knochen anhören, und Haase konnte sich auch nicht beherrschen. Wenn wir so eine Aktion noch einmal vorhätten, solle ich doch vorher Bescheid sagen, er würde dann diverse Tische gleich frei halten.«

»Ist ja auch ein Ding. Die morbiden Freizeitvorlieben eures Neuen sind ja ausgesprochen makaber.«

Die Strauße schielten immer noch zu ihr herüber.

»Der ist auch ohne Vorwarnung da hineingestolpert. Der hat ein männliches Skelett gefunden, fast komplett. Es fehlen nur kleine Knochen an den Füßen und die beiden Hände.«

»Die Hände? Passt dein Fund zu seinem? Das wäre das i-Tüpfelchen des Zufalls.«

»Nein, aber es gibt an den verbliebenen Gelenkknochen der Unterarme eindeutige Sägespuren.«

»Igitt, wird ja immer schlimmer. Die wurden ebenfalls vom Körper abgetrennt?«

»Ja, kein Zweifel. Zum Glück ist der Schädel noch vorhanden. Es wird nicht einfach werden, aber der Fachmann aus Walsum wird versuchen, das Gesicht zu rekonstruieren.«

»Und deine, unsere ... ich meine, die Hand aus Phillips Objekt?«

»Tja, eindeutig nicht aus einem Biologiesaal.«

»Weiß man schon Näheres?«

»Nein, auch deren Herkunft ist noch ungewiss. Jedenfalls sind es zwei verschiedene Leichen, so viel steht fest.«

»Dann könnte in der Nähe der Stelle im Wald, wo der Künstler die Hand gefunden hat, der Rest sein. Vielleicht hängt da noch ein Knochenmann im Baum.«

»Heierbeck ist mit deinem Freund rausgefahren, bislang habe ich nichts gehört.«

Sie schwiegen ein paar Sekunden. Maartens Stimme klang mitfühlend, als er weitersprach.

»Ihr habt Überreste von zwei Menschen gefunden. Langsam kann ich verstehen, warum deine Stimme so belegt klingt. Erst zickt dein Mann am Morgen, und dann warten zwei Fälle auf einen Streich auf dich. Weiß man schon, ob es sich vielleicht um Soldaten aus dem Zweiten Weltkrieg handelt?«

»Ist bei beiden auszuschließen. Das Skelett im Wald hat ein geflicktes Schlüsselbein, die Hand ist an einem Mittelhandknochen geflickt worden, also ein Fall für uns, nicht für die Historiker, mein Lieber.«

»Und jetzt? Wenn Heierbeck und Phillip im Wald nichts mehr finden, dann haben entweder Tiere dafür gesorgt oder die anderen makaber veranlagten Menschen.«

»Wie meinst du das?«

»Wenn einer wie Phillip schon Knochen interessant genug findet und sie mitnimmt, dann gibt es bestimmt noch mehr Bekloppte. Ihr solltet einen öffentlichen Aufruf starten und euch die

Trophäen aus Kellern und Wohnzimmerschränken zeigen lassen. Vielleicht gibt es ja noch mehr.«

Das konnte sie nun deuten, wie sie wollte – es konnte noch mehr Knochen oder noch mehr Opfer geben –, aber die Idee gefiel ihr. »Das ist ein guter Gedanke, mal sehen, was die Kollegen dazu sagen. Ich mache mich auf den Weg, mich starren hier sieben Augenpaare lüstern an.«

Maarten seufzte ins Telefon. »Wo bist du jetzt schon wieder?«

»Keine Sorge, sind nur hungrige Strauße. Ich weiß noch nicht, wie spät es heute wird.«

»Kenn ich. Ich bin unglaublich geduldig.«

»Außer wenn man dir einen Heiratsantrag vermasselt, ich weiß. Ich mache es wieder gut.«

Ein Kuss klang durch den Hörer, danach noch einer.

Jetzt ging es ihr schon besser. Die Strauße verfolgten eine junge Frau mit einem Kinderwagen, die nach kurzer Distanz anhielt und eine Tüte mit Brotstückchen aus dem Gepäcknetz fischte. Neugierige, hungrige Hälse ragten aus den Zaunlücken und buhlten um das Futter.

Die Bürger dazu aufrufen, ihre gesammelten Knochen zur Verfügung zu stellen. Kein schlechter Gedanke.

DREI

An allen Widerständen von Kollegen und Vorgesetzten vorbei hatte sich Karin Krafft mit ihrem Plan hartnäckig durchgesetzt und saß nun neben dem Staatsanwalt den zahlreich erschienenen Pressevertretern gegenüber.

Die Konferenz entwickelte sich binnen kürzester Zeit zu einer Art Provinzposse. Jeder der Medienvertreter geriet ins Fabulieren, neben der Ernsthaftigkeit schien manchem der Schalk im Nacken recht nahe, nachdem die Fakten über die Duplizität der verhängnisvollen Ereignisse bekannt gemacht und bewusst aufgenommen worden waren.

»Gab et nichts Anständiges zu essen am Wochenende, brauchten Sie was fürs Süppchen?«

»Seife kann man auch draus kochen …«

»… oder Sülze …«

»… nein, Sülze geht anders …«

»… aber Leim würde auch gehen, sind Sie so knapp mit der Materialversorgung?«

Jeder wollte der Lauteste sein, jeder seinen Senf dazugeben.

»Und wann gedenken Sie, uns die Lösung der Fälle zu präsentieren, wenn Sie schon selbst für Aufträge sorgen? Ist das hier inszeniert, um die Statistik aufzupeppen?«

Bis hierher hatte man sich am niederrheinischen Humor festgehalten, dann kam aus der hintersten Reihe ein Einwurf, der die Meute zum Schweigen brachte. »Ein Serientäter, der den Niederrhein in Angst und Schrecken versetzt?«

Mit einem grobschlächtigen Lachen grölte der gewichtige, grauhaarige Schreiber mit zittriger Stimme über alle Köpfe hinweg einen weiteren Beitrag in den Raum. »Der Ripper vom Rhein!«

Geschäftiges Stimmengewirr machte sich breit, diese Vorstellung gefiel allen, denen nach Sensation gelüstete. Staatsanwalt Haase fiel es nicht leicht, sich Gehör zu verschaffen, denn die Reporterseelen kochten und ließen ihre Fragen ungeordnet in den Konferenzraum schallen.

»Meine Herrschaften, Moment, bitte, ich bitte Sie, die Reihenfolge zu beachten. Wir werden unsere bisherigen Ergebnisse mit Ihnen teilen. Ich möchte vor Spekulationen warnen, noch sind die Opfer anonym, bei der Hand wird eine Zuordnung schwierig sein. Wir hoffen, dass es gelingt, den Schädel aus Weselerwald zu rekonstruieren. Auf diesem Weg könnte das Opfer gefunden werden, unter Berücksichtigung der Tatsache, dass seit dessen Tod eine Zeitspanne von bis zu zwanzig Jahren vergangen sein kann. Wir werden Sie regelmäßig mit Informationen versorgen, ja, wir erfragen ganz eindeutig eine möglichst enge Zusammenarbeit, damit das K1 unter Leitung von Hauptkommissarin Krafft auch diesen Fall durch die Mithilfe der Bevölkerung erfolgreich und zügig bearbeiten kann. Frau Krafft informiert Sie jetzt über einen diesbezüglichen öffentlichen Aufruf.«

Keinen Atemzug für neue Fragen zulassend, übernahm Karin das Mikrofon.

»Nun, wir haben eine Bitte an die Bevölkerung, die in der Tat etwas ungewöhnlich ist. Wir sind auf die Unterstützung Ihrer Leser und Hörer angewiesen. Wie Sie wissen, erfolgte einer der beiden Knochenfunde nur deshalb, weil ein Künstler Knochen als Arbeitsmaterial betrachtet und deshalb die gefundene Hand verarbeitet hat. Wir sind uns ziemlich sicher, dass dieses Interesse an ungewöhnlichen Funden aus der Natur von vielen anderen Sammlern geteilt wird. Wir bitten also die Mitbürger um Folgendes: Zeigen Sie uns, was Sie im Wald, am Rheinufer, auf Feldern und beim Graben im eigenen Garten gefunden haben. Vielleicht gibt es manch einen Knochen, den Sie einem Tier zuordnen, womöglich aber gehört dieser Fund zu einem Menschen. Bringen Sie uns Ihre Funde zur Begutachtung.«

Ungläubiges Erstaunen schlug ihr aus der letzten Reihe entgegen, die gewaltige Stimme des Dicken tönte alles nieder. »Die Bürger sollen Ihnen Knochen bringen, was stellen Sie sich vor, was es in deutschen Wohnzimmerschränken gibt? Neben den Briefmarken die Knochendose?«

Höhnische Lacher durchfluteten den Raum, die Hauptkommissarin ließ sich nicht beirren.

»Genau, ich glaube, dass die Menschen alles sammeln, was alt, interessant und außergewöhnlich ist, also auch Knochen. Die werden immer wieder angeschwemmt, ausgegraben, durch Tiere an die Oberfläche befördert. Drucken Sie unseren Aufruf, die Abgabestelle und Nummer der Hotline finden Sie auf dem ausliegenden Papier des Pressesprechers. Vielen Dank.«

Sie stand auf und verließ geschäftig den Raum, vernahm im Vorbeigehen die nervige Stimme aus der letzten Reihe.

»Gut gebaute Knochen, nett eingepackt ...«

Sie ignorierte den Vertreter der schreibenden Zunft und war froh, wieder über die Reeser Landstraße in ihr altes Kommissariat gehen zu können.

In der Zwischenzeit hatte Gero von Aha die Informationstechnik offensichtlich umfassend und erfolgreich revolutioniert. Auf dem Flur der Dienststelle lagerten die ausgemusterten Relikte einer vergangenen Epoche. Karin stand vor der Flipchart und sah hinüber zur leicht angeschmuddelten Stellwand mit dem bizarren Lochmuster von tausend Reißzwecken. Sie verharrte einen Moment, blickte von einem Objekt zum anderen und traf eine einsame Entscheidung. Warum sollten diese wunderbaren Hilfsmittel ins Archiv wandern?

Sie schloss ihre Bürotür auf und schob die Stellwand vor den noch hässlicheren Aktenschrank. Die Flipchart fand vorerst einen Platz vor dem Waschbecken neben der Tür. Vorläufig. Man wusste nie, wozu die Dinge noch gut sein konnten.

Kurz vor Feierabend sprang die Tür unwirsch auf, und zwei Kollegen in blauer Uniform, bepackt mit Kartons und Klappkisten, standen vor Karins Schreibtisch. Sie stellten sich als Wachhabende aus Hamminkeln vor und bauten ihr Gepäck auf dem Schreibtisch der Hauptkommissarin auf.

»Wir arbeiten sowieso personell auf Sparflamme, jetzt sollen wir auch noch den Zulieferer für Sie machen, das geht so nicht.«

Karin spähte in die Behältnisse, erkannte Knochen in durchsichtigen Plastiktüten, darin auch Notizzettel mit notdürftigen Angaben zu Finder und Fundort. Konsterniert blickte sie auf.

»Wie kommen Sie zu diesen Fundsachen? Die Presse will doch erst morgen die Öffentlichkeit informieren, und dann mit genauer Angabe zu Annahmestelle und Öffnungszeit.«

»Dann schalten Sie mal das Radio ein. Stündlich geben der WDR und Radio KW einen Aufruf durch, und die bekloppten

Sammler rennen uns die Bude ein, weil exakt diese Angaben fehlen. Und den nächsten Schub holen Sie bitte schön selbst ab.«

Nach einem schlecht gelaunten Abschiedsgruß drehte er sich noch einmal um. »Geht mich ja eigentlich nichts an, aber was gedenken Sie mit ausgekochten, in Scheiben gesägten Markknochen anzufangen? Die sind nämlich auch dabei.«

Dies war eine kleine Vorahnung dessen, was in den nächsten Tagen auf das Kommissariat zukommen würde. Sie würden vorsortieren müssen, der Kollege aus der Pathologie bekäme sonst einen Schreikrampf, denn auch dort arbeitete man auf Hochtouren und mit personellen Engpässen. Trotzdem kramte Karin gespannt zwischen den Tüten und begutachtete, was harmlose Mitbürger alles sammelten. Was sich hier vor ihr auftat, war nur eine erste Ausbeute aus Hamminkeln. Sie ahnte Übles.

***

Vom Fahrradsattel aus in voller Fahrt in jeden Strauch und öffentlichen Abfalleimer spähen – kein Problem für Rocco. Alles eine Frage der jahrelangen Übung. Ronald Corthaus war sein eigentlicher Name, und wenn jemand zufällig über ihn sprach, fiel seit seiner Schulzeit die Abkürzung »Rocco«.

Manchmal bewegten sich nur seine Beine, und lediglich einem geübten Beobachter entging nicht die rege Bewegung seiner Augäpfel, mit der er die Hinterlassenschaften menschlicher Rücksichtslosigkeit im hintersten Winkel entdeckte. Rocco sammelte Flaschen, genauer gesagt alle Behältnisse aus Glas, Kunststoff oder Blech, aus denen sich Bares machen ließ.

Die Leute ließen das Geld im wahrsten Sinne des Wortes im Gebüsch verrotten. Rocco ärgerte sich über Kunststoffflaschen, die, von Hunden apportiert, zu wertlosem Müll wurden, und über Scherben von Glasflaschen, die zerdeppert auf dem Weg lagen. Verschwendung, die Welt würde an der Vergeudung ihrer Ressourcen zugrunde gehen. Andererseits konnte Rocco dieses desaströse Verhalten nur recht sein. Was andere achtlos über die Schulter warfen, sicherte ihm die Nahrung. Er brachte seine Funde in die Supermärkte und ließ sich das Pfandgeld auszahlen. An guten Tagen reichte es für eine Currywurst mit Pommes und ein

Bier, an schlechten Tagen lebte er von weißem Toastbrot und den Lebensmitteln, die er sich bei der Tafel abholen konnte.

»Einem geschenkten Gaul schaut man nicht ins Maul«, hatte sein Vater stets gesagt. »Junge, merke dir, wer den Pfennig nicht ehrt, ist des Talers nicht wert.« Das Auftragen gebrauchter Kleidung war ebenfalls Bestandteil seiner Erziehung gewesen, sein älterer Bruder hinterließ die Sachen gepflegt und heile, keiner von beiden war ein Haudegen, zwei brave Jungen, die in der großen Pause die Tafeln putzten, um nicht auf dem Schulhof gehänselt zu werden.

Heute dachte er nicht über sein Handeln nach, kannte kein Schamgefühl, befuhr die Stadt und den Umkreis auf seinem alten Fahrrad und verdiente sich redlich das Wenige, das er zum Leben brauchte. Er war genügsam, Vater hatte ihn die Sparsamkeit gelehrt, mit Worten und mit dem Kochlöffel auf seinem Hinterteil. Arbeitslosigkeit und mangelnde Hoffnung boten die Grundlage für die Askese. Krank war Rocco geworden, er zog sich von der Welt zurück, und seine Seele verschwand in sich selbst und fand nicht mehr zurück. Die letzten Freunde vergaßen, ihn in der Psychiatrie zu besuchen, wenig später starben Mutter und Vater kurz hintereinander und hinterließen ihm ihr kleines Haus am Ortsrand von Xanten.

Seine Krankheit hinterließ Spuren, fortan bezog er eine kleine Rente, die gerade für die Abgaben an die Stadt reichte. Strom und Wasser nutzte er minimal, und den Rest verdiente er sich. Tagtäglich befuhr er feste Touren, bei Wind und Wetter kontrollierte er sein Revier. Außerplanmäßige Termine waren öffentliche Veranstaltungen in der Stadt, wie Kirmes, Ostermarkt oder der Kartoffelmarkt. Am ertragreichsten war Karneval, dann hatte er Überstunden zu leisten und verdiente ganz anständig. Doch es ging stetig bergab mit diesem Staat, der schon lange nicht mehr alle auffing, die es nötig hätten. Seit Neuestem baute sich Konkurrenz für sein Geschäft auf. In aller Herrgottsfrühe waren sie unterwegs, manche von ihnen waren bemüht, nicht erkannt zu werden, und schnappten Rocco die Erträge aus der Wallanlage vor der Nase weg.

Wehe, wenn er jemanden dabei erwischte. Dies war seine Stadt, seine Tour, sein bescheidenes Leben, ein demütiges Dasein, das er zu erhalten und notfalls zu verteidigen wusste. Niemals mit Gewalt, er verabscheute es, gegen seinesgleichen handgreiflich zu werden. Rocco war ein friedliebender Mensch. Wer seine Kreise störte, wurde angebrüllt, beschimpft, verflucht, dem wurde vor die Füße gespuckt. Am wirkungsvollsten erwiesen sich Schimpftiraden, die mit einem theatralischen Abgang endeten. Eine Verwünschung, gekoppelt mit einer abfälligen Geste, und ein Rückzug mit erhobenem Haupt und funkelnden Augen schüchterten die Frischlinge der Branche meist ausreichend und nachhaltig ein. Man traute ihm anscheinend mehr zu, er genoss einen gewissen Respekt.

In den Supermärkten im Gewerbegebiet ließ man ihn unbehelligt an die Pfandautomaten, die den Wert der eingegebenen Flaschen zusammenrechneten und als Wertbon ausdruckten. Man machte ihm Platz. Manchmal roch er streng, okay, aber Rocco glaubte mehr an seine Ausstrahlung als an die Wirkung seiner Ausdünstung. Einsamkeit macht wortkarg, nur in seinen Gedanken führte er ausgiebige Dialoge mit Menschen aus seiner Vergangenheit. Ansonsten gab er sich introvertiert und einsilbig.

Wenn er es pünktlich schaffte, erreichte er den Xantener Bahnhof, bevor die städtischen Ordnungskräfte die Abfallbehälter an der Bushaltestelle ausgeleert hatten. Dies war eine ergiebige Adresse für mindestens eine Plastiktüte voller Pfandgut, und meist fand er dort noch eine aktuelle Tageszeitung, die jemand schon im Morgengrauen gelesen und entsorgt hatte. Dann gönnte er sich ein Päuschen auf der Bank und genoss den Luxus einer fast druckfrischen Zeitung. Rocco war schließlich nicht von gestern, informierte sich über die politische Lage im In- und Ausland, wollte wissen, was in der Stadt geschah, wobei sein besonderes Interesse dem Veranstaltungskalender galt, und letztlich musste er über Entwicklungen im Kreis Wesel informiert sein, denn er schaute ja über den Tellerrand hinaus und fuhr schon mal bis Rheinberg oder Wesel.

»Region Niederrhein« hieß der Beilagenteil, in dem ihm heute ein Bild ins Auge fiel. Unterschiedlich geformte Knochen hatte man nebeneinandergelegt, ein Maßband bot eine realistische Vorstellung von der Größe. Darüber prangte eine Überschrift in fetten Lettern:»Unglück oder Mord: Knochenfunde menschlichen

Ursprungs«. Das Kommissariat 1 in Wesel bat die Bevölkerung um Mithilfe in einem mysteriösen Fall. Interessiert las Rocco den Aufruf, Knochenfunde jedweder Art zur Begutachtung nach Wesel zu bringen. Wer würde so etwas Ekeliges machen, Knochen finden und mitnehmen? Wehmütig dachte er an das halbe Hähnchen in der letzten Woche, das er beim Hähnchen Roland auf dem Supermarktparkplatz bei »Theo's« gekauft hatte. Eine Delikatesse, abgeknabbert und abgeleckt hatte er die zarten Knochen, bis sie matt glänzend, von Fleisch und Fett befreit, vor ihm in der aufgerissenen Tüte lagen. Immer wieder hatte er sie gedreht und gewendet auf der Suche nach der letzten verborgenen Faser. Die Tüte hatte er vor die Haustür gelegt, wollte sie am nächsten Morgen in einem öffentlichen Abfallbehälter entsorgen. Zerfetzt und leer hatte er sie vor dem Haus wiedergefunden, nur ein winziges Knöchsken war übrig, den Rest hatten sich in der Nacht die Tiere geholt.

Der Gedanke hatte ihm einen Schreck versetzt, noch tagelang ging ihm durch den Kopf, was mit ihm geschehen würde, wenn er in seiner bescheidenen, an vielen Stellen maroden Bleibe eines Tages sein Leben aushauchen würde. Niemand kam hierher, selbst der Gerichtsvollzieher sparte sich seit Jahren den Weg, und die Zeugen Jehovas trauten sich nicht durch das Dickicht seines Vorgartens. Der »Niederrheiner« lag immer an der Straße, das schiefe Dach mit den Sturmschäden der letzten Jahre hielt selbst mutige Zusteller von Prospekten davon ab, zur Haustür zu kommen. Niemand würde ihn finden, nur die Tiere.

***

Die Beteiligung der Bevölkerung übertraf bei Weitem die vorsichtigen Prognosen, die Gero von Aha noch am Morgen lässig im K 1 geäußert hatte. Man bekäme wohl keinen Schuhkarton voll, meinte er lapidar und staunte nicht schlecht über das repräsentable Ergebnis aus Hamminkeln, welches am Vorabend bereits eingetroffen war. Die Pressestelle hatte die Radiosender um eine Korrektur der Ansage gebeten, was auch umgehend geschehen war.

Bis dahin waren kreisweit bereits Knochenfunde in den Dienststellen abgegeben worden, und nun kollidierte deren Eintreffen in der Kreisleitstelle mit der Vielzahl von Bürgern, die dem Aufruf aus der Tagespresse folgten. Mittags wurden die Kisten mit den eingetüteten Funden ins K1 gebracht, da es aufgrund eines Wasserrohrbruchs an Raumkapazität mangelte. Am späten Nachmittag flanierte Staatsanwalt Haase an den Reihen improvisierter Behältnisse vorbei und nickte der Hauptkommissarin anerkennend zu.

»Mein Widerstand gegen Ihre außergewöhnliche Methode schwindet gänzlich, Frau Krafft, Sie haben hoffentlich schon zusätzliches Fachpersonal angefordert, denn dieses Arbeitspensum hier wird die Pathologie nicht erfreuen.«

Sie gönnte sich einen Moment des Triumphes. »Wir werden vorsortieren, von hier aus kann ich schon einen Beutel mit Tierknochen erkennen. Es wird nicht alles nach Duisburg transportiert.«

»Was hat Sie so sicher gemacht, dass es funktionieren würde?«

»Ich kenne das Rheinufer, und ich weiß, was die Menschen dort alles mitnehmen. Ich habe einfach eins und eins zusammengezählt.«

Burmeester trat aus dem Treppenhaus hinzu und schlug die Hände vor das Gesicht. »Nein, das ist doch ein Alptraum! Bis wir aus den Unmengen ein Ergebnis haben, das dauert ja Monate.«

Karin warf ihm einen warnenden Blick zu, man durfte Haase nicht unterbrechen, wenn er mal ein spärlich gesätes Lob aussprach. »Und? Hast du was Neues?«, lenkte sie ihn ab.

»Ja, definitiv handelt es sich bei dem Skelett aus dem Wald um einen Mann, sagt der über Arbeitsaufträge stöhnende Pathologe, vermutetes Alter zwischen fünfunddreißig und vierzig, vermuteter Zeitraum des Todes vor zwanzig Jahren, genauer geht es nicht, er arbeitet dran.«

Haase nutze die Pause, um sich zu verabschieden: Düsseldorf, sie wüssten bestimmt, Konzert in der Phillipshalle, Anna Netrebko.

Burmeester gab sich unbeeindruckt. »Was singt die? Blues, Soul?«

Haase blickte ihn abschätzig an. »Etwas anderes habe ich von Ihnen auch nicht erwartet, kulturelles Kleingewächs.«

Burmeester ging unbeirrt von Kiste zu Kiste, bückte sich, griff einzelne Tüten heraus und musterte den Inhalt.

»Das ist ja fast so gruselig wie in den Gebeinhallen, in denen Überbleibsel von geräumten Gräberfeldern aufbewahrt werden.

Bloß ohne Schädel. Dort werden sie manchmal malerisch aufgereiht, habe ich im Fernsehen gesehen.«

Karin dachte laut über das Prozedere nach. »Wir müssen hier vor Ort eine Vorauswahl treffen, bei vielen Knochen muss man kein Fachmann sein, um sie auszusortieren. Am besten, wir fangen heute noch an.«

Burmeester schlich zur Bürotür. »Also, ich werde mal eben unserem Aktenführer die vorläufigen Ergebnisse mitteilen, der will alles sofort dokumentieren. Gero und ich sind also beschäftigt.«

Karin öffnete die andere Bürotür. »Meine Herren, hier draußen gibt es eine interessante Aufgabe für motivierte Mitarbeiter.«

Tom Weber und Jeremias Patalon ergaben sich ohne Chance auf Ausreden und planten kurz ihren Einsatz durch. Eine halbe Stunde später hatten sie notwendiges Material besorgt und legten los.

An der Wand zwischen den Türen hing die deckenhohe Abbildung eines menschlichen Skeletts, die sie sich beim Gesundheitsamt ausgeliehen hatten. Neben dem kompletten Gerüst zeigte es detaillierte Abbildungen von der Wirbelsäule, Hand und Fuß, auch die kleinsten Knochen waren gut erkennbar dargestellt. Ein leerer Pappkarton bot Platz für die ersten Exponate, die garantiert nicht menschlich zu sein schienen. Jerry fühlte sich an Voodoo-Rituale aus seinem Herkunftsland Haiti erinnert.

»Vielleicht wurden die hier auch für bösen Zauber verwendet. Unbill kann man dadurch herbeiwünschen, dass man einzelne Körperstellen empfindlich schwächt.«

»Mensch, hör auf, Voodoo am Niederrhein, jetzt gehen aber die Pferde mit dir durch.«

Jerry war in Wesel bei Adoptiveltern aufgewachsen, er legte sein Bücherwissen nach. »Du kennst doch diese Stoffpüppchen, die mit Nadeln bespickt werden, der Glaube versetzt Berge. Nadel in die linke Brust, kleiner Zauber und, zack, Herzinfarkt.« Er hielt einen Beutel mit winzigen Knochen hoch. »Das ist garantiert Hühnchen.«

Tom musterte den Inhalt. »Ja, unverzaubert gestorben und abgenagt. Ich hatte schon fünf zersägte Rinderknochen, ausgelöst aus Beinscheiben für Rinderbrühe.«

»Meine Mutter macht eine vorzügliche Markklößchensuppe, die nahm auch immer Markknochen dazu.«

Langsam füllte sich die erste Kiste mit aussortierten Funden tierischen Ursprungs. Jerry nahm das nächste Exponat, ein Stück Beckenknochen mit einer riesigen Pfanne für ein Gelenk. »Garantiert Pferd. Oder Kuh, sieh mal, ganz schwarz. Ist bestimmt schon uralt. Haben wir eigentlich einen Fachmann für Knochen im Haus? Mit fachkundiger Hilfe geht das hier bestimmt noch effektiver.«

Tom setzte sich auf den Boden, lehnte sich an die Wand. »Ich hätte nicht gedacht, dass es so viele Knochensammler gibt.«

»Ja, da hatte Karin wieder mal das richtige Näschen.«

Tom schüttelte den Kopf. »Was für Menschen sind das, die sich freiwillig mit Knochen beschäftigen?«

»Wenn ich den beigefügten Zetteln trauen kann, dann sind viele Künstler darunter, die mit unterschiedlichen Materialien arbeiten und sichergehen wollen, dass sie keine Menschenknochen in ihrem Fundus haben. Die ungewollte Publicity für den Xantener Künstler ist wohl zwiespältig aufgenommen worden, irgendwo gibt es da zum Glück noch eine ethische Grenze. Es sollen aber auch Vertreter der Gothicszene vorstellig geworden sein und Vampirfans. Kinder haben ihre Schätze gebracht und Großväter, die mit ihren Enkeln ›Dinosaurierknochen‹ am Rhein gesammelt haben. Die Kollegen aus der Wache erzählten auch von zwei Frauen, die angaben, die Knochen für Kraftrituale genutzt zu haben. Niemand scheint an einen menschlichen Ursprung gedacht zu haben, als er seine Funde mitnahm.«

Jerry warf den nächsten Markknochen in die Kiste. »Ich geh mal davon aus, dass der arme Kerl aus dem Wald vielleicht auch für Rituale missbraucht worden wäre, wenn entsprechende Spinner ihn gefunden hätten. Ein Klangobjekt mit Händchen ist da noch das Harmloseste. Obwohl, wenn du mich fragst, klingt es schon merkwürdig, dass jemand geglaubt haben soll, mitten im Wald nur eine Schulskeletthand statt einer echten zu finden. Der Künstler hat sich das Stück bestimmt harmlos geredet.«

Tom stand auf und streckte sich. »Ich glaube dem Mann. Wenn man sich nicht ständig mit der Materie befasst, wird man zunächst naiv an eine einfache Lösung denken, in diesem Fall an die Hand aus dem Biologieraum, von lernfaulen Kids im Wald verbuddelt.«

Jerry hielt zwei Tüten mit unterschiedlich großen Rippen hoch. »Und jetzt sag mir, ob das hier von Tieren oder eventuell auch von unterschiedlich großen Kindern stammt.«
Beide standen ratlos da und starrten auf die zarten, gebogenen Knochen.
Tom hielt die Tüten gegen das Licht. »Du hast recht, das hat keinen Zweck, wir brauchen einen Fachmann ...«
»... politisch korrekt einen Fachmann oder eine Fachfrau ...«
»... sonst kommen wir hier nicht anständig von der Stelle.«
Sie klopften bei Karin.

★★★

Nikolas Burmeester traf an der Pforte auf Niels Meier, einen flüchtigen Bekannten, den er beim Sommerkino auf dem Kornmarkt in Wesel kennengelernt hatte.
Erstaunt begrüßte er den sommerlich knapp bekleideten jungen, schlaksigen Mann. »Hi, was machst du denn hier?«
Niels Meier wirkte besorgt, legte seine junge Stirn in Falten und knabberte an seiner Unterlippe. »Ich habe mich daran erinnert, welchen Beruf du hast. Ich glaube, ich muss mit einem ausgewachsenen Bullen reden.«
»Probleme?«
»Ja, nein, vielleicht. Ich muss dir etwas zeigen, das ich nicht zuordnen kann.«
Burmeester schaute auf seine Uhr: neunzehn Uhr dreißig. »Ich bin jetzt seit über zehn Stunden in diesem Bau. Was hältst du von einem Bierchen bei Blümi oder Müllers, vielleicht im Fasskeller? Wir suchen einen Tisch draußen, soll ja nicht jeder zuhören können. Da können wir reden.«
»Okay.«
Schweigend machten sie sich auf den Weg in Richtung Kornmarkt. Dieser Sommer bot täglich neue Wetterkapriolen, der bedeckte, kühle Morgen wurde abgelöst durch einen Mittag mit kleinen Schauern, und nun strahlte die Sonne freundlich einem warmen Sommerabend entgegen. Burmeester trug die dünne Jacke unter dem Arm und betrachtete die spärlich bekleideten Menschen, die ihnen entgegenkamen.

»Kannst du kein Tau dran festbinden, dieser Sommer macht, was er will.«

»Was? Ja, kein Verlass auf den Wetterbericht. Ich friere lieber, statt zu schwitzen, ich nehme erst gar keine Jacke mit.«

Wie Burmeester wusste, arbeitete Niels Meier seit dem Ersten des Vormonats in Wesel, es war seine erste Arbeitsstelle nach einem gelungenen Studienabschluss in Münster. Diplom-Psychologe war er nun, frischgebacken und stolz, hatte sich auf diverse Stellenausschreibungen quer durch die Republik beworben. In Wesel hatte es geklappt, eine Beratungsstelle für Kinder, Jugendliche und Erwachsene wollte es mit ihm versuchen.

Die Stadt erschien ihm gewöhnungsbedürftig, kein wirklich altes Gebäude wie in Münster, der Stadtkern wartete immerhin mit der Rekonstruktion einer alten Rathausfassade auf. Egal, da musste er durch, Erfahrungen sammeln, seine Fachkenntnisse anwenden, arbeiten. Niels Meier freute sich auf die Arbeit mit Menschen, dafür hatte er schließlich jahrelang studiert.

An jenem Abend auf dem Kornmarkt hatte Nikolas Burmeester aufmerksam zugehört, wie Niels mit Erstaunen über sein zukünftiges Aufgabenfeld referiert hatte. Er habe nun gar nicht direkt mit Menschen zu tun, Burmeester möge sich das vorstellen, ein Psychologe, der seine Patienten nicht zu sehen bekommt. Onlineberatung war das Zauberwort, Niels Meier sollte diesen Bereich übernehmen und ausbauen. Sein Zimmer befand sich am Ende eines langen, alten Flures. Kein freundlicher Raum mit Möblierung für unterschiedliche Settings, kein nettes, neutrales Bild an der Wand. Stattdessen tat sich ein Kabuff vor ihm auf, ein Tisch, ein Stuhl, eine PC-Einheit. Onlineberatung! Sein Innerstes sperrte sich gegen diesen Arbeitsauftrag.

Telefonseelsorge habe das früher geheißen, ehrenamtliche Interessierte wurden ausgebildet, um am bundesweit einheitlich geschalteten Apparat mit Hilfesuchenden zu sprechen. Jetzt sollte er, der hoch dotierte Fachmann, nicht einmal die Stimmen seiner Klienten hören, nur ihre niedergeschriebene Seelenpein einordnen und richtig reagieren. In den ersten Tagen hatte er sich unterfordert gefühlt, war der Kündigung innerlich sehr nahe.

Dann lernte er das Team der Beratungsstelle näher kennen, bemerkte die große Akzeptanz und Anerkennung seiner Tätigkeit und fühlte sich schon besser. Er trat am Bildschirm mit der einen oder anderen Person, die ihr Seelenleid bei ihm ausschüttete, in den schriftlichen Dialog, lernte langsam, zwischen den Zeilen zu lesen, ähnlich wie er in Praktika gelernt hatte, die Zwischentöne zu hören.

Anfangs hatte ihm sein Gegenüber gefehlt, der erste Eindruck, die Beobachtung von Mimik und Gestik, die Art der Kleidung, die Ausstrahlung und seine eigene Reaktion auf all diese Wahrnehmungen. Doch schnell wurde ihm klar, wie wichtig das Medium Computer für die Menschen, die ihm schrieben, war. Sie befanden sich ebenso in Notlagen wie die Patienten, die direkte Hilfe suchten, nur scheuten die Schreiber den Weg zur Beratungsstelle. Niels Meier fand sich ein in die Bildschirmberatung. Er richtete sich den Raum ein, blickte fortan über dem Bildschirm auf eine Reihe seiner eigenen Fotografien, konnte Ruhe finden angesichts der Bilder von Ballons in der Abendsonne, Straßenkünstlern in Aktion, Blumen im Großformat und Petra, dem schwarzen Schwan vom Münsteraner Aasee, der sich in ein Tretboot verliebt hatte.

Wesel erschloss sich ihm im Zeitlupentempo, die schönen Seiten der Stadt waren nicht offensichtlich, sie wollten entdeckt werden. »Alles paletti«, hatte er einer Kommilitonin geschrieben, »ungewöhnlich, aber für den Anfang passt es.«

Burmeester und Niels Meier fanden auf dem Markt einen freien Tisch, der noch nicht von gut gelaunten Sommergästen umringt war, und ließen sich in die geflochtenen Sessel plumpsen.

Sie stießen mit dem ersten Pils an, und Burmeester wischte sich die Blume von den Lippen. »Mann, das habe ich jetzt gebraucht. Manchmal ist unser Job schon echt skurril, da begutachten zwei Kollegen Kisten mit Knochen auf dem Flur, und ich reise einem Skelett in die Pathologie nach, so vergänglich ist der Mensch.«

»Mich hat es heute auch erwischt, und wenn du mich fragst, dann hat mein Erlebnis mit genau dieser Geschichte zu tun. Darüber ist doch in der Zeitung berichtet worden, oder?«

Burmeester richtete sich auf. »Ja, klar. Und?«

Niels Meier schaute ihn verwundert an. »Was, und?«

Burmeester grinste. »Niederrheinischer Dialog, du musst nachfragend wiederholen und ergänzen.«

Sein Gegenüber wusste immer noch nicht, worum es ging, man sah es hinter seiner ernsten Stirn grübeln. Hoffnungslos, dachte Burmeester. »Du bist nicht von hier, oder?«
»Nein, ich bin in Krefeld aufgewachsen, da spricht man nicht in Rätseln. Bist du denn aus der Gegend?«
»Nein, ich habe eine kosmopolitische Herkunft, Aschram, Indien, freie Liebe und so, aber ich bin größtenteils hier aufgewachsen. Das hat mich wesentlicher geprägt als das unstete Leben meiner Mutter, die nie finden wird, was sie sucht. Vergiss den Dialog der Hiesigen, erzähl mir lieber von deinem Erlebnis.«
Niels Meier zog zusammengefaltete Papierbögen aus seiner hinteren Jeanstasche, knetete sie unschlüssig in seinen Händen. »Hör mal, ich kriege riesigen Ärger, wenn du das hier in die Öffentlichkeit bringst. Ich darf eigentlich nichts rausgeben, was da online zu mir gelangt. Ich rede mich hier gerade um Kopf und Kragen, und das genau sechs Wochen nach Antritt meiner ersten Arbeitsstelle.«
Burmeester nahm noch einen kräftigen Schluck Pils. »Du musst es wissen, irgendwie scheinst du durch den Wind zu sein. Ich schwanke noch, ob ich hier als Kommissar von einem eventuellen Strafdelikt hören werde oder ob wir zwei jetzt hier einfach nur gemütlich bei einem Bier sitzen, miteinander dies und das bereden und einen Blick über die Damenwelt schweifen lassen. Guck mal, die beiden unter dem Schirm, die sehen doch wohl echt scharf aus.«
Burmeester warf sich unweigerlich in Pose. »Dezigual« hieß die bunte, teilweise mit Retromustern der sechziger Jahre arbeitende spanische Designermarke, die er derzeit mit Vorliebe trug. Niels Meier bearbeitete unbeirrt das angeknitterte Papier in seinen Händen.
»Versteh doch, ich stehe unter Schweigepflicht, wie ein Arzt, der nicht Auskunft über seine Patienten geben darf.«
»Dann veranlasse doch deinen Patienten, sich bei uns zu melden.«
»Das wird er nicht tun, ich weiß ja nicht einmal, wie er heißt.«
»Du behandelst jemanden, dessen Namen du nicht kennst? Wie geht das denn?«
»Indem ich die Regel, nichts in völliger Anonymität zu beant-

worten, für diesen Mann überschritten habe. Ich habe seine Eingabe beantwortet, weil ich glaube, dass dieser Mann eine schwere Last mit sich herumschleppt.«

Burmeester löste seinen Blick von den leicht bekleideten Schönen, horchte auf. »Ach, was hindert dich, die nächste Regel auch noch zu ignorieren? Du stehst unter wahnsinnigem Druck, das sieht man dir aus hundert Metern Entfernung an.«

Aufgeschreckt blickte Niels Meier ihn an. »Echt?«

Burmeester nickte und bestellte per Handzeichen ein weiteres Bier, dann rückte er näher an den Stuhl seines Tischnachbarn. »Hör zu, zeig mir einfach, was dir so auf den Nägeln brennt, und danach überlegen wir gemeinsam, wie wir damit umgehen. Ist das okay?«

Es dauerte eine weitere Runde, bis Niels Meier die Papiere aus der Hand gab. Burmeester entfaltete den Ausdruck einer E-Mail, blickte sich, um Datenschutz bedacht, mehrfach um, bevor er sich in den Inhalt vertiefte.

21.06.2011 23:41 MEZ

Ich weiß gar nicht, wie ich Sie anreden soll. Gibt es eine formale Anrede für eine Beratungsplattform ohne Namen? Sagt man »Hallo«, »Guten Abend« oder Ähnliches? Ich bleibe bei der Tageszeit, denn Zeit ist eines meiner Themen.

Guten Abend,
die Zeit bringt alles zum Vorschein, sagt man, auch wenn der Mensch sich noch so in trügerischer Sicherheit wiegt, ist eines gewiss: Früher oder später wird sein einziger Gegenspieler ihn mit seinen eigenen dunklen Machenschaften konfrontieren. Dieser Zeitpunkt scheint gekommen, gerade noch rechtzeitig für mich, bevor ich an dem Unaussprechlichen ersticke. Fortlaufen kann ich nicht mehr, meine Füße versagen mir den Dienst. Die Ärzte können die Ursachen nicht lokalisieren. Mag sein, dass ich nicht alles verstehe, denn diese Sprache hat sich mir in all den Jahren nie in ihrer Gänze erschlossen, und die wenigen Kontakte, die ich pflege, stehen mir nicht unbegrenzt als Übersetzer zur Verfügung. Außerdem fällt es mir schwer, anderen mich und meine Leiden zuzumuten. Deshalb wähle ich diesen Weg. Onlineberatung. »Psychologischer Rat«, steht auf Ihrer

Homepage. Ich habe eine schlaflose Nacht lang gezaudert, mich dann ent-
schieden, Ihnen von meinen Bürden zu berichten. Es ist Zeit, sich etwas
von der Seele zu schreiben. Totschweigen bringt selbst einen gestandenen
Mann in winzigen Schritten qualvoll um.

Hoffentlich haben Sie Zeit, meine Geschichte dauert lang. Ich bin seit
Jahren auf der Flucht vor dem Unberechenbaren, dem Bösen, Abgrün-
den, die keine noch so kranke Phantasie sich ausdenken kann. Meine Er-
innerung an Begriffe wie Heimat, Familie, Freunde verschwindet im Ne-
bel vergangener Zeiten. Wem soll man sich anvertrauen? Wer hält das
ständige Misstrauen aus, die Unruhe, meinen Kontrollzwang, der sich un-
weigerlich aufbaut, wenn sich jemand in meinen Dunstkreis wagt?

Ein neues Leben wollte ich beginnen, voller Zuversicht mit einer neu-
en Identität – keine Fragen dazu, ich würde sie ignorieren – in einem
anderen Land leben, mein altes Dasein ausblenden aus meiner Erinne-
rung. Lassen Sie sich eines gesagt sein: Das funktioniert nicht. Sehn-
sucht ist stärker als die Angst, und die reißt Löcher in die Seele. Noch
ein paar, und ich werde daran sterben. Deshalb habe ich mich dazu ent-
schlossen, mit jemandem über meine persönlichen Abgründe zu kommu-
nizieren. Über diesen Sumpf, aus dem hilfesuchende Hände aufragen und
nach allem greifen, was sich regt. Jeder verzweifelte Versuch lässt sie wei-
ter in die Tiefe sinken. Im Schlaf tauchen sie immer wieder auf, diese
zitternden, lebensgierigen, sehnigen Hände, und klammern sich an mein
Bettzeug. Ich spüre auf dem Körper, wie sie die Bettdecke langsam weg-
ziehen, meine Härchen auf den Armen folgen der Zugrichtung, bis ich
angstschweißbedeckt aufschrecke. Ich kann diese Hände nicht retten, ich
bin der Falsche, und was geschehen ist, ist geschehen. Helfen Sie mir!

Wenn Sie wüssten, wie viel Anstrengung mich dieser Prolog gekostet
hat, den ich mehrfach begonnen und verworfen habe. Ich will doch die
Worte mit Bedacht wählen, und nach diesen wenigen Zeilen steht mir
schon der Schweiß auf der Stirn, meine Hände beben, ein saures Aufsto-
ßen plagt mich.

Nur noch so viel sei für heute gesagt: Ich verfolge die Presse meiner
Heimat im Internet, ja, ich stamme vom Niederrhein. Man muss doch
wissen, wen es dahingerafft hat, wie die Dinge stehen und wer sie rich-
tet. So erfuhr ich von den Knochenfunden. Ein relativ kleiner Artikel war
das, mit Foto und dennoch von immenser Wichtigkeit für mein Leben.
Endlich wird jemand aufmerksam, dachte ich, es hat so lange gedauert, bis
diese Toten sich bemerkbar machten. Nur die ordentlich Bestatteten blei-

ben an ihren Plätzen, die anderen werden irgendwann an die Oberfläche kommen. Früher oder später. Hoffentlich sucht die Kriminalpolizei weiter, die werden noch mehr Opfer finden, ich werde es online in der Zeitung verfolgen. Je besser und schneller sie arbeiten, umso größer wird meine Chance, in meiner Heimat beerdigt zu werden.

Momentan werde ich meinen Adlerhorst nicht verlassen.

Bis er hinter Gittern ist, werde ich den Meersaum beobachten, bis ihm der Prozess gemacht wird oder bis er tot ist. Ich werde seine Todesanzeige erkennen, er hat Macht und ist bekannt, man wird ihn öffentlich betrauern wie einen Gutmenschen. Er ist ein Mörder. Ich weiß es genau.

Genug für heute. Ich kann nicht mehr. Auch weiß ich nicht, ob ich Ihnen trauen kann. Deshalb verstecke ich mich. Erst wenn meine Hände nicht mehr zittern, muss ich nicht mehr um sie bangen.

Verflixt, so schlimm stand es seit Jahren nicht mehr mit mir.

Burmeester hielt die Bögen in den Händen, faltete sie schnell zu und schaute zu Niels Meier. Der blickte skeptisch zurück.

»Kannst du meinen Zwiespalt jetzt nachvollziehen?«

»Kann ich voll und ganz. Das ist ja ein Hammer. Der Mann scheint zu wissen, was es mit den Knochenfunden auf sich hat und wen wir suchen müssen. Und er hat eine Scheißangst. Sag mal, wie erreichst du ihn jetzt?«

»Ich beantworte die Eingaben immer direkt und bekomme keine Kontaktadresse zu sehen. Das macht alles unser Programm.«

»Rückverfolgungsmöglichkeiten?«

»Ausgeschlossen! Alles läuft auf freiwilliger Basis, selbst wenn sich jemand mit Namen ansprechen lässt, ist noch nicht sicher, dass es der echte ist.«

»Bist du sicher, dass es da keine Lücke gibt?«

»Ganz sicher, diese Form von Schutz ist wichtig, sonst würden sich viele nicht melden.«

»Mensch, Niels, der Mann kann uns weiterhelfen, den brauchen wir. Schreib ihm, er soll sich bei uns melden.«

Niels Meier verschränkte die Arme. »Das werde ich garantiert nicht machen. Er würde sich zurückziehen, so misstrauisch, wie er ist. Wenn er an meiner Verschwiegenheit zweifelt, ist der Kontakt beendet.«

Schweigend ließen sie die schönsten Frauen des Abends unbeachtet an ihnen vorbeiflanieren, während es in ihren Köpfen vor Anspannung knisterte. Burmeester ließ nicht locker. »Du musst mit ihm in Kontakt bleiben, hörst du, du darfst ihn nicht verlieren. Vielleicht kann unsere Psychologin dich unterstützen.«

Niels Meier setzte sich auf, tippte mit dem Zeigefinger an seine Brust. »Hallo? Bin ich selbst Psychologe? Danke für deinen wohlgemeinten Rat, das bringt mich um Dekaden weiter.«

»Ich meinte ja nur.«

Niels Meier nahm die Papiere wieder an sich, ignorierte den kurzen Impuls Burmeesters, ihn daran zu hindern, und ließ sie in der Hosentasche verschwinden.

»Du informierst mich über alles, was er schreibt. Das musst du mir versprechen, ja?«

Der junge Psychologe betrachtete die Neige in seinem Glas und sagte nachdenklich: »Du meinst also auch, der ist echt, oder?«

»Liest sich authentisch, und wenn du keine Ansätze irgendeiner psychischen Erkrankung darin erkennen kannst, dann würde ich sagen, er ist gespenstisch echt. Mann, der weiß Bescheid oder ist vielleicht sogar Zeuge. Der bangt um seine Hände. Das heißt, der weiß, dass mit den Händen was nicht stimmt.«

Niels Meier verzog das Gesicht, als er sich den schalen Bierrest einverleibt hatte. »Dann werde ich mit meinem Chef über diesen Mann reden.«

»Moment, du hast mir doch gerade gesagt, das gehe nicht. Schweigepflicht und so.«

»Er bleibt ja anonym, ich werde den Inhalt nicht preisgeben. Und ich kann doch meinen Vorgesetzten mal nach dem Modus Operandi in so verzwickten Situationen fragen, oder? Ich werde den Unbekannten allerhöchstens mit Geduld und Feingefühl aus seinem Versteck locken können. Wenn der weitere Details zu irgendwelchen Verbrechen verrät, spätestens dann brauche ich selber Supervision. Ich bin auf Liebeskummer, Verlustängste, Fressorgien und Panikattacken vorbereitet. In forensischer Psychologie war ich schlecht, mit Mordgeschichten kenne ich mich nicht aus. Dieser Mann ist traumatisiert, seit Langem. Weißt du, was das heißt?«

»Nee.«

»Der hat wer weiß wie lange, mehr unbewusst als bewusst, seine Emotionen auf Sparflamme gelebt. Sobald er den Deckel seiner Dose ein wenig mehr lüftet, wird er wahrscheinlich zusammenbrechen. Der muss mehr leisten, als online zu erzählen, wenn er überleben will, der muss sich in Behandlung begeben.«

»Und? Was heißt das?«

»Er muss sein selbst gewähltes Tempo beibehalten, darf nicht bedrängt werden. Ich muss auf ihn eingehen, indem ich ihm freien Raum lasse.«

Burmeester steckte im Dilemma. Ein flüchtiger Bekannter hielt einen seidenen Faden in Händen, an dessen anderem Ende ein für den neuesten Fall wichtiger Mann saß, den man weder herausfordern noch überfordern durfte. Der Bekannte war Psychologe, ein sehr junger, noch unerfahrener Fachmann seiner Zunft. Ein falscher Satz, und der Unbekannte würde im Orbit verschwinden. Er sah Niels Meier lange und eindringlich an.

»Du hältst mich über diesen Austausch auf dem Laufenden, klaro?«

»Natürlich, was meinst du, warum ich dich sprechen wollte.«

Ganz knappe Pants aus Jeansstoff flanierten unbeachtet an ihnen vorbei. Burmeester dachte über die Tragweite des Paktes nach, den er hier gerade in Biergartenatmosphäre schloss. Er würde zunächst in seiner Dienststelle schweigen müssen, da er ansonsten einen offiziellen Apparat anschmiss, der diesen Unbekannten suchen und gegebenenfalls aufscheuchen würde. Wenn Niels Meiers Theorie stimmte, durfte genau dies nicht geschehen. Sie beide wurden zu Geheimnisträgern.

»Versteh mich nicht falsch, aber traust du dir das zu?«

Niels Meier stierte in eine imaginäre Ferne. »Frag mich was Leichteres.«

VIER

Burmeester erschien am folgenden Morgen derangiert und mit einem Schuhkarton unter dem Arm im Kommissariat. Karin Krafft saß bereits an ihrem PC und beäugte ihn und das Behältnis neugierig. »Was schleppst du da an, Schuhe aus Bad Wörrishofen? Ich dachte, die können nur für ältere Damen. Was ist passiert? Du siehst aus, als hättest du heute Nacht vergeblich die Schafe auf dem Deich gezählt.« Burmeester stellte sein Mitbringsel auf ihren Schreibtisch. »Es ist der Karton einer älteren Dame. Mit besten Grüßen von deiner Mutter, sie hat was in der Garage gefunden, das uns interessieren könnte. Ansonsten habe ich nur sehr schlecht geschlafen, das ist alles.«

Karin löste das Paketband, mit dem der Kasten verschnürt war, und lupfte den Deckel. Es tat sich ein graubraunes Durcheinander aus unterschiedlichen Knochenstücken auf. Karin wich zurück. »Hat Mutter gesagt, woher das stammt?«

»Sie sagt, das seien Reste der Materialsammlung deines Vaters. Der habe gern künstlerisch experimentiert, und dies seien seine Funde vom Rheinufer, die seit vielen Jahren in einer Ecke der Garage schlummern. Holz habe er auch gehortet, aber das sei inzwischen auseinandergefallen, weil Generationen von Holzwürmern sich davon ernährt hätten. Wir sollen die private Sammlung zu den anderen Fundstücken geben, sie möchte nichts davon zurückhaben, das sei ihr damals bereits zu makaber gewesen.«

Karin lächelte in sich hinein. Ihr Vater, ja, der hatte schon in den Siebzigern bei seinen Nachbarn durch befremdliche Skulpturen im Vorgarten Erstaunen oder Entsetzen erzeugt. Jedes Mal hatte er seinen alten Minolta-Fotoapparat ausgepackt und von allen Seiten Fotos geschossen. Wenn er den entwickelten Film abholte, war er regelmäßig enttäuscht, weil ein Großteil der Bilder gar nicht dabei war oder, auf seinen ausdrücklichen Wunsch hin fertiggestellt, total verwackelt. Immer war das Labor dafür verantwortlich, nie er selbst. Sie hörte ihn in ihrer Erinnerung schimpfen und schaute auf zu Burmeester.

»Stimmt, der war ein Sammler vor dem Herrn. Nie hat er es geschafft, seine recht vergänglichen Objekte ordentlich zu dokumentieren, es existierte ein Album mit verwackelten Bildern, das er manchmal gedankenversunken durchblätterte. Schau an, Knochen hat er also auch am Ufer gefunden, nicht nur Herzsteine und Schwemmholz.«

Tom Weber erschien ausgeruht und wohlgelaunt. »Wie sieht es aus? Kommt ein Fachmann zur Unterstützung für diesen Knochenjob?«

Karin nickte kurz und schaute auf ihren PC. »Moment, da ist die Antwort der Pathologie. Nichts anrühren, nichts aussortieren, das sei nett gemeint, aber kontraproduktiv. Ihre Personalnot lässt sie auf Fachleute zurückgreifen, die bereits im Ruhestand sind, im Laufe des Vormittags komme René Reinecke-Bassfeld und übernehme die Sichtung vor Ort. Eine Koryphäe im Bereich forensischer Anthropologie eile uns zu Hilfe, steht da. Also, ich hoffe, ihr habt noch nichts in die Tonne gekloppt.«

Tom gab sich brüskiert. »Nein, für was halten die uns, wir haben nichts aus den Tüten genommen und die Suppenknochen nur in eine Extrakiste gelegt. Der Mann – wie heißt er noch? –, der wird genug zu tun haben. Gibt es sonst etwas Neues?«

Kopfschütteln, wobei sich Burmeester betont lässig verhielt und den Augenkontakt zu seinen Kollegen vermied.

Tom wies auf den Schuhkarton. »Knochen aus der eigenen Sammlung?«

Karin schob ihm die Gebeine entgegen. »Bitte eintüten und dazulegen. Fundort ist das Rheinufer bei Bislich, schreib die Adresse meiner Mutter darauf mit dem Hinweis, die Knochen könnten nach der Begutachtung entsorgt werden.«

»Ist gut. Johanna Krafft, Bislich-Büschken, Himmelsstiege …«

Die Adresse war im K1 bekannt, da die Kollegen in dem heißen Sommer, in dem Karins Tochter geboren worden war, ihre Lagebesprechungen oft auf Johanna Kraffts Terrasse verlegt hatten, weil Karin weiterer Dienst im Kommissariat aus gesundheitlichen Gründen untersagt gewesen war.

»… ich denke noch immer an die Limonade deiner Mutter, die war klasse. Kennst du das Rezept?«

»Kann ich dir besorgen.«

Tom Weber nahm die Kiste an sich und verließ den Raum.

Karin wandte sich dem ungewohnt nachdenklich wirkenden Burmeester zu. »Du hast doch was.«

»Nein.«

»Wie, nein? Ich sehe es dir doch an.«

»Nein, wirklich, alles in Ordnung.«

»Ärger mit deiner Vermieterin?«

»Mit Johanna? Echt, du kommst auf Ideen. Wenn sie etwas zu bemängeln hätte, wärst du doch die Erste, die es erfahren würde. Nein, alles im Lot mit mir und deiner Mutter.«

Ihr Dialog wurde vom Kollegen Gero von Aha unterbrochen, der stürmisch die Bürotür öffnete – und verdutzt zurückprallte. Er wies auf Tafel und Flipchart, die das Büro der Chefin füllten.

»Warum stehen die Klamotten jetzt hier? Ich hatte sie doch auf den Flur geräumt.«

»Da brauchten wir Platz für die Knochen. Hier stehen sie niemandem im Weg, ist schon gut so.«

»Soll ich mich um den Abtransport kümmern?«

Karin wollte den Neuen nicht vor den Kopf stoßen, was sollte sie sagen? Nein, ich hänge an dem alten Zeug? »Nö, das übernehme ich, machen Sie sich keine Gedanken darum.«

Irritiert blickte von Aha sie an. »Okay, Sie kümmern sich selbst. Wann ist Lagebesprechung?«

»Gegen siebzehn Uhr, wir warten auf einen Pathologen zur Vorauswahl der Knochen.«

Von Aha trottete zu seinem Schreibtisch, griff aus der Schublade eine Tüte gesalzene Pistazien, knackte vier, fünf hintereinander und schnippte die Schalen in den Papierkorb. Daneben. Seit Monaten liebte er diese kleinen grünen Dinger, und es scherte ihn wenig, dass er ständig auf die Spur aus Schalen aufmerksam gemacht wurde, die er dabei hinterließ.

★★★

Furchtbar leid hatte ihm getan, was geschehen war. Rocco blickte in Gedanken immer noch dem Rettungswagen nach, der am Vortag das verletzte Kind aus seinem Vorgarten abtransportiert hatte. Eine starke Windböe hatte sein desolates Dach getroffen und die lockeren Dachziegel über dem Eingang ins Rutschen gebracht. Darunter hatte das Kind gestanden, vielleicht zwölf, dreizehn Jahre alt, und entschlossen versucht, die Prospekte an die Türklinke zu klemmen, weil es keinen Postkasten fand. Als Vertretung für die große Schwester hatte der Junge seinen Job sehr ernst genommen. Sie warf seit Monaten die Reklame in den Vorgarten, ihr Bruder wollte alles richtig machen und auch dieses unheimliche Haus richtig beliefern.

Ein kurzes, heftiges Scheppern hatte Rocco registriert, mehr nicht, war auch nicht sofort zur Tür gelaufen, hatte sich gedacht, den Schaden könne er sich später anschauen, es gebe sowieso keine Chance, irgendetwas zu richten. Dann hatten aufgeregte Passanten bei ihm geklopft, und da lag er, der Junge, regungslos unter einem Scherbenregen aus Dachziegeln. Hilflos hatte Rocco zugeschaut, wie sich Rettungssanitäter und ein Notarzt um das leblose Bündel Mensch bemühten. Am Abend hatte dann der Vater des Jungen empört vor der Tür gestanden. Er werde dafür sorgen, dass niemand mehr durch diese marode Hütte verletzt werde, Schadensersatz oder Schmerzensgeld sei wohl nicht bei ihm zu holen, dann solle wenigstens niemand sonst durch diese Bruchbude zu Schaden kommen.

Die Reaktion erfolgte gleich an diesem Morgen. Der Vertreter des Ordnungsamtes hatte sich die Polizei zur Verstärkung mitgebracht. Er rechnet anscheinend mit Widerstand, dachte Rocco, der sich den Schlaf aus den Augen rieb und sich in seiner Pyjamahose sehr unwohl fühlte.

»Aufgrund der Baufälligkeit des Hauses geht die Stadt von einer Fremd- und Eigengefährdung aus. Mehrfach haben wir Sie in der Vergangenheit schriftlich darauf hingewiesen, Sie zur Behebung der Mängel aufgefordert und Ihnen die Konsequenz genannt. Nichts ist geschehen. Nun kam es zu einem tragischen Unfall, und ich sehe mich gezwungen, Sie des Hauses zu verweisen, es auf Ihre Kosten weiträumig abzusperren, bis die Mängel nachweislich behoben worden sind. Herr Corthaus, packen Sie das Notwendigste, verriegeln Sie die Fenster, stellen Sie Wasser und den Strom ab, ich muss Sie bitten, dieses baufällige Gebäude in Ihrem eigenen Interesse zu verlassen.«

Rocco wollte sich umdrehen, die Tür hinter sich schließen, die

Welt ignorieren, wie er es seit Jahren tat, da kam ein Streifenbeamter auf ihn zu.

»Sie haben gehört, was der Mann vom Ordnungsamt gesagt hat. Kommen Sie, packen Sie eine Tasche, und dann verschließen Sie das Haus. Haben Sie Verwandte, zu denen Sie ziehen können, bis das hier geregelt ist? Sieht ja schlimm aus, Ihr Dach. Sie können froh sein, dass der Vater des verletzten Kindes keine Anzeige gegen Sie erstattet hat.«

Zehn Minuten später stand er mit einer abgegriffenen Sporttasche und seinem Fahrrad vor dem Haus und beobachtete, wie Bedienstete der Stadt das Grundstück an der Straßenseite mit einem Bauzaun abriegelten. Sein Elternhaus, sein Zuhause bröckelte und brach zusammen. Von einem Tag auf den anderen war Ronald Corthaus obdachlos.

Um nicht ziellos herumzuirren, fuhr Rocco seine gewohnte Strecke in Richtung Bahnhof ab, den Blick in die Hecken und Abfallbehälter geheftet, und blieb an der Bushaltestelle bei den Gleisen auf der Bank sitzen. Die Tageszeitung lugte aus dem Müllbehälter, Rocco zog sie hervor und strich sie aus alter Gewohnheit glatt. Schlagzeilen sprangen ihm ins Auge. Die Bundeskanzlerin ging zufrieden mit der Arbeit ihrer Koalition in die Sommerferien, die EU versprach Griechenland ein milliardenschweres Rettungspaket. Rocco war nicht zufrieden. Und wer rettete ihn? Obdachlos hatte er nie sein wollen, einfach und bescheiden leben, ja, aber immer mit einer festen Bleibe, einem Dach über dem Kopf. Das hatte sich am Vortag aufgelöst.

Gedankenversunken blätterte er weiter, seine Augen überflogen die Todesanzeigen. »… unserem lieben Bruder, Schwager und Onkel …«, las er und wusste zunächst nicht, welches dieser Worte ihn besonders ansprach. Wieder und wieder las er die Anzeige, dann schlug er sich an die Stirn. Natürlich! Das war es. Er würde nach Wesel fahren. Im Hinterland der Feldmark gab es das Haus seines Onkels. Seit 2002 war er verschwunden, niemand wusste, was mit ihm geschehen war, und dieses Haus stand, ähnlich seinem eigenen, abgeschlossen da, komplett eingerichtet und verwaist.

Einmal im Jahr hatte Rocco dort vorbeigeschaut, sich den Schlüssel bei dem Nachbarn abgeholt, der ihn aufbewahrte, und eine sentimentale Runde durch das Haus gemacht, in dem inzwischen Staub und Spinnweben deutlich Zeugnis vom Leerstand boten. Als er Kind war, hatten sie den Bruder seiner Mutter manchmal besucht, den einzigen Gebildeten der Familie. »Wir fahren zum Professor«, hatte der Vater immer gesagt. Rocco hatte nie verstanden, womit der sein Geld verdiente, aber wohlgefühlt hatte er sich in dem verwinkelten alten Haus mit der Veranda. Dem Vater hatte der Onkel stets geraten, er solle seine Kinder etwas lernen lassen, das sei so wichtig. Eine gute Schulbildung sei elementar, grundlegende Basis für ein sorgenfreies Leben. Nach solchen Vorträgen war Mutter auf der Heimfahrt nachdenklich gewesen, und einmal hatte Rocco sie zu Vater sagen hören, es habe nur Geld für einen gegeben, damals, und das sei ihr Bruder gewesen, der Stammhalter, der es zu was gebracht habe. Die Eltern hatten sich sein Verschwinden nicht erklären können. Solange sie lebten, erzählten sie, der Onkel sei wohl ohne Papiere in einen Verkehrsunfall verwickelt gewesen, und da man nicht wusste, wer er war, sei er wahrscheinlich anonym beerdigt worden.

Nun würde er dort einziehen, bis sich eine Lösung für sein Elternhaus auftat. »Wenn du denkst, es geht nicht mehr, kommt von irgendwo ein Lichtlein her«, hatte seine Mutter früher gesagt, wenn es Probleme gab. Rocco sah den Hoffnungsschimmer in der Ferne und schwang sich auf das klappernde Rad, nicht ohne die beiden Köpi-Flaschen aus dem Abfallkorb zu ziehen und sorgfältig zu verstauen.

***

Wie von Geisterhand öffnete sich die Bürotür. Als Erstes erblickte Karin Krafft diesen Hundekopf auf Augenhöhe, den massigen Schädel einer schwarz-weißen Deutschen Dogge, die sie anvisierte. Die sabbernden Lefzen, die eine schmierige Spur aus Tropfen auf dem Boden ihres Büros hinterließen, lösten eine gewisse Unbehaglichkeit bei ihr aus. Zumindest konnte Karin, in einer Art Schockstarre verharrend, feststellen, dass dieses Kalb angeleint war, denn dem Hundekopf folgte eine Hand, die einen Regenschirm und die lederne Leine gleichermaßen fest im Griff hatte.

Die Stimme einer älteren Frau maßregelte das Tier, es parierte aufs Wort. »Nicht so stürmisch, Hermann, eine alte Frau ist doch kein D-Zug. Bei Fuß!«

Gleichzeitig standen im Türrahmen eine übergewichtige Dogge und eine ebenfalls nicht schmal gebaute ältere Dame, das graue Haar zu fahrigen Zöpfen geflochten, aus denen etliche Strähnen entwischt waren, denen man einen Hauch ursprünglicher roter Farbe noch ansah. Sie trug eine antiquierte cremefarbene Bluse, deren Ärmel sie bis zu den Ellenbogen aufgekrempelt hatte, und einen Rock aus pflegeleichtem Jerseystoff, der in den Sechzigern hochmodern gewesen sein musste. Die weißen, besenreiserdurchwobenen Beine mündeten mit geschwollenen Füßen in ausgelatschten Birkenstocksandalen. In der anderen Hand trug sie eine altbackene Arzttasche. Mensch und Tier schienen sich in Gewicht und Größe einander angepasst, diese gewisse Ähnlichkeit zwischen Hund und Halter entwickelt zu haben. Karin fehlten immer noch die Worte. Frauchen übernahm die Konversation.

»Sie brauchen Hilfe beim Sortieren dieses Durcheinanders auf dem Flur? So kann ich nicht arbeiten, alles muss zumindest auf Tischhöhe stehen, und jemand muss mir assistieren, ich bin schließlich keine zwanzig mehr.«

Hermann legte sich und seine Lefzen auf den Boden, Karin dachte angestrengt nach. »René Reinecke-Bassfeld?«

»Nicht ganz richtig, in korrekter Form Frau Professor Renée Reinecke-Bassfeld, und Sie haben einen Mann erwartet. Kenn ich, passiert mir andauernd. Die haben bestimmt wieder das dritte e in meinem Vornamen unterschlagen. Also, verlieren wir keine Zeit, wo kann ich arbeiten?«

Auf Tischhöhe, da blieb nur das größte aller Büros, der Besprechungsraum, den von Aha seit der technischen Revolution hütete wie seinen Augapfel. Karin verließ unsicher ihren Posten hinter dem Schreibtisch und bat die Pathologin, ihr zu folgen. Hermann stöhnte beim Aufstehen, und gemeinsam verströmten sie eine Geruchsmischung aus nassem Wolf und 4711 Echt Kölnisch Wasser. Karin öffnete die Tür zum Besprechungsraum, in dem von Aha gerade das digitale Schaubild auf den letzten Stand brachte.

»Das ist unser größter Raum, Frau Reinecke-Bassfeld, und das ist der Kollege Kommissar Gero von Aha.«

Von Aha kam auf sie zu und wollte sie begrüßen, wich aber zurück, da der Hund ein kurzes, unmissverständliches Geräusch von sich gab.

»Aus, Hermann. Und Sie können schon mal anfangen, die Kisten hereinzutragen. Ich arbeite von rechts nach links, ich werde mich dort unter die Lampe setzen. Na, junger Mann, brauchen Sie eine Extraeinladung?«

Sie klappte den Arztkoffer auseinander und holte eine abgenutzte Metallschüssel hervor. »Hermann braucht Wasser.«

Karin bedeutete von Aha, den Napf zu nehmen und mit auf den Flur zu kommen. Sie flüsterten, sobald sich die Tür hinter ihnen schloss.

»Was bildet dieser General a. D. sich ein, mich so herumzukommandieren?«

»Seien Sie stark, von Aha, Frau Professor bat um Assistenz. Bestimmt wird sie nicht lange bleiben.«

»Das meinen Sie nicht ernst, oder? Und dann diese Bestie von Hund, haben Sie gerochen, wie der Köter aus dem Maul stinkt? Die verfüttert bestimmt tonnenweise Pansen an diesen Koloss, hoffentlich furzt er nicht auch noch. Ich verlange eine Erschwerniszulage.«

»Nichts da, vergessen Sie das Wasser für Hermann nicht, mit unbesiegbaren Feinden muss man sich anfreunden. Und nehmen Sie gleich die erste Kiste mit. Beschäftigung lenkt ab.«

Eine laute Stimme übertönte ihren Dialog. »Herr von Aha, wo bleiben Sie? Ich bin bereit.«

Sie hörten, wie hinter geschlossener Tür ein Fenster aufgerissen wurde und Renée Reinecke-Bassfeld mit ihrem Hermann schimpfte. »Kannst du das nicht draußen machen? Ist ja widerlich, du altes Ekel.«

Die Hauptkommissarin ließ von Aha ratlos zwischen den Knochenkisten stehen und wich in ihrem Büro der glitschigen Stelle auf dem Boden aus. Was sich da draußen abspielte, war so absurd, das musste sie Maarten am Abend erzählen. Zunächst würde sie jeden Kollegen, der sie nach dem Stand der Ermittlungen fragte, ohne Vorwarnung in den Besprechungsraum schicken.

Es klopfte, Staatsanwalt Haase streckte seinen Kopf durch die Tür. »Wie läuft es, gibt es Fortschritte?«

Karin tippte geschäftig auf ihre Tastatur und antwortete im beiläufigen Plauderton. »Überzeugen Sie sich selbst, die Abordnung der Pathologie sortiert im Besprechungsraum.«

Er machte sich auf den Weg. Keine zehn Minuten später, und er stand erneut und eher aufgeregt als entsetzt bei Karin im Türrahmen.

»Die berühmte Frau Professor Reinecke-Bassfeld, da schau an. Sie ist eine Fachfrau für Knochen und Knorpel. Ich habe sie in Düsseldorf öfter als Gutachterin bei Gericht gehört. Brillant, sage ich Ihnen, wenn die loslegt, ist der Saal hellwach und beeindruckt. Man sagte ihr nach, sie habe nie in gutem Kontakt mit lebendigen Menschen gestanden, konnte jedoch mit ihrem Wissen und ihrer gnadenlosen Gründlichkeit den Toten ihre Geheimnisse entlocken. Wenn diese Kisten da draußen auch nur einen Mittelfußknochen enthalten, dann wird sie ihn finden. Fühlen wir uns geehrt, sie im Haus zu haben.«

Mit gedämpfter, fast verschworen klingender Stimme fügte er Einzelheiten hinzu. »Es ging lange das Gerücht um, sie leide am Asperger-Syndrom, einer Form von Autismus mit genialer, oftmals einseitiger intellektueller Begabung. Sie bevorzugte schon immer die Nähe von Toten und Tieren und hasst körperliche Berührungen. Versuchen Sie bloß nicht, ihr die Hand zu geben.«

Beim Verlassen des Raumes glitt er mit seinen Ledersohlen fast auf dem glitschigen Film aus und blickte sich vorwurfsvoll um. Karin zuckte mit den Schultern. »Das war der Hermann, der Hund jener begnadeten Koryphäe, wir werden eine Zeit lang mit seinen Hinterlassenschaften leben müssen.«

Es dauerte keine fünf Minuten, bis Karin der erste Anruf erreichte. Die Kunde von der Anwesenheit der schrulligen alten Dame machte schnell die Runde durch das Haus. Das K 1 habe eine alte Frau mit dem Hund von Baskerville zu Besuch, ob es stimme, dass die eiserne Lady Gero von Aha dazwischenhabe. Heierbeck mahnte, ein Hund und so viele Knochen, das vertrüge sich keinesfalls.

»Stellen Sie sich vor, Sie riechen ihre Lieblingsmahlzeit und haben gleichzeitig Ihr favorisiertes Spielzeug vor der Nase und beides dürfen Sie nicht anrühren. Wie lange hält ein Hund das aus?«

Selbst die Kollegen des K 1 sparten nicht mit Spott und Sarkasmus, als sie erfuhren, wer wem im Besprechungsraum zur Hand ging. Da könne von Aha im Schnellkurs lernen, keine eigenmächtigen Entscheidungen mehr zu treffen, hieß es, und Burmeester pikte einzelne Heftnadeln auf die Mehrzweckwand in Karins Büro. Rein prophylaktisch, nur für den Fall, dass der Besprechungsraum für längere Zeit okkupiert wäre.

Keine Stunde später stand von Aha bebend, offenbar am Rande seiner Beherrschung, vor Karins Schreibtisch, wischte sich verirrte Haarsträhnen aus dem Gesicht, putzte hektisch seine Brille an einem Hemdzipfel, der frech und unpassend aus der Jeans lugte. »Ich mache da nicht mehr mit. Die behandelt mich wie einen Rekruten. Sie korrigiert meine Aussprache und die Satzbildung, wie beim Bund muss ich sie mit ihrem Titel anreden, ja, Frau Professor, nein, Frau Professor, und zwischendurch furzt Hermann gnadenlos die Bude zu.«

Karin sah ihn streng an, zunächst fiel der Hauptkommissarin der Begriff »Dienstanweisung« ein. Ein gründlicher Blick auf ihren Mitarbeiter jedoch genügte, um seine Entschlossenheit zu erkennen. Sie revidierte ihre Meinung. Noch mehr Druck wäre nicht angebracht.

»Tja, von Aha, dann lassen Sie mich mal überlegen, was wir da machen können, schließlich sind Sie der Auserwählte der schlauen Dame.«

Der nächste Satz fiel ihm nicht leicht, seine Augen suchten irgendwo hinter seiner Vorgesetzten Halt. »Frau Krafft, wenn ich zurückgehen soll, bitte schön, können Sie haben, aber dann gibt es mächtigen Zoff, garantiert.«

Einige Sekunden ließ sie ihn zappeln, den widerspenstigen, renitenten, eingebildeten Yuppie, erlöste ihn kurz vor der inneren Kapitulation. »Okay, ist schon gut, ich schicke Tom als Nächsten. Abwechselnd werden wir die beiden ertragen. Hat sie denn schon etwas entdeckt?«

»Die Elle eines Neandertalers, wie sie sagt, und zwei unterschiedlich lange Rippen, die auf jeden Fall nach Duisburg sollen. Keine Frage, sie ist genial, oft reicht ihr ein kurzer Blick, im Zweifelsfall eine Berührung, und schon entscheidet sie, ob Top oder Flop. Manche Stücke betrachtet sie lange, völlig regungslos, schnalzt sich einen Speiserest aus dem Zahnzwischenraum, schnieft, und urplötzlich ordnet sie es zu. Dann schnippt sie mit dem Finger, Hermann öffnet aufmerksam ein Auge, ich lege ihr das nächste Stück vor. Hermann schnauft, sie schaut, alles beginnt von vorn. Die Alte ist so schräg, irgendwie anders. Ich weiß sie nicht einzuschätzen.«

Die Hauptkommissarin behielt ihr Insiderwissen unter Verschluss, diese Frau würde ihren Job machen und gehen, warum also unnötige Aufmerksamkeit auf sie lenken?

Frau Professor Reinecke-Bassfeld nahm den stündlichen Wechsel ihrer Assistenten mit einem ungemütlichen Brummen hin und vertiefte sich weiter in den Berg durchsichtiger Tüten mit unappetitlichem Inhalt, während Hermann treu ergeben zu ihren Füßen lag und sabberte, was das Zeug hielt. Um Punkt siebzehn Uhr verstaute sie Hermanns Napf und machte sich auf den Weg, nicht ohne sich energisch für den nächsten Morgen, acht Uhr dreißig, anzukündigen. Burmeester würde ihr zur Hand gehen. Karin sah ihn schelmisch an.

»Du bist prädestiniert für den Job, du kannst gut mit älteren Frauen und bist an exaltierte Lebensformen gewöhnt. Du machst das schon. Wieso hast du den Schuhkarton wieder unter dem Arm, ich denke, die Knochen liegen bei den anderen.«

»Sie hat die schon durch, alle tierischen Ursprungs. Ich dachte immer, es muss bei den Knochen riesige Unterschiede zwischen Mensch und Tier geben, dem ist nicht so. Man muss sich nur gut in Anatomie auskennen. Die Glieder eines Menschen sind gerader geformt, die Rippen und Wirbel stehen anders, und entscheidend ist die Größe. Gerade die Knochen von Erwachsenen sind leicht zu erkennen, da keine Tiere ähnlicher Größe hier leben. Größer oder kleiner, ja, aber nicht gleich groß.«

»Du mutierst ja förmlich zum Fachmann.«

»Ich bin lediglich vorbereitet. So, jetzt muss ich nur noch das Zeugs hier entsorgen.«

»Pack den Karton doch einfach in den Mülleimer, das Raumpflegeteam wird ihn schon mitnehmen.«

Gesagt, getan. Doch Burmeester schien sich keineswegs auf morgen zu freuen.

★★★

Der Mythos Elternhaus. Was für ein abgeklärtes Gesülze manche Leute um den Ort ihrer Herkunft machten, hatte er noch nie verstehen können. Es gab Sätze, die ihn auf die Palme brachten. »Steht dein Elternhaus noch?« – »Die Dielenmöbel sind aus meinem Elternhaus.« – »Leider haben sie es verkauft.« Er hasste solch sentimentales Geschiss.

Der Mann befand sich auf der langen Zufahrt zum Haus seiner Eltern, nichts weiter als ein ausgefahrener Feldweg, die gröbsten Schlaglöcher mit Scherben von Dachziegeln provisorisch aufgefüllt. Die Pappelallee hatte der Alte anscheinend verkauft, nur noch die Baumstümpfe säumten den unkrautübersäten Weg. Auf den ehemaligen Weiden links und rechts entstanden Distelplacken zwischen verdorrtem Gras. Es gab kein Vieh mehr, und niemand mähte hier, alles brach zusammen, die ganze herrschaftliche Pracht von Generationen ging den Bach runter. Sein Bruder hatte den Hof übernehmen sollen, wie es sich gehörte. Der Alte hatte ihn lange genug getriezt und in die Spur gebracht, nach seiner Methode. Dann hörte er nicht auf, sich einzumischen, revidierte Entscheidungen, übernahm Vertragsabschlüsse, und irgendwann schmiss der Sohn alles hin und zog fort.

Das alte Herrenhaus kam in Sicht, der letzte Sturm hatte seine Spuren am Dach hinterlassen. Vater würde niemals verkaufen oder verpachten, und wenn ihm die Bude unter dem Hintern auseinanderfiel, er würde bleiben und seine Flüche über die Ruinen schicken.

Nachdem sein Bruder gegangen war, hatten die Eltern versucht, allein weiterzumachen. Das bisschen Energie der alten Leute ging in den Erhalt der kleinen Milchwirtschaft, und seit der Vater nach einer Hüftoperation hinkte, hieß das im Klartext, seine Mutter schmiss den Laden. Eines Tages fiel sie im Stall einfach um und war tot. Man fand sie, weil die Kühe blökten, die gemolken werden mussten. Herzinfarkt, hatte der Notarzt gesagt, so erzählte Vater bei der Beerdigung. So ein Quatsch. Das sei nur passiert, weil der Sohn, den er gezeugt habe, damit er Arzt wird, in die Welt hinausmusste.

Der Mann erinnerte sich mit einem Schauer daran, dass sein Vater ihn für den Tod der Mutter verantwortlich machte. Er hätte bestimmt was tun können, nie sei er da, wenn man ihn brauche.

Und immer wieder dieser alte Satz, der ihn früher in die Knie gezwungen hatte, immer wieder gepredigt, in sein Gedächtnis eingegraben, die Worte des alten Mannes:»Du bist schuld.«»Vater«, hatte er gesagt,»ich bin Chirurg und kein Kardiologe. Die viele Arbeit hat sie nicht verkraftet.« Da wurde der alte Mann das, was er immer schon gewesen war, ein aufbrechender, vernichtender Vulkan, der Lava und Rauchwolken spie.»Widersprich mir nicht! Und hör auf, dir ständig die Hände zu reiben, solche schlechten Angewohnheiten hattest du schon als Kind. Deiner Mutter hast du nur Kummer gemacht, und jetzt liegt sie in der Kiste. Du hast sie auf dem Gewissen.«

Das schrie er inmitten der Beerdigungsgesellschaft. Der Mann hatte die Hände zu Fäusten geballt und war bereit gewesen, diesem alten Ekel das Gesicht zu zertrümmern. Er hätte es vor drei Jahren tun sollen, stattdessen hatte er sich auf dem Absatz umgedreht und war gefahren, hatte sich in seinem Haus verschanzt. Die Ziergitter vor den Fenstern boten Schutz vor dem ganzen Dreck, mein Zuhause ist meine Burg. Er hatte dieses Haus gewählt, weil es nur wenige kleine Fenster zur Straße hin hatte, und diese waren so zuverlässig vergittert, dass es jeden abschreckte.

Die Form der Fassade des Gutshauses erzählte von besseren Zeiten, der Zustand sprach von Verfall. Den Bauerngarten hatte sich die Natur zurückerobert, nichts glänzte mehr an diesem verfluchten»Elternhaus«. Blinde Fenster, dahinter vergilbte Gardinen begrüßten jeden, der die marode Auffahrt hinter sich gelassen hatte, um diesen widerlichen Greis zu besuchen.

Der Mann parkte seinen Wagen neben dem Eingang. Lange saß er da und starrte auf die Treppe. Es würde furchtbar sein in dem Haus, dreckig, würde nach Unsauberkeit und altem Mann stinken.

Wenn man jemanden lange genug quält, gibt er entweder auf, oder er ist eines Tages stark genug, um zurückzukommen. Da bin ich, Vater.

***

Die Heimfahrt nach Xanten-Lüttingen verzögerte sich für Karin Krafft, sie stand in einem zähen Stau abwärts der Rheinbrücke nach Büderich. Man nutzte die Sommerferien, um den neuen Anschluss der L 480 an die B 58 zu legen, ein großes Projekt, mit dem das kleine Büderich um zehntausend Fahrzeuge täglich entlastet werden sollte.

Karin dachte an die Zeitungsberichte der letzten Tage, in denen es um diese Großbaustelle ging. Das Straßenbauunternehmen verarbeitete Asche aus einer Müllverbrennungsanlage aus Krefeld als Untergrund für die Fahrbahn, und aufmerksame Bürger hatten unverbrannte Gegenstände gefunden, die eine unabhängige Überprüfung nach sich zogen. Erhöhte Chlorid- und Sulfatwerte rückten Material und Technik ins Zwielicht, selbst das Abtragen der Unterfütterung zogen die Verantwortlichen in Erwägung, da die Straße am Rande des Wasserschutzgebietes lag. Karin seufzte tief, während sie auf Büderich zurollte, jeder Rückschritt würde eine Verlängerung dieses Verkehrsdesasters mit sich bringen.

Den Mann mit dem bepackten alten Fahrrad, der die Bedarfsampel betätigte, die den Übergang zum Brückenradweg in Richtung Wesel freigab, erkannte sie. Jeder in Xanten kannte den Eigenbrötler, der Pfandflaschen sammelte. Was der wohl vorhat, dachte sie, und betrachtete die Sporttasche auf seinem Gepäckträger. Ein ungewöhnliches Objekt, denn normalerweise hingen Plastiktüten mit Flaschen an seinem Rad.

Einige hundert Meter und fast eine halbe Stunde später fuhr sie entschlossen über die Kesselbruck und die Sebastianusstraße quer durch Büderich, nahm wie so viele dieser Tage die Abkürzung über die Winkeling und durch Gest zur alten L 460. Sie wollte schnell nach Hause, wollte noch mit Maarten das Klettergerüst für Hannah im Baumarkt abholen.

Bei der Einmündung auf die Landstraße kamen ihr zwei Lkw mit Krefelder Kennzeichen entgegen, der Nachschub für die Straßenbaustelle rollte also noch immer. In Fachkreisen munkelte man, es gebe kaum eine bessere Möglichkeit, eine Leiche verschwinden zu lassen, der Täter müsse sie nur bis zur Verbrennung vor den kontrollierenden Augen der Angestellten bedeckt halten. Einmal vom Greifer in den Schacht geworfen, gebe es kein Zurück, und bei der Menge der produzierten Asche auch keine Rückstände. Von wegen, dachte sie, die Rückstände aus anderen Materialien, die als Unterbau der neuen Straße dienten, hatten die aufmerksamen Büdericher vom Belag gefischt.

Während sie an Ginderich vorbeirauschte, überkam sie die Vision von Zähnen, Herzschrittmachern und Hüftprothesen, die zum Vorschein kommen könnten. In Höhe von Birten war sie gedanklich dabei, all diese imaginären Fundstücke an die zuständigen Krefelder Kollegen weiterzureichen. Wenigstens die Leichen in ihrem Kopf war sie los, mit dem aktuellen Fall standen ihr genügend Tote ins Haus, Arbeit für Wochen, wie es aussah. Ihre Gedanken kreisten noch, als sie am Xantener Hafen vorbei nach Lüttingen fuhr. Hannah kam an das Gartentörchen gerannt, sie kannte das Geräusch des Autos.

»Hallo, Mamaaaa, morgen baut Papa die Schaukel«, rief sie Karin freudig zu. Ja, dein Papa macht das alles, dachte sie, bastelt Flieger, faltet Schiffchen, kocht Schokoladenpudding, baut Baumhäuser und Schaukeln. Nebenbei ist er ein begnadeter Zuhörer, ein phantastischer Liebhaber und sieht auch noch teuflisch gut aus. Sie würde ihm vorschlagen, den Hochzeitstermin so schnell wie möglich festzulegen; so ein Prachtexemplar an der Seite zu haben, war einzigartig.

»Hallo, meine Süße, die Schaukel werden wir heute abholen, dann kann der Papa loslegen, freust du dich?« Sie hob ihre Tochter über das Törchen und knuddelte das mit Sand und Schweiß verklebte Kind.

Schwer waren die Bohlen, und Karins Muskeln schmerzten am Abend. Maarten hatte ihr schon oft geraten, mehr Sport zu treiben, hielt sich heute jedoch zurück und bot ihr stattdessen eine Massage an. Umgehend willigte sie ein, wohl wissend um seine geschickten Hände.

»Dat is nich nur die Schlepperei, du bist total verspannt. Dir liegt ein ungewöhnliches Quantum Arbeit auf den Schultern, richtig?«

Sie berichtete von den neuesten Entwicklungen, der Hypothese, dass es viele Opfer werden könnten, deren Überreste sie gerade zusammensammelten, und sie sparte nicht mit ihren Beschreibungen der schrulligen Frau Professor, die ihren hochgerüsteten Besprechungsraum gemeinsam mit ihrem Hund belagerte.

»Es müffelt dort nach 4711, Achselschweiß, Hundeblähungen und muffigen Knochen, diese Mischung kannst du dir nicht vorstellen.«

»Baah, erzähl nicht weiter, ich rieche es förmlich. Ich wünsche euch weiterhin trockenes Wetter; wenn so viel Hund nass wird, bekommt das Raumklima noch eine andere Nuance …«

»… und wenn Frauchen Knoblauch am Abend liebt, wird selbst der Staatsanwalt aus den Latschen kippen.«

Maartens starke Hände wirkten wohltuend.

»Wie werdet ihr weiter vorgehen?«

»Alle, die nicht im Auftrag der Lady assistieren, werden stets die neuesten Erkenntnisse mit den Listen der Vermissten aus den letzten Jahren abgleichen, uns bleibt zunächst nichts anderes übrig. Bitte mach weiter, da oben, ja, genau.«

Selbst Maarten schien diese innigen Minuten zu genießen. Karin hielt den richtigen Zeitpunkt für gekommen.

»Was hältst du eigentlich vom 11. November?«

Maarten stockte einen Moment in seinen Bewegungen. »Das ist der Tag von Sankt Martin und den Jecken gleichzeitig, was meinst du?«

»Ich dachte an ein besonderes Datum, das sich gut in Ringe eingravieren lässt. Der 11. November 2011, ein gutes Datum für eine Hochzeit.«

Wo gerade noch eine einfühlsame Hand auf Karins Schulter agiert hatte, spürte sie seine Lippen. »Ein wunderbares Datum, der Tag von Sankt Martin. Ich bin einverstanden.«

Er legte sich neben sie, nah, ganz nah angeschmiegt. »Und die Ringe machen wir selber in einem Workshop bei Mathias in der Kleinen Schmiede.«

»Ich soll Metall in Schmuck verwandeln, so ungeschickt, wie ich bin?«

»Das schaffst du bestimmt, morgen mache ich die ersten Entwürfe. Und jetzt brauche ich Inspiration, ganz viel, schließlich sollen es Eheringe werden.«

FÜNF

Es war nicht sein Zuhause, es war eine total verstaubte, fremde Höhle, das Heim eines alten Onkels, Meinhard Pastoors. Die Erinnerung an ihn war im Kopf von Rocco schon längst verblasst.

Das Haus lag einsam im Hinterland, der verwilderte Garten grenzte an Wiesen und Felder zwischen Blumenkamp und der Feldmark, irgendwo hinter dem Hessenweg. Die neue Betuwe-Linie, die umstrittene Eisenbahnstrecke, die Güterverkehr im Minutentakt ermöglichte, lag in Hörweite. Von dieser Neuerung hatte sein Onkel nichts mitbekommen, war verschwunden, als die Planung konkrete Züge angenommen hatte.

Am Vortag hatte Rocco überlegt, was hier in diesem komplett eingerichteten Haus fehlte. Klar, der Strom fehlte, er fand Kerzen, das langte zunächst. Wasser schöpfte er mit einer alten Schwengelpumpe im Garten aus der Tiefe, zunächst rostfarben und unangenehm riechend. Er ließ es laufen, bekam einen Krampf im rechten Arm, war die Pumpbewegung nicht gewohnt, wurde jedoch mit klarem Wasser belohnt. Heute hatte er einen Muskelkater, schlich durch das Haus, blickte voller Scheu in die Schränke, als käme der Onkel überraschend zur Tür herein und würde ihn zur Rede stellen.

Niemand kam, und Rocco wurde bewusst, warum dieses Haus so fremd wirkte. Es hatte im Laufe der Jahre des Leerstandes jeglichen Geruch seines Besitzers verloren. Er musste etwas tun, öffnete zunächst alle Fenster und ließ die Morgensonne in die Räume. Sichtbar wurden Myriaden von Staubpartikeln, die mit jeder Bewegung durch die Luft wirbelten. Ohne Strom nutzte ihm der Staubsauger nichts, der in der Abstellkammer im Erdgeschoss stand. Irgendwo gab es dort einen mechanischen Staubfresser, vielleicht könnte er die Böden damit vorreinigen. Die Schränke müsste er abstauben, die Steinböden wischen, zwischendurch draußen ein neues Revier erkunden, um seinen Lebensunterhalt zu sichern.

Rocco liebte es asketisch einfach, jedoch mit einem gewissen ordentlichen Standard, also begab er sich in die geräumige, gut ausgestattete Abstellkammer und sah sich um. Alles vorhanden, ein alter Vorwerk-Staubsauger, Lappen, Scheuertücher, Putzzeug, alte Einkaufstaschen, ein Koffer auf der obersten Ablage. Rocco wusste nicht, wo er anfangen sollte, nahm dies und das in die Hand, ließ wieder davon ab. Was machte ein Koffer in der Abstellkammer, in der sonst nur Putzutensilien gelagert waren? Rocco blickte beiläufig auf den Griff. Ein anthrazitfarbener Samsonite mit einem Umlauf aus Metall, ein Modell auf dem, laut der Werbung seiner Kindertage, ein Elefant sitzen konnte, ohne dass er zerbrach.

Statt zu Lappen und Aufnehmer griff Rocco nach dem Koffergriff und zog. Das Gewicht überraschte ihn, er wankte und taumelte unter dem herabfallenden Behältnis, es fiel neben ihm zu Boden, traf dabei seinen Fuß. Mit schmerzverzerrtem Gesicht setzte er sich neben die dunkle Kunststoffhülle mit Metallgriff. Was hielt sein guter alter Onkel dort wohl verborgen? Roccos Finger glitten über die Metallschiene zu den beiden Schnappschlössern, verharrten dort und schoben die Riegel gleichzeitig nach außen. Die Bewegung stoppte hart nach einem einzigen Millimeter. Es geschah nichts, der Koffer war fest verschlossen. Man hörte den Inhalt auf und ab rutschen, wenn der Koffer geschwenkt wurde. Der Inhalt war schwer, alte Hosen und Anzüge würden nicht so viel Gewicht haben, wenn sie den Koffer nicht komplett ausfüllten.

Roccos Neugier besiegte seinen Hunger, jedoch würde er sich endlich auf den Weg machen und Geld in Form von Glas sammeln müssen, wenn er heute noch etwas in den Magen bekommen wollte. Zweifel plagten ihn, er hieb mit geballter Faust auf den Koffer ein, dem diese Attacke natürlich nichts anhaben konnte, im Gegensatz zu seiner Hand.

Fuß und Hand lädiert, knurrender Magen, ein ungelöstes Rätsel im Hause eines Mannes, den er wahrscheinlich nie wiedersehen würde. In dieser Situation klopfte es vehement an die Haustür. Rocco schreckte hoch, schlich in den Hausflur, dem Villeroy & Boch-Fliesen aus den dreißiger Jahren des letzten Jahrhunderts mit floralem Muster ein verstaubtes, altertümliches Flair verliehen. Jemand stand vor der Tür, das konnte er durch das milchige Glas erkennen. Die Stimme einer älteren Frau ertönte zwischen dem

Hämmern, klang beherzt und eine Spur besorgt: »Wer ist denn da drinnen? Da ist doch jemand! Herr Pastoors, sind Sie das?« Rocco drückte sich an die Wand, er hielt den Atem an, ignorierte den Impuls, die Spinnweben, in die er sich hineinlehnte, mit der Hand zu entfernen. Menschenkontakte hatte er genügend gehabt in den letzten vierundzwanzig Stunden, das war er nicht gewohnt. Die alte Frau ließ nicht locker, rief ein paarmal den Namen seines Onkels. Jetzt nicht, Rocco hatte keine Lust auf neugierige Nachbarn, keine Lust auf Rede und Antwort. Früher oder später würde man sich draußen über den Weg laufen. Besser später als früher. Ein unendlich langer Güterzug verschluckte die letzten Rufe der hartnäckigen Frau, und erst als das rhythmische Zischen der einzelnen Wagen sich in der Ferne verlief, wagte er einen Blick zur Tür. Niemand mehr zu sehen.

Hektisch wedelte er sich die verstaubten Spinnweben aus den Haaren. Sich beim Sammeln an den Flaschenhälsen klebrige Finger zu holen, daran hatte er sich gewöhnt, aber Spinnweben waren und blieben ein Alptraum seiner Kindheit. Er musste hier seine eigene Ordnung schaffen, bloß, wo sollte er anfangen? Zu viel Besitz, zu viel Tand, unnützes Zeugs.

Sein altes Zuhause in Xanten war schlicht und einfach. Nachdem klar gewesen war, dass er als Einziger in dem Haus seiner Eltern bleiben würde, hatte er alles an die Straße gestellt, was er nicht mehr gebrauchen konnte, und nur die wenigen Gegenstände, die er zur Befriedigung seiner eigenen Bedürfnisse brauchte, im Haus belassen. Ein Bett, einen Stuhl, einen Tisch, den alten Kleiderschrank, völlig entrümpelt, und die alte Küche aus den Siebzigern hatte er behalten. Selbst über die Gardinen und Blumentöpfe hatten sich Sperrmüllsammler gefreut, die kahlen Fenster hatte er in heißen Sommern und gegen neugierige Blicke mit altem Zeitungspapier beklebt. Das reichte ihm völlig.

Hier in Meinhard Pastoors Haus herrschte für Rocco eine ungute Reizüberflutung. Seine Augen kamen nicht zur Ruhe, und überall bedeckten Spinnweben die Möbel und Wände, diese ekligen Gewirre, die er im Vorbeigehen streifte, die staubschwer von der Decke hingen.

All dies ging ihm durch den Kopf, während er zurück zur Küche schlich, den Koffer auf den Tisch hievte und sich auf die Suche nach Werkzeug begab, während sein Magen unüberhörbar knurrte. Wieder siegte die Neugier gegen zimperliche Körpersignale, und diesmal begab er sich zur Kellertür. Mist, Licht wäre nicht schlecht, da würde ein funzeliges Teelicht nicht ausreichen. So machte sich Rocco nun doch auf den Weg, sein neues Revier, den Weseler Stadtteil Feldmark, zu erkunden.

***

Im Kommissariat herrschte helle Aufregung. Behördenchefin van den Berg hatte alle ohne Angabe von Gründen zur Dienstbesprechung ins Kreispolizeigebäude beordert, da der Versammlungsraum des K1 von der Pathologie besetzt war. Pünktlich um neun Uhr. Alle. Dem Team im K1 blieb nach Dienstbeginn eine halbe Stunde Zeit.

Burmeester hatte sich vorbereitet, war mit einer Tüte Leckerchen für den Hund erschienen, Hermann lag trotz missbilligender Blicke seines Frauchens dem Kommissar zu Füßen.

»Korrupter Köter! Junger Mann, dieses Hundehirn hat eine sehr direkte Verbindung zum Magen. Einfache Synapsen regeln ein unkompliziertes Leben, bilden Sie sich nichts darauf ein.«

»Mach ich nicht.«

Er bot ihr an, innerhalb der nächsten halben Stunde Vorbereitungen für seine Abwesenheit zu treffen, da sie alle zur Besprechung müssten und er erst danach assistieren könne.

»Die ganze Mannschaft?«

»Ja.«

»Morgenappell bei der Chefin. Was habt ihr angestellt?«

»Keine Ahnung.«

Sie wies ihn an, die nächsten Tüten mit Fundknochen in eine Reihe zu legen, und entließ ihn mit einer Handbewegung, die Queen Mum für ihre Lakaien übrig hat.

Gemeinsam machte sich das Team auf den Weg zur Zentrale, die schräg gegenüber auf der anderen Seite der Reeser Landstraße lag. Die Beamten aus der Wache lächelten bei ihrem Eintreffen einträchtig wie eine verschworene, wissende Meute.

Jerry drehte sich noch einmal um und schaute durch die Fenster, die vom Flur aus Einblick in die Dienststube boten. »Die stecken die Köpfe zusammen und tuscheln; was wissen die, was wir nicht ahnen?«

Van den Berg ließ sie warten, rauschte mit zehnminütiger Verspätung herein und kam ohne Begrüßung zur Sache.

»Ich habe Sie zur Klärung eines Sachverhalts hergebeten. Heute Nacht sorgte ein Fund des Reinigungsdienstes für Irritation in der Wache. Man hat Knochen dort abgegeben.«

Jerry atmete hörbar ein und aus, meldete sich lässig zu Wort. »Das geschieht in den letzten Tagen häufiger und sollte unsere uniformierten Kollegen eigentlich nicht mehr irritieren.«

Van den Berg blickte ihn zornig an. »Ich möchte den Sachverhalt ohne weitere Unterbrechungen ausführen. Der Wachhabende hatte es mit zwei völlig aufgelösten Reinigungskräften der Firma zu tun, die unsere Gebäude zu später Stunde reinigen. Die beiden Frauen hatten in einem Papierkorb einen Schuhkarton gefunden und hineingeschaut. Dabei stießen sie auf Knochen. Was haben Sie dazu zu sagen?«

Karin übernahm die Wortführung. »Die Knochen sind schon begutachtet worden, ich selbst hatte einem Kollegen geraten, sie in unserem Müll zu entsorgen, da er sie nicht zurückbringen sollte. Wenn das zu solchen, wie Sie sagten, ›Irritationen‹ geführt hat, dann tut es mir leid, ich habe mir nichts dabei gedacht, zumal sich in unserem Besprechungsraum kistenweise Knochen stapeln. Wieso kippen die Damen angesichts eines kleinen Kartons mit kriminalistisch untersuchtem Material aus den Latschen?«

»Die waren neu im Einsatz und noch nicht bis zum Besprechungsraum gelangt. Außerdem denkt man bei der Aufschrift ›Bad Wörishofen‹ nicht unbedingt an Knochen.«

Beide Frauen wirkten zunehmend ungehalten, die Hauptkommissarin und ihre Vorgesetzte blitzten sich über den Tisch hinweg an.

Karin ließ nicht locker. »Was haben die Frauen in unserem Müll zu wühlen, haben Sie denen das mal klargemacht? Die sollen ihre Arbeit erledigen, sonst nichts.«

»Schön und gut, Fakt ist, dass beide von einem Notarzt behandelt werden mussten, sich heute krankgemeldet haben und wir uns jetzt mit Berufsgenossenschaft und Reinigungsfirma auseinandersetzen müssen. Ich bitte Sie um umsichtige Handhabe dieses sensiblen Materials und verantwortungsvolle Entsorgung. Es gibt nicht nur beherzte Sammler unter unseren Mitbürgern, es gibt auch Menschen, die der Anblick von Knochen schockiert.«

So aufgebracht sie gewesen war, so schnell schaltete sie nun auf *business as usual* um.»Sind Sie ein Stück weitergekommen?«

»Wir bearbeiten die Listen der Verschollenen und Vermissten und hoffen auf baldige Vorergebnisse von Frau Professor Reinecke-Bassfeld.«

Die Behördenchefin lehnte sich in ihren Stuhl zurück.»Der Name ist in Fachkreisen eine Nummer. Sie müsste doch schon pensioniert sein, oder?«

»Korrekt, sie hat sich für die Vorauswahl in unserem Besprechungsraum eingenistet und erwartet uns baldigst zurück, da sie auf Assistenz wartet.«

»Früher tauchte sie immer in Begleitung eines beeindruckenden Hundes auf.«

Das Team nickte wissend.

»Das macht sie heute auch noch.« Tom Weber beschrieb die Dogge, die Marotten der alten Dame und erntete zum ersten Mal an diesem Morgen die hochgezogenen Mundwinkel van den Bergs, was einem Lächeln nahekam.

Sie schob Karin das Corpus Delicti über den Tisch zu und stand auf.»Dann will ich Sie nicht weiter von Ihrer Arbeit abhalten, und passen Sie in Zukunft besser auf etwaige Beweisstücke auf.«

Burmeester und Karin sahen sich an, sagten kein Wort, und Karin drückte ihm den Karton vor die Brust. Gemeinsam verließ das Team die Behördenzentrale, eine Karawane mit Karton machte sich auf den Weg zum Herzogenring, wo sie der Beamte an der Pforte mit einem Umschlag winkend anhielt. Karin wollte den Brief entgegennehmen, der Diensthabende zog ihn zurück.

»Ich soll das dem Kollegen Burmeester persönlich aushändigen.«

Burmeester klemmte sich den Karton unter den Arm und schaute auf den Umschlag. Ein Absender war vermerkt, Niels Meier.»Oh, vielen Dank, das ist, äh, wirklich persönlich. Sehr persönlich, hat nichts mit unserer Arbeit zu tun, ehrlich.«

Er ließ den Umschlag ungeschickt in seiner Hosentasche verschwinden, umringt von grinsenden Kollegen. Tom und Jerry hielten ihm frotzelnd die Tür zum Treppenhaus auf.

»Liebesbrief?«

»Wie heißt sie denn?«

»Pass gut auf, vielleicht verliert sie auch die Nerven, wenn sie andere Knochen sieht als Reste vom Brathähnchen.«

Der Diensthabende rief Burmeester nach, der junge Mann, der den Brief gebracht habe, habe ausdrücklich um Rückruf gebeten. Tom und Jerry schauten sich an, Burmeesters Schultern sackten zusammen. Er würde kein leichtes Spiel haben in den nächsten Tagen.

»Nikolas Burmeester, seit wann stehst du auf Männer?«

Karin war bereits im ersten OG angekommen und rief durch das Treppenhaus.

»Ihr seid ja schlimmer als Siebtklässler, jetzt lasst ihn ungehindert zur Pathologin durchgehen, sonst haben wir den nächsten Anschiss im Anflug. Kollabierte Reinigungskräfte reichen für heute, ab an die Arbeit!«

Von Aha löste Burmeester wie vereinbart nach einer Stunde ab, der verschwand auf dem Klo und nahm den Briefumschlag aus der Jeans mit den aufgerauten, ausgefransten Mustern auf den Oberschenkeln.

Drei ausgedruckte Seiten und ein kleiner angehefteter Notizzettel kamen zum Vorschein. Er habe sich wieder gemeldet, stand darauf, und Burmeester solle dies wissen. Was jetzt zu tun sei? Gruß, Niels.

Burmeester faltete die Seiten auseinander.

23.06.2011, 01:34 MEZ

Da stoße ich auf offene und anscheinend fachkundige Ohren. Ich bin so dankbar für Ihre ausführliche und einfühlsame Antwort. Am meisten beeindruckt hat mich Ihre dezente Art, auf meine Worte einzugehen, ohne Fragen zu stellen. Sie scheinen Ihr Handwerk zu beherrschen.

Ich habe nichts weiter in der Presse entdeckt, gehe jedoch davon aus, dass die Ermittlungen weitergeführt werden. Wenn ich doch in zwei Sätzen zum Punkt kommen könnte, wenn ich doch in der Lage wäre, ein-

*fach so über das zu sprechen, was die Polizei in Wesel mühsam heraus-
zufinden versucht, dann würde alles schneller gehen. Ich kann es nicht.
Ich muss ganz von vorn anfangen, das merke ich genau. Wenn ich die
Dinge nicht der Reihe nach schildern kann, fließt nichts durch meinen
Kopf und in meine Finger. Verzeihen Sie also, wenn ich jetzt einen
Schlenker in die Vergangenheit mache, Sie werden bald wissen, warum
dieser Schritt für mich so wichtig ist.*

*Auch ich war einmal vierzehn Jahre alt, im hormonellen Umbruch mit
Pickeln und einer krächzenden Stimme, deren einziger Vorteil war, dass
sie mich vom Chorsingen befreite. Um meine schulische Laufbahn gradli-
nig und anerkannt zu gestalten, hatten meine Eltern sich nach der Dorf-
schule für eine Internatslaufbahn entschieden. Ich bekam die Chance, mich
in einer gleichgesinnten und gleichgeschlechtlichen Gemeinschaft voll und
ganz auf den Unterricht zu konzentrieren, um ein gut gebildeter Mensch
zu werden. Mit zehn Jahren fiel es mir noch schwer, mich von meinem
Zuhause zu trennen. In der Pubertät weiß man alles besser und kennt
keinen Schmerz, es fiel mir zunehmend leichter, nach den Ferien oder den
freien Wochenenden in die strenge Obhut des Internats zurückzukehren.
Meine Eltern meinten es gut mit mir. Ich habe mein Abitur gemacht, bin
meinen Weg gegangen, aber glauben Sie mir, nirgendwo bin ich seither auf
mehr Brutalität und Skrupellosigkeit gestoßen als dort.*

*Nein, denken Sie jetzt bitte nicht an das, was ebenfalls seit einiger Zeit
die deutschen Medien beherrscht, ich wurde dort nicht missbraucht. Jedenfalls nicht von Betreuer- oder Lehrerseite aus und nicht im herkömm-
lichen Sinn. Nichts Sexuelles stand da im Vordergrund, und doch gab es
Ereignisse, die meine Seele nachhaltend verletzten, und die Geheimhal-
tung dessen ist der Grund für mein Dilemma.*

*Ich schweife ab. Ich gehe zurück zu dem verhängnisvollen Wochen-
ende im Jahr 1972. Außerhalb der Ferien durften wir einmal pro Monat
nach Hause fahren. »In die Freiheit«, rief mein Freund mit der gleichen
brüchigen Stimme wie ich, pfiff »Love Me Do« von den Beatles, diesen
langhaarigen Ungeheuern aus Britannien, die unsere Eltern so sehr ver-
achteten. Ich weiß gar nicht mehr, ob mir die Musik wirklich gefiel, wichtig war nur, dass sie den Eltern nicht gefiel, deshalb kannten wir fast alle
Texte auswendig und konnten die Melodien zweistimmig pfeifen. Wir
kamen aus demselben Dorf, zwei unschuldige Jungs vom Niederrhein,
die sich auf ihre großen Aufgaben in der Welt vorbereiteten.*

Unsere erste Wrangler-Jeans hatten wir uns heimlich in Kleve ge-

kauft. Wir waren an einem Nachmittag dorthin getrampt und hatten diese Hosen aus hartem blauen Stoff mit aufgenähten Taschen und weitem Schlag anprobiert und von zurückgelegtem Geld gekauft. Im Internat durften nur Stoffhosen mit Bügelfalten getragen werden, daheim würde man diese amerikanischen Cowboyhosen verbrennen, also versteckten wir unsere Trophäen der neuen Jugend bei meinem Freund in der Scheune. An den gemeinsamen Nachmittagen zogen wir uns dort um und fuhren dann mit dem Rad nach Xanten. Immer wieder durch die Marsstraße auf und ab, die damals noch nicht verkehrsberuhigt oder gar Fußgängerzone war, immer wieder schielten wir nach den Mädchen, die sich kichernd abwandten. Die männliche Konkurrenz war groß in Xanten, in der NATO-Kaserne lebten mehr Männer als in unserem Internat Jungen, die waren allgegenwärtig und konnten den Mädels Eis und Getränke ausgeben. Und einige der Mädchen ließen sich mit ihnen ein, die waren dann schnell stadtbekannt, wurden als Kasernenmatratzen tituliert und von den einheimischen Burschen gemieden. Oft standen wir vor der Diskothek oder vor dem Eingang zum Citykeller, ohne eine Chance zu haben, dort hineinzukommen, bevor wir volljährig waren.

Ich schweife ab, ich weiß, aber glauben Sie mir, das muss so sein, damit ich nicht nur die katastrophalen Ereignisse vor mir sehe, schließlich waren wir echte Jungens, die nur Mädchen und Alkohol im Kopf hatten, wie es sich für Pubertierende gehört. Eigentlich waren wir freundlich, und wir sahen wild aus in unseren Jeans. Mit den Bierdeckeln in den Speichen verwandelten wir unsere Fietsen in Bonanza-Räder, man hörte uns von Weitem.

An jenem Wochenende im Sommer hatten wir eine Hausaufgabe mitbekommen; unser Kunstlehrer, der gleichzeitig auch Biologie unterrichtete, erwartete von uns eine anatomische Zeichnung. Keine Kopie von irgendeiner Abbildung, sondern eine außergewöhnliche Perspektive mit viel Blick für Details.

Wir liefen die Straße zum Rheinufer runter und stiegen über den Zaun zum Kiesufer. Hier stöberten wir durch die Wildnis, wenn in Xanten die Geschäfte geschlossen waren und am Samstagnachmittag nichts los war. Ein paar Touristen liefen durch den Ort, nichts, was wir sehen wollten. Am Rheinufer wurden wir wieder zu kleinen Jungen, zumal uns der Aufenthalt am Ufer verboten war, weil der Rhein mehr einer Kloake als einem Fluss glich. In seinem Wasser konnte man zeitweise Fotos entwickeln, so viele Chemikalien enthielt er. Steine ketschern, Dinge finden, allein auf weiter Flur sein, das gefiel uns. Hier konnten wir laut von den anatomischen Zeichnungen träumen, die durch unsere hormondurchtränkten Hirne wanderten.

»Die Möpse von der niedlichen Blonden aus der Bäckerei, das wär was, da würden dem Alten die Augen aus dem Kopf fallen.«

Mit roten Ohren stellten wir uns weitere Mädchen nackt vor und besprachen, wer welchen Körperteil zeichnen würde.

»Den Knackarsch zeichne ich.«

»Und ich die Muschi. Mensch, dann fliegen wir achtkantig raus, wetten?«

Wir taten wissend und kannten doch beide nichts weiter als die aufregenden Abbildungen aus der »Praline«.

Und dann stolperten wir über das Lager eines Obdachlosen zwischen den Weidensträuchern in Wassernähe. Nicht viel deutete darauf hin, eine Feuerstelle, ein Topf, ein paar alte Klamotten als Nachtlager, leere Dosen und Bierflaschen rundherum. Die Feuerstelle glimmte noch leicht, von dem Mann keine Spur. Ich wollte in den Klamotten stöbern, mein Freund hielt mich zurück.

»Ich hab eine Idee, komm.« Er zog mich zurück zum Wasser, zurück zur Natostraße.

»Wir werden am Abend wiederkommen, ich habe eine ganz außerordentliche Idee für die verdammte Zeichnung. Damit werden wir alle in den Schatten stellen, glaub mir.«

Wir planten einen nächtlichen Ausflug zum Ufer, besprachen, wie wir uns aus den Häusern schleichen konnten und was jeder mitbringen würde. Ich verstand noch immer nicht, was er vorhatte, mein derber Freund, dieser kalte Butt.

»Und was zeichnen wir?«

»Die Hand eines alten Penners.«

Burmeester schaute auf die Uhr, verdammt lange saß er schon hier auf dem Klo, musste sich langsam wieder sehen lassen, obwohl in den letzten Sätzen deutlich geworden war, dass es einen direkten Zusammenhang zwischen dem unbekannten Schreiber und den hiesigen Funden geben musste. Er schaute auf das Papier, ein kurzer Abschnitt noch, dann war auch diese E-Mail ohne Unterschrift beendet. So viel Zeit musste sein.

Ich fragte nach, was er meinte, da grinste er schief und kickte einen toten Fisch zurück in die trüben Wellen.

»Wir besorgen uns heute Nacht eine Art Präparat und setzen uns morgen zum Zeichnen auf den Heuboden in der Tenne. Du wirst sehen, wir werden einzigartige Zeichnungen abliefern, die Eins ist uns sicher.«

Auf dem Rückweg wirkte er euphorisch und locker, während mich Zweifel an seinem Vorhaben plagten. Das schien er zu merken, und als wir wieder in unsere biederen Stoffhosen schlüpften, zwang er mir einen Schwur ab.

»Schwöre, dass du nichts von dem, was heute Nacht geschieht, jemals weitererzählen wirst. Los, sonst erzähle ich deinem Vater, dass du dir nachts unter der Decke einen runterholst mit dem Foto von Sophia Loren auf dem Bauch.«

Ich schwor, ohne nachzudenken. Ich kannte meinen Vater und seine moralische Gesinnung. Und ich kannte seine Hand auf meinem Hintern. Ich war den morbiden Plänen meines Freundes ausgeliefert, und glauben Sie mir, nichts hat mich mehr verfolgt als seine perverse Phantasie.

Mehr kann ich heute nicht mitteilen. Es geht mir gar nicht gut, ich werde mich wieder melden.

Burmeester würde mit dem jungen Psychologen sprechen müssen, das hier versprach Ausmaße anzunehmen, die immens wichtig für die Ermittlungen waren. Er faltete die Bögen zusammen und ging zurück zum Büro. Von Aha erwartete ihn ungeduldig.

»Mensch, wo warst du? Ich muss los, da gab es einen Anruf aus der Feldmark. Eine Frau hat Aktivitäten in dem Haus eines Mannes bemerkt, der seit ungefähr zehn Jahren verschwunden ist und auf unserer Vermisstenliste steht. Ich fahre mal kurz raus. Du musst wieder in die Hölle, Frau Mahlzahn erwartet dich schon.«

Hermann freute sich über sein Erscheinen. Burmeester war alles egal, seine Gedanken kreisten eh um andere Themen. Stoisch versah er seinen stupiden Zubringerdienst, während die Professorin ohne eine sichtbare Regung die Berge von Knochen betrachtete.

***

Schmerzen in Hand und Fuß, ein Revier, in dem er offen angepöbelt wurde, und wären Rocco nicht auf dem Parkplatz am Auesee die beiden Bierkästen im Gebüsch aufgefallen, hätte es mau ausgesehen. Wenn sich sein Leben hier weiterhin so schwierig gestaltete, müsste er sich wohl bald beim Jobcenter melden. Zunächst blieb ihm noch ein kärglicher Rest seiner Rente, er würde sich informieren, was es kostete, den Stromzähler wieder anzumelden. Heute hatte es für Brötchen, ein Stück Fleischwurst und Mineralwasser gereicht. Und für eine kleine Taschenlampe mit einem doppelten Satz Batterien.

Das Licht ermöglichte ihm, auf der Werkbank im Keller Hammer, Meißel und eine Brechstange zu finden. Wie OP-Besteck legte er alles sorgfältig auf den Küchentisch, hievte den Koffer daneben und versuchte sein Glück. Der Meißel erwies sich als zu breit, konnte nicht in die Rille fassen, und das wahllose Hämmern auf die Kofferoberfläche brachte ebenfalls nichts, also griff Rocco zur Brechstange. Deren breite Ansatzfläche bearbeitete er mit dem Feilensatz, der im Keller an der Wand hing. Dort spannte Rocco das Eisen in die Schraubzwinge und feilte, was seine Arme und Hände hergaben. Die ungewohnte Anstrengung ließ ihn schnell schwitzen, doch dann betrachtete er das Ergebnis zufrieden im kargen Schein der Taschenlampe.

Fast feierlich stellte er sich oben in der Küche wieder vor den Koffer, schob ihn mit der Rückseite an die Wand und schaffte so einen Widerstand. Dann setzte er das verbesserte Werkzeug an die Rille, mittig zwischen den beiden Schlössern, die Spitze schob sich zwischen die metallenen Bänder. Rocco setzte mit Kraft nach, er zog das Brecheisen zu sich, krümmte den Oberkörper unter der Anstrengung, und endlich sprang der Kofferdeckel auf. Und ihm schmerzhaft an die Stirn.

Rocco hielt die Augen geschlossen, ertastete die sich bereits bildende Beule und fühlte, ob Blut floss. Er hatte Glück gehabt, nahm sich den Meißel, um damit seine Stirn zu kühlen, und erst in diesem Augenblick, erst als er die erleichternde Kühle an seinem Kopf spürte, öffnete er die Augen und sah den Inhalt des Koffers vor sich.

Ungläubig ließ er die Linke in den Koffer gleiten und seine Finger über den Inhalt streifen, wie in Trance vernahm er ein lautes Pochen, war sich nicht sicher, ob es in seinem Kopf oder an der Haustür stattfand, bis Worte zu ihm drangen und in diese Welt zurückholten.

»Polizei! Öffnen Sie, oder ich sehe mich gezwungen, die Tür gewaltsam zu öffnen.«

Rocco erschrak, seine Herzfrequenz schnellte hoch, er reagierte blitzschnell, warf das Werkzeug in den Koffer, klappte die Hälften aufeinander und schob das Teil in die Abstellkammer. Dann schlurfte er zur Tür und öffnete sie einen kleinen Spalt. Draußen stand ein Mann, der Ähnlichkeit mit einer Eule hatte, und hielt ihm einen Ausweis unter die Nase.

»Von Aha, Kripo Wesel. Man hat uns informiert, weil Bewegung in diesem Haus wahrgenommen wurde, obwohl es schon lange leer steht. Sind Sie der Eigentümer? Und würden Sie bitte den Meißel zur Seite legen, das irritiert mich ein wenig.«

»'tschuldigung, ich habe mir den Kopf gestoßen und nur den Meißel zum Kühlen in der Nähe gehabt.«

»Und?«

»Wie, und?«

»Wer sind Sie? Weisen Sie sich bitte aus.«

»Da muss ich eben in die Küche, da ist meine Jacke mit allem.«

Von Aha sah dem dürren Mann nach, dessen ausgebleichte Kleidung an seinem Körper hing, dessen Haare seit Langem keinen Schnitt mehr bekommen hatten, an dessen linkem Sportschuh sich die Sohle an der Außenkante ablöste. Wie ein Penner wirkte er, wie einer, der sich in leer stehenden Objekten einnistet, bis man ihn rausschmeißt.

Von Aha trat ein und folgte dem Mann, ihm wiederum, wie ein Schatten aus dem Nichts, folgte die Nachbarin, die bei der Polizei angerufen hatte. Rocco hielt dem Beamten seinen Ausweis hin.

»Das ist das Haus meines Onkels. Der ist seit vielen Jahren nicht mehr aufgetaucht. In meinem Zuhause konnte ich nicht bleiben, es ist sehr reparaturbedürftig, und da dachte ich, ich komme her.«

Die Frau drängte aus von Ahas Schatten hin zu Rocco und blickte ihm tief in die Augen. Von Aha fühlte seine Autorität eindeutig unterwandert.

»Polizei! Mein Name ist von Aha, und wer sind Sie?«

Sie ließ sich nicht beirren, schaute sich den Langhaarigen mit dem Meißel an der Stirn ganz genau an.

»Dich kenne ich doch, du bist der Ronald von der anderen Rheinseite. Und ich dachte schon, ein Einbrecher würde hier alles durchwühlen. Herr Wachtmeister, das ist der Neffe von dem Eigentümer, der kam immer mal wieder vorbei und hat nach dem Rechten gesehen. Da habe ich Sie wohl umsonst bemüht.«

Schon verschwand sie wieder durch die immer noch geöffnete Haustür, während Rocco der Schweiß an den Schläfen entlanglief. Von Aha bemerkte die Blässe seines Gegenübers.

»Nun setzen Sie sich, ist Ihnen nicht gut? Ich hole ein Glas Wasser.«

»Nein, vielen Dank, ich schaff das schon. War ein bisschen viel, erst die Polizei, dann die alte Nachbarin und dazu die Beule am Kopf.«

Von Aha las die Angaben auf dem Ausweis, die Xantener Adresse, machte sich Notizen auf einem kleinen Block, reichte das Dokument zurück. »Ich werde dann mal wieder verschwinden, nichts für ungut, die hat es bestimmt nur gut gemeint.«

»Bestimmt.«

»Und Sie melden sich hier ordentlich an, wenn Sie länger bleiben wollen.«

»Mach ich, gleich morgen.«

An der Haustür machte von Aha noch einmal kehrt. »Sagen Sie, wissen Sie, wo Ihr Onkel abgeblieben ist? Hat der Kontakte ins Ausland gehabt?«

»Nein, Onkel Meinhard ist ein echter Niederrheiner. Selbst wenn der so welterfahren tat und lange in Arabien gearbeitet hat, musste er doch immer zurück zu seinem Kirchturm. Ich weiß nicht, was mit ihm geschehen ist.«

»Wenn Sie etwas vom ihm hören, dann melden Sie sich bei mir, ja? Er steht nämlich auf der Vermisstenliste, und wir überprüfen momentan, ob die noch aktuell ist.«

Von Aha ließ seine Karte für Rocco auf dem Tisch liegen. Rocco legte den Meißel zur Seite, der Kommissar blickte auf den ramponierten Kopf.

»Mein lieber Mann, da hat es Sie aber erwischt.«

»Ja, erst fiel mir etwas auf den Fuß, dann erwischte es meine

Hand, und jetzt die Birne. Aller guten Dinge sind drei, sagte meine Mutter immer.«

»Haben Sie einen Erste-Hilfe-Kasten im Haus? Wenn Sie so gefährdet sind, sollten Sie einen griffbereit haben.«

»Weiß ich nicht, muss ich erst suchen.«

Von Aha wies zur Tür in Roccos Rücken. »Vielleicht da drin, ist das eine Abstellkammer?«

Rocco schwitzte rekordverdächtig, er musste diese neugierige Nase loswerden, ganz schnell. »Ja, aber da ist nichts Brauchbares drin.«

Von Aha traf die Erkenntnis. »Klar, selbst wenn es einen Kasten gäbe, wäre der über zehn Jahre alt und nicht mehr zu gebrauchen. Schaffen Sie sich einen neuen an, ist besser. Und passen Sie gut auf sich und Onkelchens Haus auf.«

Rocco verharrte in der plötzlich zurückgekehrten Stille, stand auf und überprüfte eigenhändig, ob die Haustür wirklich hinter diesem munteren Bullen ins Schloss gefallen war. Eigentlich ein ganz Netter. Dann zog er die Gardine des Küchenfensters zu und zerrte den Koffer aus der Kammer, ließ ihn am Boden liegen, setzte sich daneben und lehnte sich an den Schrank.

Als Rocco den Koffer aufklappte, konnte er im Halbdunkel erkennen, dass seine Wahrnehmung ihn nicht getäuscht hatte. Alles lag vor ihm, ganz real, und fühlte sich echt an. Rocco blickte auf unzählige Bündel aus Euroscheinen.

SECHS

Tom Weber und Jerry Patalon traten auf der Stelle mit ihrem Auftrag, Listen von seit den Siebzigern vermissten Personen aufzustellen. Sie hatten alle verfügbaren Daten zusammengetragen, hatten nach Herkunft der Opfer und den Orten, an denen sie zuletzt gesehen wurden, eine Art Landkarte des Verschwindens erstellt, die sich über den Niederrhein stülpen ließ. Kinder hatten sie nicht aufgeführt, bislang deutete nichts in diesem Fall darauf hin, und Jerry pinnte die letzten Ergebnisse an das Board, welches er behutsam aus Karins Büro hinüber zu sich gerollt hatte. Tom kratzte sich nachdenklich den sorgfältig ausrasierten Nacken unter seiner grauen Kurzhaarfrisur.

»Das grenzt an echte Sisyphusarbeit, wir ackern uns durch die Dateien und wissen nicht, ob der Personenkreis stimmt, ob wir uns im richtigen Zeitfenster und in der Region bewegen, in der die Taten verübt wurden. Niemand kann bislang sagen, ob die Knochen hier in der Gegend nur abgelegt wurden und der Täter ganz woanders agierte.«

Jerry hatte die Fotos der Vermissten ausgedruckt und fügte sie hinzu. Die Landkarte bekam Gesichter, Augen von Männern und Frauen, die ins Leere schauten oder den Betrachter herausfordernd anblickten.

»Hoffentlich gibt es heute mal Konkreteres aus der Pathologie, sonst weiß ich auch nicht mehr weiter, es gibt bislang zu wenige Fakten. Ein Skelett draußen in Weselerwald, eine Menschenhand aus dem Reichswald zwischen Uedem und Marienbaum, zwei einzelne Knochen, die wir als Rippenknochen identifizierten, aus einer endlosen Zahl von Fundstücken, und nichts Fassbares. Gut, es gibt zusammengeflickte Brüche mit Schrauben, die ab den Siebzigern verwendet wurden, und dem Skelett fehlten die Hände.«

»Damit haben wir einen zeitlichen Ansatz ...«

»... und einen psychopathischen, denn die Skelettteile wurden nicht von Wildtieren abgenagt, sondern von einem Menschen abgetrennt.«

Tom schaute von Gesicht zu Gesicht, Abzüge von privaten Fotos meist, manchmal von Passbildern aus Ausweisen.

»Die Fachleute in Duisburg werden auch alte, verheilte Brüche zum Vorschein bringen, die kann man anhand von Verdichtungen auf Röntgenbildern erkennen, und die DNA-Bestimmungen werden Aufschluss über das Geschlecht der Opfer geben. Es dauert nur so endlos lange. Weißt du, ob Frau Professor noch mehr Menschliches gefunden hat?«

Jerry schüttelte den Kopf. »Heute noch nicht. Es reicht mir völlig aus, den bisher aufgefundenen Opfern ihre Identität zurückzugeben und den mutmaßlichen Täter ausfindig zu machen, der für diese Schweinerei zuständig ist. Alles in einer Zeitreise von den Siebzigern bis heute. Wer weiß, vielleicht lebt der noch, und wir sind erst am Anfang. Denk zurück an den Fall mit dem mumifizierten Kopf aus dem Kieswerk in Bislich, zu dem wir einen Körper fanden und letztlich auch eine Geschichte, die bis zum Ende des Zweiten Weltkrieges führte. Ein ganz seltener Fund, sagten die Pathologen damals. Inzwischen verdrehen sie die Augen, wenn sie unsere Opfer auf den Tisch kriegen, in Einzelteilen und ohne Fleisch.«

Tom lächelte und wandte sich verschwörerisch zu seinem Kollegen um. »Ich weiß, und unsere Chefin hat ihren Spitznamen auch inzwischen weg. Man nennt sie ›KK, die knöcherne Krafft‹.«

»Besser als ›die Knochensammlerin‹ oder so.«

»Aus dem Aufruf zum Abliefern der Knochen haben sie den Knochenwahn gemacht, und wir sollten auf KK aufpassen. Wenn sie —«

Weiter kam er nicht, die Tür sprang auf, und Karin Krafft stand im Raum.

»Sorry, aber ich konnte draußen einen Teil eurer angeregten, fachlich sehr kompetenten Unterhaltung hören. ›Die knöcherne Krafft‹, wehe, ihr verbreitet das! Dienstaufsichtsbeschwerde würde meine Rache heißen, Zivilklage wegen Verunglimpfung, und wenn das als Drohung nicht hilft, Versetzung nach Krudenburg.«

Tom hob ergeben die Hände. »Gnade, nicht Krudenburg, nicht zu den Wäscheleinen an der Lippe.«

»Nimm die Hände runter und diese Notiz in Empfang. Die Spurensicherung hat den Hersteller des Seils ausfindig gemacht, an dem das Skelett hing. Eine Seilerei im Hochsauerlandkreis ist das, ein Traditionsbetrieb, der heute noch auf dem Markt vertreten ist. Konferiert mit denen mal über die Absätze am Niederrhein zwischen 1970 und 1980, vielleicht findet sich da was. Weiß einer, wo Burmeester abgeblieben ist?«

Man hatte ihn zuletzt mit dem Handy in der Hand in Richtung Treppenhaus laufen gesehen.

***

Auf dem schmalen Fußweg unter den hohen Platanen, die dem Mittelstreifen des Herzogenrings etwas Altehrwürdiges verliehen, wich Burmeester mit routinierten Schritten den Hundehaufen aus. Nach mehreren vergeblichen Versuchen hatte er Niels Meier nun erreicht und kam nach einer unterkühlten, eiligen Begrüßung gleich zur Sache.

»Dir ist doch klar, dass ich den Inhalt der E-Mails nicht weiter von den Ermittlungen ausschließen kann, oder? Wer weiß, welches Geständnis oder welche Offenbarung die nächste Mail enthalten wird. Man kann sich mit etwas Phantasie ausmalen, was darin stehen wird. Es wird Zeit, dass du mit deinem Vorgesetzten sprichst.«

Der junge Mann am anderen Ende druckste herum. »Ich weiß nicht. Ich habe mir noch einmal die Unterlagen aus dem Studium angeschaut, die sich mit der Schweigepflicht befassen. Gesprächsinhalte, Diagnosen, Einträge in Akten, Dateien, Karteien, alles ist geschützt.«

Burmeester setzte sich auf eine der spärlichen Bänke und lauschte einen Augenblick dem gemächlichen Surren der angesichts einer Radarfalle mit Tempo dreißig vorbeischleichenden Autos.

»Ich sehe das völlig anders. Hier geht es nicht darum, dass du Auskunft über die seelische Verfassung des Mannes geben sollst. Das kannst du ausklammern, auf den Ausdrucken schwärzen, mir egal. Für uns von großer Wichtigkeit sind wahrscheinlich seine konkreten Erinnerungen. Ich warne dich vor schockierenden Einzelheiten, die seine nächste Mail enthalten könnte, mit etwas Erfahrung kann man sich ausmalen, was damals geschehen ist. Was, meinst du, hatten diese jungen Burschen mit diesem Obdachlosen am Rheinufer vor? Na, dämmert es? Die wollten garantiert nicht Skat spielen.«

Am anderen Ende gepflegtes Schweigen. Burmeester nutzte die Gelegenheit.

»Im nächsten Bericht wirst du erfahren, dass der Mann den Abend nicht unbeschadet überstanden hat, das sagt mir meine Intuition. Niels, wir brauchen die Einzelheiten im Kommissariat, wir müssen herausfinden, wer der Unbekannte ist. Du berätst ihn weiter, der wird nichts von unserer Arbeit erfahren, ich werde ihn aus den Presseerklärungen raushalten. Du machst deinen Job und wir unseren. Für dich seine Seele, für uns die Informationen aus der Vergangenheit.«

Burmeester setzte nach, bevor Niels Meier Luft holen konnte.

»Offensichtlich hält er sich vor dem Freund von damals verborgen. Wie nannte er ihn zum Schluss? Seinen Freund, den kalten Butt. Niels, den gilt es zu finden, den Alptraum deines Patienten. Eine tickende Zeitbombe. Niels, wenn es so ist, wie ich vermute, dann weiß dieser Butt wie der Rest der Welt aus den Medien von den Knochenfunden und ist alarmiert.«

Burmeester wurde ungeduldig, stand auf, ging zurück in Richtung Kommissariat, der junge Psychologe schwieg noch immer.

»Bist du noch dran?«

»Hm? Ja, ja. Du meinst, dieser Mann, also der, den er Butt nannte, der ist für die abgetrennten Hände verantwortlich?«

»Ich weiß es nicht, aber ich betrachte den Inhalt der Mails als wichtigen Hinweis.«

»Und du meinst, er könnte wieder aktiv werden?«

»Wer so eine Tat durchgeführt hat, hat bereits ethische und moralische Grenzen überschritten, ganz abgesehen von gesetzlichen. Planvolles Handeln, Abgestumpftheit oder einen gewissen Kick durch die Tat, das alles zeichnet ihn aus, er weiß um das Wie und Wo. Der hat eine innere Absicht, einen Drang, und hört nie auf.«

Niels Meier schien nachzudenken, man hörte einen Kugelschreiber klicken.

»Okay, ich stelle den Fall meinem Vorgesetzten vor. Der kommt aber erst morgen von einer Tagung zurück. So lange hältst du die Füße still, das musst du mir versprechen, sonst wandelt sich mein

Name von Meier in Hase, und ich weiß von nichts, hast du das gecheckt?«

»Geht in Ordnung. Wenn du willst, kann ich dich begleiten.«

»Spinnst du? Dann weiß er doch, dass ich schon aus dem Kästchen geplaudert habe, nein, nein, das mach ich allein.«

»Aber du informierst mich, falls er sich in der Zwischenzeit wieder meldet, okay?«

»Okay, ich rechne nicht damit, denn er braucht anscheinend ein bis zwei Tage, um Luft zu holen bis zum nächsten Schritt.«

Burmeester bemerkte erst jetzt die rot-weißen Absperrbalken eines Baustellenschachts seitlich des Weges und blieb für die letzten, beschwörenden Sätze dort stehen.

»Hör zu, egal wann dieser Mann sich meldet, er ist eine wichtige Figur in unserem Fall. Es ist unwahrscheinlich, dass jemand sich das ausdenkt. Und ich hoffe, dass du die Tragweite seiner Informationen ermessen kannst. Niels, du meldest dich, versprochen?«

Dem Jungpsychologen blieb nur bedingungslose Zustimmung. Burmeester nahm das Handy vom warm gequatschten Ohr. Er war davon überzeugt, den Mann erreicht zu haben.

Er atmete auf und blickte auf das halb zugebaggerte Loch zu seinen Füßen. Ihm dämmerte eine perfekte Möglichkeit, sich eines unliebsamen Ballasts zu entledigen: Er würde den Inhalt des Schuhkartons nach Feierabend hier versenken. Burmeester lächelte. Das Universum wird es richten, dachte er, völlig überrascht, dass diese Lebensweisheit seiner esoterisch angehauchten Mutter ihm so unvermittelt in den Sinn kam.

Frau Professor Reinecke-Bassfeld samt Hermann verabschiedeten sich, ohne einen weiteren Erfolg vermelden zu können, bis zum nächsten Morgen. Es gab noch einen kläglichen Rest zu begutachten, und da die dienstbeflissene Eigenbrötlerin ihre Aufträge stets zweihundertprozentig erledigte, wäre sie auch für zwei Hühnerknochen noch einmal nach Wesel gereist.

Da sie auf die Bahn angewiesen war, arbeitete sie strikt nach Fahrplan, und heute musste sie als letzte Bemerkung noch einen Schnitzer bemängeln, der seit Neuestem am Bahnhofsvorplatz für Furore sorgte.

»Da entdecke ich hier in Wesel, der Stadt von Konrad Duden, und im Jahr seines hundertsten Todestages an Ihrem Bahnhof ein Schild, auf dem das Wort ›Bahnhof‹ mit zwei f geschrieben steht. ›Bahnhoff‹! Das ist ein mahnendes Sinnbild für den Verfall von Werten und Ordnung. Wie soll die Jugend von heute Rechtschreibung lernen, wenn selbst auf öffentlichen Plätzen der Fehlerteufel regiert?«, sprach sie, entschwand und ließ eine verdutzte Hauptkommissarin zurück.

Karin erinnerte sich an den Eklat. Vor Tagen war das marode, für viel Geld sanierte und neu bepflanzte Bahnhofsumfeld in die Kritik geraten. Man hatte vergessen, die Pflanzen zu gießen, was in der Konsequenz zum Absterben der Grünanlage führte, und »Bahnhoff« prangte auf einer Infotafel für Radtouristen. All das wirkte wie ein ferner Gruß aus Schilda. Manchmal fühlte sie sich als Xantenerin auf der richtigen Rheinseite.

Von Aha lüftete den Besprechungsraum, stellte die begutachteten Kisten auf den Flur. Man würde in der nächsten Woche die Bevölkerung dazu aufrufen, ihre makabren Schätze wieder abzuholen. Jetzt galt es, den Ermittlungsstand per Technik auf gläsernen Wänden sichtbar zu machen.

Viel konnte er nicht hinzufügen, hatte pikiert das bespickte Board im Büro seiner Kollegen gesehen, und da sie versäumt hatten, ihre Erkenntnisse auf einer Datei im PC zu speichern, rollte er das Relikt aus vergangenen Zeiten hinüber zur glänzenden Hightech. Noch eine halbe Stunde bis zur kleinen Lage, Zeit genug, um den Mief des Tages zu verbannen. Er sah sich in dem Raum um, eine pittoreske Sammlung aus moderner Technik, abgegriffenen Möbeln, Knochenkisten und Hundemief – sein Arbeitsplatz gewann von Monat zu Monat an Attraktivität.

Burmeester erschien mit einem Becher Automatenkaffee und setzte sich gedankenversunken hin. Es gab in Gero von Ahas Augen Genießer wie ihn selbst, die italienischen Kaffee nur frisch zubereitet tranken, und unbelehrbare Banausen, die alles in sich hineinschütteten, was farblich einem Kaffee ähnelte. Zu Letzteren zählte er den modisch schrägen Kollegen, der mit einem tarngefleckten, taschenübersäten Allzweckbeinkleid auftauchte, das von traditionellen Lederhosenträgern gehalten wurde, welche trefflich mit dem Retrolook eines indisch angehauchten Hippiehemdes kontrastierten. Diese Kombination wirkte auf den ersten Blick zwar, als gehöre Burmeester zu den vielen Deutschen, denen es egal ist, wie sie aussehen, doch war sein modisches Rebellentum alles andere als Gleichgültigkeit. Deshalb konnte Gero von Aha nicht verstehen, warum beim jungen Kollegen stilistische und geschmackliche Flaute beim Kaffee herrschte. Offensichtlich trennten sie bei allem Rebellentum Welten, seufzte Gero innerlich. Doch das Schwimmen gegen den Strom – jeder auf seine Art – förderte bei den Ermittlungen oft genug ungewöhnliche Ansatzpunkte zutage.

»Du bist früh dran«, grüßte Gero von Aha.

»Ich komme sowieso nicht weiter, da kann ich auch eben hier einen Schluck Kaffee trinken.«

Von Aha warf eine frisch geschälte Pistazie ein und ließ die Schalen in seine Hosentasche gleiten. Burmeester beobachtete ihn mit leichtem Kopfschütteln.

»Was du an diesen unsympathisch grünen Dingern findest, ist mir schleierhaft.« Als von Aha ihm nur einen mitleidigen Blick über seinen Brillenrand hinweg zuwarf, fragte Burmeester eilig: »Funktioniert der ganze Kram wirklich, den du hier installiert hast?«

Von Aha war sich für den Bruchteil einer Sekunde nicht sicher, ob das eine Beleidigung oder eine hingebrabbelte Floskel sein sollte. Er schaute auf Burmeester, der abgespannt und unausgeglichen wirkte ... Floskel!

»Na, sicher läuft alles, du wirst es gleich sehen. In meiner vorherigen Arbeitsstelle in Göttingen war ich der Fachmann für die Präsentationstechnik. Das Equipment hab ich von der hiesigen Technikabteilung ohne Probleme bekommen. Die haben eigentlich schon darauf gewartet, dass hier mal frischer Wind weht.«

Wie auf ein Stichwort steckten beide ihre Nasen in die Höhe, schnupperten wie witternde Tiere. »Apropos, der Duft unserer Gäste wird sich noch lange halten«, meinte Burmeester.

»Die kommen noch einmal zum Dienst, und dann sind sie durch. Schon krass, wem man hier begegnen kann.«

»Jau.« Burmeester schlürfte den letzten Schluck aus dem Pappbecher, bevor er ihn zusammenknüllte und gezielt in den Papierkorb warf. »Denen möchte ich nicht im dunklen Park begegnen.

Ich weiß nicht, wer mich mehr erschrecken würde, die barocke Frau mit Schirm oder das Kalb von einem Hund.«

Um Punkt siebzehn Uhr waren die Kollegen vollzählig. Karin Krafft zog sofort die Aufmerksamkeit auf sich. »Endlich, es gibt Neuigkeiten. Wir können die Hand von der linken Rheinseite definitiv zuordnen!«

Zielstrebig ging sie zu dem Board, blickte zu den persönlichen Daten und den Fotos der Vermissten. »Unter ganz merkwürdigen Umständen verschwand eine Frau aus Wesel im Jahr 2001, wartet, die ist bestimmt auf einem der Fotos.«

Karin pickte das Bild einer Frau heraus und hielt es den Männern entgegen.

»Das ist sie, Pastoors heißt sie, Heike mit Vornamen. Der Fall ging damals überregional groß durch die Medien. Ihr Mann, Meinhard, war auf Geschäftsreise in den Emiraten unterwegs, sie kam von einer Theatervorstellung, hatte mit Freundinnen ein Abo im Bühnenhaus in Wesel. Es gab einen Taxifahrer, der sich erinnern konnte, sie in der Feldmark abgesetzt zu haben, etwa hundert Meter vor ihrem Haus. Dann brauche er nicht zu wenden, meinte sie und stieg fröhlich und beschwingt aus. Er blickte ihr noch ein paar Sekunden im Rückspiegel nach, bevor er losfuhr, heißt es im Protokoll, danach wurde die Frau nie wieder gesehen.«

Karin pinnte das Foto von Heike Pastoors mitten auf das Wandboard. »Sie wird das Haus an diesem Abend nicht betreten haben. Erst meldete sich ihr Arbeitgeber bei der Polizei, da sie nicht zur Arbeit erschien, was außergewöhnlich war für eine engagierte Grundschullehrerin, dann wurde sie von ihrer Schwester als vermisst gemeldet, und schließlich kam der Ehemann zurück und bestätigte dies voller Sorge. Die Suche nach ihr verlief negativ, sie schien wie vom Erdboden verschluckt. Selbst die Suchmeldung bei ›Aktenzeichen XY … ungelöst‹ erbrachte keine verwertbaren Hinweise. Der ganze Niederrhein hatte am Fernseher gesessen und die Sendung verfolgt, jeder sprach drüber. Die Gegend, in der das Haus der Pastoors steht, ist spärlich besiedelt, es gibt kaum Nachbarn —«

Von Aha unterbrach sie eifrig. »Ich weiß, ich bin doch heute vor Ort gewesen. Die paar Nachbarn, die es gibt, sind jedenfalls aufmerksam. Eine Frau hatte Bewegung im Haus der Pastoors gesehen und sich gemeldet. Der Mann, Meinhard Pastoors, ist ebenfalls verschwunden, allerdings erst seit neun Jahren. Einen Augenblick, der müsste ja auch an der Wand zu finden sein.« Er fand das Bild und stellte sich damit neben Karin. »In dem Haus lebt derzeit ein Neffe der beiden aus Xanten. Der hat wohl in all den Jahren nach dem Rechten geschaut und war der alten Nachbarin bekannt. Ein armer Schluffi, einfach, so ein asketischer Typ, nicht unsympathisch, wenn ihr mich fragt. Ich riet ihm, sich ordentlich anzumelden, damit es keine Schwierigkeiten gibt. Das ist ja ein Ding, beide vermisst, kein Lebenszeichen, nichts, und jetzt das.«

Karin übernahm wieder das Wort. »Man hat damals beim Verschwinden der Frau in alle Richtungen ermittelt, auch die Verwandten befragt, das Alibi des Ehegatten überprüft, alles ohne jegliches Ergebnis. Dann in 2002, als der Mann von der Bildfläche verschwand, hat zunächst niemand eine Vermisstenanzeige aufgegeben. Ungefähr ein halbes Jahr nachdem Meinhard Pastoors von der Bildfläche verschwunden war, meldete sich sein Schwager aus Xanten.«

Karin nickte von Aha zu. »Das muss der Vater des Neffen sein, den Sie dort angetroffen haben. Man sorge sich, weil er nicht zu erreichen sei, und befürchte, er habe sich etwas angetan. Eine gemeinsame Begehung im Haus ergab keinerlei Hinweise auf Gewalteinwirkung, weder durch Fremd- noch durch Eigenverschulden. Das Haus wirkte aufgeräumt und ordentlich hinterlassen, steht in der Akte. Der Diensthabende vermerkte noch, es fehle die Zahnbürste, der Rasierer, vermutlich auch Kleidung, da Schrank und Kommode an vielen Stellen ausgedünnt wirkten. Ebenso seien keine persönlichen Papiere zu finden, ein Koffer sei noch in der Abstellkammer gelagert. Das Wasser sei abgestellt, der Kühlschrank abgetaut und der Müll entsorgt. Im Briefkasten stapelte sich Werbung, er schien alles Mögliche abgemeldet zu haben, selbst das Telefon. Eher nach Abreise habe es ausgesehen.«

Wieder wandte sie sich an ihren Kollegen. »Wenn Sie diesen ›Schluffi‹ schon kennen, Herr von Aha, dann können Sie gleich morgen wieder Kontakt zu ihm aufnehmen, um ihm mitzuteilen, dass zumindest seine Tante nicht mehr lebt. Der Verbleib des Onkels ist ja weiterhin unklar, jedenfalls stimmte die DNA der gefundenen Knochen nicht mit seiner überein. Die haben von den meisten Vermissten Proben archiviert, Haare, Fingerabdrücke, manchmal überholen ja die technischen Auswertungsmöglichkeiten die Spuren, die festgehalten werden konnten. Im Fall von Meinhard Pastoors haben wir entweder seine Knochen noch nicht gefunden, oder er wurde nicht zum Opfer.«

Aus dem Hintergrund meldete sich Jerry. »Den klassischen Fall von ›Ich geh mal Zigaretten holen‹ halte ich für unwahrscheinlich.«

Tom Weber machte sich Notizen, blickte von einem Foto zum anderen. »Aufgrund der unterschiedlichen Daten des Verschwindens ist mir gar nicht aufgefallen, dass wir zwei Menschen mit gleichem Namen auf dem Schirm haben. Aber klar, man wird bei ihm die Prioritäten anders gesetzt haben, da es nach einer Abreise ausgesehen hat.«

Jerry schaute auf die Fotos, die nun nebeneinander an der Tafel hingen. »Verbessert mich, wenn ich Quatsch reden sollte. Es ist doch äußerst unwahrscheinlich, dass im Abstand von einem Jahr zwei Menschen das Gleiche widerfährt. Vielleicht hat er die Einsamkeit nicht ausgehalten und lebt jetzt von seinen Ersparnissen auf Mallorca oder an der türkischen Mittelmeerküste, hat seine Verbindungen abrupt abgebrochen. *Bye-bye, good cold Germany.*«

Burmeester wurde blass. Er schien auf seinem Stuhl zusammenzusinken, bemerkte seine Vorgesetzte aus dem Augenwinkel. Von Aha stand noch immer neben Karin, für beide wohl eine ungewohnte Nähe. Sie blieben sich auch nach über einem Jahr gemeinsamer Arbeit fremd.

»Es ist viel zu früh, um über eventuelle Zusammenhänge zu spekulieren, und ungewöhnlich ist die Geschichte ja. Gibt es noch etwas von Ihrer Seite, Herr von Aha?«, fragte Karin ihren Kollegen.

»Ja, Frau Krafft, ich möchte noch einmal auf die segensreiche technische Ausstattung hinweisen, mit der wir aber nur optimal arbeiten können, wenn wir sie füttern. Ich möchte euch dazu aufrufen, neue Daten nach Möglichkeit über die PCs an mich weiterzuleiten, damit ich alles hier einspeisen kann. Nur dann sind Visualisierung, Vergrößerung, Verteilung et cetera effektiv machbar.«

Er ging zu einem Laptop. Einige Eingaben reichten, um eine vergrößerte Landkarte des Niederrheins auf die gläserne Wand zu zaubern.

»Jetzt kann mit einem Stift operiert werden, wir können Fundorte aufzeichnen, Kreise ziehen, aber auch, da die Ausstattung per Touchscreen funktioniert, mit dem Finger vergrößern, verschieben und so weiter.«

Während er mit stolz geschwellter Brust sprach, demonstrierte er eindrucksvoll Funktion und Möglichkeiten. Die Kollegen und seine Vorgesetzte gaben sich beeindruckt. Karin nickte anerkennend.

»Donnerwetter, von Aha, morgen werden wir eine große Lage haben, sorgen Sie dafür, dass die Präsentation stimmt. Ich bin beeindruckt.«

Tom wies auf die Diskrepanz zwischen Technik und Zustand des Raumes hin. »Da fehlt eigentlich nur noch ein neues Kommissariatsgebäude drum herum.«

Jerry hakte nach. »Stell doch mal einen Antrag bei der van den Berg. Mal sehen, ob wir die Genehmigung noch erleben. Burmeester, was sagst du denn dazu?«

Wie aufgewacht schreckte er hoch. »Was, ich? Die Technik, ja, ja, klasse.«

Karin blickte ihn kritisch an. »Sag mal, geht es dir gut? Du wirkst so abwesend heute.«

Diese Fragen schienen ihm unangenehm zu sein, er vergrub seine Hände tief in den Taschen seiner Jeans. »Alles in Ordnung. Du siehst Gespenster. Ich habe übrigens mit der eisernen Lady ausgemacht, dass ich morgen assistiere.«

Tom klopfte ihm auf die Schulter. »Guter Kollege! Dein märtyrergleiches Verhalten ist sehr löblich, dafür gebe ich dir nachher ein Bier auf dem Kornmarkt aus.«

»Och, vielen Dank, aber ich muss gleich weg. Ein anderes Mal, ja?«

***

Rocco hatte in der Nacht kein Auge zugetan, noch nie in seinem Leben hatte er so viel Geld gesehen. Er dachte an alte Micky-

Maus-Hefte und die Darstellung des steinreichen Dagobert Duck, der in seinem mit goldenen Talern gefüllten Tresor tauchen ging. Sein schmerzender Kopf hielt ihn davon ab, die Scheine auf sich herabregnen zu lassen, außerdem machte man so etwas nicht. Stattdessen hatte er im Kerzenlicht unter dem Küchentisch kleine Stapel Geldbündel aneinandergereiht, Zettel und Stift gesucht und fein säuberlich notiert, wie viele Bündel mit welchem Wert es waren. Zweimal hatte er neue Kerzen auf den Halter gesteckt, mehrmals die Summe überprüft, denn Mathematik war nie sein bestes Fach gewesen, und die Größe der Zahl schien ihm so unwahrscheinlich, dass er sie kaum auszusprechen wagte.

Im Morgengrauen brauchte er eine kurze Pause, wagte andererseits nicht, seinen Schatz für ein paar Minuten unbewacht zurückzulassen. Kaum hatte man Geld im Haus, schon plagten einen bislang unbekannte Probleme. Angst um die Kohle, Furcht vor Einbrechern. Lächerlich, das Geld hatte jahrelang in diesem Haus gelegen, niemand scherte sich um diesen alten Kasten und seinen Inhalt. Rocco humpelte in den Garten und hielt den Kopf unter die Pumpe. Das kalte Wasser erfrischte ihn, belebte die Sinne, er fühlte sich hellwach, wach genug, um die Summe endlich vor sich hin zu flüstern.

»Vier …« Ihm versagte die Stimme, er räusperte sich heftig, nahm einen Schluck Wasser.

»Vierhundert …«

Die Kühle tat der Beule gut, er pumpte erneut, schaufelte sich noch ein paar Hände voller Wasser ins Gesicht. Auch die Hand hatte den Schmerz schon vergessen. Heilbringender Haufen Geld.

»Vierhundertundfünfzigtausend Euro. Scheiße, Mensch.«

Er hielt sich die Hand vor den Mund, hoffentlich hatte ihn niemand gehört. Und das ganze Geld auf dem Küchenboden! Es ließ sich nicht leugnen, Reichtum bedeutete puren Stress. Ganz schnell musste eine Lösung her. Rocco hatte keinen Schimmer, was er mit dem Geld anfangen konnte. Eigentlich gehörte es seinem Onkel. Der war verschwunden und hatte den Koffer zurückgelassen. Warum wohl? Roccos Kopf rauchte vor Gedanken rund um die Geldbündel, ein Gefühl, das er nicht kannte, eigentlich auch nicht wollte, wie unangenehm.

Er ging ins Haus und begann, das Geld zurück in den Koffer

zu packen, Bündel für Bündel neuer Scheine, jungfräulich, mit festen Banderolen umschlossen, Hunderter, Fünfziger, sogar Fünfhunderter, von deren Existenz Rocco nie gehört hatte, aber selbst der gefüllte Koffer, der nicht mehr ordentlich verschlossen werden konnte, ließ seine Gedanken immer noch magisch um den Inhalt kreisen.

So ging das nicht, dieses Geld begann ihn zu beherrschen. Er musste sich ein anständiges Versteck suchen und als Nächstes eine Möglichkeit, es loszuwerden, sonst würde er kein Auge mehr zukriegen in diesem Haus. Fast eine halbe Million Euro. Wie kam sein Onkel zu so viel Geld? Bestimmt hatte er im Lotto gewonnen und niemandem davon erzählt. Onkel Meinhard verdiente es, das Geld zu verlieren, schließlich hätte Roccos Familie einen kleinen Zuschuss gut gebrauchen können.

Mutters Bruder, die ganze Sippschaft hatte gewusst, wie schlecht es ihnen ging damals, kurz nach der Jahrtausendwende, dass es immer nur für das Notwendigste reichte. An allem wurde gespart, und hier lag das Geld unberührt im Koffer. Meinhard Pastoors hatte die Familie seiner Schwester nur mit dem Nötigsten unterstützt. Genug, um öffentlich nicht negativ aufzufallen, viel zu wenig, um ihr ein gutes Leben zu verschaffen. Es musste weg. Er würde es verschenken. Ein wenig für sich selbst ausgeben und den großen Rest an Leute weitergeben, denen er im Laufe der Zeit begegnet war, mit angesehen hatte, wo sie knapsen mussten. Das erkennt man, wenn es zu Hause manchmal wochenlang Kartoffelsuppe oder Nudeln gegeben hat. Schlagartig fielen ihm Menschen in Xanten ein, denen er einen kleinen Beitrag zum Leben zustecken würde. Und in der Feldmark hatte er am Vortag gleich mehrere Gesichter gesehen, die ihre Sorgen nicht hatten verbergen können.

Er würde ein anonymer Spender werden, der Robin Hood des Niederrheins, der Wohltäter der Gegenwart. Er würde dem Jobcenter ein Schnäppchen schlagen, Empfängern von Hartz IV in ihrer Not Bares zustecken. Die Veränderungen im Leben der anderen würde er aus der Ferne betrachten und sich daran erfreuen.

Rocco begegnete der inzwischen aufgestiegenen Sonne mit neuer Lebensenergie. Zuerst brauchte er ein völlig unscheinbares

Versteck für das Geld. Etwas, an dem jeder Fremde vorbeigehen würde.

Eine große Bodenvase fiel ihm ins Auge, bauchig, aus grobem Ton, in den Brauntönen der Sechziger, unscheinbar und hässlich mit einem Einsatz aus Plastik als Wasserbehälter für den Blumenstrauß. Ungefähr ein Viertel des Geldes verschwand in diesem Tongefäß. Von der übrigen Menge ließ er dreimal zehntausend Euro in seinen Hosentaschen verschwinden, befüllte die Werkzeugkiste im Keller und packte Tupperdosen voller Geld in die abgestellte Tiefkühltruhe. Mit ausgebeulten Jeanstaschen machte er sich auf den Weg, ganz beschwingt mit seinem alten Fahrrad, darauf achtend, dass seine wertvolle Fracht nicht verloren ging. Heute würde alles anders sein als sonst.

SIEBEN

Morgenstund hat Gold im Mund. Wer sich das ausgedacht hatte, dem waren Sommerabende in Biergärten, gute Filme zu jeder Tages- und Nachtzeit und die technischen Errungenschaften wie Internet und iPhone fremd, dachte Niels Meier bei Dienstbeginn.

Er hatte sich selbst auferlegt, um halb neun vor dem PC zu sitzen, denn in der Nacht schrieben die, denen das Leben den Schlaf raubte. Ganz Mutige meldeten sich in nächtlichen Talksendungen à la »Domian«, riefen an, um freimütig über grenzwertige Erfahrungen oder Erlebnisse zu sprechen, die selbst unter Freunden unaussprechbar blieben. Andere setzten sich an den PC und tauchten in Chats gemeinsam mit angeblich Gleichgesinnten ab, um sich in kurzen Sätzen und keinesfalls unter ihrem Klarnamen auszutauschen.

Wieder andere, die sich nicht direkt in psychologische Behandlung begeben konnten, hatte er auf dem Schirm. Sie schrieben sich ihr Leid von der Seele und waren erleichtert über jeden Austausch, zufrieden mit jeder aufmerksamen Antwort. Es entstand eine Art dialogische Kommunikation, deren Fortlauf freiwillig war, ebenso wie jede Sitzung beim Psychologen. Langsam hatte er sich eingearbeitet, stellte sich die Menschen hinter den Geschichten vor, wie sie den PC einschalteten, sich einloggten, um seine Antwort zu lesen. Alles anonym, niemanden sehen, keine Mimik, keine Gestik, keine Betonung der Worte, sich nicht bloßstellen müssen, sich nicht der eigenen Gefühle schämen, vielleicht nicht einmal die Verantwortung für sich selbst übernehmen, weil man per Mausklick in Sekundenschnelle sogar die Identität wechseln konnte.

Egal, wie sehr sich jemand verstellten mochte, Niels Meier glaubte inzwischen die wahren Geschichten, die echten Gefühle erkennen zu können, und er wusste darauf einzugehen. Nicht fordernd, sondern verständnisvoll wollte er Impulse setzen, mit denen seine unbekannten Klienten weiterarbeiten konnten, wenn sie es zuließen. Er fühlte sich am richtigen Platz, auch an diesem

Morgen, an dem sein Kopf ihm doppelt schwer erschien, der Magen ungut brummte und das Gespräch mit dem Leiter der Beratungsstelle vor ihm lag. Da musste er durch, nie mehr Cocktailparty während der Woche.

Er knipste den PC an. »Los, Baby, lass sehen, wer dich heute Nacht wieder zugetextet hat.«

Vierunddreißig Einträge waren verzeichnet. Bestimmt eine Neumondnacht, dachte Niels Meier, als er bei der Nummer achtundzwanzig stoppte.

»Das ging schneller als erwartet. Habe ich Sie falsch eingeschätzt, Herr Unbekannt, oder war ich unvorsichtig und bin Ihnen zu nahe getreten?«

Da war er wieder, hatte anscheinend eine sehr unruhige Nacht hinter sich. Die E-Mail vom Vortag war um halb zwei Uhr nachts abgesendet worden, diese um kurz nach drei.

»Sie stehen unter sehr großem Druck, mein Lieber, ich bin gespannt, was Sie mir heute Nacht zu berichten hatten. Vorher hole ich mir noch einen Kaffee.«

Niels Meier rief die E-Mail ab, holte sich in der Zwischenzeit einen Becher aus der Teeküche und vergewisserte sich, wann sein Vorgesetzter im Hause sein würde. Noch zwei Stunden, genügend Zeit, um auf die neue E-Mail zu antworten.

»Herr Unbekannt, ich bin bereit.«

24.06.2011, 03:07 MEZ

Ich danke Ihnen vielmals für Ihre wohlgesinnten Worte, Sie tun mir so gut. Ihre Antwort hat mich sicher durch den Tag gebracht, nur die Dunkelheit, die Nacht macht mir zu schaffen. Ich weiß nicht mehr zur Ruhe zu kommen, mein Herz spielt verrückt, ich schwitze, meine Nerven drehen auf, ich habe bestimmt einen Blutdruck, der auf zweihundert zugeht, ich höre es in meinen Ohren rauschen. Ich befürchte, Sie hatten recht, ich habe die Geschichte zu lange mit mir herumgetragen, und jetzt rächt sich diese Lebenslast. Mein ganzes neues Leben, ein einziges Versteckspiel, eine einzige, verzweifelte Lüge, nichts stimmt, nicht einmal mein Name ist echt. Manchmal glaube ich selbst, was ich hier darzustellen versuche, und dann überkommt mich wieder so ein Schauer, ein Schmerz, so eine Sehnsucht nach zu Hause. Und erst wenn ich eine Stunde am Meer ent-

langgegangen bin, kann ich wieder in meine Rolle schlüpfen. Nur bei Ih-
nen bin ich nach all den Jahren ich selbst, der Mann mit dem schweren
Sack auf den Schultern, dessen Inhalt körnchenweise herausrieselt.

Es fiel Niels Meier schwer, sich auf den Bildschirm zu konzentrieren. Er rieb sich die Augen.

»Heute werden Sie nahezu lyrisch, Herr Unbekannt, Ihre ge-
bildete, gewählte Sprache kenne ich inzwischen, dieses Mal scheinen Sie sich zu öffnen, hoffentlich ist das nicht viel zu schnell.«

Er nahm einen großen Schluck Kaffee und setzte sich bequem
vor den Bildschirm.

Ich hatte Ihnen berichtet, wie der Butt und ich uns zu der Exkursion
ans Rheinufer trafen. Wir hatten die Rucksäcke mit, die wir extra für
die Wandertage in der Eifel bekommen hatten, aus grünem Drillichstoff
mit Lederriemen. Ich hatte, wie abgesprochen, ein Weckglas aus Mutters
Vorratskammer mitgenommen und eine Dose Ravioli, das Schweizer
Messer mit dem Dosenöffner trug ich einsatzbereit in der Hosentasche.
Er sollte eine Flasche Korn aus Vaters Barfach im Gepäck haben, ein
Brot und eine Packung Toffifee, die mochten wir so gerne. Naiv, oder?
Da dachten wir ans Naschen! Ich überlegte noch, was er zusätzlich wohl
mitschleppte, denn der Rucksack hing ihm schwer im Kreuz. Ich solle
nachher bloß nicht den ganzen Schnaps runterschlucken, sondern heim-
lich hinter mir ausspucken, wir müssten einen klaren Kopf behalten, sag-
te er.

Noch wusste ich nicht, wofür, nickte ein verschworenes Okay. Leich-
ter Sommernebel hüllte die Wiesen und das Wasser in eine milchige
Schicht, die Lastkähne auf dem Rhein ließen zur Bestimmung ihrer Po-
sition die Nebelhörner hören. Kennen Sie das? Eine idyllische Geräusch-
kulisse, in der leicht abgekühlten Luft das gemächliche Tuckern der Mo-
toren und hin und wieder ein Nebelhorn.

Es fiel uns nicht leicht, über das dunkle Ufer zu laufen, die unebenen
Steine, das Wurzelwerk der Sträucher erschwerten die Schritte, leichte
Orientierung gaben uns die kleinen Wellen, die sich im Kies brachen.
Wir stochten los zu einem Abenteuer, dachte ich damals, die besten Freun-
de unterwegs. Wie naiv ich war. Ab der letzten Kribbe vor der Lagerstel-
le des Unbekannten versuchten wir, so leise wie möglich aufzutreten, sa-
hen ein kleines Feuer zwischen den Sträuchern aufflackern, er war also

zurück. Ich flüsterte dem Butt ins Ohr, was er denn vorhabe, und er sag-
te nur, ich solle keine Fragen stellen, nur mitmachen, der Erfolg sei uns
sicher.

Je näher wir der Lagerstätte kamen, desto höher schlug mein Herz,
das Adrenalin stieg mir in den Kopf, dann sahen wir ihn. Ein Mann mit
grauen Haaren, der unter einer Hülle aus Kleidung und Decken vor dem
Feuer saß, eine Bierflasche in der Hand, aus der er hastig trank und weit-
hin hörbar rülpste.

»Bist du bereit?«

Ich flüsterte eine zittrige Zustimmung. Wir durchbrachen den Sicht-
schutz aus Weidenzweigen und gingen auf den Mann zu. Der schaute
wenig überrascht auf, der Butt rief eine Begrüßung, mittlerweile waren wir
gut zu erkennen im Feuerschein.

»Zwei Grünschnäbel auf Nachtwanderung. Habt ihr keine Angst im
Dunkeln?«

Er rührte sich nicht, lud uns mit einer Kopfbewegung ein, ans Feuer
zu kommen. Wir hockten uns zu ihm, der Butt begann eine freundliche
Konversation, fragte, ob wir das Feuer nutzen könnten, um eine Dose
Ravioli warm zu machen, wir würden die gerne mit ihm teilen, er stimm-
te nickend zu.

Der Butt wollte die Dose in die Glut stellen. Der Mann lachte heiser,
erst öffnen, meinte er, und das Papier abreißen, dann vorsichtig reinstellen.
Den Deckel sollten wir zum Anfassen dranlassen, Grünschnäbel ohne Er-
fahrung seien wir, noch nicht reif, um auf Trebe zu gehen, sagte er.

Ich erinnere mich, als wäre es gestern gewesen, ich rieche das Feuer und
höre die Schiffe und bin noch genauso aufgeregt. Diesmal erzähle ich Ih-
nen die ganze Geschichte.

Die Grünschnäbel hätten sogar Korn mit, ob er auch einen Schluck
wolle. Da setzte der Mann sich aufrecht hin unter seiner ärmlichen Hül-
le, da sah ich seine Augen leuchten. Der Butt nahm einen Schluck, reich-
te die Flasche weiter, der Penner nahm einen tiefen Schluck und reichte
mir die Flasche. Es ekelte mich, ich wischte den Flaschenhals lange ab,
bevor der erste Schluck Schnaps meines Lebens in meinen Mund rann,
in meiner Kehle landete und einen heftigen Husten auslöste. Meine Spei-
seröhre brannte, selbst mein Magen schien in Flammen zu stehen. Der
Butt stimmte mit dem Unbekannten zusammen ein verächtliches Lachen
an.

»Da hat der Kleine seinen Einstand«, krächzte der Mann. Ich nahm

ganz männlich noch einen zweiten Schluck, lehnte die Flasche in den nächsten Runden aber ab.

Der Butt und der Tippelbruder teilten sie sich, wobei der Mann den Großteil trank und der Butt sich zum Ausspucken geschickt zur Seite drehte. Mir stieg der erste Alkohol meines jungen Lebens ganz schnell in den Kopf. Es dauerte nicht lange, und der Mann sank unter seinem Klamottenumhang zusammen, kippte schnarchend zur Seite. Der wäre abgefüllt, meine der Butt, ein paar Minuten noch, dann wären wir so weit.

Niels Meier machte eine Pause. Er wollte vorbereitet sein auf das, was jetzt kommen würde. Wollte er wirklich das Lebensgeheimnis dieses Unbekannten kennenlernen? Langsam war er sich nicht mehr so sicher. Doch wollte er als Onlinepsychologe Erfahrungen sammeln, die das Leben schrieb, so war dies der richtige Ort. Noch ein Kaffee wäre nicht schlecht.

***

Gero von Aha rümpfte die Nase. Immer wieder rauchten Kollegen in den Dienstwagen, mit heruntergedrehter Scheibe, die Kippen entsorgten sie während der Fahrt und meinten, niemand würde es merken. Einer sensiblen Nase wie der von Ahas entging nichts, Hemd und Jeans würden am Abend sofort in der Waschmaschine landen.

Er stand auf dem Rechtsabbieger am Marktplatz der Feldmark, um weiter auf der Hamminkelner Landstraße zu bleiben, und betrachtete die Menschen an der Bushaltestelle, als ihm Ronald Corthaus, der Neffe der Pastoors, im Hintergrund auffiel, wie er in die öffentlichen Müllbehälter schaute. An seinem Lenker hingen Plastiktüten, in denen er seine Funde verstaute.

Da schau an, dachte von Aha, ein Pfandsammler, so ist es also um ihn bestellt. Die Ampel sprang um auf Grün, er bog auf den Parkplatz der kleinen Geschäftszeile ab und reihte sich mit Blick auf das Geschehen ein. Der dünne Sammler brachte seinen Fund in den Rewe-Markt, kam mit geleerten Tüten, einem belegten Brötchen und einem *Coffee to go* in Händen wieder zum Vorschein. Er setzte sich auf eine Bank, frühstückte mit dem Gesicht zur Sonne. An ihm vorbei gingen Bürger des Stadtteils zum Supermarkt, ältere Frauen, junge Mütter mit Kinderwagen, zwei Männer brachten in einer Schubkarre leere Bierkästen ins Geschäft.

Eine junge Mutter stellte ihren Kinderwagen ab, ließ das Kleinkind aussteigen und verschwand mit dem Jungen im Laden. In dem Moment geschah etwas, das von Aha nicht verstand. Corthaus stand von der Bank auf und ging zu dem Kinderwagen. Er schaute sich um, das angegessene Brötchen zwischen den Zähnen haltend, in der einen Hand den Kaffee, nestelte mit der anderen in der Hosentasche und schien, außerhalb seines Sichtfeldes, etwas in den Kinderwagen unter den Bezug der Rückenlehne zu stecken. Was das wohl sollte, was machte der da? Kauend setzte sich Corthaus zurück auf die Bank, als sei er nie aufgestanden.

Von Aha beobachtete die Szene interessiert, sah den unschuldigen, armen Neffen der Vermissten zu Ende frühstücken und den Becher ordentlich entsorgen, ohne dass er den Kinderwagen aus den Augen ließ. Es dauerte, bis die junge, einfach, ja billig gekleidete Mutter mit einem Paket Windeln und einer Plastiktüte wieder aus dem Laden kam.

Das Kind kletterte in den Buggy, die Frau verstaute den Einkauf. Der Junge beschwerte sich über etwas in seinem Rücken, die Mutter meckerte erst, bis sie schließlich über die Rückenlehne fühlte und offenbar eine Unebenheit bemerkte. Sie griff unter den Bezug und schaute erstaunt auf ihre Hand, die sie verborgen hielt, schaute sich um, stutzte, ließ die Hand im Verborgenen, wartete noch einen Moment, bis sie die Hand ohne Inhalt wieder herauszog. Dann holte sie eine Milchschnitte aus der Tüte, gab sie dem immer noch nörgelnden Kind und schob den bepackten Buggy im Laufschritt in Richtung Ampel.

Das alles beobachtete nicht nur von Aha, auch der Pfandsammler schien die Frau nicht aus den Augen zu lassen. Was hatte er in dem Kinderwagen deponiert? War da vor den Augen der Kripo vielleicht sogar ein Drogendeal abgelaufen? Sollte er den Mann zur Rede stellen oder die Frau verfolgen und die Rückenlehne untersuchen?

In diese Gedanken hinein bemerkte von Aha, dass sich Ronald Corthaus auf sein Rad geschwungen hatte und in Richtung Reeser Landstraße auf den Weg machte. Von Aha beschloss, ihm zu folgen.

★★★

Er konnte gar nicht anders, der junge Psychologe hielt die Pause nicht lange aus, selbst das Gespräch mit einer Kollegin in der Teeküche lenkte ihn nicht von der E-Mail ab, die nicht zu Ende gelesen auf seinem Bildschirm ruhte. Mit einem frischen Kaffee begab er sich in seinen winzigen Arbeitsraum, war bereit für die Fortsetzung.

Der Butt befahl mir, das Weckglas auszupacken und bereitzustellen. Er öffnete seinen Rucksack erneut, und zum Vorschein kam eine Axt, deren kurzer Stiel ihm gut in der Hand lag. Ich erinnere mich an den Feuerschein, der sich kurz im Axtkopf spiegelte, und dass ich dachte, was er wohl damit vorhat, ohne das Böse denken zu können. Dann schlich er zu dem Mann, bedeutete mir, ihm zu folgen. Der Alkohol hatte meine Beine in Gummi verwandelt, ich fand schlecht Halt im Kies.

Ein Arm des Mannes ragte aus seiner Hülle, ich solle ihn festhalten, flüsterte der Butt, auf den großen Stein drücken und gut festhalten. Ich tat es. Da hob der Butt die Axt, und ich wich vor Schreck zurück. Memme, spie er aus, ich solle zur Seite gehen. Wie in Trance betrachtete ich diese unwirkliche Szene.

Der Butt hieb mit einem Schlag die Hand des Mannes vom Arm ab.

Niels Meier wich entsetzt zurück. Er hatte mit einer Eskalation gerechnet, mit einem gewalttätigen Akt, mit etwas kaum Vorstellbarem. Doch nicht mit dem hier, nicht diese Verstümmelung, diese Grausamkeit wie aus dem Nichts. Genau davor hatte der Bulle ihn gewarnt, vor einem Inhalt, dem jeder Horrorfilm nachstand. Das hier war die reale Schilderung eines Geschehens, das sich unvorstellbar brutal abgespielt haben musste, eingebrannt in eine Jungenseele. Jetzt war er selbst involviert.

Er stockte, wie damals vor zehn Jahren, als er die Bilder der einstürzenden Türme in New York ungläubig auf dem Bildschirm verfolgt hatte, nicht davon ablassen konnte. Hier wurde er nicht zum Zeugen, diese E-Mail machte aus ihm einen Mitwisser des traumatischen Erlebnisses, das der Unbekannte seit seiner Jugendzeit in sich verborgen hielt.

»Mein Gott!«

Der Mann erwachte mit ungläubig aufgerissenen Augen, Blut spritzte aus seinem Stumpf, während der Butt in aller Seelenruhe die Hand aufnahm und in das Weckglas steckte. Erst jetzt schrie der Mann einen langen, gellenden Schrei, den ich heute noch höre. Der Butt sprang ihm in den Rücken und zwang seinen Kopf zu Boden. »*Komm doch her und hilf mir*«, *schrie er. Ich konnte mich nicht bewegen. Da bekam er einen großen Stein zu fassen und hieb auf den Kopf des Mannes ein, wieder und immer wieder, bis der sich nicht mehr rührte.*

Der Butt stellte sich mit blutverschmierten Händen neben mich. Wir starrten auf das Bild im kargen Feuerschein. Er meinte, wir müssten den Mann ins Wasser ziehen. Ich konnte mich noch immer nicht bewegen, er ohrfeigte mich zurück aus der Starre.

Wir zerrten den Mann zum Wasser. Das war nicht einfach, denn er war schwer. Bis zu den Oberschenkeln stakten wir ins Flusswasser. Wir schoben ihn vor uns her, bevor die Strömung ihn aufnahm und mit sich zog.

Immer noch glaube ich, zuletzt den blutigen Stumpf neben dem Kopf gesehen zu haben, mit dem Gesicht mir zugewandt. Ich bin davon überzeugt, in der letzten Sekunde, bevor der Mann in den Fluten versank, ein Flackern in seinen weit aufgerissenen Augen gesehen zu haben. Den Schrei und die Augen werde ich nie vergessen, glauben Sie mir.

Verzeihen Sie, dass ich Ihnen diesen Dreck zumute, mir rinnen die Tränen über die Wangen, aber ich bin gleichzeitig so erleichtert. Zum ersten Mal ist eine Last von mir abgefallen.

Was es mit der Hand auf sich hatte? In der Nacht waren wir schweigend nach Hause geschlichen, triefnass, vom Flusswasser gesäubert. Am nächsten Tag trafen wir uns wie verabredet auf der Tenne.

Er hatte das Glas mitgebracht, Zeichenblöcke und Stifte. Ich stand noch so unter Schock, meine Finger malten wie besessen die Hand, diese alte Hand mit den dreckigen Fingernägeln, die weißlich, wachsartige Haut, die der Butt vom Blut gereinigt hatte. Ich ließ auf meiner Zeichnung die Abtrennung im Hintergrund verschwinden, als könnte ich alles wieder heil machen, als hätte es die Vorfälle in der Nacht nicht gegeben, als wäre die Hand noch mit dem Körper verbunden.

Er nahm die andere Perspektive, zeichnete die durchtrennten Knochen, die Sehnen, Adern, die zerfetzte Haut, er scheute vor nichts zurück. Immer wenn ich ihn von der Seite anschaute, auch später noch, griff er sich an den Schritt und bewegte mit einem verklärten Gesichtsausdruck die Hand auf und ab. Ich wusste, was er meinte, und schwieg.

Wie zum Hohn wurden wir für die Zeichnungen gelobt, bekamen für die außergewöhnlichen Darstellungen eine Eins.

Später habe ich erfahren, was den Butt zu diesem Monster gemacht hat. Ich weiß auch, warum die Dinge in den nächsten Jahrzehnten liefen, wie sie liefen. Wie man Menschen beherrscht, hatte er an mir geübt, Macht und Brutalität sind miteinander verwandt.

Und Sie wissen nun, warum ich mich im Verborgenen aufhalte, denn wenn ich eines nicht riskieren will, dann dem Butt zu begegnen. Meine rechte Hand würde zum Exponat seiner Sammlung werden.

Ich bin so unendlich erschöpft. Verzeihen Sie mir.

Der Bulle hatte ihn gewarnt. Nun saß er hier, kreidebleich, schluckte mit trockener Kehle, fühlte sich beschmutzt und ausgenutzt, überfallen. Der Unbekannte hatte seine Seele überfallen und in den Abgrund gezogen. Wie standen die Kripobeamten den ganzen Dreck durch, mit dem sie täglich konfrontiert wurden? Professionalität allein konnte das nicht sein, er würde Burmeester fragen. Niels Meier druckte alle E-Mails des Unbekannten aus und begab sich zum Büro seines Vorgesetzten. Der war noch nicht angekommen. Niels Meier blieb vor seiner Tür sitzen.

$$\star\star\star$$

Karin Krafft schaute aus dem Fenster der Dienststelle hinüber zu den Platanen und bemerkte nicht, dass Tom Weber ihr Büro betrat, bis unter seiner Sohle etwas zerknackte. Karin schaute auf, Tom hob den Fuß und blickte auf Splitter einer Pistazienschale.

»Der hinterlässt überall eine Spur. Was gibt es da zu sehen, einen Verkehrsunfall?«

»Nein, ich weiß nicht genau. Erst dachte ich, Frau Professor käme zu spät, Burmeester wartet schon im Besprechungsraum auf seinen Einsatz. Dann bemerkte ich draußen eine Unruhe und das Gekläffe eines großen Hundes. Da ist was auf dem Mittelstreifen los, die Reinecke-Bassfeld umkreist einen Baustellen-schacht, in dem ihr Hermann verschwindet und wieder auftaucht.

Dann hat sie einen Bauarbeiter dorthin zitiert, der jetzt abwech-selnd mit Hermann buddelt, die Professorin gibt offensichtlich Anweisungen, Mann und Hund befolgen sie, jetzt kommt ein zweiter Bauarbeiter dazu, und es kommt zu einem kleinen Dis-put. Schau mal, wie sie mit den Armen fuchtelt und mit ihrem Schirm droht.«

»Jetzt scheint Hermann den zweiten Arbeiter in Schach zu hal-ten. Der bellt, sobald der Mann sich rührt.«

Beide hingen mit den Köpfen aus dem geöffneten Fenster, als Jerry eintrat.

»Komm schnell, guck mal, unsere Koryphäe der Pathologie mischt mit ihrem Werwolf die Baustelle am Ring auf.«

Mittlerweile hatte diese sich Gegenstände aus der Grube geben lassen, einige Passanten umstellten die Baugrube, ein Wagen hielt auf dem Fußgängerweg, heraus sprang ein Reporter mit Fotoap-parat, der schnellen Schrittes zum Ort des Geschehens eilte. Ka-rin wies auf den Mann.

»Den kenne ich doch, ist der nicht von den Niederrhein-Nach-richten? Da passiert etwas von öffentlichem Interesse, vielleicht sollten wir mal nachschauen.«

»Willst du dich allen Ernstes in dieses Getümmel mit Hund stür-zen?«

»Nicht wirklich. Schau mal, sie lässt sich mit dem Hund und irgendetwas in der Hand ablichten. Die gibt da ein Interview.«

»Jetzt kommt sie her, ich bin gespannt, was sie zu erzählen hat.«

Frau Professor stand wenig später mit derangierten Flechtzöp-fen, einer Plastiktüte in der Hand und erdigen Schuhen in der Tür. Sie wandte sich an Karin.

»Wir sind spät, da lag Arbeit vor der Tür.«

Sie berichtete in ihrer derben, direkten Art von ihrem Her-mann, der in der Grube, seinem Gespür folgend, auf Knochen ge-stoßen war.

»Das Unerhörte ist, dass ich diese Knochen schon auf dem Tisch hatte.« Sie schwenkte den Beutel vor Karins Nase.

»Sind Sie sicher?«

»Junge Frau, ich kenne jeden der Knochen, die ich in den letzten Tagen begutachtet habe, ich verfüge über ein fotografisches Gedächtnis.«

Karin ahnte Ungutes, ließ die brüskierte Fachfrau in den Besprechungsraum ziehen. Sie würde später mit Burmeester reden müssen.

***

Einen Radler unbemerkt mit einem Pkw über Land- und Bundesstraßen zu verfolgen war eine Herausforderung für Gero von Aha, der drauf und dran war, seine Mission aufzugeben. Man musste dem Objekt in regelmäßigen Abständen Vorsprung gewähren, immer mit der Frage im Kopf, ob es nicht anderweitig von der mutmaßlichen Strecke abbiegen würde. In Büderich schlängelte er sich, sein Zielobjekt nicht aus den Augen lassend, an parkenden Autos und künstlichen Hindernissen vorbei. Die Baustellenumleitung hatte den Ort in eine Dreißiger-Zone verwandelt, Stockungen waren an der Tagesordnung und sorgten hier für gemäßigtes Tempo, bei dem die Observierung eines Radlers noch leichtfiel.

Zurück auf der L 460 ließ er Ronald Corthaus jedoch kopfschüttelnd ziehen, in der festen Überzeugung, ihm spätestens an der Ampelkreuzung Augustusring/Rheinberger Straße vor den Toren Xantens wieder zu begegnen. Er selbst bog in Ginderich ab und fuhr über den Deich nach Xanten. Weite, Weiden, wilde Vögel, Radwanderer und Ornithologen begegneten ihm. Er hielt auf der Bislicher Insel beim Naturforum und gönnte sich eine Apfelschorle im Innenhof des Auencafés. Ein paar Minuten Auszeit abseits des alltäglichen Wahnsinns.

Eine Gruppe Interessierter in Outdoor-Bekleidung wartete auf eine Führung zum Altrhein. Von Aha hörte heraus, es gehe um die Brutplätze von Kormoranen und die Spuren nachtaktiv nagender Biber. Hier war die Welt noch in Ordnung. Die Schorle erfrischte Körper und Hirn, und ein Blick auf die Uhr sagte ihm, dass Corthaus mit Sicherheit die Ampelkreuzung bei Unterbirten passiert hatte.

Er machte sich auf den Weg, sah in der Ferne den Kirchturm von Bislich auf der anderen Rheinseite. Dort lebte also der Kollege Burmeester im Haus der Mutter seiner Chefin, mitten auf dem platten Land. Eine richtige Landpomeranze schien der zu sein, was in krassem Gegensatz zu seinen modischen Extravaganzen stand. Der Parkplatz am Restaurant »Zur Rheinfähre« war gut gefüllt, bei Sonnenschein bevorzugten viele Biker den Weg auf die Terrasse, ein beschauliches Plätzchen mit Blick auf den Fluss.

An der Kreuzung brauchte von Aha nicht lange am Randstreifen Ausschau zu halten. Corthaus erschien aus Richtung Wesel in seinem Blickfeld. Er bog links auf den Augustusring ab und mühte sich auf dem alten Hollandrad ohne Gangschaltung den leichten Anstieg hinauf zur Viktorstraße. In den engen Straßen der Stadt war es auch nicht einfach, genügend Abstand zu halten. Von Aha setzte auf Tarnung, folgte Corthaus mit Sonnenbrille und Sportkäppi, den linken Arm lässig aus dem geöffneten Fenster gehängt. Doch der Radler blieb nicht im alten Stadtkern Xantens, fast verlor von Aha ihn, als er vom Fildersteg aus in die Parkanlage längs des Westwalls abbog. Mist, und nun?

Dann sah er Corthaus in die Abfallbehälter spähen, vermutlich würde er den Park durchqueren. Von Aha wendete und fuhr nun längs des Walls auf die Bahnhofstraße zu, entdeckte den Mann im Kreisel am Europaplatz in Richtung Bahnhof radelnd. Nach einem Blick auf den Stadtplan, den er auf seinem Handy abrief, war klar, er würde ins Gewerbegebiet fahren und seine Flaschen versilbern.

Was mache ich eigentlich hier?, dachte von Aha, während seine beflügelte Stimmung sich allmählich trübte. Einen Pfandsammler bei der Arbeit beobachten, inklusive seines Abstechers zu den Müllbehältern am Bahnhof, wo er sich einen Blick in eine gefundene Zeitung gönnt.

Erst am Bürgermeister-Schleß-Platz kam alles anders. Corthaus bog nicht Richtung Supermarktzeile ab, sondern in die Heinrich-Lensing-Straße. Vorbei am Schulzentrum radelte er, wurde richtig flott und ignorierte sogar die Abfallkörbe an den Bushaltestellen. An einem der höheren Mehrfamilienhäuser hielt er an, blickte vorsichtig in alle Richtungen, sondierte die Fenster der gegenüberliegenden Häuser und kramte etwas aus der Hosentasche, um es in einem der Briefkästen verschwinden zu lassen.

Von Aha konnte sich keinen Reim auf diese Beobachtung machen, nahm am Rande wahr, dass der Gesichtsausdruck des Observierten einen entspannten, sogar zufriedenen Ausdruck hatte, als er an ihm vorbeifuhr, um sich dieses Mal mit seinen Tüten in Theos Supermarkt an den Rücknahmeautomaten zu stellen.

Hoch dotierter Kriminalbeamter beobachtet Pfandflaschenrückgabe, dachte von Aha genervt und beschloss, sich diesen kauzigen Eigenbrötler am Abend des Tages vorzuknöpfen.

***

»Ergebnisreich kann ich den Einsatz des K1 bislang nicht nennen«, moserte Staatsanwalt Haase, während er vorsichtig auf den Boden spähte und nach schleimigen Hinterlassenschaften der Dogge Hermann Ausschau hielt.

Rutsch doch aus, dachte Karin Krafft, als sie ihn so ins Büro schleichen sah. »Nun mal langsam, wir haben ein Opfer identifizieren können, ist das nichts? Die Hand von der Vernissage auf der anderen Rheinseite gehört zu Heike Pastoors, vermisst seit 2001. Ihr Mann verschwand ein Jahr später, wird aber anhand des bislang gefundenen Materials nicht den Opfern zugeordnet.«

»Sie sind emsig bei der Sache, die Opfer zu finden, schön und gut, aber ich vermisse erste Hinweise auf den oder die Täter. Wer steckt dahinter? Jemanden in seine Gewalt bringen, ihm die Hand abhacken, ihn töten, anschließend den Leichnam verschwinden lassen, das ist ein riesiger Aufwand. Eine relevante Frage ist, ob eine Person allein die Leichenteile über den Niederrhein verstreut hat oder ob nicht sogar eine satanische Gruppierung ihre Finger im Spiel hat. Ich denke da an die offensichtliche Entfernung einer Hand, von der bei dem Skelett aus dem Wald die Rede ist. Wenn Ihre Ermittlungen allerdings in diesem Schneckentempo und ohne greifbare Ergebnisse weitergehen, dann werden wir den Fall ganz schnell zu den Akten legen.«

Das Telefon klingelte, ließ nicht locker, und Karin nahm, dankbar für die Unterbrechung, den Hörer auf.

»Van den Berg hier. Ich bin gerade bei der Sichtung der aktuellen Berichte. Übrigens sehr ordentlich, was Herr von Aha da zustande bringt. Sagen Sie, ist das alles, was Sie bislang ermittelt haben? Ich hoffe auf durchschlagende Neuigkeiten bei der Besprechung nachher. Mehr Dampf, Frau Krafft, wo bleibt der Pep des K1?«

Karin hatte keine Chance, den Sermon zu unterbrechen, ließ ihn wie kalten Landregen an sich hinabperlen. Weseler Meckertag.

»Die Kollegen von der Sitte haben einen eklatanten Personalengpass. Wenn bei Ihnen nichts zustande kommt, werde ich wohl jemanden aus dem K1 vorübergehend abziehen müssen, aber das können wir alles nachher besprechen.«

Perplex legte Karin auf. Während Haase Luft holte, klopfte es flüchtig, gleichzeitig flog die Tür auf, der Staatsanwalt und die Kommissarin blickten einem blassen jungen Mann entgegen, der im nächsten Moment schon zwischen ihnen stand.

»Entschuldigung, ich bin … ich suche den Nikolas. Burmeester. Ich meine, ich bin Niels Meier und suche den Kommissar.«

Karin antwortete betont ruhig, nicht ohne Strenge. »Sie hätten ruhig eine Reaktion auf Ihr Klopfen abwarten können. Der Kollege Burmeester ist hinten links im Besprechungsraum, aber –«

Weiter kam sie nicht, schon schoss der Mann davon. Karin blinzelte und beschloss, dass der Staatsanwalt von dieser Strenge auch noch etwas abbekommen solle.

»Und Sie möchte ich bitten, bis zur großen Lage um siebzehn Uhr zu warten, dann wird sich zeigen, ob Ihre Kritik zum jetzigen Zeitpunkt berechtigt ist oder ob es in so komplexen Fällen nicht ratsamer ist, Geduld walten zu lassen. Was ist denn heute hier los, kann man vielleicht mal in aller Ruhe seiner Arbeit nachgehen?«

Wieder sprang die Tür auf, dieses Mal erschien Burmeester mit dem jungen Mann im Schlepptau, hinter ihnen her blaffte Hermann sein dumpfes Grollen, während ein »Aber, Herr Burmeester, Sie können doch nicht einfach …« von der Professorin sich hinter der wieder zufallenden Tür verlor. Burmeester ignorierte die Anwesenheit Haases. Mit den Papieren in seinen Händen wedelte er Karin aufgeregt entgegen.

»Da, lies das. Das ist der Hammer! Der Durchbruch ist das. Wir haben ihn, ich sage dir, wir sind verdammt nah dran.«

Der junge Mann stand unbeteiligt im Hintergrund.

Haase griff bereits zur Türklinke. »Dann will ich Sie nicht weiter von der Arbeit abhalten. Große Lage, sage ich, siebzehn Uhr, und hoffentlich hat der Neue wenigstens dann einen Kaffee fertig.«

Burmeester wies mit dem Kopf zur Tür. »Was wollte der?«

»Meckern, heute ist Meckertag, da kommen gute Nachrichten genau richtig.«

Karin wies die beiden Männer an, sich zu setzen. Sie nahm die Papiere in die Hand, erkannte Ausdrucke von E-Mails und blickte Burmeester fragend an.

»Erzähl mir was dazu, oder möchtest du dasitzen und zusehen, bis ich mich da durchgelesen habe?«

Immer noch aufgeregt stellte Burmeester den Psychologen und dessen Tätigkeit vor, was selbiger abnickte. Anschließend fasste er, so kurz es ging, den Inhalt der Mails zusammen, während Niels Meier sich, die Ellenbogen auf die Knie gestützt, nervös die Hände rieb.

Karin fragte nach. »Onlineberatung? Das ist neu, oder?«

Niels Meier fühlte sich zunächst nicht angesprochen, Burmeester stieß ihn an.

»Wie? Ja, nein, ich meine, das gibt es schon seit einigen Jahren. Es ist die fachliche Alternative zum Rumquatschen in Chats oder bei Facebook und Co. Dort kann jeder seine Sorgen ins Netz stellen, hat aber keinen Einfluss darauf, wer antwortet. Was aus wohlgemeinten Ratschlägen oder nicht fachgemäßen Interventionen werden kann, erleben wir häufig, wenn gerade junge Menschen sich dort letztlich öffnen. Die haben dann eine Vielfalt von Problemlösungsmöglichkeiten vor die Nase geschrieben gekriegt und können nichts davon umsetzen, weil es eben nicht ihre persönliche Lösung ist. Es entsteht ein uneffektiver und unbefriedigender Kreislauf. Deshalb gibt es professionelle Onlineberatung als Alternative, die darauf zielt, Menschen zur Verfügung zu stehen, deren Schwellenangst sie von einem direkten Besuch beim Psychologen oder Psychotherapeuten abhält. Wenn es gelingt, durch dieses Angebot den einen oder anderen ins Haus zu kriegen, haben wir gewonnen.«

»Da hat jeder Zugang?«

»Ja, man muss nur einfach loslegen. Ich schaue täglich ins Fach und beantworte die Eingänge. Es gibt Nachrichten, die offensichtlich mit Klarnamen unterschrieben werden, es gibt Nicknames, die nutze ich dann zur Anrede, und es gibt Leute, die wollen anonym bleiben, so wie der Schreiber dessen, was da vor Ihnen liegt. Das ist am schwierigsten, wenn man nicht einmal weiß, wie der andere angeredet werden möchte. Eigentlich sollen wir auf völlig namenlose E-Mails gar nicht eingehen, ich konnte aber nicht anders und habe mich auf den Dialog eingelassen.«

»Und das macht sich derzeit jemand zunutze, der Ihnen etwas von abgetrennten Händen berichtet? Was macht Sie so sicher, dass wir es nicht mit einem Trittbrettfahrer zu tun haben?«

Es entstand ein angespannter Augenblick, eine Pause, die nicht der Erholung diente. Mit Händen, die inzwischen rot geknetet waren, und heiserer Stimme antwortete Niels Meier.

»Lesen Sie, wie der Mann die Dinge schildert. So eine Szene kann sich niemand ausdenken, die ist tief ins Hirn und in die Seele eingebrannt. Heute Morgen musste ich unwillkürlich an die Reportagen über den Anschlag auf das World Trade Center denken. Auch aus der Entfernung verfolgt waren die Bilder so mächtig, dass sie in unseren Köpfen abgespeichert sind, richtig?«

Karin stimmte der Behauptung zu, hatte sofort die Bilder der brennenden Türme und der gewaltigen Staubwolke vor Augen, die nach dem Kollaps die Stadt in düsteren Nebel hüllte und eine klaffende Riesenwunde in Manhattan hinterließ. 9/11 war und ist das weltumspannende Trauma, dessen Bilder sich kollektiv eingebrannt haben, dachte sie

»Allein durch die omnipotente, tagelang anhaltende Berichterstattung mit ständigen Wiederholungen waren wir hier in Europa ganz nah dabei. Die Medien haben dazu beigetragen, dass es zum Beispiel Kinder gab, die angesichts überquerender Flugzeuge schreiend ins Haus liefen. In New York gibt es ein Krankenhaus mit einer psychologischen Abteilung ausschließlich für die Behandlung von Spätfolgen. Die haben in den letzten zehn Jahren fünfzehntausend Menschen behandelt. Unfassbar, oder? Bedrohung, Angst, Trauma, alles liegt nah beieinander. Die Reaktionen sind so unterschiedlich wie die Zeiträume, in denen sie zutage treten.«

Das Beispiel war mit Bedacht gewählt und sorgte für nachdenkliche Gesichter. Bedeutungsvoll neigte sich der Psychologe vor.

»Dieser unbekannte Mann ist ein traumatisiertes Opfer, glauben Sie mir. Dem war als Jugendlicher nicht bewusst, was er erlebt hat. Aber die Bilder sind abgespeichert, wie die aus New York, und jetzt sucht er Hilfe.«

Er lehnte sich zurück und bearbeitete wieder seine Hände. »Wenn Sie immer noch zweifeln, lesen Sie die letzten zwei Seiten.« Karin blätterte zu dem Ausdruck mit der Eingangzeit des heutigen Tages. Es wurde still in ihrem Büro. Niemand rührte sich. Jerry kam aus dem Nebenbüro, wollte Karin ansprechen, die schaute kurz auf. Ihre Reaktion fiel schroffer aus als beabsichtigt.

»Jetzt nicht!«

Jerry zog sich wortlos zurück.

Nach der Durchsicht lehnte sich Karin ebenfalls zurück. Sprachlos. Eine Weile saßen sie da, starrten aus dem Fenster in die Baumwipfel. Dann schaltete sich Karins kriminalistisches, auf Höchstleistungen geschultes Gehirn wieder ein.

»Wieso haben Sie so lange gewartet?«

Niels Meier schien auf diese Frage vorbereitet zu sein.

»Ich stehe unter Schweigepflicht. Alles, was ich aufnehme, für oder über Patienten schreibe und abspeichere, unterliegt dieser. Ich habe mich heute Morgen ausgiebig mit meinem Chef darüber unterhalten, was in diesen Rahmen fällt. Wir sind gemeinsam zu dem Entschluss gelangt, dass unsere Schweigepflicht hinsichtlich dieses Onlinekontaktes endet, weil eine Fremd- oder Eigengefährdung nicht ausgeschlossen werden kann. Im weitesten Sinne, wohlgemerkt.«

»Hat er etwa irgendwo in den Mails einen Suizid angekündigt?«

»Im weitesten Sinne, im allerweitesten, wohlgemerkt. Oder können Sie ausschließen, dass der Mann, mit dem Alptraum seiner Jugend taufrisch konfrontiert, so als wäre der Vorfall gestern geschehen, von irgendeiner Brücke springt?«

Er holte einen Zettel aus seiner Umhangtasche. »Hiermit lege ich Ihnen eine Schweigepflichtentbindung meines Arbeitgebers vor, die mich dazu legitimiert, Sie über den Inhalt meiner Korrespondenz zu informieren.«

Burmeester staunte über die Wortgewandtheit seines Bekannten, den er bislang für einen sympathischen jungen Schnösel gehalten hatte. Karins Gedanken waren schon zwei Schritte weiter.

»Lässt sich der Absender ermitteln?«

Jetzt hob Niels Meier abwehrend die Hände. »Das dürfen Sie mich nicht fragen, ich bin kein Techniker, und Onlineberater haben im Allgemeinen nicht die Absicht, ihren Patienten nachzulaufen. Unsere Programme sind doppelt und dreifach geschützt, mehr weiß ich nicht.«

Burmeester meldete sich aus dem Off. »Aber unsere Techniker können da vielleicht was tricksen. Die können bestimmt herausfinden, wo der Absender sich aufhält. Der wird supervorsichtig sein, schließlich will er unentdeckt bleiben. Ich setze mich mal mit Heierbeck in Verbindung, mal sehen, wen der empfehlen kann.«

Niels Meier hielt den bereits stehenden Kommissar auf. »Er wird nicht hier in der Nähe sein, Nikolas. Er berichtet, dass er auf den Meersaum blickt und am Strand spazieren geht. Er ist irgendwo am Meer.«

Burmeester stand schon im Türrahmen des Durchgangsbüros. »Und noch eins. Der Unbekannte schaut regelmäßig in die Internetportale der regionalen Zeitungen. Ich habe für unsere weitere Kooperation zwei Bedingungen. Erstens berate ich ihn weiter in gewohnter Form, und zweitens gelangt über die von mir gelieferten Informationen nichts an die Presse. Er würde sich zurückziehen, ähnlich einem waidwunden Tier, das im Dickicht verharrt, und sich womöglich wirklich etwas antun, und die Onlineberatung würde öffentlich ins Zwielicht geraten.«

Er schaute zwischen Karin und Burmeester hin und her. »Ich hoffe, das geht klar?«

Karin stimmte zu und wies Burmeester an, alle in den Fall involvierten Kriminalbeamten des K 1 über die Abmachung zu informieren und ihnen die Bedeutung klarzumachen. Dann fiel ihr die Begegnung mit der Professorin wieder siedend heiß ein.

»Ach, Burmeester, ich müsste dich vor Feierabend noch kurz sprechen. Nur so viel: Bad Wörishofen lässt grüßen.«

Burmeester verschwand mit einer genervten Geste in den Nebenraum.

ACHT

Es hatte einiges an Überredungskünsten und deutlichen Worten gekostet, bis der Vorgesetzte von Niels Meier sich mit der kriminaltechnischen Intervention in seiner Beratungsstelle einverstanden erklärt hatte. Man wolle keine Polizei im Haus, dies sei ein Ort der Zuflucht und der Hilfe, der schließlich Opferschutz und Schweigepflicht garantiere. Burmeester hatte dem aufgebrachten Mann erklärt, dass es immens wichtig sei, am Ball zu bleiben und den Weg zu verfolgen, den er selbst durch die Aufhebung der Schweigepflicht im Fall dieses Klienten ermöglicht habe.

»Sie können verhindern, dass hier in Ihren Räumen jemand aufmerksam wird, indem Sie unseren IT-Fachmann und mich still und leise zum PC der Onlineberatung durchlassen. Anderenfalls müssten wir mit einer richterlichen Verfügung kommen, und die uniformierten Kollegen, die uns begleiten müssten, würden ihren Wagen mit Blaulicht vor der Tür abstellen. Wäre Ihnen das lieber?«

Überredet, nicht überzeugt, gab der Mann den Weg zu dem winzigen Raum frei, in dem Niels Meier arbeitete. Im Geiste sah der junge Berufsanfänger sich schon eine neue Stelle suchen, da er damit rechnete, nach dieser Geschichte die Probezeit nicht zu überstehen. Er organisierte zwei weitere Stühle, und gemeinsam hockten sie in der Kammer vor dem Bildschirm.

Der Kollege von der Technik ließ den Psychologen die letzte E-Mail öffnen und übernahm die Tastatur. Selbst Burmeester staunte nicht schlecht, mit welcher Geschwindigkeit und welch geheimnisvoll wirkenden Eingaben sich kryptische Zeichen und Zahlenreihen auftaten, die der Fachmann zu aktivieren und offensichtlich zu deuten wusste. Ein moderner Orakelleser, der nur einzelne Kommentare wie »Aha« und »Hm« von sich gab, während er sich auf das Geschehen vor seinen Augen konzentrierte und seine Finger blind über die Tasten huschten.

Nach einem gefühlten halben Tag in qualvoller Enge, in Wirklichkeit nach einer knappen Viertelstunde, lehnte er sich zurück, verschränkte die Arme über dem Kopf und verkündete seine Einschätzung mit präzisen Worten.

»Das Programm ist wasserdicht, nichts zu machen. Es schützt die Eingänge ebenso wie die Ausgänge, man kann nicht einmal den Anbieter irgendeiner Adresse erkennen.«
Burmeester hatte mehr erwartet. Der Fachmann pulte nachdenklich in seinem linken Ohr.
»Der ist geschickt, er nutzt einen Provider in China, aber eines kann ich jetzt schon mit Sicherheit sagen: Die E-Mail kommt vom europäischen Festland.«
Mehr kam nicht, Burmeester stand in Habachtstellung. »Und?«
Der Techniker blickte fragend zurück, offenbar war der niederrheinische Dialog ihm fremd.
Burmeester holte aus. »Was ist machbar?«
»Machbar ist, dass ich die nächste E-Mail auf meinen Server umleite. Ich müsste mich davorklemmen und den Eingang überwachen, da könnte ich noch mehr Details während der Übermittlung erfahren.«
Niels Meier protestierte. »Nö, also hier ist Schluss. Das geht nicht. Da besteht immer noch eine Vertrauensbasis, die ich nicht gefährden darf. Ich kann doch nicht noch jemanden lesen lassen, was er mir mitteilt. Nö, erst zu mir, und ich entscheide dann, ob der Inhalt für euch relevant ist.«
Sie brauchten ein paar Minuten, um ihn davon zu überzeugen, dass der Techniker ausschließlich den Weg der E-Mail entschlüsseln wollte und sich nicht für den Inhalt interessierte.
»Ich verfolge nur den Weg zurück, quasi die Stationen der Postkutsche, und liefere den Postsack umgehend ungeöffnet an Sie zurück. Völlig korrekt und unter Wahrung aller rechtlichen Vorschriften.«
Niels Meier stimmte halbherzig zu.
Die Luft in diesem engen Kabuff war verbraucht, Männerschweiß und Ausdünstungen der Computeranlage bildeten ein ungutes Gemisch, als der Techniker erneut seine Finger über die Tastatur fliegen ließ. Auch dieser Vorgang war verhältnismäßig kurz, der Fachmann verabschiedete sich, und Burmeester war dankbar für den Luftschwall, der durch die geöffnete Tür strömte.
»Mann, wie hältst du das hier aus?«

★★★

Es tat ihm gut, so viel Anerkennung zu ernten, das war Balsam für die Seele. In der neuen Klinik wurde er von allen hofiert, bei jeder Visite stellte man ihn vor und verwies auf seine exzellenten Fähigkeiten. Er sonnte sich in den dankbaren Blicken der Patienten. Das Pflegepersonal begegnete ihm mit Respekt, hier wurden ihm die Türen aufgehalten und der Kaffee an den Platz gebracht. Der Mann gab sich zuvorkommend und konnte im OP ebenso brillieren wie in der Konversation im Ärztezimmer. Kein Wunder, hier hatte alles seine Ordnung, und zudem bot dieses zertifizierte Haus ein Höchstmaß an Sauberkeit.

Dann gab es da noch die andere Seite seines Lebens. Nicht alles war erlernbar, manches nicht kontrollierbar und nicht so punktgenau tief im Inneren eingepflanzt, dass niemandem seine Doppelrolle auffallen könnte. So stieg er nach Dienstschluss in sein Auto und fuhr über den Rhein, über diese neue Brücke, die er erst vor Kurzem zum ersten Mal benutzt hatte. Er interessierte sich nicht für die Landschaft, das ewige Miteinander von Landwirten und Naturschützern, die immer wiederkehrende Plackerei, das Viehzeug und die Radfahrer, die diese Gegend als Idylle betrachteten und blöde lächelnd ihre Runden fuhren wie aufgezogenes Blechspielzeug. Die Berge waren sein Zuhause, und bald würde es so weit sein, bald könnte er diese Ebene verlassen, wenn es lief, wie geplant.

Er bog in den geflickten Feldweg und fuhr langsam auf das Haus zu. Kurz vor dem Ende des Weges hielt er an. Immer wieder plagten ihn Erinnerungsfetzen, meist nachts erschienen sie wie Parasiten, die nur auf den richtigen Augenblick warteten, um ihren Rüssel in die Haut ihres Opfers zu bohren, um es auszusaugen. Wie hatten sie ihn gequält. Weil er nicht stillsitzen konnte, weil er schlecht schreiben konnte, weil er keine Ordnung hielt, weil er schlecht war, ein Nichtsnutz, mit dem man andere Pläne hatte.

Seine Hände pulsierten plötzlich, immer, wenn er dem ganzen Dreck zu nahe kam, wehrten sie sich, anders als früher. Da wurden sie geschlagen, mit dem Weidenstock, mit dem Lederriemen, und es gab noch die höchste aller Strafen, die der Vater jemals ausgesprochen hatte. Schweiß trat ihm auf die Stirn, lief von seinem kahlen Haupt in den Hemdkragen.

Der Mann fuhr mit einem Satz weiter auf den Hof und sprang aus dem Wagen. Er nestelte die Schlüssel aus der Jackentasche. Es stank nach Verfall und altem Mann, irgendwo mussten sich Mäuse eingenistet haben, ganze Scharen von Nagern. In den Keller ging der Mann, durch die kaum mannshohen Gewölbe bis zum Ende, und zog einen Eisenriegel von einer wurmstichigen Tür. Der alte Mann kauerte auf dem Boden und blinzelte ihm entgegen.

»Na, Vater, gelobst du Besserung? Bereust du jede Stunde, die du mich hier eingesperrt hast, damit ich ein besserer Mensch werde?«

Der Alte keuchte und versuchte mühsam, sich aufzurichten. Es gelang ihm nicht, die Beine versagten, ein Arm war an das karge Mauerwerk gekettet. Sein dünner Arm passte exakt in den Ring, das Alter hatte ihn spitz und hager werden lassen, so dünn wie einen Kinderarm.

»Du Nichtsnutz, das wirst du bereuen.«

Der Mann wandte sich ab. »Dann gibt es heute auch kein Brot. Erinnerst du dich? Ich musste auch hungern, bis ich sagte, was du hören wolltest.«

Er schloss die Tür von außen. Er musste dieses Haus schnell verlassen. Sein Elternhaus, diese Vorhölle.

Beim nächsten Besuch würde er seine Tasche mitbringen, dann wäre es so weit.

***

Bei einer gemeinsamen Vorbesprechung am Nachmittag waren sich Staatsanwalt Haase, Behördenchefin van den Berg und Hauptkommissarin Krafft nicht einig über den Umfang der Informationen, die an die Presse weitergeleitet werden konnten und sollten. Haase vertrat die Ansicht, den Schwerpunkt müsste die Aufklärung des Todes von Heike Pastoors bilden.

»Und dann gibt es ja noch Neuigkeiten von Ihrem bunten Mitarbeiter. Sie wissen schon, dieser Auftritt mit dem ›Das-ist-der-Durchbruch‹-Gehabe.«

Karin befand sich in einer Zwickmühle. Sie hatte versprochen, die Inhalte der E-Mails zurückzuhalten. Sollte sie dem Schreiber wirklich die zugesagte Zeit lassen, bis er sich vielleicht selbst offenbarte? Vielleicht konnte man sich ihm dezent, aber direkt nähern, wenn es der Kriminaltechnik gelang, ihn ausfindig zu machen. Sie entschied sich, zu schweigen und innig zu hoffen, in den nächsten Tagen wirklich einen großen Schritt vorwärtszukommen. Ihre Antwort fiel beiläufig aus.

»Wir sind noch dran, aber bis jetzt ist es eher eine Luftnummer, mehr nicht.«

Van den Berg wollte zum Glück nicht näher eingeweiht werden, widersprach jedoch Haases Ansicht. Da im Fall Pastoors nicht sicher sei, ob es sich um ein Tötungsdelikt oder einen Suizid handle, könne man dies nicht unbedingt als Ermittlungserfolg verbuchen. Die Hauptkommissarin blieb bei ihrer These, es könnte sich sogar um eine Tötungsserie handeln.

»Bei einem Suizid würde selbst nach jahrelanger Verwesung mehr als ein Knochen an einer Stelle zu finden sein. Ich schließe bei allen Funden, immerhin von bisher vier Menschen, den selbst gewählten Tod aus, und bei dem männlichen Skelett aus Weselerwald sind sich alle Kollegen einig. Der hat sich garantiert nicht selbst erhängt. Ich meine, wir sollten diese Fakten veröffentlichen, immerhin bleibt das Restrisiko, dass der Täter immer noch aktiv ist. Wir sollten ihm zeigen, es wird ganz eng für dich und es ist besser für dich, dein Spiel zu beenden.«

Van den Berg verteilte nachdenklich ihren kirschroten Lippenstift auf leicht geöffneten, gestrafften Lippen, wobei einzelne Farbpartikel unschön auf den Schneidezähnen haften blieben. »Na gut, wir können die Identifizierung einer vermissten Frau durchaus als Erfolg verbuchen und entsprechend veröffentlichen. Mit allen anderen Ermittlungen sollten wir so vage wie möglich verfahren. So viel wie nötig, so wenig wie möglich.«

Karin horchte auf. War das nicht der Werbeslogan für ein Abführmittel? Haase nippte unbeteiligt an einem Edelkaffee aus dem chromglänzenden Automaten des Kollegen von Aha und schien bereit, allem zuzustimmen, was diese kirschroten Lippen resümierten. Dieses Wischiwaschi, das nichtssagende Geplänkel auf Vorgesetztenebene war zu viel für die Hauptkommissarin.

»Wir sollen den Presseleuten also eigentlich nichts mitteilen, ist das Ihr Ernst? Dann übernehmen Sie die heutige Konferenz, ich habe genügend Überstunden, um ab Punkt fünfzehn Uhr Feierabend zu machen. Ich lasse doch nicht den Jeck aus mir machen. Frau van den Berg, die Reporter hatten schon beim letzten Mal Schlagzeilen im Kopf wie ›Der Ripper vom Rhein‹. Wollen Sie wirklich alle anderen Funde einfach banal unter dem Tisch verschwinden lassen? Was ist, wenn es sich um eine Mordserie handelt? Wir müssen Druck auf den oder die Täter aufbauen und nicht nur mit weichgespülten Informationen tun, als ob. Machen Sie ruhig, aber ohne mich.«

Entsetzt schauten Haase und die Behördenchefin Karin an, die ihnen mittlerweile ihren Rücken zeigte und mit verschränkten Armen vor dem Fenster stand. Aus dieser Position heraus setzte sie noch ein zickiges Tüpfelchen nach.

»Im Übrigen sollten Sie sich vor der PK den Lippenstift von den Zähnen entfernen, Frau van den Berg.«

Haase wachte aus seinem Kaffeerausch auf, van den Bergs Stimme nahm an Tiefe und Lautstärke zu.

»Wir ermitteln weiter im Tötungsfall Heike Pastoors, da gibt es keine Diskussion. Teilen Sie Details über das Verschwinden mit, rollen Sie die damaligen Ergebnisse auf. Okay, tun Sie ruhig so, als wüssten wir mehr. Vielleicht gibt es ja Zeugen, die sich jetzt erst an wesentliche Beobachtungen erinnern. Gibt es Hinterbliebene, die informiert werden müssen? Das sollten wir auf jeden Fall vor der Konferenz machen.«

Karin wandte sich ihren Gesprächspartnern wieder zu, van den Bergs Zunge war intensiv mit der Reinigung der Zähne beschäftigt.

»Von Aha ist unterwegs zu einem Neffen des Opfers. Sie und ihr Mann waren kinderlos, und dieser Neffe hat sich um das Haus gekümmert und lebt momentan dort.« Die Hauptkommissarin wandte sich an ihre Vorgesetzte. »Wir sollten uns langsam auf eine einheitliche Strategie und die Inhalte der Presseerklärung einigen, die Zeit läuft, und der Pressesprecher sollte die Chance haben, die Fakten aufzuarbeiten.«

Sie kannte sich selbst nicht, selten war sie ihren Vorgesetzten so kontrovers begegnet. Van den Berg betrachtete sie nachdenklich.

»Sie werden die PK leiten, Frau Krafft.«

Karin schüttelte heftig den Kopf. »Wenn es bei diesem oberflächlichen Geplänkel bleibt, habe ich frei.«

Van den Berg plusterte sich mit hektischen roten Flecken, die an ihrem Hals aufwärtszukrabbeln schienen, zu gefühlter doppelter Größe auf. »Dies ist eine Dienstanweisung.«

Die Kommissarin blieb gelassen, während Haase mit schwebender Kaffeetasse von einer Frau zur anderen blickte.

»Schreiben Sie mir doch eine Abmahnung. Die lasse ich dann von einem Arbeitsrechtler prüfen und werde sie an den Betriebsrat weiterleiten. Sollten Sie die Inhalte der PK nicht überdenken, bin ich um Punkt fünfzehn Uhr weg.«

Haase stellte die Tasse hörbar ab. »Meine Damen, so kenne ich Sie gar nicht. Ich plädiere für eine Lösung, die den Fund von Heike Pastoors im Vordergrund präsentiert, während im Hintergrund über die anderen getätigten Funde, die zweifelsfrei menschlichen Ursprungs sind, informiert wird. Offiziell wird kein Zusammenhang genannt, und was die Vertreter der Presse daraus machen, obliegt ihnen. Somit wäre alles auf dem Tisch, ohne dass von unserer Seite voreilige Schlüsse gezogen werden. Es ist gut, öffentlichen Druck zu erzeugen. Ich bitte Sie, wir sind uns doch einig.«

Er schaute von einer zur anderen. »Oder?«

Van den Berg war es nicht gewohnt, Widerspruch zu ernten, sah sich plötzlich zwei Widersachern gegenüber. »Verstehen Sie doch, ich will keine medial produzierte Massenhysterie auf dem Gewissen haben. Der Aufruf, die Knochen abzuliefern, hat in Düsseldorf schon Kopfschütteln geerntet.«

Das ist es also, dachte Karin, Schelte und Druck von ganz oben. »Dann entkräften Sie die Kritik durch die Bekanntgabe des Teilerfolges, schließlich sind dadurch zwei weitere Fälle sichtbar geworden.«

Haase schloss sich ihr an und fügte noch ein persönliches Wort hinzu. »Ich bin dennoch heilfroh darüber, dass diese hünenhafte Frau mit ihrem sabbernden Monster uns wieder verlassen hat. Immer diese Schleimspuren im K 1, furchtbar.«

Karin meinte, er habe tatsächlich für einen kurzen Moment gelächelt und ihr mit einem Auge zugezwinkert. Noch mehr, er stellte sich ganz offiziell neben sie.

»Frau Krafft, ich bin dabei um siebzehn Uhr, wir werden den Journalisten gemeinsam das Wesentliche mitteilen.« Nun wandte er sich der Behördenchefin zu. »Wie lautete Ihre Devise vorhin? Das Notwendigste und keinesfalls mehr? So werden wir es machen.«

Hörte die Hauptkommissarin da richtig? Der steife Haase gegen den Behördenmuff? Karin war sich sicher, dass er ihre Position nicht umsonst unterstützte. Klar war jedoch auch, dass van den Berg sich eher seiner statt ihrer Meinung anschließen würde. In der Tat nickte sie sein Statement wortlos ab, um sich danach sofort zu verabschieden. Haase griff seine Kaffeetasse und rückte näher zur Hauptkommissarin, die sich wieder ihrem PC widmen wollte.

»Und jetzt teilen Sie mir mal ganz vertraulich mit, was Ihr Mitarbeiter Burmeester da in den Händen hielt. Sie halten doch Fakten zurück, mich können Sie nicht täuschen. Burmeester mag zwar optisch eine Herausforderung sein, aber ich weiß doch, dass er ein guter Ermittler ist. Also?«

Karin teilte ihm zunächst die Risiken mit, die eine Veröffentlichung mit sich bringen würde, und riet dem Staatsanwalt zu absolutem Stillschweigen. Haase und sie in konspirativer Einigkeit, das war neu. Zum ersten Mal hatte sie die offene Konfrontation mit ihrer Chefin gewagt, weil sie nicht alle Möglichkeiten der Ermittlungsarbeit ausschöpfen konnte. Karin war sich selbst nicht ganz klar darüber, warum sie diesen Streit angezettelt hatte. Sie wusste nur: Diese Tatserie war größer und schwieriger als alles, was sie bisher zu bearbeiten gehabt hatte. Es war wohl eine Mischung aus Ehrgeiz und Gerechtigkeitsgefühl, die sie dazu bewogen hatte, sich mit Konfrontation ins Getümmel zu werfen.

Nun blieb nur noch, die Tat- oder Mordserie klug und schnell aufzuklären. Ein gemeinsamer Erfolg würde auch Behördenchefin van den Berg in die Sonne bringen. Ein Misserfolg würde ihre Rache an der widerständigen Kommissarin knallhart ausfallen lassen. Karin beschloss, ihre Chance zu nutzen.

Kurz nachdem der Staatsanwalt die Hauptkommissarin verlassen hatte, klopfte von Aha an ihre Bürotür.

»Und? Haben Sie den Neffen erreicht?«

»Eher nicht. Ich bin ihm den ganzen Weg nach Xanten gefolgt, weil ich wissen wollte, was der so treibt.«

»Da bin ich aber neugierig, was treibt der denn so?«

Von Aha betrachtete die leere Kaffeetasse auf ihrem Schreibtisch.

»Wollen Sie auch einen?«

Karin nickte, sein Gebräu war unschlagbar gut. Er kam mit zwei Bechern zu ihrem Tisch zurück.

»Bislang hielt ich ihn für einen asketischen, armen Schlucker, aber nach den heutigen Beobachtungen kann ich nur sagen, ich weiß nicht, was der so treibt.«

Er berichtete von den merkwürdigen Begebenheiten, die er nicht zuordnen konnte. »Entweder fanden vor meinen Augen obskure Deals statt, oder der hat ganz heimlich etwas verteilt, was zumindest die junge Frau in der Feldmark gehörig verwirrte.«

»Moment mal, verwirrte oder beschämte sie der Fund, überrumpelte oder entsetzte er sie? Was genau geschah mit dieser Frau, als sie die Rückenlehne des Buggys abtastete und hinter den Bezug griff? Überlegen Sie genau, jede Kleinigkeit ist wichtig.«

Von Aha schloss die Augen und überlegte ein paar Sekunden lang.

»Sie schaute nach, vergrub ihre Hände zwischen Bezug und Rückenlehne. Ihre Augen weiteten sich, fast vergrub sie den Kopf hinter ihrem Kind. Sie schaute sich zu allen Seiten um, zog die Hände hervor und strich den Bezug glatt. Dann gab sie ihrem Kind eine hektisch ausgepackte Milchschnitte, damit es aufhörte zu plärren. Danach lief sie los, ziemlich flott. Nein, die war nicht entsetzt oder beschämt, die hatte etwas gefunden, was sie vor dem Rest der Welt verbergen wollte und was sie sich nicht erklären konnte. Bis sie abzog, hatte sie kein einziges Mal in Richtung Corthaus geschaut. Sie war verwirrt und überrascht.«

»Also kein dreister Deal. Was hat er ihr zugesteckt?«

»In Xanten konnte ich die Reaktion des Adressaten nicht beobachten. Da hat er garantiert nichts ausgetauscht, sprich nichts aus dem Briefkasten genommen, sondern lediglich etwas dort hineingeschoben.«

Von Aha sollte dranbleiben an dem Mann. Er würde ihn am Abend in Onkels Haus besuchen.

Karin berichtete ihm über den Disput mit ihrer Vorgesetzten, die hinter den Fund von Heike Pastoors am liebsten einen Schlusspunkt gesetzt hätte. Von Aha schüttelte den Kopf.

»Ich bin davon überzeugt, dass hier ein Serientäter unterwegs war oder noch immer ist.«

Karin resümierte daraufhin die Inhalte der anonymen E-Mails, die ebenfalls in diese Richtung deuteten. Von Aha horchte auf.

»Und was ist, wenn der Bekloppte noch mehr Menschen gemeuchelt hat, man nur die Spuren nie miteinander verglichen hat?«

»Sie glauben also auch, wir müssen mit noch mehr Opfern rechnen?«

»Klar. Vielleicht nicht gerade hier oder in diesem Landkreis, vielleicht darüber hinaus. Denken Sie an die beiden Rheinseiten, das ist schon räumliche Bewegung, die wir nachweisen können.«

Er war aufgesprungen, verfolgte seine Gedanken, indem er ihnen hinterherlief.

»Einzelne Fälle, Vermisste. Funde, und keiner da, der sie richtig deutet. Niemand, der eins und eins zusammenzählt.«

Karin sah das Blitzen in seinen Augen hinter der Hornbrille.

»Immer schön langsam, Kollege, Sie kümmern sich um diesen Pfandsammler und um die Aktenführung, mehr nicht. Okay? Und alles um diese E-Mails bleibt K 1-intern und außen vor, da ist ein Fachmann aus der Kriminaltechnik zusammen mit Burmeester dran.«

Er stimmte ihr zu, Burmeester und ein EDV-Fuzzi arbeiteten an den Mails, in Ordnung. Um den Rest würde er sich in einer stillen Stunde kümmern.

»Ist gebongt, Chefin.«

Tom Weber und Jerry Patalon hatten die E-Mails des Unbekannten ausgedruckt und saßen an der systematischen Auswertung. Tom konzentrierte sich dabei auf die geschilderten Geschehnisse aus der Vergangenheit. Jerry hingegen versuchte herauszulesen, wo dieser Mensch sich aufhielt. Volle Anspannung lag über dem Arbeitsplatz, Tom markierte die relevanten Stellen farbig, Jerry schrieb die entscheidenden Hinweise auf ein Whiteboard, optisch völlig aus dem Zusammenhang gelöst. So fand ihre Chefin sie vor, als sie sich nach dem Fortgang der Ermittlung erkundigen wollte.

»Wie weit seid ihr?«

»Noch nicht ganz durch, einiges lässt sich aber schon klar erkennen.«

»Dann mal los und, bitte, denkt daran, dass wir dies hier unter völligem Verschluss halten. Wenn der Deckel zu früh aufgeht, haben wir ihn verloren, da gebe ich dem Psychologen recht.« Komplett an der Führungsebene vorbei ermitteln, das war neu und kaum zu fassen. Tom vergewisserte sich, wie weit diese Nachrichtensperre gehen sollte. Karin holte aus und erklärte, Haase sei mit im Boot. Der Kommissar blickte sie kritisch an.

»Haase weiß Bescheid? Glaubst du wirklich, dass der dichthält beim Abendessen mit der van den Berg? Der macht doch sonst nie gemeinsame Sache mit dem Fußvolk.«

»Unterschätze ihn nicht, der meint, was er sagt. Im Übrigen unterliegt die Verbindung van den Berg und Haase derzeit atmosphärischen Störungen. Der hat sich demonstrativ auf die Seite des K 1 gestellt.«

Karin blieb bei ihrem Kurs, mit dem E-Mail-Schreiber müsse ganz sensibel verfahren werden. Je weniger Leute darüber Bescheid wüssten, desto geringer sei die Möglichkeit, dass etwas durchsickerte.

»Die van den Berg ist doch ständig nur erfolgsgeil, die gibt jedes Fünkchen gleich weiter oder beendet die Ermittlungen bei Teilerfolgen. Alles läuft auf das Gleiche hinaus, sie profiliert sich mit den Ergebnissen unserer Knochenarbeit. Haase hält garantiert dicht, der wird nachher mit mir zusammen in die Pressekonferenz gehen und in unserem Sinn agieren. Die Infos für die Pressestelle sind entsprechend verfasst. Jetzt zu euch, was gibt es hier?«

Fließender Übergang zum laufenden Geschäft. Tom fasste den geschilderten Tathergang der beiden Jugendlichen zusammen, hatte über den fraglichen Zeitraum in den Siebzigern bereits eine Anfrage an die Vermisstendatei gestellt, bislang ohne Ergebnis.

»Wenn das wirklich ein Obdachloser gewesen ist, dann war er nirgendwo gemeldet. Zu der Zeit gab es noch keine Zentren, in denen man die Tippelbrüder registrierte. Den Mann wird damals niemand vermisst haben.«

Er hatte kartografisches Material über den ungefähren Tatort im Internet gefunden, vor ihm lag eine Landkarte, mittendrin die Rheinschleifen, südwärts reichte sie bis Moers, im Norden bis Rees.

Er wies auf ein Uferstück bei Stromkilometer achthunderteinunddreißig.

»Es gibt im weiteren Umkreis von Xanten mehrere NATO-Rampen. Das sind gepflasterte Zubringer zum Fluss, abseits der regulären Straßen, mit entsprechenden Anbindungen auf der anderen Flussseite. Die wurden gebaut, um im Ernstfall als Brückenersatz zu fungieren, die Bundeswehr kann in kurzer Zeit provisorische Brücken aus Pontons bauen, die zum Transport von Material und Fahrzeugen dienen. Einen Übergang hat Xanten selbst, Karin, du kennst das Gegenstück bei Bislich.«

Karin bestätigte dies. Dort hielt in den Sommermonaten die Personenfähre »Keer Tröch«, und abendliche Ausflüge zu zweit mit dem Auto, Kuscheln am Wasserrand – mit dieser Erfahrung lebte sie nicht allein in Flussnähe. Tom fuhr fort.

»Der nächste Übergang ist bei Lüttingen, der übernächste bei Vynen.«

Um dies zu verdeutlichen, hielt er eine Luftaufnahme aus dem Google-Earth-Programm hoch. Genau erkennbar waren die Uferformationen, die Deiche, Schiffe auf dem Rhein, alles gestochen scharf und farbig.

»Da könnt ihr das breite Kiesufer bei Vynen erkennen und zum Deich hin dichten Bewuchs, vermutlich Weidensträucher. Deren Wurzeln lieben die Wassernähe.«

Karin erinnerte sich an das Bislicher Rheinufer ihrer Kindheit. Man konnte die Weidenzweige flechten oder die Rinde abpellen, um Schlammsuppe daraus zu kochen.

»Okay, das Ufer in Vynen scheint in Frage zu kommen, also stammten die Halbwüchsigen womöglich aus der Gegend.«

»Genau. Mindestens einer stammt von einem Bauernhof, den ›Butt‹ nennt ihn der Schreiber. Auf dessen Tenne haben sie die Zeichnungen von der abgetrennten Hand angefertigt.«

Burmeester stieß zu ihnen und informierte sie über die Chancen, die der Kriminaltechniker ausloten wollte, um den Standort des Schreibers zu ermitteln. Er habe nicht schlecht gestaunt, welche Informationen der Mann aus allen Ecken des Beratungs-PCs zutage beförderte.

Sie brachten den Kollegen auf den letzten Stand, und gemeinsam verfolgten sie die weiteren Ausführungen von Tom.

»Jeans waren bei den Eltern verpönt, und er zitiert die Beatles.« Jerry warf ein, dass Texte und Musik der Beatles für die Zeit revolutionär waren, jedoch nicht unbedingt zur Verrohung von Jugendlichen beitrugen, wie so manche Heavy-Metal-Gruppe oder Rapper der Neuzeit. Die Kollegen stimmten ihm zu, Karin ergänzte jedoch, dass besonders damals jeder, der einer neuen Musikrichtung nachlief, schon zu den Outlaws gehörte. Dies galt besonders für ländliche Gegenden.

»Besonders auf dem platten Land, wo schwarz gewählt und katholisch gedacht wurde, da hatte all der neumodische Kram in den Sechzigern und Siebzigern nichts zu suchen. Fortschritt stellt noch heute für manchen Eingeborenen eine Herausforderung dar.«

»Die beiden müssen ziemliche Querköpfe gewesen sein«, fuhr Tom fort, »mitten zwischen Kind und Mann. Ich erinnere mich selber an die Bierdeckel, die ich mit Wäscheklammern an die Gepäckträgerhalterungen geklemmt habe, Mensch, war das ein Geklapper. Damit sind wir durch Xanten gebrettert und wollten Mädchen beeindrucken.«

Die Herren begannen abzuschweifen.

»Ich habe immer vor dem Kino gestanden und mir die heißesten Szenen ausgemalt, die in Filmen über achtzehn vorkamen.«

Burmeester brüstete sich: »Und ich habe schon mit zehn alles gewusst, was für andere unergründliche Geheimnisse waren. Ich konnte bloß nicht einordnen, was die Erwachsenen im Aschram da so inbrünstig trieben.«

Karin beendete das Intermezzo und holte sie ins Hier und Jetzt zurück. »Ihr habt aber nie abgehackte Hände gezeichnet, oder? Hier geht es um kriminelles oder krankhaftes Handeln, nicht nur um pubertäre Erfahrungswelt. Also, das Vynener Rheinufer war der mögliche Tatort, mindestens ein Bursche war der Spross einer Bauernfamilie, beide gingen auf ein Internat, richtig?«

Tom nickte und ergänzte: »Der Schreiber nennt den Täter ›Butt‹. Ich habe noch keine Ahnung, was damit ausgedrückt werden soll.«

Karin sprudelte spontane Ideen hervor. »Ein Butt ist ein Plattfisch, der sich am Meeresboden tarnt, indem er Sand aufwirbelt, der sich dann auf ihn legt. Es gibt einen Roman von Günter Grass, der heißt ›Der Butt‹. Ist aber erst Ende der Siebziger erschienen.«

Jerry konnte sich den Fisch nicht vorstellen, googelte und fand eine Abbildung bei Wikipedia, drehte den Bildschirm für alle einsehbar. »Keine Schönheit, der Herr Butt, eher etwas, das man nur in der Pfanne nett findet.«

Karin horchte auf. »Keine Schönheit, das ist gut. Vielleicht hatte er Merkmale, die eine Parallele zu dem Butt darstellten. Eine Fehlstellung der Augen, vielleicht schuppige Haut oder besonders viele Hautveränderungen, irgendwas, das einem Fisch ähnelte. Kinder sind da unerbittlich, wenn es um das Herausstellen von Besonderheiten geht.«

Jerry Patalon, als dunkelhäutiges Kind aus Haiti zu Adoptiveltern in Wesel gelangt, wusste, wovon sie sprach. »Wohl wahr, ich habe mich bis zum Schulsprecher hocharbeiten müssen, bis auch die letzte Pappnase mich in Ruhe ließ. Da gibt es noch eine Gemeinsamkeit der beiden, die uns ein Stück weiterbringen könnte.«

Tom wies auf seine Notizen. »Genau, die beiden gingen ins selbe Internat. Und wenn sie für einen Lehrer das gleiche Motiv zeichneten, kann das nur heißen, dass sie in dieselbe Klasse gingen.«

»Ein Jahrgang also, vom linken Niederrhein, ein Bauernsohn und der unbekannte Schreiber gleichzeitig im Internat.«

Burmeester schnaubte ob seiner eigenen Schulkarriere. »Internat, das hätte ich gut gefunden. Eine Zeit lang wollte ich sogar freiwillig dahin, immer fehlte die Kohle. So habe ich fast jährlich die Schule gewechselt, weil meine Mutter mich wieder woanders parkte, während sie durch die Weltgeschichte schwebte.«

Tom verband andere Erfahrungen mit dem Begriff. »Mir wurde immer gesagt, wenn ich mich nicht zum Lernen auf die Hinterbeine setzen würde, käme ich ins Internat. Für mich war das eine Drohung, ich habe mir nie Gedanken über Kosten und Umstände gemacht, ich wollte einfach nicht weg von zu Hause.«

Jerry verfügte über allgemeines Wissen. »Es gibt sogenannte Elite-Schmieden, zum Beispiel Salem am Bodensee. Dort landen die Kids von reichen Leuten, deren Stand nur eine bestimmte Richtung in der Entwicklung ihrer Kinder zulässt. Sie brauchen das Abitur, den Abschluss einer wohlklingenden Universität, sollen Unternehmen weiterführen, auf jeden Fall Karriere machen. Dort finden sich andererseits auch Kinder ein, die an Regelschulen nicht haltbar sind, weil sie entweder hochbegabt sind oder völlig aus dem Ruder laufen. Heute gibt es Häuser, die auf das eine oder andere spezialisiert sind. Es kostet trotzdem, man muss schon über eine Menge Kohle verfügen.«

Karin schüttelte den Kopf. »Als Kind kannte ich niemanden, der ein Internat besuchte, ich kenne bis heute niemanden. Wer schickte am tiefsten Niederrhein in den Siebzigern seinen Sohn auf ein Internat?«

Tom hatte sich bereits informiert. »Je reicher ein Gutsbesitzer war, desto wahrscheinlicher war es, dass einer der Nachkommen für eine besondere Karriere auserkoren wurde. Einer übernahm den Hof, logisch, und die anderen mussten auch etwas darstellen. Da machte sich ein Lehrer gut, ein Pfarrer. Erst ziemlich spät wurde den Frauen ebenfalls das Recht auf eine Ausbildung zugesprochen. In alter Tradition gab es in Xanten eines der ersten Lehrerinnen-Seminare, übrigens im Gebäude des heutigen Rathauses. Und denkt an den Begriff ›Frauenfachschule‹, da wurden Erzieherinnen ausgebildet. Heute heißt sie Berufskolleg Placidahaus. Und ich erinnere mich an so manchen Geistlichen, der von der Gaesdonck kam, einem altehrwürdigen Internat hinter Goch an der Grenze zu den Niederlanden.«

»Okay«, meinte Karin, »dann sucht mir mal die entsprechenden Erziehungsanstalten im Umkreis von einhundertfünfzig Kilometern heraus, die in den Siebzigern existierten.«

Burmeester fuhr sich mit beiden Händen durch das Haar. »Und dann? Das ist vierzig Jahre her, da ist doch niemand mehr von den alten Paukern im Dienst.«

Karin lächelte ihn kokett an. »Es gibt aber bestimmt Archive, Jahrbücher, Jahrgangsfotos. Ich glaube, nur so kommen wir diesen Freunden näher.«

Sie tippte Jerry auf die Schulter. »So, welche Informationen gibt es in den E-Mails über den möglichen Aufenthalt des Schreibers? Können wir dem Techniker weitere Details zukommen lassen, die ihn ein Stück näher an ihn heranbringen?«

Jerry deutete auf seine Notizen. »Er muss irgendwo an einer

Küste mit Blick auf das Meer leben, außerhalb des deutschen Sprachkreises, das kann ich mit Sicherheit sagen. Ansonsten ist er sehr einsam, hat sich eine neue Identität zugelegt und ist schlecht zu Fuß. Er braucht einen Dolmetscher, wenn er zum Arzt geht. Er hat seine Heimat nicht freiwillig verlassen, etwas hat ihn gezwungen. Seine Begründung ist Angst vor dem Butt, der immer noch sein Unwesen treibt. Wenn ihr mich fragt, dann sollten wir den Mann schnell finden. Wenn der so fertig ist, wer weiß, ob er nicht die Realität verdreht und selbst der kalte Fisch ist, der sich an das Wasser zurückgezogen hat. Sollte er wirklich geflüchtet sein und sich in einer Art Exil befinden, dann ist das eine ganz arme Sau.«

Burmeester drehte sich auf dem Bürostuhl um die eigene Achse und hielt auf Jerrys Höhe. »Ein Fall für den Psychologen, sage ich doch. Niels soll in Ruhe mit ihm arbeiten, solange der Mann seine Fachberatung in Anspruch nehmen will. Ich glaube nicht daran, dass er der Täter ist. Ich halte ihn für ein ahnungsloses, jugendliches Opfer, das aus seinem Trauma nie herausgekommen ist.«

Plötzlich wirkte Jerry wie ausgewechselt. »Sagt mal, wieso ist Gero nicht dabei? Der müsste doch protokollieren?«

Karin fand es okay, so wie es war. »Nein, nichts offiziell niederschreiben. Was wir über den Unbekannten ermitteln, halten wir hier in den Räumen und aus den Dateien raus, bis wir damit öffentlich werden können. Wenn sich auch nur die kleinste Indiskretion ereignet, wird er sich für immer zurückziehen, das können wir nicht riskieren.«

Burmeester wies auf den Besprechungsraum. »Der Gero ist doch beschäftigt. Hat mich abgewiesen, als ich vorhin zu ihm wollte.«

Karin blieb noch eine halbe Stunde für letzte Vorbereitungen auf die Pressekonferenz.

»Fasst die Ergebnisse zusammen und sucht die Internate heraus. Heute Abend werde ich mir das Uferstück bei Vynen anschauen. Verspätete Tatortbegehung.«

***

Gero von Aha hatte das grüne Niederrheinfahrrad inzwischen fest gebucht. Mit dem flotten Gefährt machte er sich nach Dienstschluss auf in Richtung Feldmark. Am Getränkecenter gegenüber dem Arbeitsamt besorgte er zwei Sixpacks und eine neue Tüte Pistazien. Göttliches Nüsslein, er lächelte vor sich hin.

Der toughe Aktenführer kannte sich aus in den Verbindungen zu unterschiedlichen Kommissariaten, er traf den richtigen dienstlichen Ton. Nicht zu sensationell, eher beiläufig hatte er seine Anfrage um Amtshilfe formuliert. Er, nicht das K1, er, Kommissar Gero von Aha, erfragte die Informationen zu nicht identifizierten Funden menschlicher Überreste, er hatte die Idee gehabt. Schließlich konnten anderswo die Kollegen ebenso ratlos wie in Wesel vor Skelettteilen und abgetrennten Gliedmaßen stehen und die Ermittlungen dazu irgendwann unabgeschlossen zu den Akten legen.

Keine Stunde war am Nachmittag vergangen, da hatte er das erste Ergebnis auf seinem Bildschirm: einen mysteriösen Fund aus Emmerich. Er würde mit seiner These recht behalten, das wusste er, und würde dem K1 in den nächsten Tagen seine Ergebnisse präsentieren. Sauber sichten, filtern, vergleichen, dann würden sie schon sehen, wie viel Kompetenz die Krafft gerade zur Aktenführung verdonnert hatte.

Gero von Aha erreichte das einsam gelegene Pastoor'sche Haus gegen neunzehn Uhr. Ungewöhnliche Laute drangen aus einem halb geöffneten Fenster. Kein Zweifel, Rocco sah fern. Er öffnete erst nach mehrmaligem Klopfen und blickte den Kommissar erstaunt an. Von Aha gab sich freundlich, unter jedem Arm sechs Dosen Bier, und grinste Rocco entgegen.

»'n Abend, ich muss Sie sprechen, Herr Corthaus. Es gibt Neuigkeiten, von denen Sie wissen sollten.«

Rocco blieb im Türrahmen stehen, von Aha drückte ihm ein Sixpack in die Hand und deutete auf das Hausinnere. »Wir sollten besser reingehen. Ich habe am Vormittag schon versucht, Sie zu erreichen, aber da waren Sie nicht hier.«

Rocco gab den Weg frei. »Ja, ja, ich hatte Erledigungen zu machen. Strom und Wasser anmelden, und beim Einwohnermeldeamt bin ich auch gewesen.«

Von Aha nickte anerkennend. »Dann sind Sie ja jetzt ein Neubürger der Stadt Wesel. Haben Sie auch das Begrüßungspaket bekommen mit den Frei- und Ermäßigungskarten für Freizeit und Kultur? Fand ich klasse, als ich im letzten Jahr hergezogen bin. Ich habe inzwischen alles genutzt.«

Rocco wirkte verschüchtert. »Weiß nicht, ich interessiere mich nicht für Theater und so.«

Es wurde Zeit, den dienstlichen Teil zu erledigen. Von Aha baute sich vor Rocco auf.

»Erst einmal die Mitteilung für Sie, bevor Sie es morgen in der Zeitung lesen oder von alten Nachbarn hören. Eine traurige Nachricht bringe ich, Herr Corthaus. Man hat die sterblichen Überreste Ihrer Tante, Heike Pastoors, identifiziert. Tut mir leid.«

Rocco wirkte nachdenklich. »Rocco, alle nennen mich Rocco. Meine Tante, sagen Sie? An die habe ich ewig lange nicht mehr gedacht. War noch so jung, als sie verschwand. Ich glaube, die war nett. Lehrerin.«

Er seufzte auf. »Dann ist der Onkel bestimmt auch tot. Der hätte sich sonst gemeldet in all der Zeit. Nach dem Haus gesehen. Das war doch sein Ein und Alles, die hatten keine Kinder. Manchmal haben die uns unterstützt, wir hatten nie genug Geld, es klemmte immer irgendwo.«

Von Aha schälte eine Dose aus der Verpackung. »Bierchen?«

Rocco wies auf die Küche, sie setzten sich an den Esstisch. Oberflächlich hatte er Ordnung gemacht, Staub gewischt, Glas gespült, nur der Boden wirkte an vielen Stellen noch gepudert. Mit fast gleichzeitigem Klicken öffneten sie die Dosen und stießen vorsichtig an.

»Erzählen Sie, Rocco, woran können Sie sich erinnern?«

»Rocco und ›du‹. Alle Welt sagt Du zu mir. Ich bin niemand, zu dem man Sie sagt.«

Von Aha nahm einen tiefen Schluck. »Okay, ich bin Gero.«

Auf dem Gesicht seines Gegenübers erschien ein kleines Erstaunen, Rocco schien irritiert zu sein. »Ich soll einen Bullen duzen, echt?«

»Klar, außerdem habe ich ab jetzt frei. Der Kommissar von Aha steht im Schrank, und der Gero interessiert sich für deine Erinnerungen. Weg mit dem Bullen, prost.«

Die Dosen stießen so heftig aneinander, dass es nur so schäumte, sie setzten die Öffnungen an die Lippen, darauf bedacht, so wenig Bier wie möglich überlaufen zu lassen.

»Gero. Komischer Name. Ich kenn nur Gerolsteiner. Hast du mit denen zu tun?«

»Nein, das ist der Name eines Großvaters. Es hätte schlimmer kommen können. ›Ronald‹ ist auch nicht so häufig anzutreffen. Aus dir haben sie in der Schule bestimmt den Donald gemacht, oder?«

»Deshalb hat meine Tante ganz schnell ›Rocco‹ zu mir gesagt. Das hörte sich geheimnisvoll und ein bisschen italienisch an. So war sie, meine Tante Heike. Wenn ihr was unangenehm auffiel, hat sie gleich versucht, es zu ändern. Meinen Eltern war das eher gleichgültig. Alles ist, wie es ist, sagte mein Vater immer, und wir kleinen Leut können da nix machen. Seine Schwester war da anders.«

»Erinnerst du dich, wie sie verschwand?«

Rocco blickte traurig in die Ferne, seine Bierdose war fast leer.

»Nicht genau. Eines Tages sagte der Vater, die Tante sei fort. Die Eltern unterhielten sich darüber, ob der Meinhard sie schlecht behandelt habe. Mutter meinte, nie und nimmer. Erst nach Tagen, als der Onkel ganz grau im Gesicht war von der Trauer und dem Schmerz und als die Polizei sie nicht fand, da waren alle aufgeregt. Ich erinnere mich, dass ich abends aufgewacht bin, und da saß der Onkel in der Küche am Tisch und weinte wie ein Kind. Ganz fremd war er da für mich; ein Erwachsener, der weint, ist ein kleiner Weltuntergang für ein Kind. Dem Onkel rannen die Tränen in den Hemdkragen, und uns Kindern hatte der Vater das Heulen verboten.«

Gero pellte die nächsten Dosen aus der Pappe. »Den Scheiß hab ich auch mitgekriegt. Ein Indianer kennt keinen Schmerz und so weiter. Hast du hören können, was sie miteinander redeten?«

»Ja, teilweise. Das verstand ich noch weniger. Alles war wie in einem Film. Er war doch gerade wieder aus der Wüste zurück, da hatte er für seine Firma öfter zu tun. Und jetzt saß er da und weinte und schüttelte den Kopf. Alles sei seine Schuld, sagte er, einen verdammt hohen Preis habe er bezahlt. Schweigen ist nicht immer Gold, sagte er, und Gott habe ihn gestraft. Hätte der sich doch ihn gegriffen und nicht die Heike. Seitdem hatte ich einen Heidenrespekt vor Gott. Wenn der sich Leute holen konnte, war der ganz schön mächtig.«

»Genau das hat er gesagt?«

»Ja, ja, ich habe lange in meinem Kinderkopf gegrübelt, wie Gott die Tante gegriffen hat. Mutter brachte ihm Taschentücher, der Vater einen Schnaps, und mich schickten sie wieder ins Bett. Tage später habe ich den Vater fragen hören, ob Mutter wisse, von wem der Onkel eigentlich gesprochen habe. Mutter war außer sich, sie werde seinen Namen nicht aussprechen, das bringe Unglück.«

Rocco griff nach der nächsten Dose, betrachtete die leere gedankenversunken. »Und jetzt wisst ihr, dass die Tante tot ist. Kann ich sie sehen? Ich meine, so wie im Fernsehen in den Krimis.«

Gero verharrte einen Moment. Wie sollte er diesem kindlichen Mann klarmachen, dass es nur noch eine knöcherne Hand von seiner Tante gab?

»Nein, das geht nicht. Man hat Röntgenbilder eines gerichteten Bruchs von damals mit einem Fund von heute abgeglichen. Besser und eindeutiger lässt sich nichts und niemand identifizieren. Behalte sie in Erinnerung, wie du sie als Kind gekannt hast. Irgendwann wird der Pathologe ihre sterblichen Überreste freigeben, dann wirst du entscheiden müssen, ob sie anonym bestattet oder anders beigesetzt werden soll.«

Rocco richtete sich auf. »Meine Tante wird nicht einfach verscharrt. Die kriegt ein ganz ordentliches Begräbnis.«

Gero stieß wieder mit ihm an. »Rocco, das kostet. Überleg es dir in aller Ruhe.«

Er wurde richtig lebhaft und protestierte. »Lass das mal meine Sorge sein, das krieg ich hin.«

Wie will er das bewerkstelligen?, ging es Gero durch den Kopf. Seine Kohle wird doch gerade so für Strom, Wasser und hoffentlich auch für die städtischen Abgaben reichen. »Da musst du aber viele Flaschen sammeln.«

Sein Gegenüber schaute auf. »Ist doch wohl nicht schlimm, oder?«

»Nein, ich hab dich gesehen. Ist doch in Ordnung. Manchmal wünsche ich mir auch eine ganz einfache Tätigkeit. Einfach machen, nicht nachdenken, aufmerksam sein und von der Arbeit seiner Hände leben können. Solche Nachrichten überbringen und immer im Dreck wühlen, oft ohne Erfolg, das ist nicht einfach. Hat doch was ganz Ehrliches, Flaschensammeln. Was Existenzielles, Prost.«

Da hatte er noch einmal die Kurve gekriegt, obwohl Rocco ihn jetzt anschaute, als wolle er herausfinden, ob Gero ihn verarschte. Da half nur ein weiteres Bierchen.

»Wie war das, als auch noch der Onkel verschwand?«

Rocco schnaubte und schien nach Worten zu suchen.

»Für Vater war das Schlimmste, dass der Onkel uns ab da kein Geld mehr zustecken würde. Das hat er immer mal getan, jetzt wurde es noch enger, obwohl wir immerhin das Allerallernötigste hatten. Wir Kinder haben uns eine Geschichte ausgedacht. Wir glaubten, er sei zurück in die Wüste gegangen. Dort würde er nun in einem Zelt leben und eine verschleierte Frau haben. Wir haben regelmäßig nach dem Haus geschaut. Als meine Eltern starben, sind meine Geschwister weit weggezogen, und alles blieb an mir hängen. Die baufällige Hütte in Xanten und das hier. Jetzt bin ich froh, dass ich hier leben kann, sonst hätte ich in das Obdach gemusst.«

Nur noch zwei Dosen übrig. Gero von Aha fühlte sich gut. Die Sprache fing an zu verwaschen, aber ansonsten lief es einwandfrei. Als könne er die leichte Schwäche in der Aussprache loswerden, schlackerte er mit dem Kopf wie ein nasser Hund.

»Jetzt hab ich zwei Häuser an der Backe und keinen einzigen Menschen mehr.«

Sie stießen auf ihre Männerfreundschaft an, und Rocco bekam verschämt feuchte Augen. »Außer dir. Du bist der Einzige, der wirklich mit mir redet. Du verstehst mich, und mein Onkel hat mich längst vergessen. Dem schüttet die verschleierte Frau gerade einen Tee ein.«

Roccos Blase rief nach Erlösung, er wankte in Richtung Gästeklo. Gero schaute sich beiläufig in der Küche um. Beige-braune Einbauküche mit Blümchenkacheln als Spiegel. An der Wand zum Flur stand ein alter Küchenschrank mit säuberlich ausgestellten Sammeltassen hinter den Glastüren des Aufsatzes. Die Einlegebretter waren an der Stirnseite mit geklöppelter Spitze verziert. Auf der Ablage stand eine grobe, braun-orange Tonschale, die Türen des Unterschranks auf den runden, gedrechselten Füßen waren aus geschnitztem Holz. Unter dem Schrank wurde die unberührte Patina der vergangenen Jahre sichtbar, da hatte Rocco kölschen Wisch gemacht.

Gero dachte an seine eigene Wohnung und an die ungeputzten Ecken, wollte sich abwenden, von dem Schrank und von dem Thema, doch etwas hielt ihn zurück.

Sein Hirn schaltete sich wieder übergeordnet ein, und klare Gedanken suchten sich den Weg durch den Bierdunst. Er bückte sich und blickte unter den Schrank. Dort lagen Millionen von Staubflocken, mumifizierte Brotbröckchen, ein altes Stück Küchenrolle, vergilbt und staubverziert. Und völlig unberührt von diesem Staubmilben-Eldorado, fast jungfräulich sauber, lag dort halb verborgen hinter einem der knubbeligen Füße eine Banderole, wie sie für Geldscheine genutzt wurde. »Zwanzig mal fünfzig« stand darauf, darunter das Logo der ehemaligen Citibank. Eintausend Euro!

Von Aha hörte die Klospülung, ergriff die Papiermanschette mit den Fingerspitzen und bugsierte sie in seine linke Gesäßtasche. Vielleicht war dieser hagere Flaschensammler reicher, als sie alle annahmen?

Das Bier war alle, die Zurechnungsfähigkeit schon merklich eingeschränkt, als Gero sich in der sommerlichen Abendstimmung auf das grüne Vehikel schwingen wollte. Einundzwanzig Uhr und hackevoll. Er vertrug einfach nichts mehr, dachte er, während er die Straße vor Roccos Bleibe nutzte, um auf dem Rad schlingernd seine Mitte zu finden.

Er bemerkte nicht den alten anthrazitfarbenen Volvo, der in einiger Entfernung am Straßenrand stand. Er registrierte nicht den Schatten auf der Fahrerseite, und ihm entging das kurze Aufblinken, als die Abendsonne sich in den Fernglaslinsen spiegelte, als der Mann das Gerät vor seine Augen hielt. Jemand nahm ihn ins Visier, während er den Kampf mit seinem Gleichgewicht allmählich zu gewinnen schien.

***

»Du willst ans Rheinufer bei Vynen, um dir den möglichen Tatort einer eventuellen Tat an einem unbekannten Opfer, verübt vor

Jahrzehnten durch Jungens, die du nicht kennst, anzuschauen. Sehr interessant.«

Maarten de Kleutje sah Karin Krafft amüsiert an. »Lass mich dein Hilfssheriff sein, bevor dich der Geist des Opfers in die Fluten reißt oder die mordenden Monster aus dem Gebüsch hervorbrechen und mir meinen Augenstern rauben.«

Ihre kleine Tochter schlief. Moritz, der große Sohn der Kommissarin, würde auf sie aufpassen.

Von Lüttingen aus radelten die beiden an der Süd- und Nordsee, der Seenplatte aus ehemaligen Auskiesungen, entlang und begaben sich hinter Wardt auf die Deichkrone bis zur gepflasterten Natostraße. Die Sonne stand schon tief und begann, das Wasser des Flusses in abendlicher Stimmung zu färben. Sie ließen sich hinter der Schranke bis zum Ufer hinunterrollen und ketteten die Räder an einen Weidezaun. Ein hölzerner Übertritt diente Spaziergängern zum Übersteigen des Stacheldrahtzauns, hinter dem das weitläufige Kiesufer lag.

Der Rhein hatte sich weit in sein Flussbett zurückgezogen, die ansonsten wasserbedeckten Stellen unterschieden sich durch einen grauen Belag von dem normalen Uferbereich, und eine ausgedehnte Steinfläche bis zur nächsten Kribbe tat sich auf. Zwei Petrijünger saßen auf ihren niedrigen Klappstühlen, den Blick aufs Wasser und auf ihre Angeln gerichtet, die sich am Ufersaum ins Wasser neigten. Kleine Glöckchen an den dünnen Enden der Ruten sollten akustisch auf Bissbewegungen aufmerksam machen. Um sie herum hatten sie ein Sammelsurium aus Eimern, Keschern und Kisten mit Zubehör aufgebaut, und neben jedem stand eine große Wasserflasche. Karin und Maarten liefen an ihnen vorbei und kletterten über die Kribbe aus dicken Wackersteinen, die verhindern sollte, dass sich die Strömung einen neuen Weg längs des Ufers grub.

Das zweite Uferstück tat sich auf: Sand, Kies, im Hintergrund Weidensträucher und sommerlich verdorrte Grassoden. Rund um die Sträucher wurden alte Schnittstellen sichtbar. Immer wieder kürzte man die Weiden in Bodennähe, damit sie buschig wurden, statt sich zu hohen Bäumen auszuwachsen. Hinter dem nächsten Strömungsbrecher beherrschte ein Weidenwäldchen das gesamte Ufer, an manchen Stellen schier undurchdringbar.

»Da isset«, meinte Maarten, »da hast du ein dichtes Wäldchen. Schau dir die vielen alten Schnittstellen an, hier hat man die Weiden oft gestutzt. Die sind bestimmt schon Jahrzehnte alt. Hier kann man sich verbergen, ein idealer Platz für ein Verbrechen. Und wann, meinst du, soll hier ein Mord passiert sein?«

»Anfang der Siebziger.«

»Da war es noch nicht attraktiv, so nah am Wasser spazieren zu gehen, da war dieser herrliche Fluss noch eine Industriekloake, mit Abfällen verdreckt und mit Chemie verpestet. Garantiert haben die Anlieger den Kindern verboten, hier zu spielen.«

»Richtig, und gerade für Halbwüchsige wirkt ein Verbot wie eine Generalerlaubnis, das war ein Abenteuer, sich hierherzuschleichen. Der Obdachlose war bestimmt tagsüber unterwegs, um was zu beißen und zu schlucken zu organisieren, und ist abends hergekommen, um im Verborgenen zu schlafen. Zu den Seiten hin haben die Kribben jede Sicht auf ein Feuerchen genommen, und im Rücken hatte er den Deich, auf dessen Krone es noch keinen Radweg gab. Nur vom Wasser her wird ein kleiner Lichtschein zu sehen gewesen sein, aber welcher Schiffer hat sich für so einen kleinen leuchtenden Punkt interessiert? Die fuhren damals meist auf Sicht und hatten sich im Dunkeln auf den Fluss zu konzentrieren.«

Sie standen an der Wasserkante, die seicht ans Ufer schwappte, ein leichter Wind rauschte in den silbrigen Weidenblättern. Karin resümierte.

»Sag selbst, ein idealer Ort, wahlweise für verborgene Liebe oder ein Verbrechen. Ist doch verrückt, wir kommen der Sache nur deshalb näher, weil einer der Beteiligten den inneren Druck nicht länger aushält. Das Opfer ist von niemandem vermisst worden, einfach von der Bildfläche verschwunden.«

Die Abendsonne tauchte den Fluss in ein sattes Orange. Maarten schlug vor, sich langsam auf den Rückweg zu machen. Die beiden Angler hatten mittlerweile aus Schwemmholz eine kleine Feuerstelle errichtet und winkten die beiden zu sich heran.

»Wir haben ein paar kleine Barben und ein Stück Zander in der Glut liegen, wollt ihr uns nicht Gesellschaft leisten und mitessen?«

Maarten und Karin schauten sich an und nahmen die überraschende Einladung gern an. Speisen im Feuerschein am nächtlichen Flussufer, wie romantisch. Die älteren Herren freuten sich über ihre Gesellschaft, ein dicker Treibholzstamm diente als Sitzfläche.

»Wir hatten einen guten Fang heute, und unsere Frauen können schon lange keinen Fisch mehr sehen. Dann essen wir eben auswärts, näh, Karl?«

»Jau, und ohne Meckern.«

Karins berufliches Interesse kratzte an ihrem Sprachzentrum, formulierte flugs die erste Frage. »Dann sind Sie manchmal auch nachts hier?«

»Sach ma Du für uns, unter Petrijüngern is dat so.«

Man stellte sich vor. Karl und Erwin trafen auf Karin und Maarten.

»Klar sind wir auch nachts hier. Immer wenn zu Hause Stunk inne Luft liegt, ist Zeit zum Nachtangeln. Hab ich schon als kleiner Junge mit meinem Vater so gemacht, allerdings nicht hier. Gab ja kaum Fische im Fluss, als ich klein war.«

Er ließ sie nicht los, der Ermittlungsteufel. »Das heißt, du bist hier aus der Gegend und kennst den Fluss noch aus der Zeit, als es schlecht um ihn stand?«

Er wendete mit zwei Zweigen die Folien, in denen der Fisch brutzelte. Das Feuer knisterte behaglich.

»Na klar, Spielverbot und Haue gab et, wir durften nich einmal Kieselsteine sammeln, dat gab schon Ärger. Halt mal Kinder vom Wasser fern, dat is schlimmer als en Sack Flöhe hüten.«

Erwin kontrollierte die Angelhaken und musste sie neu mit Köderwürmern bestücken. »Verflixt! Ich sag nur: Schwarzmeergründel. Die fressen immer die Haken leer. Da spricht keiner drüber. Illegale Einwanderer aus dem Schwarzmeer, kleine Fischkes, die sich hier richtig wohlfühlen. Zu klein zum Rausholen, aber immer aktiv, die Biester.«

Karin bemerkte seinen Ärger – er würde sich über das Thema ereifern. Sie kam Erwin zuvor. »Sagt mal, gibt es unheimliche Begegnungen hier am Ufer? Ich meine, laufen hier manchmal Gestalten lang, die eurer Meinung nach was anderes als romantische Spaziergänge oder den Hund ausführen im Sinn haben könnten?«

Erwin lachte auf. »Man muss auf alles gefasst sein. Hier kann auch schon mal eine Wasserleiche liegen, hatten wir schon zweimal. Der Karl meinte noch, die Nächste schubsen wir wieder in die Strömung zurück. Dat is immer so 'n Gerüssel, und dat ganze Ufer in Aufregung. Nee, nee, und schön anzuschauen sind se auch nich.«

Karin setzte nach: »Da gibt es doch bestimmt alte Geschichten über Leute, die Böses im Schilde führten. Komm, du weißt doch mehr.«

Das Feuer knisterte, während die Dämmerung langsam kindliche Lagerfeuerstimmung aufkommen ließ. Ein paar Fragen noch, dachte die Hauptkommissarin im Feierabendmodus. »Passiert es schon mal, dass dahinten in dem Weidenwäldchen jemand übernachtet?«

Karl prüfte den Zustand der gegrillten Fische. »Im Sommer schleichen da öfter mal Figuren rum, aber das hat uns noch nie gestört.«

Erwin protestierte. »Komm, hör auf. Manchmal haben wir zusammengepackt, weil et uns zu unheimlich wurde. Ich glaub manchmal, da sind auch Erntehelfer dabei, die nich angemeldet sind und keine Bleibe haben. Manchmal sind et auch Jugendliche, die nur saufen wollen, und dat is auch nich ohne, da weißt du nie, wat passiert.«

»Und … als ihr Kinder wart, wurde da irgendwann mal über Leute gesprochen, die sich hier herumtrieben?«

Die Beantwortung der Frage verzögerte sich, da die ersten Fische gar waren. Vorsichtig wurden sie aus der Folie gepellt, immer erst an der Luft abgekühlt und bröckchenweise mit den Fingern gegessen.

Maarten küsste seine Karin und drückte sie kurz an sich. »Fisch am Feuer beim Fluss, dat is wie eine Szene aus dem neuen Film mit Tom Sawyer und Huckleberry Fynn.«

Karins Frage blieb den Anglern im Kopf, sie schienen zu überlegen, Erwin blickte auf.

»Doch, da war mal was. Da muss mal über Wochen hinweg ein Penner gelebt haben. Den haben se von der Gemeinde aus manchmal versorgt, wat zum Beißen an den Zaun gehängt. Mal eine Plastiktüte mit Brot, mal en paar Konserven. Und eines Tages blieben die Tüten hängen. Ich weiß noch, wie meine Mutter sich aufregte. Undankbares Pack, meinte sie, sie habe dem Pastor gleich gesagt, der solle weg und nich hier herumlungern und sich dabei noch satt essen. Im Laden hieß et, er sei wohl weitergetippelt. Dann fand man seine Decke und so. Dann hieß et, besoffen im Rhein ertrunken.«

Karin wartete auf die richtige Temperierung ihres Fisches, was lag da näher, als die beiden noch ein wenig zu löchern.

»Hatte der Mann einen Namen? Ich meine, nannte jemand ihn beim Namen, oder gab es einen Spitznamen oder so? Und wisst ihr noch, in welchem Jahr sich das abgespielt hat?«

Karl pries sein immer noch tadellos funktionierendes Gedächtnis. »Das Jahr hab ich völlig klar in de Birne, dat war 1972, da bin ich gefirmt worden. Ob jemand den Namen kannte? Glaub ich nich. ›Der Landstreicher‹ war der für die meisten oder ›der alte Penner‹. Ich kann mich nich erinnern, du?«

Er stieß Erwin an, der mittlerweile in seinem Klappstuhl döste. »Ich? Nee, ich weiß da nix von.«

Schweigsam wurde es um die Feuerstelle, jeder knibbelte die Fischstückchen aus der Folie und genoss die Abendstimmung. Karin und Maarten saßen ganz eng beieinander auf dem Stamm, die sachten Wellen perlten durch die Kiesel, und über ihnen schien ein friedlicher Mond.

NEUN

Karin Krafft nahm an der Tankstelle die beiden Tageszeitungen der Region mit, blätterte die Lokalseiten auf, wollte, während sie noch an der Zapfsäule stand, wissen, wie die Presse auf die gestrige Konferenz reagiert hatte. Die Resonanz war unterschiedlich, das eine Blatt legte den Schwerpunkt auf die Aufklärung des alten Falles, das andere berichtete umfassender, jedoch sachlich und ohne die befürchtete Gier nach Sensationen über das emsige Bestreben des Kriminalkommissariats 1, auch den anderen Opfern zu einer Identität verhelfen zu wollen. Karin war zufrieden, keine Panikmache, keine künstlich geschürte Hysterie, alles lief wie geplant.

Auf ihrem Schreibtisch in der Dienststelle lag eine Liste mit Adressen altehrwürdiger Erziehungsanstalten, die in den Siebzigern bereits existierten und deren Entfernungen Wochenendaufenthalte in niederrheinischen Elternhäusern zuließen. Zunächst aber stand die morgendliche Besprechung an.

Von Aha wirkte schweigsam und zurückgezogen. Er habe Ronald Corthaus die Nachricht überbracht, der sei nicht weiter überrascht gewesen. »Wir haben noch eine Zeit lang über seine Erinnerungen geredet, da kam nicht viel, außer dass der Onkel sich schuldig fühlte und Angst zu haben schien. Ja, und er will der Tante zu einem ordentlichen Begräbnis verhelfen.«

Karin war verwundert. »Der Flaschensammler? Wie will der das finanzieren, das kriegt selbst ein Mensch mit mittlerem Verdienst nicht mal eben vom Gehaltskonto gestemmt. Weiß er, dass da schnell mehrere tausend Euro zusammenkommen?«

Gero von Aha zuckte mit den Schultern, er habe keine Ahnung. »Aber ich bleibe an ihm dran, irgendwas stimmt da nicht.«

Burmeester hatte beim Techniker und bei Niels Meier angefragt, doch der E-Mail-Schreiber hatte sich noch nicht wieder gemeldet. »Wundert mich auch nicht weiter, vielleicht meldet er sich in der kommenden Nacht, denn er wird die Presseberichte studieren, und meist reagiert er darauf.«

Karin griff in ihre Schreibtischschublade und warf Burmeester nach einem kurzen Blickkontakt eine zusammengeknüllte Plastiktüte mit klapperndem Inhalt zu. »Ach, hätte ich fast vergessen. Unsere Frau Professor hat etwas auf dem Mittelstreifen des Herzogenrings für dich gefunden. Mit besten Grüßen von Hermann.«

Burmeester spähte nicht einmal hinein, er ahnte, was sich in der Tüte befand. Die Kollegen warteten auf eine Erklärung, Karin übernahm den Part.

»Nikolas Burmeester entsorgt seit Tagen erfolglos eine Reihe von ausgemusterten Knochen. Merkwürdigerweise gelangen sie mit mehr oder weniger Aufsehen regelmäßig zurück auf meinen Schreibtisch. Mann, ich habe langsam die Nase voll von diesem Spielchen. Nimm sie gefälligst mit und entsorge die Dinger ordentlich.«

Jerry kicherte wie ein Teenager und klopfte sich auf die Oberschenkel. »Und immer schön darauf achten, dass es keine Tatzeugen gibt.«

Tom machte den coolen Cop. »Hey, und wenn du nicht willst, dass diese Lady hier dich ebenfalls entbeint und in Einzelteile zerlegt, dann begrab die Tüte tief, sehr tief, dort, wo niemals jemand buddeln würde.«

Burmeester warf die Tüte kommentarlos auf seinen Schreibtisch, und mit beinernem Geklapper stoppte sie an der Tastatur. Der Inhalt verfolgte ihn. Selbst wenn er die Knochen in eine Restmülltonne werfen würde, käme am nächsten Morgen ein Müllwerker damit zur Leitstelle und würde einen Mord melden. Vielleicht sollte er sie in den Rhein werfen. Von der Brücke aus mitten in den Fluss, genau das würde er machen.

Die Aufgabe des Tages war, die Internate abzuklappern. Nach dem ersten Telefonat war man sich sicher, trotz Wochenende und Ferienzeit in jedem Haus jemanden erreichen zu können. Es blieben immer Kinder zurück. Man teilte sich ein in Niederrhein und Ruhrgebiet, Münsterland und den Köln-Bonner Raum. Karin übernahm die Tour zu einem Haus mit dem strenggläubigen Namen »Maria auf der Heide« in Grevenbroich und zum Collegium Augustinianum Gaesdonck in Goch, Tom und Jerry würden die weiter entfernten Häuser besuchen, für Gero von Aha blieb, wie gehabt, Aktenführung und Observation von Ronald Corthaus. Burmeester gewann den Hauptpreis mit der Stallwache. Für die Kollegen erneuter Anlass zu Frotzeleien à la K 1.

»Wenn du uns jemals zu einer Suppe einlädst, werden wir nicht kommen …«

»Versuch es doch mal beim Abdecker mit deinen Knochen, der zieht ihnen die Tüte ab und, husch, husch wird Seife oder Kleister draus.«

»Man nannte ihn den Knochenjäger …«

Zwei Männer verließen das Kommissariat in gelockerter Stimmung. Die Hauptkommissarin traf auf dem Flur Gero von Aha, der seinen wertvollen Kaffeeautomaten in den Besprechungsraum astete. Ihre Blicke trafen sich.

»Da ich sowieso mehr Zeit dort verbringe statt am Platz, erhöhe ich die Effektivität durch Verkürzung des Weges zu einem guten Kaffee.«

Karin lächelte angesichts des Kollegen, der sich unter dem nicht geringen Gewicht der Maschine, dieser viel gelobten, hochglänzenden Saeco ID, wacker aufrecht hielt.

»Ich hoffe, Sie laden mich trotzdem ab und an zu einem Tässchen ein.«

»Aber natürlich, und viel Erfolg.«

»Danke, Ihnen auch.«

Er wirkte leicht irritiert, als er sich mit seinem Spielzeug in den technisch hoch aufgerüsteten Raum bemühte.

Was der jetzt schon wieder hat, dachte Karin, so eine verkappte Mimose. Ein Pistazienbäumchen am Niederrhein.

Von Ahas Gedanken kreisten schon um seinen Ermittlungsalleingang. Hatte die Chefin ihm gerade dazu Erfolg gewünscht? Sie unterhielten sich immer noch in unterschiedlichen Sprachen. Er würde sein Ermittlungsergebnis gut übersetzen müssen.

★★★

Rocco erwachte spät mit einem dicken Schädel, seine Augen schmerzten beim Blick in den hellen Tag. Hatte er gestern mit dem Bullen gezecht? Gero, er kannte jemanden, der Gero hieß und mit ihm zusammen Bierchen gekippt hatte, um dann mit seinem Fahrrad schlingernd davonzufahren.

Seine Tante war tot. Er musste sich um die Beerdigung kümmern. Wie sollte er das anstellen? Keine Ahnung. In Xanten kam er immer an einem Beerdigungsinstitut vorbei, da würde er nachfragen.

Heute war der erste Tag nach dem Beginn seines wohltätigen Einsatzes. Bei allen Menschen, denen er Geld geschenkt hatte, ging es um Not und Entbehrung. Die junge Frau aus der Feldmark lief immer in denselben Klamotten herum, und das Kind sah erbärmlich aus. Er hatte gehört, wie sie einer Freundin erzählt hatte, nie reiche das Geld für richtig schöne Sachen. Wenn sie sich in ihren Fummeln irgendwo vorstellen gehe, sei klar, dass jede andere den Job bekomme, nur sie nicht. Hübsch machen sollte sie sich von dem Geld und den Kleinen einkleiden.

Rocco wusste, wie wichtig ordentliche Kleider für Kinder waren, ihn hatte man stets gehänselt. Er kannte die Leute in Xanten, die nun einen guten Batzen Geld bekommen hatten, nur vom Sehen, hatte immer wieder gedacht, die müsste man unterstützen, damit es den Kindern besser ginge, damit die Frauen nicht so verhärmt aussehen müssten, vom Leben gezeichnet und enttäuscht wie seine Mutter.

Heute würde er den größten Coup starten und so viel Geld wie möglich an sehr viele Bedürftige auf einmal verteilen. Er fühlte sich gleich etwas besser, der Gedanke an sein barmherziges Werk ließ ihn lächeln. Rocco, der Mantelteiler, der arme Flaschensammler, spielte den großzügigen Unbekannten. Sankt Rocco aus Xanten. Er zog sich die abgewetzten Jeans an und das Sweatshirt mit den Löchern. Aus dem Versteck in der Bodenvase nahm er mehrere Bündel Hunderter und überprüfte seine Hosentaschen. Dicht waren die, sie verbargen den Schatz. Ohne Frühstück machte er sich auf den Weg nach Hamminkeln, ließ sich den Fahrtwind um die Nase wehen und pfiff gut gelaunt vor sich hin.

An zwei Bushaltestellen übermannte ihn die alte Gewohnheit, er fischte Flaschen aus den Müllbehältern und ließ sie in einer Tüte am Lenker baumeln. Sein Ziel lag mitten in der Stadt. Im Schatten der Brauerei gab es im Hinterhof die Tafel, einen Ort, an dem sich Menschen mit geringem Einkommen Lebensmittel abholen und für einen kleinen Obolus auch einkleiden konnten.

Man kannte ihn dort schon, er hatte in den letzten Jahren alle Tafeln und alle Kleiderkammern abgeklappert, schließlich war auch er bedürftig und konnte sich nicht daran erinnern, wann er zum letzten Mal ein Kleidungsstück in einem Laden gekauft hatte. Die Frauen begrüßten ihn zuvorkommend und höflich, wie sie es mit jedem machten, der die Räume betrat. Im vorderen Bereich befanden sich die Regale und Kleiderständer, im hinteren Teil die Tische und Kühlschränke mit dem, was Supermärkte und Restaurants aussortierten. Er wies auf seine Klamotten, eine Helferin zeigte nach links.

»Suchen Sie dort, es müssten Hosen in Ihrer Größe dabei sein. Kommen Sie klar?«

Rocco nickte heftig und schwitzte merklich, bestimmt roch er schon. Er startete seine heutige Mission mit zittrigen Fingern, gewann nach der dritten Hose an Routine. Nacheinander nahm er die Hosen, schaute sie sich kurz an, und bevor er sie zurück ins Regal legte, ließ er unbemerkt einen Hunderter in eine Tasche gleiten. Nach den Hosen widmete er sich den Jacken, entdeckte noch Hemden mit Brusttaschen und schaute beiläufig auch die Kindersachen durch. Die Damen waren zu beschäftigt mit der Lebensmittelausgabe, kümmerten sich nicht um ihn. Nach einer halben Stunde kam eine Mutter mit zwei kleinen Kindern und griff zu Sachen, die er in den Fingern gehabt hatte. Es war Zeit zu gehen. Mit einer Geste, die signalisierte, es sei nichts Passendes für ihn dabei, verabschiedete er sich und begab sich zufrieden zu seinem Fahrrad.

So viele Menschen würde er heute glücklich machen – ein besonderes Gefühl. Bei Penny kaufte er sich ein Brötchen und lungerte noch eine Zeit lang auf dem Parkplatz in Sichtweite der Tafel herum.

Er traute seinen Augen nicht, als er die Mutter mit den kleinen Kindern sah, die mit einem riesigen Kleiderberg auf den Armen aus der Tür kam. Offenbar hatte sie den Inhalt der Taschen bemerkt und großzügig zugegriffen. Statt vieler Menschen profitierte nun eine Frau von seinem Plan. Grob dirigierte sie ihre Kinder um zwei Ecken, blieb vor einem Container für Altkleider stehen, ließ den Berg fallen und telefonierte, einmal, zweimal, schrie die Kinder an, die fortwollten, und begann, die Hosen- und Jackentaschen zu durchsuchen. Sie blickte sich nach allen Richtungen um und ließ die gefundenen Geldscheine schnell verschwinden.

Zwei Männer kamen angeradelt und unterhielten sich mit ihr. Es war klar, was sie ihnen erzählte und was die als Nächstes machen würden. Die guten, sauberen Kleidungsstücke landeten in der Altkleidersammlung. Diese Aktion ist gründlich danebengegangen, Sankt Rocco, dachte er, da bereichert sich jetzt ein einzelner Clan. Dumm gelaufen, er würde seine weiteren Pläne überdenken müssen. Die Gier der Menschen hatte er nicht bedacht.

***

Gero von Aha sammelte die Fakten, die von verschiedenen Kommissariaten an ihn weitergeleitet worden waren. Offensichtlich gab es eine Reihe von Kollegen, die, mit ungeklärten Fällen konfrontiert, auf eine Eingebung warteten. Und es gab vergleichbare Funde, auffallend häufig in Nähe des Rheins.

Aus dem Fluss geborgen hatte man vor einigen Jahren sogar eine Leiche, der die rechte Hand fehlte. Der Kollege schrieb in der E-Mail, dass dieser Fall als geklärt galt, bis seine Anfrage ihn erreichte. Man habe die abgetrennte Hand damals mit anderen Verletzungen gleichgesetzt, die offensichtlich durch Schiffsschrauben verursacht worden waren. Schon damals hätte ein Pathologe ganz bedenklich mit dem Kopf gewackelt, sich im Endeffekt von seinem Vorgesetzten überzeugen lassen und die Verstümmelung im Zusammenhang mit dem Verkehrsfluss auf dem Rhein gedeutet.

Von Aha legte eine neue Datei mit dem Namen »Lost Hands« an und trug dort ein: »Zwanzigjähriges, männl. Opfer, abgetrennte rechte Hand, Fundort: Rheinufer bei Orsoy, gefunden am 22.7.2003.«

Eine andere E-Mail aus Krefeld beschrieb grausige Knochenfunde in dem Waldgebiet am Hülser Berg im Jahr 2008. Man hatte die Überreste von zwei verschiedenen Menschen gefunden und lange darüber diskutiert, dass Wildschweine sich über die Leichen hergemacht haben mussten, obwohl der Bestand dort hinter Zäunen lebte und an der Fundstelle nach all der Zeit keine eindeutigen Spuren mehr festzustellen waren.

Also ging man von der These aus, dass diese Körper zunächst hungrigen Schweinen vorgeworfen worden waren und die Reste dann im tiefen Wald verschwinden sollten. Was auch gelungen war, bis ein braver Jagdhund eines Tages so lange kläffend bei seinem Fund stehen blieb, bis sein Herrchen ihn und die Knochen fand. Der rechte Armknochen einer Frau wies eine erstaunlich glatte Trennfläche am Handgelenk auf, über die man in Krefeld lange diskutiert hatte. Zudem stellte die Pathologie in diesem Fall mögliche Todeszeiten fest, die zwei Jahre auseinanderlagen. Das weibliche Opfer war vermutlich 2002 ermordet worden, das andere, männliche Opfer 2004. Das Alter der Frau wurde auf dreißig bis vierzig geschätzt, das des Mannes auf zwanzig bis dreißig, keine Merkmale wie Schrauben, Platten oder verheilte Brüche waren erkennbar.

Von Aha saß mit roten Wangen vor dem Bildschirm und konnte nicht fassen, was sich vor ihm auftat. Er notierte:

»Dreißig- bis vierzigjähriges weibl. Opfer, Abtrennung der Hand wahrscheinlich, Fundort Hülser Berg, Krefeld, Todeszeitpunkt 2002, gefunden am 17.5.2008.

Zwanzig- bis dreißigjähriges männl. Opfer, Fundort Hülser Berg, Krefeld, Todeszeitpunkt 2004, gefunden am 17.5.2008.«

Zusammen mit den vier Opfern aus der Region und dem aus Emmerich waren das schon acht. Von Aha erschrak heftig, sprang von seinem Stuhl auf und tigerte durch den Raum. Was hatte er sich da vorgenommen, konnte er das tragen? Allein diesen ganzen Mist an die Oberfläche katapultieren, der bislang zusammenhangslos in unterschiedlichen Aktenbergen vergraben lag? Acht Opfer, wenn man den Obdachlosen aus den Siebzigern dazurechnete, sogar neun, die man ohne große Probleme demselben Täter zuordnen konnte, und wie viele es wirklich waren, war noch unbekannt.

Gero von Aha musste raus hier, musste nachdenken. Er speicherte seine Informationen unter »Lost Hands« ab, versah die Datei mit einem Passwort und schnappte sich seine Jacke. Burmeester rief er zu, er sei unterwegs zur Observation von Rocco.

Er lief aus dem Gebäude, lief einfach weiter in Richtung Rathaus, am Kornmarkt vorbei, registrierte nicht, was um ihn herum geschah. Die Neun geisterte durch seinen Kopf, neun Opfer und ein Mörder. Hier am Niederrhein, in diesem friedlichen Landstrich zwischen Kopfweiden und Flussufer. Alle paar Jahre hatte es einen aufregenden Fall gegeben, ansonsten konnten die wenigen Tötungsdelikte schnell und effektiv abgeschlossen werden. Einbruch und Betrug gab es hier, aber von einem Serientäter hatte er noch nie etwas gehört.

Von Aha bog ab in die neu gestaltete Fußgängerzone, vorbei an der neuen Buchhandlung Korn, in der er bereits Stammkunde war, sah nicht die spielenden Kinder und hockte sich mit hoher Herzfrequenz auf eine der neuen, großstädtisch gestylten Holzbänke. Nein, er musste seine Kollegen einweihen. Dieser Gedanke stand im Vordergrund, bis er beobachtete, wie eine strenge Mutter ihr Kind für eine Nichtigkeit maßregelte, sodass es beleidigt anfing zu heulen.

Nein, er würde das allein durchziehen, er hatte die Idee gehabt, und seine Chefin hatte ihm untersagt, auf eigene Faust zu ermitteln, und genau das war der Punkt. Er konnte jetzt noch nicht mit seinen Ergebnissen aufwarten, er musste weitermachen und etwas Greifbares finden, einen Namen, ein Indiz, eine Richtung, dann würde seine Stunde schlagen. Dieses Mal würde er alles dokumentieren, den ganzen Weg, damit es nicht wieder zu Irritationen kommen konnte und die Schritte bis hin zu seinen Ergebnissen nachvollziehbar waren. Keine Alleingänge, hieß es immer. Er war aber nicht der große Teamworker, er war der Fachmann, der das Ding allein wuppen würde.

Von Aha stand auf, klarer, frischer, und begab sich mit flotten Schritten zur Radstation am Weseler Bahnhof, um sich ein Niederrheinfahrrad zu holen. Neun Opfer, verdammt. Was, wenn es noch mehr würden?

***

Voller Eindrücke, jedoch ohne greifbare Ergebnisse kehrte zunächst Karin Krafft von ihrer Tour durch die Internate zurück. Eine schier endlose Überlandfahrt hatte sie aus Richtung Goch hinter sich, hatte sich beim Bäcker an der Reeser Landstraße ein belegtes Brötchen gegönnt und auf die kostenlose Wochenzeitung geblickt, die auf der Theke auslag. Die Frau auf der Titelseite kannte sie, den Hund ebenfalls. Die Schlagzeile sprach Bände: »Dogge Hermann findet Knochen mitten in Wesel. Frauchen sagt: ›Keine Sorge, alles von Tieren.‹«

Karin nahm die Zeitung mit. Das würde wieder eine riesige Diskussion geben.

In der Dienststelle knallte sie Burmeester das Blatt auf den Schreibtisch. Der wusste erst nichts damit anzufangen, bis er Frau und Hund auf dem Foto erkannte. Er reagierte fast resigniert.

»Ich kann's nicht mehr hören, sehen oder lesen. Alles nur, weil ich deiner Mutter einen Gefallen tun wollte. Ich solle mit den alten Knochen machen, was ich meine, hat sie gesagt. Falls es Anfragen zu dem Artikel gibt, übernehme ich die Verantwortung und stehe allen Rede und Antwort. Karin, das entwickelt sich zum Selbstläufer. Ich konnte doch nicht ahnen, dass ich die Dinger nicht mehr anständig loswerde. Ich regele das, bestimmt.«

Karin gab sich zufrieden und berichtete von ihrer Fahrt zu den Internaten. In Grevenbroich sei es ganz einfach gewesen und schnell gegangen, weil bis Ende der Achtziger nur Mädchen aufgenommen wurden.

»Wenn wir das ordentlich im Vorfeld recherchiert hätten, hätte ich mir die Fahrt sparen können. Im Collegium Augustinianum Gaesdonck war es genau andersherum, dort wurden die Mädchen später aufgenommen, zu der für uns interessanten Zeit war es ein reines Jungeninternat. Es gibt eine Reihe von Jahrbüchern, die mir zur Durchsicht gezeigt wurden, ich habe Kopien machen können, aber alle Aufzeichnungen über die Zimmerbelegung sind nicht mehr da. Die haben extra wegen mir die Schulsekretärin aus dem Wochenende geholt, sie wird mir noch die Adressenlisten heraussuchen, niemand wusste, wo die sich befinden. Seit den Neunzigern ist alles in Dateien gespeichert, und bisher hatte niemand nach älteren Daten gefragt. Sie gab mir den Tipp, ich solle den Jahrgang und die Schule unter studiVZ googeln, da seien die meisten Alten zu finden.«

Sie breitete die Kopien aus, einzelne Gesichter, lauter brave Jungenköpfe in Passfotoformat, lächelnd und mit konservativen Frisuren, schauten ihnen entgegen.

»Das sind die Jahrgänge, die in Frage kommen. Die Jungs auf

den Bildern sind ungefähr vierzehn, fünfzehn Jahre alt. Von 1970 bis '79 habe ich mir alle raussuchen lassen.«

Burmeester blickte von einem Knabenkopf zum nächsten. »Wenn es das Internat ist, dann müsste er dabei sein.«

Karin reagierte aufgedreht. »Was heißt hier ›wenn‹? Das ist es, ich garantiere dir, dass er auf einem der Fotos ist. Ich erinnere mich, dass diese Schule niederrheinische Karrieren schmiedete. Wer was auf sich hielt, hatte einen Sohn dort. Als ich klein war, ist mein Vater immer in Siebengewalt über die Grenze gefahren, weil es in Holland Diesel zu Spottpreisen gab. Die Fahrten haben sich stets gelohnt, man kaufte gleich noch Tabak und Kaffee ein, und ich bekam eine Flasche Vla. Das ist der unglaublichste Schokopudding, den ich je gegessen habe. Ein kleiner, unkomplizierter und florierender Grenzverkehr war das. Manchmal nahm mein Vater in Goch Anhalter mit, Schüler, die zum Internat mussten. Brave, pickelige Jungen waren das, in Pullundern und Stoffhosen, die nervös am Straßenrand den Daumen in die Luft hielten, weil sie pünktlich zurück sein mussten.«

Ihre Köpfe hingen über den Seiten mit den kleinen Fotos. Burmeester wurde die Sinnlosigkeit ihres Handelns bewusst. »Wir werden ihn nicht an einem Kreuz auf der Stirn erkennen können. Gab es niemanden dort, der dir etwas zu den Jungs erzählen konnte?«

Karin lehnte sich zurück. »Nein, leider, alle schon pensioniert, viele fortgezogen, einige gestorben. Man konnte mir auch nicht mit Adressenlisten helfen, aber auch da hatte die pfiffige Sekretärin schon Abläufe im Kopf, wie sie jemanden ausfindig machen kann. Die hat richtig Lunte gerochen und ist mit Feuereifer ins Denken gekommen. Glaub mir, ich werde innerhalb der nächsten vierundzwanzig Stunden mindestens drei Namen und Adressen von pensionierten Lehrern auf meinem Bildschirm haben, die schafft das.«

Burmeester begann, die Kopien an die Tafel zu heften, und konnte die Augen nicht davon lösen. »Zwei Freunde in einem Jahrgang. Einer bringt einen Mann um, damit sie eine außergewöhnliche Zeichnung anfertigen können. Jahrzehnte später finden wir ein Skelett mit abgetrennter Hand, weitere Knochen sprechen von mehreren Opfern. Und hier schauen wir mit hoher Wahrscheinlichkeit dem jugendlichen Täter ins Gesicht.«

Er drehte sich zu Karin um. »Das ist genauso irre wie der ganze Fall. Oder?«

Tom Weber und Jerry Patalon trudelten kurz nacheinander im K1 ein. Auch sie brachten allenfalls erste Hinweise von ihrer Tour durch diverse Internate mit. In den Häusern im Münsterland hatten sie Kopfschütteln geerntet, niederrheinische Jungen hätten in den Siebzigern einen schweren Stand gehabt zwischen den Söhnen der namhaften Gutshäuser aus dem Münsterland, die seien bestimmt heimatnäher beschult worden.

Aus einem Internat in Warendorf hatte Tom jedoch Kopien von Jahrbüchern, ähnlich denen aus Goch, mitgebracht, auf denen zwei Freundespaare von einem alten Schulfaktotum ausgemacht worden waren. Unter den Fotos zweier Neuntklässler aus dem Jahr 75 stand Xanten als Heimatort, was natürlich auch bedeuten konnte, dass die beiden aus den umliegenden, eingemeindeten Dörfern stammten. Die Kopie wurde zu denen aus Goch geheftet.

Im Ruhrgebiet war die Recherche ähnlich verlaufen, keines der Häuser wies etwa einen Status auf, mit dem man in der weiten Welt Eindruck schinden konnte, dazu hätten betuchte Eltern sich Häuser in der Schweiz ausgesucht. Hier ging es um intensive Förderung von Kindern, nicht um Prestige. Auch dort seien Kinder vom Niederrhein in den Siebzigern eher selten gewesen, nirgendwo konnte man befreundete Jungen vom Dorf ausfindig machen. Tom wies auf das Whiteboard.

»Was ist denn mit diesen Anglern aus Vynen, die sich an den karitativen Einsatz für den Obdachlosen erinnern können, habt ihr darüber schon nachgedacht? Da leben bestimmt noch mehr Leute in dem Ort, die sich erinnern können, schließlich liefen solche Direkthilfen garantiert nicht ohne kontroverse Diskussionen im Vorfeld ab. Nicht jeder Christ gibt auch gerne, schon gar nicht jemandem, der ihm vielleicht bei Gelegenheit die Äpfel vom Baum oder die Kartoffeln vom Feld klaut. Vielleicht ist so eine Jungenfreundschaft, mit Aufenthalt im Internat, bei einem der älteren Mitbürger haften geblieben.«

Karin stimmte ihm begeistert zu. »Mensch, da hab ich noch gar nicht dran gedacht. Ich werde mich darum kümmern, Kontakt zum Pfarrbüro aufzunehmen. Hoffentlich gibt es das noch, es hat doch eine Fusion der einzelnen Gemeinden zu einem Verbund gegeben, und manche Dienste sind nur noch zentral in Xanten am Dom zu erfragen.«

»Es muss ja niemand aus dem Pfarrbüro sein, vielleicht trifft man beim Seniorenkaffee oder beim Kirchgang den einen oder anderen älteren Mitbürger, der gerne berichtet. Mit solchen Anfragen hatten wir ja öfter schon Erfolge zu verbuchen.«

Burmeester stöhnte auf. »Das berühmte Zuhörerprogramm für einsame Seelen. Nee, Leute, da habe ich nun keine Lust drauf. Ich leiste täglich meinen Beitrag zur Unterhaltung älterer Mitbürger, indem ich mit Karins Mutter einen Tee trinke und möglichst nicht auf ihre neugierigen Fragen antworte, mit denen sie mich durchlöchert, um aktuelle Informationen zu unserer Arbeit zu bekommen, die ihre Tochter ihr verweigert.«

Karin wusste, wovon er sprach. »Nun beruhige dich, ich werde nach Vynen fahren, du musst dich da nicht reinhängen. Und so schlimm ist Johanna doch gar nicht, oder?«

Burmeester hielt sich mit zusammengepressten Lippen zurück.

Von Aha stieß zu ihnen, verschwitzt, mit wirrer Frisur und mit, für ihn, außergewöhnlichen Schweißflecken unter den Achseln. Er wies mit einer angewiderten Geste zu der hinterwäldlerischen Wandtafel.

»Nun? Habt ihr das auch alles schon in ordentlichen Dateien zu meinem PC geschickt? ›Schrittweise an den Fortschritt anschleichen‹ ist die Devise. Seid so gut und scannt die Kopien ein. Das hättet ihr gleich mit den Originalen machen sollen, durch den Zwischenschritt wird alles ein wenig unschärfer, aber ich mache das schon.«

Er blickte auf die Fotos der braven Jungen. »Ist er dabei?«

Karin erläuterte ihm den Sachstand, bevor sie sich nach seinen Aktivitäten erkundigte. »Was hat Ihr neuerlicher Kontakt zu Rocco ergeben?«

»Er war nicht aufzufinden, hat vielleicht ein neues Revier. Ich habe mich in der Nachbarschaft ein wenig umgeschaut und den einen oder anderen befragt. Die sind ganz bestürzt darüber, dass nun der Tod von Heike Pastoors feststeht. Einige haben immer noch an ihre Rückkehr geglaubt und hoffen jetzt, dass wenigstens ihr Mann, der nette Meinhard, noch lebt und eines Tages wieder auftaucht. Richtig besorgt sind die Alten. Schließlich müsse jemand für Rocco da sein, der käme ja sonst unter die Räder, hat eine gesagt und mir auf die Schulter geklopft. Ich solle mich nur weiter um ihn kümmern, der sei so verschlossen und allein. Erst wollte ich protestieren, bin doch kein Sozialfuzzi, aber dann habe ich an diesen hageren Kerl gedacht und an die Fragezeichen, die sein Verhalten bei uns hinterlässt, und habe eifrig genickt.«

Karin bemerkte mit Wohlwollen, wie er sich einbrachte und das K 1 auf dem Laufenden hielt. Aus dem könnte vielleicht doch noch ein verträglicher Kollege werden, dachte sie.

Keine Lagebesprechung heute, man einigte sich darauf, die Infos gebündelt dem Aktenführer zukommen zu lassen, und dann – Feierabend. Waren die Ermittlungen erst angekurbelt, dann kannten sie keine zeitlichen Begrenzungen und schon gar keine Wochenenden. Selig, wer jemanden zu Hause neben sich wusste, der den Stress und die flexiblen Arbeitszeiten mittrug, ohne sich vernachlässigt zu fühlen.

Von Aha verkroch sich wieder hinter seiner Technik, Karin freute sich auf ihre Familie und fuhr beschwingt davon. Im Rückspiegel sah sie Burmeester in dieselbe Richtung auf den Ring abbiegen, verlor ihn jedoch auf dem Weg zur Rheinbrücke im Feierabendverkehr aus den Augen.

***

Seine Hände spielten verrückt, die Handflächen pochten feuerrot. Er musste sich sein altes Desinfektionsmittel über die Krankenhausverwaltung genehmigen lassen, das Zeug in der neuen Klinik vertrug er anscheinend überhaupt nicht. Er musste aufpassen, sein Gebrechen nicht allzu sichtbar in den Vordergrund zu stellen. Für ihn galt die gesetzliche Probezeit, und die wollte er auf jeden Fall in diesem Haus überstehen.

An der Steigung zur Rheinbrücke gab der alte Volvo, was er konnte. Ein geschmacklos bunt gekleideter Mann ging zu Fuß am Geländer entlang in Richtung Büderich. Seine Augen konzentrierten sich auf den Verkehr. Heute würde etwas geschehen, etwas Elementares, Befreiendes. Er setzte sich aufrecht hinter das Steuer und öffnete das Seitenfenster. Luft, er brauchte Luft. Heute Abend würde er frei sein, endlich frei. Würde er das Gefühl erkennen, wenn es so weit war?

Der Mann blickte auf den Beifahrersitz, dort stand seine alte Arzttasche, die er auf einem Trödelmarkt entdeckt hatte. Darin lagen ein OP-Set, Handschuhe, alles, was er für diesen finalen Einsatz brauchte. Die Welt von Unrecht und Schmutz befreien, das war seine Aufgabe, der Sinn seines Daseins. Seit dem verhängnisvollen Abend in dem Haus, dem sogenannten Elternhaus, kannte er seine Mission, und überall begegnete ihm ausreichend Anlass, seinem Drang nachzukommen. Immer wieder übermannten ihn die Erinnerungen wie eine wild gewordene Meute hungriger Ratten, bissen sich in ihm fest, ließen nur einen einzigen Gedanken zu, bis er erledigt hatte, was zu tun war.

Ab heute würde alles anders werden. Schluss mit dem Versteckspiel, aus und vorbei, nie wieder einen anderen Namen wählen, eine andere Geschichte ausdenken, seinen alten Spezi in Düsseldorf mit einem Batzen Geld unterstützen, um eine neue Identität in Form von Pass, Führerschein, Geburtsurkunde in Händen zu halten. Er hatte es so satt, ständig wegzulaufen, immer mit der Gefahr im Nacken, dass jemand ihn erkannte, sein ganzes Lebensgerüst zusammenstürzen ließ. Er würde auf keinen Fall ins Gefängnis gehen. Seine medizinischen Kenntnisse reichten nicht nur leidlich für Erfolge im OP, er kannte sich auch mit dem Tod aus, zur Genüge.

Bislang war er durchgekommen mit all seinen Mogeleien, den Fälschungen – sogar die Dinge, die er selbst auf dem PC zusammengestellt hatte, waren nie in Frage gestellt worden. Nichts war ihm mehr zugutegekommen als Vordrucke von Zeugnissen. Sein erstes Abiturzeugnis hatte er von der Druckerei abgekupfert, die Vorlagen herstellte. Eine ungewöhnliche Portion Glück hatte ihn davor bewahrt, je mit jemandem aus dem erwählten Standort der Schule zusammenzutreffen. Er wäre garantiert aufgeflogen, wenn jemand das ausstellende Gymnasium gekannt und Details als Fälschung entlarvt hätte. Er fand sich kreativ, liebte diesen Moment, den Nervenkitzel, wenn jemand einen Blick in seine Bewerbungsunterlagen warf und nach konzentrierter Durchsicht zufrieden nickte.

Sein größter Coup blieb der Weg in die Öffentlichkeit durch

ein Buch, zu dem einer der Oberärzte ihn ermutigt hatte. So hatte vor Jahren eine geniale Veröffentlichung, eine Mischung aus Fachliteratur, Lebensberatung und Philosophie, es zu einer stattlichen Auflage gebracht. Zu einem Guru hatte die PR-Abteilung des Verlags ihn erhoben, Übersetzungen in zwölf Sprachen waren die Folge. Mit seinem Spezialthema war er durch die Republik gereist, nie ins Ausland, hatte Vorträge und Lesungen gehalten, Bücher signiert und sehr gut an dem Verlangen der Menschen, sich selbst zu heilen, verdient. Nur befreit hatte es ihn nicht, im Gegenteil, es war letztlich sogar hinderlich gewesen bei einem neuerlichen Wechsel seiner Identität. Der Verlag überwies ihm nun die Tantiemen auf ein Konto in Liechtenstein, und er war für niemanden mehr erreichbar. In aller Bescheidenheit untergetaucht.

Er, der Gutmensch. Schließlich gab es zu tun, im Hier und Jetzt, immer wieder, und heute – heute war er dran, dieser widerliche Tyrann. Der Keim allen Übels lag immer in der Wiege und wurde geschaukelt von den Personen, die eigentlich auf dieses kleine Wesen aufpassen sollten. Alles Schlechte kam aus dem Elternhaus, davon war der Mann überzeugt, und er krampfte seine Hände um das Lenkrad.

Er hatte gerade die provisorische Umgehung der Großbaustelle bei Büderich hinter sich gebracht, hielt auf Birten zu, da piepste es in seiner Brusttasche. Der Mann hatte den Bereitschaftsdienst übernommen, er musste umkehren.

Ein paar Stunden Aufschub, Vater.

***

Burmeester stand auf der Brücke mitten über dem Fluss, hielt die Plastiktüte des Grauens entschlossen in der linken Hand. Hinter seinem Rücken rauschte der Verkehr vorüber, unter ihm schob sich ein mit Kohle beladenes Schubschiff in Richtung Duisburg. Er öffnete die Tüte und sah auf den Haufen länglicher grauer Knochen, manche mit Gelenkköpfen, andere spitz zulaufend, einige mit zersplitterten Enden, die Einblick in die grobe Struktur des Inneren zuließen. Dies hier schien der richtige Ort zu sein, diese Last endgültig loszuwerden.

Seebestattung für namenlose Tierknochen mit Vergangenheit.

Jeden einzelnen dieser vermaledeiten alten Knochen nahm er zur Hand und schleuderte den Anlass von Verärgerung und mieser Stimmung für immer unauffindbar weit von sich fort. Zufrieden lächelnd sah er den vermeintlichen Fundstücken in einem Mordfall nach, wie sie in Richtung Fluss wirbelten. Keiner würde sie wiederfinden. Nie mehr würden diese Dinger morgens auf seinem Schreibtisch liegen, einem Déjà-vu-Erlebnis ähnlich, wie in diesem Spielfilm mit dem täglich grüßenden Murmeltier, die ständige Wiederholung bis ins Detail, der man machtlos ausgeliefert war. Burmeester riss nach dem letzten Wurf die Arme in die Höhe, ja, ja, ja, dieses Problem war gelöst.

Er zog sich die gestreifte Jacke aus, trug sie lässig in der Hand und ging beschwingt zurück in Richtung Zitadelle. Vor dem alten Gefängnis, in dessen Untergeschoss eine talentierte junge Künstlerin aus Baumstämmen Figuren entstehen ließ, hatte er seinen alten Polo geparkt. Beim Einsteigen wunderte er sich über den Einsatzwagen, der auf die Brücke zufuhr. Sein Handy blieb stumm, kein Einsatz für ihn, auf nach Bislich-Büschken, den Feierabend gebührend einläuten.

Auf Höhe des Kreishauses bemerkte Burmeester den Hubschrauber, der im Niedrigflug in Richtung Rhein abbog. Komisch, ein Großeinsatz. Er entschloss sich, anzuhalten und in der Leitstelle nachzufragen.

Der Diensthabende war kurz angebunden, managte anscheinend einige Aufgaben gleichzeitig. »Sorry, aber so was haben wir hier selten zu koordinieren, Moment bitte …«

Burmeester hörte, wie er im Hintergrund den Kollegen zurief, sie sollten den Tauchereinsatz mit der Wasserschutzpolizei abstimmen, ja, fünf Mann in voller Ausrüstung, von der Brücke aus talwärts, ja, klar, in der Strömung suchen, und der Schiffsverkehr müsse während der Aktion angehalten werden, bevor er sich wieder Burmeester am anderen Ende der Leitung widmete.

»Ich glaube, da seid ihr zuständig. Wir haben eindeutige Hinweise von unabhängigen Zeugen, dass heute ein Mann in mittlerem Alter, ziemlich ausgeflippt aussehend, von der Rheinbrücke aus Knochen in den Fluss geworfen hat. Drei Augenzeugen meldeten sich umgehend bei der Leitstelle. Alle sind so sensibel geworden, wenn es um Knochen geht. Wir müssen jedem Hinweis nachgehen. Ihr habt das Thema in die Öffentlichkeit gebracht, die gesamte Kreispolizeibehörde ist euch unendlich dankbar. Also, wer von euch fährt hin?«

Burmeester hörte den Hubschrauber in der Ferne kreisen, einer Riesenhornisse gleich, die es auf ihn abgesehen hatte. Ihm brach der Schweiß aus.

»Was ist, wenn es gar keine Knochen waren und alles sich als Fehlinterpretation erweist? Und wie wollt ihr eigentlich bei der Flussbreite und Wassertiefe einzelne Knochen finden?«

Der Diensthabende stöhnte auf. »Weiß ich auch nicht, also, wer fährt hin?«

»Ähem, ich. Ich befinde mich fast vor Ort, ihr braucht den anderen nicht Bescheid zu geben, ich regele das.«

Im Hintergrund hörte er noch die Nachfrage nach Unterstützung durch die Flusspioniere aus Emmerich und die gebrüllte Antwort eines weiteren Kollegen der Bereitschaftspolizei, die Einheit habe doch einer der letzten Verteidigungsminister wegrationalisiert.

Das Handy fiel dem zitternden Kommissar aus der Hand, landete scheppernd auf dem Asphalt. Er hob es zögerlich auf, die Verbindung zur Leitstelle war bereits unterbrochen. Hatte er sich tatsächlich für diesen Einsatz gemeldet? Hatte er. Wie würden die Augenzeugen ihn beschreiben? Burmeester blickte auf sein Flamingo-Hemd und die groß karierte Hose und dachte an aufmerksame Menschen, die zur falschen Zeit an ihm vorübergefahren und nicht farbenblind waren.

Im Auto lag seine Sporttasche mit der Badmintonkleidung. Hastig wechselte er auf dem Fahrersitz die Sachen, fischte seine Sonnenbrille aus dem Handschuhfach und wendete das Auto. Wenn das rauskam, wäre seine Karriere zu Ende, bevor er auch nur ein einziges Mal den Dienstgrad gewechselt hätte. Durch groben Unfug verursachter Großeinsatz, das wäre zudem noch sein finanzieller Untergang. Tauchereinsatz, Rhein gesperrt, kreisender Hubschrauber.

Er würde nie wieder Knochen anfassen, ja, zum Vegetarier mutieren, wenn dieser Kelch an ihm vorüberging.

★★★

Ein Kollege aus dem Morddezernat in Krefeld hatte von Aha auf die Idee gebracht, endlich ein Täterprofil zu erstellen. Er las mit heißen Ohren die E-Mail aus der Seidenstadt: »Habt ihr das noch nicht gemacht? Wird langsam Zeit, und fragt in Moers nach, ich meine, es habe dort auch einen ungeklärten Fall gegeben, der in euer Schema passen könnte.«

Von Aha lehnte sich zurück und ließ die Fingerspitzen geräuschvoll durch die Bartstoppeln schaben. Es war nach Mitternacht, langsam ebbte der Koffeinrausch ab, sein Hemd müffelte, der Magen knurrte, er legte die Brille auf den Schreibtisch und rieb sich die brennenden Augen. Jetzt auch noch Moers. Wie sollte er das alles stemmen? Und für das Täterprofil bräuchte er die Psychologin, das könnte er keineswegs hinter dem Rücken seiner Vorgesetzten machen. Den Vorschlag könnte er in der nächsten Lage einbringen, bloß die entscheidenden Informationen, das überregionale Handeln des Täters und die Gedanken über das notwendige, vielleicht sogar medizinische Wissen, um eine Hand fachgerecht abzutrennen, all das musste er dann ausklammern. Oder preisgeben. Bei Letzterem drohte wieder der obligate Ärger mit dem Führungsbesen.

Es ging auf ein Uhr zu, als ihm die Ausweglosigkeit seiner Situation bewusst wurde. Um kurz nach eins keimte wieder Hoffnung auf, als ihm ein alter Kollege aus Göttingen einfiel, André Faustius, ein Genie, wenn es darum ging, aus winzigen, fast nebensächlichen Fakten die Persönlichkeit zu beschreiben, die sich dahinter verbarg. Weitere zwei Minuten später klingelte in der Mitte der Republik ein Telefon, eine schlaftrunkene Stimme mit dem Timbre vieler höchstselbst vernichteter Zigaretten meldete sich.

»Mist, Mann, ich hoffe, es ist wichtig.«

Die Stimme wurde hellwach, als von Aha sich meldete. Die zwei Männer tauschten im Nu eine Reihe gemeinsamer Erlebnisse aus, Biergartenorgien, Frauengeschichten, Skiausflüge in den Harz, einer übertrumpfte den anderen mit wilden Erlebnissen, ein festes Ritual ihrer Kommunikation, und es dauerte, bis von Aha sein Anliegen äußern konnte. Faustius gab sich überrascht.

»Gibt es etwa in der rheinischen Tiefebene keine Fachleute, die das draufhaben? Oh Mann, ganz schlecht getroffen, oder? Armes Deutschland.«

Von Aha sah sich genötigt, sein Dilemma zu schildern. »Wieder mal eine Frau, an der du dir die Zähne ausbeißt, kannst du's nicht mal bequemer treffen? Du ziehst sie magisch an, entweder privat oder beruflich; wenn sich eine in deiner Nähe befindet, hast du Sand im Getriebe. Darüber müssen wir mal wieder in der Hütte in Braunlage bei einem Kasten Einbecker Mai-Urbock diskutieren. Leg los, was habt ihr? Und beeil dich, ich muss noch ein Stündchen schlafen, bevor der Urwald wieder nach Tarzan schreit.«

Von Aha schilderte so sachlich es ging die Fakten, die er bislang hatte, und warf sich dabei Unmengen seiner kleinen, grünen Glücksnüsschen ein. Die Beschreibung der Nacht in Weselerwald, die er unter dem baumelnden Skelett verbracht hatte, wurde detaillierter, als er wollte.

Faustius erkannte, was los war. »Du hast dich bei Einbruch der Dunkelheit mit leerem Akku im Handy in einem Wald verfranzt und bist dabei auf ein Skelett in einer Baumkrone gestoßen? Ich denke, da im Westen läuft alles so lasch und easy? Na, hoffentlich bist du okay. Wenn es zu unkontrollierten Schweißausbrüchen oder Herzrasen kommt, dann weißt du, was zu tun ist. Ansonsten musst du nach guter alter Sitte alles zusammensetzen, was du hast. Da passt vieles zusammen, auch ohne meine nächtlichen Streifzüge durchs Kripohirn.« Faustius überlegte kurz.

»Ein Mann, Mitte fünfzig, vermutlich ein Einzelgänger, ohne Familie oder Beziehung. Ein Eigenbrötler, der im Verborgenen lebt, zurückgezogen und unauffällig. So ein Typ, der dir im Hausflur begegnet und freundlich grüßt, der den Müll ordentlich trennt und nie den Fernseher zu laut stellt. Die Wohnungstür schließt er immer schnell und leise, damit niemand einen Blick in seine Bleibe werfen kann. Ihr habt ein Opfer mit einer fachlich korrekt abgetrennten Hand, sagst du?«

»Die Kollegen waren sich in dem Fall nicht einig, ob ein Mensch oder eine Schiffsschraube dafür verantwortlich war. Es muss wohl in der Pathologie kontroverse Meinungen dazu gegeben haben, und letztlich galt die Ansicht des Leitenden.«

»Also doch mit Wahrscheinlichkeit ein sauberer Schnitt. Ein Fachmann.«

»Etwa ein Arzt?«

Faustius hatte allem Anschein nach das Telefon mit in die Küche genommen und schenkte sich geräuschvoll ein Getränk ein.

»Trinkst du immer noch dieses ekelhafte Gesöff?«

»Natürlich, es gibt nichts Besseres als Buttermilch für den jugendlichen Teint und die Verdauung. Und mit der Vorgesetzten klappt es dann auch. Was frisst du zwischendurch andauernd? Ich habe dich knabbern gehört.«

»Pistazien.«

»Bäh! Im Gegensatz zu Buttermilch machen die auf Dauer fett.«

»Schon gut. Und, tippst du auf Mediziner?«

»Nein, nicht unbedingt ein Arzt, kann auch ein Veterinär sein oder ein Koch, ein Metzger, jemand, der ohne Zögern ein Gelenk durchtrennen kann.«

Faustius trank gierig, und von Aha schüttelte sich bei dem Gedanken an das saure, milchige Getränk. Prompt servierte der Fachmann einen lang gezogenen Rülpser hinterher.

»Ihr müsst jemanden suchen, der zumindest über anatomische Grundkenntnisse verfügt, wobei man sich vieles heutzutage aus dem Internet holen kann. Er verfügt über Wissen und hat praktische Erfahrung. Und genügend Wut im Bauch. Habt ihr euch um ein mögliches Motiv gekümmert? Erzähl was über die Opfer.«

Bekannt waren bislang Frauen und Männer unterschiedlichen Alters, bis auf die Lehrerin war niemand identifiziert. Es gab keinerlei Anhaltspunkte, um eine These zu bilden. Faustius brummte, Gero von Aha erkannte das Geräusch eines sturmerprobten Zippo-Feuerzeugs, mit dem er sich eine Zigarette anzündete.

»Keine besondere Altersstufe, nicht identifizierte Opfer, weit gestreute Fundorte, ich bin beeindruckt. Wenn wir davon ausgehen, dass so viele Tote auf das Konto eines Täters gehen, dann liegen manchmal große Zeiträume zwischen den Taten. Und er kennt Möglichkeiten, die Leichen verschwinden zu lassen, auf die niemand so leicht kommt. Wer schleppt einen Toten in den Wald, um ihn in eine Baumkrone zu hängen? Und die Sache mit den Schweinen in Krefeld, das ist mir auch noch nie begegnet. Eine morbide Phantasie. Da kommt jemand viel herum.«

Von Aha gähnte ausgiebig, er fühlte sich ausgelaugt und aufgedreht zugleich. »Was kannst du mir über das mögliche Motiv sagen?«

Faustius schien zu überlegen.

»Dieser Typ ist sozial isoliert. Der wird im Beruf funktionieren, aber niemand hat ihn je auf einer Feier gesehen, seine Pausen nimmt er, wenn überhaupt, allein wahr. Er kennt seine Nachbarn nicht und interessiert sich auch nicht für Beziehungen. Würde er in die Eckkneipe gehen, dann würde er allein am Tresen stehen, in Sichtweite zur Tür und mit einer Wand im Rücken, verstehst du? Er muss alles unter Kontrolle haben. Er würde sein Bier einsilbig bestellen und das Geld abgezählt auf die Theke legen, bevor er wieder geht. Niemand könnte sich anschließend an ihn erinnern, er würde nicht einmal Blickkontakt zu jemandem aufnehmen. Ein Einzelgänger, den seine Geschichte zu dem gemacht hat, was er ist.«

Von Aha hörte, wie Faustius noch einen großen Schluck Buttermilch nachkippte, der ihm geräuschvoll durch die Kehle rann.

»Wer als Teenager einem Menschen die Hand abtrennt, weil er ein geiles Bild zeichnen will, der ist doch bereits in sich gestört. Da war die Ursache für sein Handeln bereits gelegt. Es muss mit seiner Geschichte zusammenhängen. Entweder rächt er sich, wobei seine Opfer sich in einer dramatischen Stellvertreterrolle mit tragischem Abgang befinden, oder er vollstreckt an ihnen eine Strafe, die für wen anders bestimmt sein soll.«

»Rächer oder Vollstrecker, das ist harter Tobak. Unberechenbar?«

»Genau.«

»Das heißt, es kann noch mehr Opfer geben, und theoretisch könnte er jetzt gerade wieder jemanden umbringen?«

»Richtig.«

»Und warum trennt er Hände ab?«

»Was weiß ich? Alles, was mir dazu einfällt, ist reine Hypothese. Ihr werdet es erfahren, wenn ihr ihn habt. Ich muss in die Kiste, ruf mich doch zu einer zivileren Zeit wieder an, wenn du noch mehr Details hast. Guck dir jetzt mal die Orte des Auffindens an und geh mit dem Finger über die Landkarte, vielleicht ist das ein Anhaltspunkt. Er wird seine Opfer nie durch die Republik transportiert haben, sondern Gelegenheiten gesucht haben, um sie in der Nähe der Tatorte verschwinden zu lassen. Alles andere wäre ihm gefährlich geworden. Und dort am Niederrhein spielt seine persönliche Geschichte. Ist es da ein abwegiger Gedanke aus des Täters Sicht, dass sie sich dort auch vollenden soll?«

Sie verabschiedeten sich. Von Aha blieb noch eine Weile vor seinem PC sitzen und rührte sich nicht. Doch ein Psychopath, ein Serienmörder. Der trieb seit Jahren unbemerkt und unbehelligt sein Unwesen am Niederrhein, ohne dass jemand auf die Idee gekommen war, die vielen ungeklärten Fälle zwischen Krefeld und Wesel unter die Lupe zu nehmen. Das LKA einschalten? Genauso wenig wie die Chefin. Dies war der berühmte *Point of no Return*.

Noch war von Aha geneigt, diesen Mann allein aus dem Verkehr zu ziehen. Und wenn er dafür Buttermilch trinken müsste. Andererseits konnte jeder Tag, den er für seinen Alleingang zusätzlich brauchte, ein potenzielles Opfer mehr bedeuten. Er brauchte das Team!

Von Aha nutzte die Technik, um eine Niederrhein-Karte zu erstellen, auf der er die bislang bekannten Opfer, die Orte, an denen ihre Überreste gefunden wurden, einscannte. Die Rheinschiene zwischen Krefeld und Wesel, wobei in den Wäldern die meisten Funde getätigt worden waren, folgerte von Aha. Der Täter verscharrte sie gern unter Bäumen oder knüpfte sie daran auf.

Von Aha hielt sich vor Müdigkeit kaum noch auf den Beinen, er war nichts mehr gewohnt. Das Für und Wider ließ ihn nicht los, die Zweifel, allein mit diesem Monster fertig zu werden. Er raufte sich ungestüm die Haare, dieser elende Sturkopf, sein verflixter Drang zum Alleingang, wie er dieses Alleinsein manchmal hasste. Schon als Kind hatte er sich selbst als Spielpartner genügt, und jetzt bohrte es wieder in ihm, dieses hohle Gefühl von Entbehrung. Womit andere gut klarkamen und glücklich und zufrieden waren, hinterließ bei ihm das ebenso zwiespältige wie eindeutige Gefühl, nur als einsamer Wolf überleben zu können. Zeit für eine Lage Weltschmerz.

Gero von Aha fuhr den PC herunter und nahm seine Jacke. Nach Sonnenaufgang würde ein neuer Tag auf ihn warten mit einer für ihn revolutionären Entscheidung.

ZEHN

26.06.2011, 2:41h MEZ

Da hat die Polizei sie endlich gefunden. Ich habe es gewusst, er lässt seine dreckigen Finger einfach nicht ruhen, schon damals habe ich es geahnt. Wissen Sie, die Sache mit der Hand hätte ja nach dem Zeichnen, bei dem mir ständig schlecht wurde, zu Ende sein können. Aber, nein, der Butt hatte ganz anderes im Sinn. Der hat die Hand in Spiritus eingelegt. Was anderes stand ihm nicht zur Verfügung. In Spiritus eingelegt, befand sie sich fahl und bleich in dem Weckglas, das er schon zum Transport genutzt hatte. Ich wollte sie nicht mehr sehen, wollte auch meine Zeichnung nicht mehr anschauen, fühlte mich schuldig, hätte am liebsten dem Zeichenlehrer alles erzählt.

Zerrissen habe ich das Blatt, in tausend kleine Schnipsel, die ich dann im Garten des Internats vergraben habe. Ganz zuletzt fand ich ein winziges Stückchen Papier, auf dem die kleine Tätowierung zu sehen war, die der Mann auf dem Handknöchel des Mittelfingers hatte, eine runde Scheibe mit Augen und lachendem Mund, ein Smiley. Als wir auf der Tenne saßen und schweigend malten, ging mir durch den Kopf, dass die Hand uns verhöhnt, uns auslacht, wie wir so dumm sein konnten, zu meinen, mit der Zensierung der Zeichnung sei alles erledigt. Vergessen und vorbei. Als ich dieses winzige Fetzchen Papier auf meiner Handfläche liegen sah, musste ich heulen und konnte gar nicht mehr aufhören. Ich flennte wie ein Kindergartenkind und fühlte mich danach keinen Deut besser. Ich werde es nie loswerden, und der Butt auch nicht.

Wie ein bissiger Hund, der, wenn er einmal die Grenze überschritten hat, immer wieder seine Zähne in Arme oder Beine verkeilen wird, so hat dieser Mann nie aufgehört und wird so lange weitermachen, bis ihn jemand stoppt. Bestimmt hat der inzwischen eine ganze Sammlung von Weckgläsern. Ich habe von einer morbiden Ausstellung eines Deutschen gehört, der ganze Körper oder einzelne Teile so konserviert, dass sie für immer erhalten bleiben. Ist so was wirklich erlaubt? Der Butt ist anscheinend nicht der einzige Kranke, den Leichenteile faszinieren. Schon wieder könnte ich kotzen.

Sie haben mich gefragt, was mich davon abhält, nach Wesel zu kommen und eine Aussage bei der Polizei zu machen. Darüber habe ich heute nachgedacht, als ich, ungeachtet des sommerlichen Trubels am Strand, meine kranken Füße ins Meerwasser hielt. Die Antwort fällt schnell und direkt aus: blanke Angst. Sobald ich mir denke, morgen fährst du los, sind meine Füße wie gelähmt und können sich kaum von der Stelle rühren. Wenn ich den Namen des Mannes auch nur denke, verkrampfen sich meine Finger, und ich kann nicht mehr schreiben. Ich hänge an diesem lausigen bisschen Leben, das mir hier bleibt. Solange ich es finanzieren kann, werde ich hierbleiben, und wenn mein Geld alle ist, bevor ich sterbe, dann werde ich dafür sorgen, dass das Meer meine Seele und meinen Körper mit sich nimmt und nicht mehr preisgibt.

Ich habe geahnt, dass sie eines seiner Opfer ist. Man soll einen unberechenbaren, bissigen Hund nicht reizen. Er redet nicht, keine Warnung, keine Ankündigung, er handelt einfach. Können Sie sich das vorstellen? Ohne zu wissen, mit wem Sie es zu tun haben, warum oder weshalb, werden Sie zum Opfer.

Es hätte alles anders laufen können, leichter, einfacher. »When I was younger, so much younger than today«, sangen die Beatles, und wir grölten mit. Tja, wenn ich die Zeit noch einmal zurückdrehen könnte, wäre alles anders. Glauben Sie mir, wenn ich heute noch einmal jung wäre, dann würde ich auf meine Eltern hören. Das ist das Letzte, was man als Teenager einsieht, dass es gut und richtig wäre, auf die alten, unwissenden Eltern zu hören.

Die hatten mich immer vor dem Butt gewarnt, wollten auch nicht, dass wir uns ein Zimmer teilten, aber ich habe mich durchgesetzt. Schließlich nahmen sie ihn sogar mit, wenn sie mich abholten. Noch heute sehe ich die Augen meines Vaters im Rückspiegel, wie er den Jungen neben mir anschaute, als könne er im Spiegel erkennen, was in ihm vorging. Ich habe mich so geschämt für meinen Vater, wenn der Butt seine Blicke entdeckte und mich fragend anschaute. Ach, hätte ich doch damals auf sie gehört. Der sei keine gute Gesellschaft für mich, bei dem Elternhaus kein Wunder.

Gerüchte machten im Dorf die Runde, der Alte schlägt sie alle, hieß es, die Frau, die Söhne. Den jüngeren traf es besonders, der war so wild. Strenge Eltern hatte er, die lebten zurückgezogen auf ihrem großen Hof und wurden von allen gemieden. Sonntags chauffierte er seine Familie immer zum Hochamt, gemeinsam gingen sie durch den Mittelgang bis *ganz nach vorn, dann teilten sie sich auf, Frauen links, Männer rechts, der Butt stets einen Schritt hinter seinem Vater.*

Er durfte keinen Besuch mitbringen, niemals habe ich das Haus betreten, musste immer vor der Tür warten, egal, ob es regnete oder stürmte. Richtig unheimlich war das, wenn es im Herbst früh dämmerte, der Wind durch die Pappeln rauschte und in dem stattlichen Haus nur aus einem einzigen Fenster trübes Licht auf den Vorplatz leckte. Selbst mit vierzehn dachte ich in solchen Situationen noch an den Backofen der alten Hexe aus Grimms Märchen und erwartete, dass die Tür aufging und ich eingefangen wurde, immer blieb ich auf dem Radsattel sitzen, bereit, einen Blitzstart hinzulegen.

Manchmal hatte der Butt den ganzen Rücken voller blauer, blutiger Striemen, besonders wenn es Halbjahreszeugnisse gegeben hatte und sein Durchschnitt der schlechteste aus der Klasse war. Er versuchte, es zu verbergen, ging wochenlang erst dann duschen, wenn alle anderen schon fertig waren, aber manchmal sah ich ihn, wenn er sich den Schlafanzug anzog, und ich erschrak. Wer seinen Sohn so zurichtet, der schreckt vor nichts zurück, dachte ich mir, wie man als Kind denkt, ohne eine Quintessenz daraus zu ziehen.

Sie wird jetzt bestimmt ordentlich begraben, oder? Würden Sie dafür sorgen? Ich werde prüfen, wie ich Ihnen treuhänderisch Geld zukommen lassen kann, damit Sie ein Unternehmen beauftragen können. Sie soll nicht anonym bestattet werden, das hat sie nicht verdient. Sagen Sie mir, wenn ich Sie mit meinen Angelegenheiten überfordere, ich merke ja bei mir selbst immer erst viel zu spät, wenn ich über meine Kräfte hinausgegangen bin.

Nach all den Jahren bin ich so unendlich müde, ich werde nie mehr unbeschwert und munter auf die Welt blicken, nie wieder angemessen reagieren können auf Botschaften voller Tod und Trauer.

★★★

Es überschlug sich alles an diesem Sonntagmorgen, für den eine Unwetterwarnung durch die Medien ging. Ein beachtlicher Sommersturm braute sich im Westen zusammen und würde im Laufe des Vormittags den Niederrhein überqueren. Karin und Maarten hatten besprochen, welche Sicherungsmaßnahmen sie für Garten und Haus treffen konnten, bevor sie sich auf den Weg nach Wesel machte. Es tat so gut, ihn an ihrer Seite zu haben. Wenn er sagte »Sorge dich nicht, ich pass schon auf«, dann konnte sie sich darauf verlassen.

Durch die geöffnete Tür des Besprechungsraumes sah sie von Aha vor seinem PC sitzen, er schien schon länger im Haus zu sein, denn es duftete verführerisch nach Kaffee. Heierbeck von der Spurensicherung erschien kurz nach ihr und wedelte euphorisch mit einem Papier voller Hieroglyphen.

»Hier, das soll ich Ihnen von unserem Technik-Freak geben. Der E-Mail-Schreiber war wieder aktiv. Die Nachtschicht hat sich gelohnt, denn wir wissen nun, wo er sich aufhält.«

Gute Neuigkeiten, noch bevor sie die Jacke ausgezogen hatte, Karin war begeistert. »Und? Wo hält er sich verborgen?«

»Gar nicht so weit von uns entfernt an der holländischen Nordseeküste. Ich erspare Ihnen die technischen Einzelheiten, mit denen mein Mitarbeiter mich heute Morgen vom Frühstückstisch holte. Alles finden Sie der Form halber in diesem Bericht. Einwandfrei nachzuweisen ist ein Anschluss aus einem Hotel in Katwijk aan Zee. Das ist doch mal eine Hausnummer, oder?«

»Katwijk! Stimmt, knappe zwei Autostunden von hier entfernt, da werden wir uns wohl mal umschauen.«

Von Aha stand aufgeregt im Türrahmen, wedelte ebenfalls mit Papier, Karin und der Kollege von der Spurensicherung blieben jedoch bei ihrem Thema. Tom und Jerry kamen aus dem Nebenbüro hinzu.

»Haben Sie den Namen des Hotels?«

»Haben wir, und wenn ich mal eben an Ihren PC darf … Ich kann die Homepage aufrufen, dann werden Sie es sehen.«

»Hotel.Noordzee, wie originell.«

Das Bild baute sich auf, ein schlichter, eckiger Bau, von der Promenade aus fotografiert, und Karin wurde klar, dass dies die richtige Stelle war. Sie hatten den Mann, sie hatten einen Zeugen, der den Namen des Unbekannten kannte.

»Bingo! Das ist es, hundertprozentig, da müssen wir hin.«

Von Aha trat näher, spähte ihr über die Schulter. »Was macht Sie so sicher?«

»Na, die Aufnahme mit der Ansicht von der Promenade aus,

da, sehen Sie. Dieses Hotel ist höher als alle anderen Gebäude weit und breit. Er schrieb von einem Adlerhorst über den Dächern mit guter Aussicht auf den Meersaum, und da haben wir ihn. Garantiert bewohnt er ein Zimmer in der obersten Etage.«

Tom wandte sich an Heierbeck. »Was steht denn in seiner neuen E-Mail?«

»Kann ich Ihnen nicht sagen, es gibt doch die Vereinbarung zwischen dem Techniker und einem Psychologen. Unser Mann hat sich nur um seinen Part gekümmert und den Inhalt der Mail nicht beachtet, Sie müssen schon den Fachmann für die Seele fragen.«

Jerry rieb sich das Kinn. »Brauchen wir nicht eine Erlaubnis von oben, wenn wir jenseits der Grenze ermitteln?«

»Nur wenn wir dort fahnden. Machen wir nicht, wir verhaften den Mann nicht, wir wollen nur mit ihm sprechen.«

Karins Blick fiel beiläufig auf die Notizen zu den Polizeieinsätzen der Abend- und Nachtstunden. Großeinsatz, hieß es dort, ihre Augen überflogen den Bericht. Taucher, Helikopter, eingeschränkte Schifffahrt, Wasserschutzpolizei, alles, weil jemand von der Brücke aus Knochen in den Fluss geworfen hat. Unglaublich!

Von Aha unterbrach sie. »Ich hätte da etwas, was euch interessieren wird.«

Burmeester erschien und bemerkte neben der aufgeregten Stimmung in Karins mittlerweile überfülltem Büro, wie sie den Polizeibericht des Vorabends in die Hand nahm und, ungeachtet des Gewusels um sie herum, konzentriert las. Jemand mit auffallend bunter Kleidung wurde beschrieben.

Burmeester ließ sich von den Kollegen stichwortartig auf den Stand des Morgens bringen, wollte sich gerade freiwillig für die Fahrt nach Katwijk melden, als der Blick seiner Vorgesetzten ihn hart und unmissverständlich traf. Am liebsten wäre er im Boden versunken, dabei schaute sie nur, sagte kein einziges Wort.

Von Aha räusperte sich. »Du hast doch bestimmt die Handynummer von Niels Meier, ruf ihn doch an, der muss uns die E-Mail bringen.«

Burmeester nickte, war froh, sich mit seinem Handy beschäftigen zu können.

»Mensch, jetzt komm doch mal rüber in den Besprechungsraum, ich habe etwas zu präsentieren, was wichtig, äußerst relevant für den Fall ist. Vielleicht machen wir eine ordentliche kleine Lage daraus, danach wird sowieso alles anders aussehen, glaubt mir. Wenn Sie dem eben zustimmen würden, Chefin?«

Karin löste ihren gefährlich bohrenden Blick von Burmeester, nickte stumm und ging kommentarlos hinüber. Die Kollegen folgten ihr, während Heierbeck sich verabschiedete.

Von Aha hatte den gläsernen Bildschirm in Betrieb, hatte Fakten geordnet und schematisch zusammengefasst. Die Hauptkommissarin überflog die Informationen, blieb mit den Augen an einer Landkarte hängen, die den Niederrhein zeigte und links und rechts des Flusses, von Krefeld bis nach Wesel, von Uedem bis rauf in den Norden nach Emmerich eine Reihe von Notizen enthielt.

Von Aha stellte sich in Position. »Ich habe Einzelheiten ins Rasterfahndungsprogramm NRW gegeben und gestern Nacht die Ergebnisse zusammengefasst.«

Er schwitzte, wollte sich sammeln, hatte sich zurechtgelegt, was er ausführen wollte, eine möglichst neutrale Variante gewählt.

»Es ging bei der Eingabe vorrangig um die Identifizierung der hiesigen Knochenfunde.« Er blickte Karin an, die jedoch hatte Burmeester im Blick.

»Dabei kam zum Vorschein, dass es entlang des Rheins eine ganze Reihe von mysteriösen Knochenfunden gab, die in unterschiedlichen Kommissariaten jeweils als Einzelfälle, in Krefeld als Doppelmord, in Orsoy als Wasserleiche eingestuft wurden und erst durch die Anfrage wieder ins Blickfeld rückten.«

Jetzt horchte die Hauptkommissarin auf, mit gesteigertem Interesse betrachtete sie die Kennzeichnungen auf der Landkarte. Eine Notiz am Orsoyer Rheinufer, eine in Emmerich, zwei in einem Krefelder Waldgebiet, eine in Uedem, dem Fundort des vermeintlichen Kunstobjekts, und eine in Weselerwald.

»Fehlt noch der Obdachlose am Rhein, dann haben wir es mit sieben Fällen zu tun. Weiß man Genaueres zu den Datierungen? Wann wurden sie getötet, wann gefunden?«

Von Aha sah seine Stunde kommen, endlich konnte er als Ermittler brillieren, straffte die Körperhaltung und begann zu referieren. Die Opfer seien vermutlich, einschließlich des Obdachlosen, zwischen 1972 und 2005 getötet worden, die letzten hätten sie hier in der Region gefunden. Man müsse noch die Rippen, die Frau Professor entdeckt hatte, mit den Funden vergleichen, vielleicht seien sie zuzuordnen. Ansonsten erhöhe sich die Zahl auf neun.

Karin schüttelte ungläubig langsam den Kopf. »Da lagen so viele Leichen in der Landschaft, und niemand hat sie rechtzeitig entdeckt und über den Tellerrand hinaus Alarm geschlagen. Gute Arbeit, von Aha.«

Ihr Blick traf dieses Mal ihn, den eulenartigen Denkerkopf. »Auch wenn das nicht auf Ihrer Aufgabenliste stand, Respekt.«

Sie wies auf eine schematische Darstellung eines Kopfes, ohne Gesicht, nur angedeutete Haare. »Was ist das?«

Von Aha hämmerte kurz auf seine Tastatur ein, berührte mit den Fingerspitzen die gläserne Arbeitsfläche, und neben dem Kopf erschienen Stichpunkte.

»Das ist unser Täter. Ich habe mir erlaubt, ein knappes Profiling vorzunehmen, vielleicht können wir es so bald als möglich gemeinsam mit der Psychologin modifizieren. Mit aller Wahrscheinlichkeit suchen wir einen Mann im Alter zwischen Mitte und Ende fünfzig. Er ist nicht dumm, lebt jedoch zurückgezogen und unscheinbar, ein Mann, der an der Kasse vor einem steht, den man zwei Minuten später vergessen hat und nicht beschreiben kann.«

Er fügte zusammen, was Faustius ihm in der Nacht erzählt hatte, und erstellte ein recht plastisches Bild für seine Zuhörer.

Jerry deutete auf den Bildschirm. »Unser Herr X ist also der nette Nachbar von nebenan, mit dem man nichts zu tun hat, bei dem man sich gleichzeitig nichts Böses denkt.«

Tom fügte mit einem Hinweis auf die Landkarte an, er komme viel herum, der Unbekannte. Karin druckte währenddessen eine E-Mail aus Goch aus. Die emsige Schulsekretärin hatte von dort die nicht veröffentlichten Angaben zu den Klassenfotos geschickt. Namenslisten, jeweils so gestaltet, dass man Foto und Namen nebeneinanderlegen konnte, damit die Lehrer die einzelnen Schüler vor Augen hatten. Sie zeigte das Ergebnis den anderen.

»Diese Frau ist klasse, die denkt mit und entwickelt detektivisches Gespür. Wir haben die Namen.«

Es klopfte energisch an der Tür. Die jungenhafte Gestalt von Niels Meier erschien, ebenfalls mit Papieren in der Hand, suchte mit den Augen nach Burmeester, der ihm bereits entgegenkam. Meier verharrte beim Anblick der Darstellungen auf dem überdimensionalen Bildschirm. Jedem war klar, dass seine Augen die Notizen auf der Karte verfolgten, er im Geiste mitzählte, bis Burmeester ihn erreichte und, während er ihn begrüßte, zur Tür hinausschob, die er hinter sich schloss.

Karin sah ihnen mit besorgtem Gesichtsausdruck nach. »Das ist jetzt dumm gelaufen, der wird sich nun Gedanken über die Opferzahl machen und seinen Klienten vielleicht mit anderen Augen betrachten.«

»Sollen wir ihn nicht mitnehmen nach Katwijk? Ich meine, der Mann von der Küste hat sich dem Psycho anvertraut, ohne den hätten wir einen wesentlichen Teil der Informationen gar nicht zur Verfügung. Vielleicht ist seine Anwesenheit von Nutzen.«

Tom redete sich gerade in Form, als Burmeester den Raum wieder betrat.

»Ich habe ihn für den Moment beruhigen können. Wir sollten der Pforte sagen, die sollen nicht einfach jemanden durchlassen, bloß weil wir den schon kennen. Die müssen uns doch informieren. Verflixt, der ist ganz schön schockiert.«

Burmeester vertiefte sich in die neue E-Mail des Unbekannten.

»Eine Beschreibung des Hauses ist dabei, dörfliche Umgebung stimmt, der Täter ist von seinem Vater offenbar misshandelt worden, und jetzt kommt's: Er will Niels Meier Geld für die Bestattung von Heike Pastoors zukommen lassen. Weil sie ein anständiges Begräbnis verdient hat. Was sagt uns das?«

Karin rannte wie besessen aus dem Raum, kam mit den Fotokopien aus dem Internat bei Goch zurück und schaute sie durch. Mit zittrigen Händen hielt sie sich die Fotokopie eines Jahrgangs vor die Brust und tippte auf ein Foto in der zweiten Reihe einer neunten Klasse.

»Da, seht ihr, das ist Meinhard Pastoors. Und wenn ihr mich fragt, dann ist er unser E-Mail-Schreiber. Das hat sie nicht verdient, seine Frau, die soll ordentlich beerdigt werden.«

Alles starrte auf dieses kleine Bild eines lächelnden Jungen mit Seitenscheitel.

Tom rückte näher an die Fotokopie, betrachtete lange die Bilder der braven Kinder mit den ordentlichen Frisuren. »Sie waren in einem Jahrgang, in einer Klasse, schliefen im selben Zimmer.« Es entstand eine angespannte Pause, man konnte das Papier auf Karins Brust mit jedem Atemzug leicht knistern hören, bevor Tom resümierte:

»Der unbekannte Serienmörder ist auch hier abgebildet, ist euch das klar? Wir haben uns gestern alle diese Fotos angeschaut und weder den einen noch den anderen erkannt.«

Karin sprang auf und übergab das Papier an Gero von Aha. »Okay, okay, lasst uns nachdenken. Wir haben den Namen des einen, der sich aus Angst vor dem Täter seit Jahren verborgen hält. Wer kann uns den Namen des anderen nennen? Die Lehrer sind alle nicht mehr im Dienst, die müssen wir ausfindig machen.«

Von Aha öffnete eine neue Fläche auf dem Bildschirm und fügte in beachtlicher Schnelle die eingescannte Kopie hinein, entwickelte ein Schema, bei dem alle nun genannten Fakten auf diese Kopie zuliefen. Brainstorming.

»Die Mitschüler, lasst uns nach denen suchen. Wenn wir den ersten haben, kann er uns hoffentlich erzählen, mit wem Meinhard Pastoors befreundet war.«

»Die Schulsekretärin will noch jemanden aus dem alten Kollegium ausfindig machen, da kann stündlich Nachricht aus Goch kommen.«

»Wenn wir den Namen haben, können wir an der Rheinschiene entlang in den Einwohnermeldelisten nachschauen, ob er zu den möglichen Tatzeiten dort gemeldet war.«

»Wir lassen ihn bundesweit suchen. Ist das LKA da hilfreich?«

Von Aha notierte gewissenhaft, seine Schrift wurde umgehend auf dem Schirm sichtbar.

»Und ich werde bei Rocco im Haus von Pastoors nach alten Erinnerungen aus der Schulzeit suchen. Da ist doch bestimmt alter Krempel in Schränken und Regalen vorhanden. Ich habe bloß bislang noch nicht an einen Zusammenhang gedacht.«

»Wir müssen ihn aus Katwijk herholen, den Pastoors. Der muss uns helfen.«

Karin begann, die Aufgaben zu verteilen. »Von Aha, Sie nehmen sich das Haus der Pastoors vor, vielleicht gibt es dort Material aus der Schulzeit, die berühmte alte Zigarrenschachtel oder so. Tom, du fährst nach Goch und aktivierst die fleißige Sekretärin des Internats, und wenn sie jemanden gefunden hat, der diesen Schülerjahrgang noch kennt, dann schaff ihn her. Jerry macht Stallwache und Koordination vor Ort, Burmeester, du begleitest mich zusammen mit Niels Meier nach Katwijk. Los, hol ihn her.«

»Der wartet draußen auf dem Flur.«

»Uhrenvergleich, zehn vor zehn, um halb elf fahren wir los.«

Karin hielt einen Moment inne und ordnete ihre Gedanken. »Wenn die heutigen Bemühungen ergebnislos bleiben sollten, werden wir Zeitzeugen unter den alten Leuten in Vynen suchen. Irgendjemand muss diese Jungen doch auf dem Schirm haben.«

Burmeester schüttelte den Kopf. »Oder auch nicht. In den E-Mails ist die Rede davon, dass Meinhard Pastoors' Eltern diese Freundschaft ablehnten. Die Jungs trafen sich heimlich.«

»Das heißt nicht automatisch, dass sie unsichtbar waren. Wir werden sehen.«

***

Mit großer Sorgfalt und in nahezu stoischer Ruhe streifte sich der Mann weiße Latexhandschuhe über, gekonnt stülpte er die Spitze des kleinen linken Fingers nach innen, eine sekundenschnelle Angelegenheit. Aus rein ästhetischen Gründen hatte er sich angewöhnt, den fast zwei Zentimeter langen Hohlraum im Handschuh, verursacht durch das Fehlen seiner Fingerkuppe, nicht durch eine schlapp herabhängende leere Hülle aus dünnem Gummimaterial für jedermann sichtbar zu machen. So fiel sein Manko nicht sofort ins Auge.

»Hast du etwa gedacht, ich meinte es nicht ernst? Natürlich hast du gedacht, der wagt es nicht. Der hat noch nie geschafft, was er sich vorgenommen hat. Du hast in deinem Sohn immer den Versager gesehen, richtig?«

Der alte Mann kauerte auf dem nackten Kellerboden, konnte den Kopf kaum heben. Der angekettete Arm hing oberhalb seiner Schulter, die faltige Hand mit den rheumatisch verformten Knöcheln war blau angelaufen, stakte wie eine Kralle zitternd aus der rostigen Handfessel. Seine Hose war feucht im Schritt, in der Luft hing eine widerwärtige Mischung aus Kellermuff, Urin und Schweiß. Speichel lief dem Alten aus den hängenden Mundwinkeln, verlor sich in tiefen Falten unter den grauen Bartstoppeln, das Haar stand wirr und feucht vom Kopf ab. Mühsam, kaum hörbar presste er Worte hervor.

»Du bist ein … Satan. Nur ein Gottloser erhebt die Hand gegen die eigenen Eltern. Du sollst deine Eltern achten und ehren, steht schon in der Bibel …«

»Was sagst du da? Sprich laut und deutlich, und wenn du mit mir redest, schau mich gefälligst an. Kennst du diese Sätze? Mit denen bin ich aufgewachsen, Vater. Schau mich an, wenn ich mit dir spreche!«

Der alte Mann rührte sich nicht, nur seine Lippen bewegten sich kaum merklich. »Ein Nichtsnutz‹, hat deine Mutter immer gesagt. ›Der ist ein Nichtsnutz, da wird nichts Anständiges draus.‹«

Der Mann öffnete seine Arzttasche. »Das habe ich oft genug von dir gehört. Wenn man jemandem ständig sagt, dass er nichts wert ist, dann wird er zum Nichtsnutz. Ich bin dein Werk, Vater. Ich hatte keine Chance, etwas anderes zu werden.«

Der Mann nahm eine Ampulle aus der Tasche, riss die Verpackung einer Einwegspritze auf und zog den Inhalt der Ampulle auf. Der Alte stierte ihn mit geweiteten Augen an.

»Ich bin Arzt, Vater, hast du das vergessen? Keine Sorge, heute geschieht dir nichts, ich werde dir etwas zur Stärkung injizieren, du sollst nicht schlappmachen, bevor ich mit dir fertig bin.«

Mit festem Griff hielt er den freien dünnen Arm des Alten, stach ihm ohne weitere Vorbereitung, ungeachtet der Strickjacke und des Hemdes, die Nadel beherzt in den Oberarm. Der Alte jaulte auf, wehrlos, kraftlos.

Unbeeindruckt verließ der Mann den Kellerraum, blickte sich um, zögerte vor den Kellertüren aus grobem Holz, als wolle er verhindern, die Dämonen zu befreien, die dahinter lauerten. Vor der Tür hinter der Treppe zitterten seine Finger, er öffnete sie mit einem linkischen Stoß. Dort war der alte Kohlenkeller, und genau da fand er sie, die Axt mit dem kurzen Stiel. Ein Schauer lief dem Mann über den Rücken. Er erstarrte, sein Herz raste wie wild.

Plötzlich schien er zu schrumpfen, war wieder der kleine, hilflose Junge, der auf dem Kohleberg in der hintersten Ecke hockte, zusammengekauert, dreckig. Angstvoll wartete er auf seine Strafe. Einen Kaugummi hatte er bei Tante Adelheid im Dorfladen gestohlen. Nur einen, weil doch alle Kinder einen kauten und so herrliche Blasen damit machen konnten, die mit lautem Knall zerplatzten und deren Reste man sich von den Wangen knibbeln musste. Nur einen einzigen, und sie hatte ihn prompt erwischt und verpetzt. Er sah das wutverzerrte Gesicht seiner Mutter, spürte ihre Hand, die sich von hinten um seinen Hals schloss, die ihn in den Keller zerrte. Wenn der Vater vom Feld käme, würde er schon sehen, wohin Diebstahl führte.

»Du sollst nicht begehren deines Nächsten Hab und Gut!« Immer wieder schrie sie ihm dieses biblische Gebot entgegen; selbst als die Tür sich hinter ihm schloss und das Licht erlosch, hörte er seine Mutter noch, wie sie sich mit schleifenden Schritten die Stufen hinaufarbeitete, gebetsmühlenartig das Gebot wiederholend.

Und dann war er allein in dem dunklen Raum, wagte es nicht, sich zu bewegen. Der Junge dachte an die Weberknechte, die in den Ecken an der Decke lebten, horchte auf Kratzgeräusche und war sich sicher, dass die Mäuse und Ratten, die Vaters Fallen entgangen waren, ihn bei lebendigem Leib verspeisen würden. Er wusste nicht, wie lange er dagestanden hatte, bis ihm die Knie wegknickten, bis er sich, soweit es ging, auf den Kohlehaufen verkroch. Zwischen den Brocken saßen sie nicht, die Spinnen und Nager, dort fühlte er sich sicher.

Dann hörte er die bollerigen Schritte seines Vaters in den schweren Stiefeln, an denen der lehmige Boden klumpte. Er hörte, wie der Schlüssel sich kratzend im Schloss drehte, und blinzelte in das unvermittelt aufflammende Licht. Er blickte seinen Sohn nicht an, der große Mann mit den breiten Schultern, nein, der Junge sah den Vater nach der Axt greifen, die mit einer Spitze in dem breiten Baumstumpf steckte. Auf dem Klotz spaltete der Vater das Anmachholz, kleine, feine Späne und etwas breitere Holzstückchen, die in den Öfen geschichtet wurden und loderten, bis die Kohlestückchen die lang wärmende Glut erzeugten.

Die Axt lag dem Vater sicher in der rechten Hand. Mit der linken wies er auf die Stelle neben sich; einsilbig, keinen Widerspruch duldend, wie man einem Hund das Parieren beibringt, befahl er seinem Sohn, zu ihm zu kommen. Der kleine Junge sehnte die Erlösung aus dem Dunkel herbei. Alles war besser, als noch länger auf dem Kohlehaufen zu hocken. Er stakte auf den Vater zu, hielt schwankend das Gleichgewicht unter den rutschenden schwarzen Steinen. Gemeinsam waren sie zu dem verbotenen Ort gegangen.

Der Mann sah auf die abgenutzte Axt in seiner Hand und schüttelte sich, schüttelte seine Erinnerungen zurück in die Tiefe, aus der sie ungebeten heraufgeklettert waren. Er hielt den Stiel fest umklammert und ging zurück zu seinem Vater. Dort lehnte er sie, für den Alten unerreichbar, neben die Tür.

»Du weißt genau, was du damit angerichtet hast.«

Der Alte giftete ihn an, ohne Worte.

»Nein, du weißt es nicht. Ich sehe das an deinem Gesichtsausdruck. So hast du ausgesehen, wenn du einen aus der Familie bestrafen musstest. Niemand hat dich gezwungen, Vater, immer hast du gesagt, du musst strafen. Schämst du dich? Bereust du? Nein, du weißt gar nicht, was du angerichtet hast. Ich werde das Licht nicht löschen, schau dir die Axt an, bis ich wiederkomme. Dann zeige ich dir, was für ein vorzügliches Vorbild du mir gewesen bist. Wir werden den Weg von damals noch einmal gehen. Ich habe viel von dir gelernt.«

★★★

Am ehemaligen Grenzübergang zu den Niederlanden bei Elten fuhr Karin Krafft auf den Parkplatz. Pause. Zum Glück waren die meisten Urlauber am Freitag und Samstag bereits zur Küste gefahren, und die A 3 war relativ leer. Sie hatten es durch ein heftiges Unwetter sicher bis hierher geschafft.

Stumm saß sie mit Niels Meier und Nikolas Burmeester im Wagen, hinter ihnen lag ihre erste Begegnung mit einem Tornado am Niederrhein. Eine massive Windhose war vom Westen aus, begleitet von Blitz und Donner, über das Land gezogen, hatte aufgewirbelt, was nicht fest verankert war oder bis dato als gesichert gegolten hatte. Immer wieder mussten sie Aststücken ausweichen, die von Böen über die Fahrbahn der A3 gefegt wurden, in der flachen Landschaft lagen Baumkronen neben den Stämmen, Teile von Scheunendächern waren abgedeckt, eine Schneise der Verwüstung verletzte das idyllische ländliche Bild. Wohnwagengespanne hatten sich auf Parkplätzen oder dem Standstreifen in Sicherheit gebracht, immer wieder blinkte Blaulicht von Hilfsfahrzeugen durch das sonst so friedliche Grenzland, es herrschte Ausnahmezustand auf den Straßen und in den Köpfen. Mit einem Ruck schreckte Karin auf und kramte nach ihrem Handy.

»Maarten? ... Ja, mir geht es gut. Hast du das mitgekriegt? ... Ja, das war ein Tornado, ich kann es immer noch nicht begreifen. Es ist doch alles in Ordnung bei euch, oder? ... Ein paar Dachziegel? Wir haben noch welche in der Garage liegen, hinter den Winterreifen. Wie hat Hannah reagiert? ... Wie, ihr habt das Schauspiel vom Wohnzimmerfenster aus beobachtet!? Hattest du keine Angst, dass etwas in die Scheibe fliegt? ... Hast du gehört, ob noch etwas nachkommt? ... Gut, dann werden wir die Fahrt nach Katwijk fortsetzen. ... Ja, ich bin vorsichtig. Ich küsse euch.«

Burmeester wies auf das lose Dach eines der flachen ehemaligen Zollgebäude, das über die Kante hing und im Restwind bedrohlich schaukelte. »Schäden, wohin man guckt. So etwas habe ich noch nie erlebt. Wie routiniert du da durchgefahren bist, Respekt, Chefin.«

Karin ließ den Motor an.

»Daheim ist alles im grünen Bereich, die Welt ist nicht untergegangen, und an solche Wetterphänomene werden wir uns gewöhnen müssen, also fahren wir weiter. Und ich werde mir von so einem Sturm die Chance nicht nehmen lassen, in diesem Fall ein gehöriges Stück weiterzukommen. Herr Meier, Sie sagen ja nichts, geht es Ihnen gut?«

Der junge Mann auf der Rückbank fühlte sich zunächst nicht angesprochen, reagierte zeitverzögert.

»Ja, nein, doch, ich muss das erst einmal verpacken, eigentlich liege ich sonntags um diese Zeit noch im Bett. Mensch, da sind Bäume im Sekundentakt umgeknickt, ein Cola-Kasten hat uns im Tiefflug überholt. Wahnsinn. Und Sie fahren ganz cool weiter.«

»Ich bin gar nicht so cool. Aber Pläne umwerfen und umkehren geht gerade nicht. Wir haben keine Zeit zu verlieren, und ich bin so gespannt auf den Mann.«

Burmeester nickte eifrig. »Ich auch. Wenn alles gut geht, dann wird das der Durchbruch.«

Niels Meiers Stimme gewann wieder an alter Klarheit. »Wenn alles gut geht, wenn alles gut geht! Du hast gut reden. Wenn es gut läuft, dann redet er mit uns. Sollte es danebengehen, bricht er zusammen oder lässt uns vor der Tür verhungern. Irgendwie fühle ich mich wie ein Verräter, schließlich hätte er in aller Ruhe weiter da an der Küste leben können, bis er selbst den Zeitpunkt für seine Offenbarungen gewählt hätte. Völlig unprofessionell, was ich hier mache, ich muss bekloppt sein.«

Burmeester drehte sich zu ihm um. »Nun mal ruhig, Brauner, brems dich. Es ist gut, dass du in diesem Auto sitzt und mitkommst. Du bist hier der Profi für die Seele, und die Kripo ist für das verantwortlich, was auch immer an der Küste passieren wird.«

Niels Meier stierte aus dem Seitenfenster in die Ferne und schüttelte den Kopf. »Ich, nur ich bin dafür verantwortlich, dass sein sicherer Ort heute explodieren wird. Das Leben dieses Mannes wird exakt nach unserer Ankunft nicht mehr so sein, wie es bis heute war. Entweder packt er das, oder …«

»Oder was?«

»Vielleicht packt er es nicht, dann wird die Lage unkalkulierbar. Der ist doch labil. Wenn er der Mann ist, den die Polizei dort vermutet, dann hält er sich, erstens, aus Angst versteckt und hat, zweitens, gerade erfahren, dass seine Frau wirklich tot ist, und weiß, drittens, dass derjenige dafür verantwortlich ist, vor dem er sich versteckt. Er hat ergo alle Gründe, für immer im Off zu bleiben. Deshalb zweifle ich momentan total an meinem Handeln. Im schlimmsten Fall wird er kollabieren oder sich etwas antun.«

Niels Meier war unruhig. Er beugte sich vor und schob seinen Kopf zwischen die beiden Vordersitze. »Bitte, wir müssen ganz aufmerksam sein. Das hier ist für mich tiefstes Ausland, hier kann ich nicht einmal die Namen der Städte auf den Schildern lesen, ich habe mich nie für unser Nachbarland interessiert. Lasst uns für den Notfall gewappnet sein. Wir brauchen da jemanden, der uns versteht und schnell reagieren kann; ich meine, wenn wir einen Rettungswagen brauchen, muss jemand da sein, der ihn sofort rufen kann. Bevor das nicht organisiert ist, gehen wir nicht auf ihn zu, okay?«

Karin suchte den Blickkontakt zu Meier im Rückspiegel. »Wenn die Autobahnen hier vom Sturm verschont geblieben sind, dann sind wir in zwei Stunden vor Ort. Wir haben also genügend Zeit, uns vorzubereiten, einen Notfallplan zu erstellen und entsprechende Leute zu rekrutieren. Das ist eine gute Idee. Lasst uns die Vorgehensweise durchsprechen. Vorbereitet zu sein gibt Sicherheit, glauben Sie mir, Meier. Sie sind der Fachmann an Bord, und Sie können mir auf der Fahrt einen Schnellkurs über Traumapatienten verpassen. Am besten, Sie erklären mir detailliert, worauf ich achten muss und was ich noch allein verantworten kann.«

Mit einem Seitenblick auf Burmeester fügte sie noch hinzu, was ihr seit dem Morgen auf der Zunge lag. »Vielleicht hast du auch eine Idee, wer der Mann im flamingofarbenen Hemd mit der gestreiften roten Jacke war, der gestern von der Rheinbrücke aus Knochen in den Rhein geworfen hat. Wenn dir dazu was einfällt, nur zu. Lass es raus, schließlich haben wir einen Psychologen an Bord, der gleich mit dir arbeiten kann.«

Burmeester suchte einen Ausweg aus dieser Situation, aus dem Auto, aus diesem schlechten Film, aber heraus kam nur ein kleines, eingeschüchtertes »Hm«.

In der Heidelandschaft um 's-Hertogenbosch hatten sich ganze Nadelwaldflächen längs der Autobahn in wilde Bruchholzflächen verwandelt, der Verkehr schien jedoch nicht weiter beeinträchtigt zu sein, und so rollten die drei weiter in Richtung Den Haag. Hier war von den Folgen eines Tornados nichts zu sehen, und Karin glitt bei maximal einhundertzwanzig Stundenkilometern entspannt über die breit ausgebaute Autobahn. Zeit und Gelegenheit für eine strategische Lagebesprechung. Sollte dieser Tag nach dem anfänglichen Fiasko tatsächlich noch eine positive Wendung nehmen?

★★★

Vorbeigerauscht war er an der van den Berg, die zur Stippvisite kam, hatte keine Lust gehabt, sich schon wieder rechtfertigen zu müssen, kam von dem Gedanken nicht los, sich in diesem Kommissariat ständig rechtfertigen zu müssen. Schluss damit. Gero von Aha wollte zu Rocco, dienstlich werden und im Haus nach Anhaltspunkten aus der Vergangenheit von Meinhard Pastoors suchen. Also hatte er die Behördenchefin auf dem Flur stehen gelassen, sorry, er müsse sofort los. Er war mit wehenden Haaren davongerauscht, was sich nicht einfach gestaltete bei der Menge Haargel, die er heute in seine widerspenstigen Locken gewalkt hatte.

Die Kollegen waren unterwegs nach Holland. Sollten sie doch fahren, er würde die Lösung hier finden und sich dazu noch zermürbende Erklärungen wegen Grenzüberschreitungen sparen. Dieses Mal hatten im Endeffekt die anderen die A-Karte, und er würde brillieren, ohne irgendein geltendes Gesetz zu übertreten.

Der Dienstwagen war zwischenzeitlich wieder einmal von einem Raucher missbraucht worden – von Aha fühlte sich schon beim Einsteigen unwohl. Im Augenwinkel sah er das grüne Niederrheinfahrrad an der Hauswand stehen, blickte auf in den wütenden Himmel und entschied sich trotz der sturmgepeitschten, sehr schnell ziehenden Wolken für die kreislaufstärkende Outdoor-Variante.

Er zog den Kragen seiner dünnen Jacke zusammen und machte sich auf den Weg. Blätter und Äste lagen kreuz und quer auf dem Radweg. Von Aha wunderte sich, hatte in der Abgeschiedenheit des Besprechungszimmers nichts von dem Unwetter mitbekommen, das hier gewütet haben musste. An drei Stellen stand die Feuerwehr am Straßenrand und sägte Baumkronen klein, um Fahrbahnen wieder freizuräumen. Menschen fegten Dachziegelscherben vom Bürgersteig, ein Baum hatte zwei geparkte Fahrzeuge erwischt. Zusammengeknautscht standen die Wracks unter den belaubten Holzmassen. Hoffentlich waren die Kollegen gut durch diese Katastrophe gekommen, dachte er, selbst überrascht von diesem mitfühlenden Gedanken.

Das Haus von Roccos Onkel schien auf den ersten Blick keine Schäden davongetragen zu haben. Von Aha klopfte vehement an den Glaseinsatz der altmodischen Tür, doch es tat sich nichts. Er drückte auf den Klingelknopf, im Inneren erklang der doppeltönige Gong, ansonsten geschah noch immer nichts. Der Kommissar schaute sich um, niemand in Sicht. Er ging an verwilderten Rosensträuchern vorbei in den Garten.

Roccos Rad lehnte nicht an der Wand, er schien ausgeflogen. Von Aha glaubte nicht an Zufälle, aber wenn schon ein Sturm die tägliche Arbeit des flaschensammelnden Radlers verzögerte, um der Kripo freie Bahn zu gewähren, dann würde er diese Gelegenheit nicht verstreichen lassen. Erst als er die Hintertür mittels seiner Bankkarte, die er an der Zarge entlangzog, geöffnet hatte, liefen die ihm bekannten Frauen der Kreispolizeibehörde vor seinem geistigen Auge mit strafend gerunzelter Stirn an ihm vorbei. Für einen kurzen Moment war er gewillt, die eben geöffnete Tür wieder zu schließen, aber da waren die Frauen schon aus seinem gedanklichen Gesichtsfeld verschwunden und sein Ehrgeiz geweckt. Gefahr im Verzug. Deshalb musste er jetzt ins Hausinnere. Von Aha verschwand in Roccos Bleibe und begann, sich systematisch umzuschauen.

Wo bewahrte man alte Erinnerungen auf? Er hatte keine Ahnung, hatte bei diversen Umzügen den Umfang seiner Habseligkeiten auf ein Minimum reduziert. Ein kleines Spielzeugauto, einen hellblauen Buick, schleppte er aus seiner Kindheit mit sich herum. Alles andere aus der Vergangenheit hatte er im Haus seiner Eltern gelassen, die auf dem Dachboden ein wahres Panoptikum angesammelt hatten. Dort lagen bestimmt auch die Zeugnisse aus der Grundschulzeit, die Urkunde über den dritten Platz beim Tischtenniswettkampf. Er hatte zu Hause verschwiegen, dass es nur drei Teilnehmer gegeben hatte. Dachboden, guter Gedanke.

Von Aha fand eine Luke auf dem Flur in der oberen Etage, im Bad hinter der Tür lagerte eine Stange, mit der er sie aufziehen konnte. Mit einem knirschenden, quietschenden Geräusch senkte sich eine ziehharmonikaartige metallene Treppe in die Tiefe. Mit dem letzten Ruck kam eine gewaltige Staubwolke hinterher und nebelte den Kommissar ein. Er betrat die rostigen Stufen, die Konstruktion gab unter seinem Gewicht noch einmal nach, bevor er einen Blick in das Innere des Spitzgiebels werfen konnte. Ein leidlich isolierter Raum tat sich auf, Spinnweben hingen in dichten Fäden vom Gebälk, eine dicke Staubschicht lag auf dem blanken Estrich, überzog Pappkartons und Holzkisten.

Im hinteren Teil entdeckte er ein offenes Regal mit ebenso verstaubten Aktenordnern. Es roch nach Mäusedreck, und in dem Lichtstrahl, den ein kleines Dachfenster einließ, tanzten bei der geringsten Bewegung die Staubkörnchen, die gleichzeitig seine Nasenschleimhaut reizten. Das Regal bot einen wohlgeordneten Rückblick auf das Leben des Ehepaars Pastoors. Von ihren Unterrichtsvorbereitungen für die Grundschule über Dokumentationen seiner Arbeit in Arabien und Steuerunterlagen bis hin zu Kaufverträgen rund um das Haus waren alle Ordner beschriftet und, wie einige Stichproben bestätigten, enthielten auch die entsprechenden Unterlagen. Das gemeinsame Leben der Pastoors war hier archiviert, nichts aus ihrer Jugend, und aus seiner Kindheit ebenfalls nichts. Von Aha sah sich um. Er würde wohl die Kisten und Kästen öffnen müssen, ungeachtet der Atemprobleme, die dieser Ort ihm zunehmend bereitete.

Gedacht, getan, jedoch boten auch die Behältnisse einzig Relikte aus dem Erwachsenenleben. Hier waren alte Kleider gelagert, die Mäusen als Nest und Motten als Nahrung dienten. Seine Niesanfälle ließen von Aha den Dachboden schnell wieder verlassen. Beim Abstieg warf er einen Blick zurück und erkannte seine Fußspuren im Staub, die Rocco nicht verborgen bleiben würden, wenn er jemals diesen Teil des Hauses aufsuchen sollte.

Nachdem die Luke wieder verschlossen war, begab er sich in das Schlafzimmer des Ehepaares. Offensichtlich nutzte Rocco das Bett nun, dort herrschte eine für den Raum ungewöhnliche Unordnung. Komisch, dachte Gero von Aha, man sieht genau die Eingriffe in ein fremdes Leben, man spürt, wo ein Raum uneinheitlich ist. Wo würde er hier seine Erinnerungen aufbewahren? Im Kleiderschrank vielleicht. Er öffnete die Türen, blickte auf die Knickfalten vergilbter Bettwäsche und gelichtete Wäschefächer, Kleiderstangen mit leeren Bügeln und vereinzelte Schuhkartons. Den ältesten zog er hervor, öffnete den Deckel und entdeckte alte Briefe, mit verblasstem Schleifenband zusammengebunden, fast zerfallende, getrocknete Rosenköpfe und ein rotes Holzpferd aus Skandinavien.

Ein Blick in die ersten Briefe zeigte, dass diese Kiste Heike Pastoors' voreheliche Schätze enthielt. Die Briefe hatte Meinhard ihr geschrieben. Merkwürdig war es, in Liebesbriefen anderer Menschen zu stöbern. »Meine Zuckerschnute«, schrieb er und nannte sich selbst den »wilden Hengst«.

In zwanzig Briefen nichts als Schmeicheleien, Sehnsüchte, Anekdoten aus dem Studentenalltag und gemeinsame Pläne. Im zweiundzwanzigsten dann endlich ein Ausflug in die Vergangenheit. Er sei so froh darüber, dass sein Zimmerkumpan aus dem Internat das Abitur nicht geschafft habe. »Der wollte ebenfalls an der TH Aachen studieren, und ich bin so erleichtert, diesen Bekloppten nicht mehr in meiner Nähe zu wissen, meine Liebe. Vielleicht erzähle ich dir irgendwann, wenn wir beide alt und grau sind, was es mit dieser Erkenntnis auf sich hat«, schrieb er seiner Zuckerschnute.

Von Aha legte den Brief obenauf und stellte den Kasten in den Flur. Er würde ihn mitnehmen. Ein Blick auf die Uhr zeigte, dass er sich schleunigst auf den Weg machen sollte, damit Rocco ihn nicht überraschte. Er würde am Abend zurückkommen und ganz offiziell mit ihm zusammen die anderen Schränke durchschauen. Bis dahin hätte er die Liebesschwüre des wilden Hengstes durchgearbeitet.

***

Jerry hatte den ganzen Morgen lang versucht, die Namen aus dem Jahrbuch von Meinhard Pastoors durch die Melderegister zu jagen. Ein mühseliges Unterfangen, zumal einige der Männer schon nicht mehr lebten. Andere schienen sehr bodenständig: Sie hatten ihre Heimat zwar zur Ausbildung verlassen, jedoch waren sie nie bei ihrer Heimatadresse abgemeldet worden. Diese Männer versuchte er nun telefonisch zu erreichen, bislang erfolglos. Jerry lachte, als er Gero von Aha mit einem Schuhkarton unter dem Arm ins Büro kommen sah.

»Lass das nicht die Chefin sehen, ich glaube, die reagiert allergisch auf Mitarbeiter mit Schuhkisten.«

Zunächst wusste von Aha nicht, was er meinte. Jerry erinnerte ihn an das Fiasko mit dem Pappkarton voller Knochen, die Burmeester seit Tagen zu entsorgen versuchte und dabei eine Menge Wirbel auslöste.

»Ach, nein, das hier sind alte Liebesbriefe von Meinhard Pastoors. Ich erhoffe mir Offenbarungen gegenüber seiner Liebsten, bei denen er den Namen seines Freundes erwähnt.«

»Wo hast du die gefunden?«

»Habe ich von seinem Neffen aus dem Haus in der Feldmark.«

»Der Flaschensammler, richtig? Der hat sich bei dem Sturm nicht aus dem Haus getraut? Gescheit so. Tom hat vorhin aus Goch durchgegeben, dass die Schulsekretärin zwei Namen von Ehemaligen aus dem Jahrgang genannt hat, die hier in der Gegend geblieben sind. Ich habe mich gewundert, woher sie das weiß. Aber sie ist immer behilflich, wenn ehemalige Schüler nach vielen Jahren Klassentreffen organisieren. Die weiß, wen es wohin verschlagen hat. Außerdem sind früher ja nicht so viele Leute aus der Provinz weggezogen wie in den heutigen mobilen Zeiten. Ich habe auch einige Namen auf der Liste. Aber die Herren sind nicht zu erreichen. Wir werden hinfahren und sie mit dem Klassenfoto konfrontieren. Man vergisst doch die Namen von Klassenkameraden nicht so leicht, oder?«

Von Aha klemmte sich hinter seinen Schreibtisch und öffnete den Deckel des Schuhkartons.

»Richtig, manche Dinge bleiben in Erinnerung. In der Unterstufe bei mir am Gymnasium gab es ein Mädchen, Elke Scharfelbein hieß sie, mit so einer furchtbaren Duttfrisur. Echt, so ein altmodischer Haarkranz, und immer hatte sie trachtenähnliche Klamotten an, mit Puffärmeln und Schürze. Die hat gelitten, sage ich dir. Irgendwann hab ich bemerkt, dass sie ihr Pausenbrot in die Tonne warf. Ich fragte nach dem Grund. Seit ihrer Einschulung gab es immer das Gleiche, ein Brötchen mit einem Rührei zwischen den Hälften. Sie konnte es nicht mehr sehen. Seit dem Tag habe ich oft mein Brot mit ihr getauscht, ich liebe Ei auf Brötchen. Das war unser einziger Berührungspunkt, doch gerade deshalb ist der Name haften geblieben.«

Sie feixten eine Weile, während von Aha die Briefe nach Daten sortierte, die er entweder den Poststempeln oder den Briefen entnahm.

»Der hat immer die gleiche Form gewahrt, die Anrede variierte schon mal, aber stets standen Datum und Uhrzeit oben rechts auf dem Briefpapier.«

Jerry kramte auf seinem Schreibtisch und kam zu ihm herüber.

»Schau dir das an, auf den E-Mails sind ebenfalls Datum und Uhrzeit vermerkt. Bestimmt ist Karin auf dem richtigen Weg, die werden Meinhard Pastoors vorfinden. Ich bin davon überzeugt.«

Behördenchefin van den Berg stand nach kurzem, energischem Klopfen im Raum und schaute sich suchend um. »Wo ist der Rest des Teams?«

Jerry erstattete Bericht. »Herr Weber ist in Goch, um die Namen eines Jahrgangs des dortigen Internats zu überprüfen. Die Chefin und Kollege Burmeester sind auf dem Weg zu einem möglichen Zeugen. Ich habe die Stallwache übernommen, und Herr von Aha wertet alte Briefe des verschwundenen Ehemannes eines Opfers aus.«

»Gut, gut. Wohin, sagen Sie, ist Frau Krafft unterwegs?«

»Einen möglichen Zeugen suchen, ich glaube, nahe der Grenze zu den Niederlanden.«

»Na, hoffentlich noch auf bundesdeutscher Seite, sonst gibt es wieder Verwicklungen, da lege ich keinen gesteigerten Wert drauf. Außerdem ist die nächste große Lage überfällig. Ich terminiere sie auf morgen Nachmittag, siebzehn Uhr, geben Sie das weiter. Ach, und weiß jemand von Ihnen etwas über den Großeinsatz vom gestrigen Abend?«

Die Kollegen schauten sich an, verneinten.

»Wer war denn von Ihnen vor Ort?«

»Soweit ich weiß, hat Kollege Burmeester auf dem Weg nach Hause von dem Einsatz erfahren und ist hin. Da alles ergebnislos verlief, war nichts zu berichten.«

Van den Berg korrigierte den Sitz ihres Halstuches. »Gut, dann war Herr Burmeester der Diensthabende vor Ort. Als ich die Beschreibung der Person las, die die Knochen so auffällig unauffällig versenkt hatte, flamingofarbenes Hemd und so weiter, fiel er mir zuerst ein. Es muss wohl noch mehr Männer mit derartigen modischen Vorlieben geben. Viel Erfolg noch, meine Herren, ich muss.«

Die Kollegen schauten ihr nach, als ihre Schritte auf dem Flur verhallten, und Jerry nahm sich den Einsatzbericht des Großeinsatzes vor.

»Schau dir das an, die Beschreibung passt haargenau auf Burmeester. Vielleicht war er ja doch beteiligt.«

»Du meinst, der hat die Knochen in einer verzweifelten Tat im Rhein versenkt? Und wenn schon, das muss er mit sich selbst ausmachen, finde ich. Und mit der Chefin. Wie war dieser blöde Spruch, man müsse die Suppe selbst auslöffeln, die man aus Knochen gekocht hat?«

»Anders. ›Wer die Knochen findet, muss die Suppe auch auslöffeln.‹ Oder so ähnlich.«

ELF

An der holländischen Küste wehte ein raues Lüftchen, jedoch schien die Region vom Unwetter verschont geblieben zu sein. Der kleine Ort war mit Sommertouristen geradezu überfüllt, und die Weseler kurvten den Boulevard entlang und hielten Ausschau nach einem Parkplatz.

»Da vorne ist es, Hotel Noordzee. Das ist ja wirklich ein eckiger Klotz. Seht mal, in der vierten Etage hat man tatsächlich ungehinderten Blick auf das Meer. Wir werden ihn dort finden.«

»Erst einmal müssen wir einen Parkplatz finden«, bremste Karin Burmeesters überschwängliche Rede, »das erscheint mir viel schwieriger. Schau mal, der Fußweg ist zweireihig zugestellt mit Fahrrädern. Ich habe noch nie so viele Räder auf einem Fleck gesehen, und die meisten Autokennzeichen sind aus Deutschland.«

Nachdem sie den Boulevard zum zweiten Mal erfolglos abgesucht hatten, entschieden sie sich, nördlich der Stadt in den Dünen neben dem Unterstand für die Rettungsboote zu parken, und machten sich auf den Weg. Sie überquerten die gegen Sturmfluten gesicherte Mündung eines kleinen Flusses. Karin erinnerte sich an eine von Maartens Ausführungen zur Geschichte der Niederlande.

»Das muss die Mündung des alten Rheins sein. Man könnte also sicher sein, dass genau hier ein Tröpfchen ins Meer strömt, das bei uns entlanggeflossen ist.«

Niels Meier schaute auf den eingedeichten und durch ein Wehr begrenzten Fluss. »Ob das zu seiner Entscheidung beigetragen hat, hierherzukommen? So steht er immer mit seiner Heimat in Verbindung. Hier fließt sein Fluss ins Meer.«

Der Eingang zum Hotel lag an der Seite des Gebäudes, gegenüber ein Haus, das seit Längerem dem Verfall preisgegeben zu sein schien. Als sie die familiär, nahezu plüschig wirkende Rezeption erreicht hatten, wurden sie freundlich begrüßt. Karin beschloss schnell, die Touristennummer zu bringen. Diese Rezeptionistin würde garantiert keine Informationen über irgendeinen Gast herausgeben.

»Wir wüssten gerne, was ein Einzel- und ein Doppelzimmer in der Hauptsaison kosten sollen.«

Burmeester stieg sofort auf ihr Spiel ein und reagierte vorzüglich, während Niels Meier sich in diesem Ambiente unwohl zu fühlen schien und sich abwandte. Durch das angegliederte Restaurant hindurch schaute er auf das Meer.

»Ja, und am besten gefielen uns von außen auf den ersten Blick die Zimmer zum Meer hin und ganz oben. Da muss man einen phantastischen Blick haben, oder?«

Die junge Frau lachte, erklärte, verteilte Prospekte mit Preisen und den unterschiedlichen Angeboten. »Ich kann Ihnen leider kein Zimmer zeigen, alles voll. Aber Sie können gern mit dem Aufzug in die vierte Etage fahren und sich dort einen Eindruck verschaffen.«

Karin warf einen Blick in die Hotelbar auf der dem Meer abgewandten Seite und erkannte die Möglichkeit zur Observation des Eingangsbereichs. Von dort aus würde ein älterer Mann, der nicht gut zu Fuß war, leicht zu erkennen sein.

»Vielen Dank, aber ich möchte zunächst einen Kaffee trinken. Bei Ihnen gibt es bestimmt auch den berühmten Appeltaart, oder?«

Sie platzierten sich in einer kleinen Sitzecke mit Blick auf den Eingangsbereich. Niels Meier fühlte sich hier fehl am Platz, alles zu gediegen, zu fein, nicht sein Geschmack, und auch Burmeester schien sich zu winden, hatte Schwierigkeiten, mit den kleinen Tässchen und den ebensolchen Löffelchen zu hantieren. Karin ermunterte sie dazu, weiter ihre Touristenrolle zu spielen. So begannen sie, sich auffallend für die Speise- und Getränkekarten zu interessieren.

Burmeester suchte das Restaurant in der ersten Etage auf und überprüfte dabei die Notausgänge. Alle führten in eine Parkgarage im Untergeschoss, von dort aus wieder am Gebäude entlang in den Innenhof. Man konnte also jemanden, der sich verdrücken wollte, von dem Platz in der Hotelbar aus beobachten. Sie sollten vorsichtshalber auch diesen Fluchtweg im Auge behalten.

Karin hörte niederländische, deutsche und englische Gäste plaudern, kaum Familien, viele Pärchen, vereinzelte Reisegruppen. Es war ein Kommen und Gehen.

★★★

Langsam, aber sicher fand sich Gero von Aha in den Schreibstil von Meinhard Pastoors ein. Im Vergleich zur Ausdrucksweise in den E-Mails sprühten seine Briefe aus dem jungen Erwachsenenalter vor Kraft und Energie. Er warb um seine Heike und schenkte ihr aus der Ferne seine Liebe und Worte voller Wärme und Humor. Von Aha bemerkte nicht, wie die Zeit verging, tauchte ein in eine männliche Gefühlswelt, die ihm selbst fremd geblieben war.

Seine Verflossene hatte eigentlich nur zwei Postkarten von ihm bekommen. Die erste, weil er mit zweiwöchiger Verspätung von dem Lehrgang aus New York zurückkam und sie seine Willkommensparty verlegen sollte. Die zweite Karte schickte er los, um ihr mitzuteilen, sie könne schon mal seine Klamotten einpacken, wenn sie wolle, dass er gehen soll. Völlig daneben, dachte er und konnte plötzlich nachvollziehen, wieso er seine Kleidung im Treppenhaus hatte einsammeln müssen, weil sie alles über das Geländer geworfen hatte.

Anders dieser Meinhard – ein liebevoller Ton klang aus seinen Briefen, die alle die Gegenwart beschrieben oder die Zukunft planten. Es gab kaum Begebenheiten aus der Vergangenheit. Das, wonach von Aha suchte, blieb allenfalls vage umschrieben. Seine schlimmste Zeit sei vorbei, hieß es in einem Brief aus dem zweiten Semester. Meinhard schrieb auch über das Thema Freundschaft.»Was uns verbindet, ist mehr, ist nicht nur Freundschaft. Ich definiere Letzteres sehr differenziert, bin nicht schnell mit jemandem ›gut Freund‹. Du hast mein Herz und mein Vertrauen im Nu gewonnen. Aber glaube mir, ich weiß ebenso, dass Freundschaft in blanken Horror ausarten kann«, schrieb er seiner Zuckerschnute in einem drei Seiten langen Brief. Von Aha war beeindruckt von so viel Gefühl.

Vereinzelt tauchten Namen auf. Eine Schwester erwähnte er, die schon Kinder habe. Das muss Roccos Mutter gewesen sein, dachte von Aha. Es gab noch einen Kommilitonen, mit dem er viel zusammenarbeitete, jedoch nichts, was mit seiner Schulzeit in Verbindung zu bringen war. Die Zombiefilme, eine Reihe schlecht gemachter Reißer aus Amerika, die über das düstere Dasein von »Untoten«, die sich über Lebende hermachen, erzählten, schienen bei Pastoors so etwas wie Panikattacken ausgelöst zu haben. Er entschuldigte sich dafür, dass er eine Kinovorstellung vorzeitig verlassen musste, weil er das Gemetzel nicht aushielt. Es blieb noch ein weiteres Bündel Briefe, dessen Kordel Gero von Aha zu gern löste. Das Durchstöbern dieser Schriftstücke beflügelte ihn. Er würde seiner Bekannten im thüringischen Erfurt einen langen Brief schreiben, wenn dieser Fall ihm wieder Zeit lassen würde. Zunächst würde er sich Briefpapier kaufen, richtig schönes, handgeschöpftes, das man gerne in die Finger nahm.

***

Die Zeit verging, die drei Weseler im Ausland wussten sich zu beschäftigen, ohne ihren Auftrag aus den Augen zu verlieren. Aus Mittag wurde Nachmittag, dem ersten Kaffee folgten Mineralwasser, Bitter Lemon, Cola, aber kein älterer Herr mit Gehproblemen war in Sicht. Niels Meier vertiefte sich mittlerweile in einen Kunstband, der bei der Lektüre für die Hotelgäste auslag. Ein deutscher Maler hatte diesem Küstenstrich ganze Serien gewidmet, lebendige Darstellungen, ganz ohne Kitsch.

Andere Gäste nahmen eine Kleinigkeit zu sich, die einzelnen Tische füllten sich, eine Serviererin mit schwarzer Schürze fragte nach, ob sie vielleicht einen Tisch für den Abend im vorderen Restaurant reservieren wollten. Sie verneinten, obwohl es langsam auf achtzehn Uhr zuging. Burmeester ging vor die Tür, er müsse wenigstens einmal das Meer rauschen hören, meinte er, und verschwand durch den Haupteingang. Keine Minute später kehrte er zurück und ließ sich in seinen Sessel plumpsen.

»Er kommt, er muss es sein. Schwerfällig, blass, mit einem ausgefransten Panamahut auf dem Kopf. Gleich kommt er rein, passt auf.«

Karin sah den Mann, der eine unsichtbare Last zu tragen schien. Er tat ihr auf den ersten Blick leid.

»Wie abgesprochen, werde ich Kontakt zu ihm aufnehmen. Ich werde zu ihm in den Aufzug steigen, wenn er hochfahren will. Ich hole euch, wenn er damit einverstanden ist, ansonsten spreche ich allein mit ihm. Wünscht mir Glück.«

Der Mann nahm seinen Hut ab und wischte sich mit einem altmodischen Taschentuch die Stirn. Die junge Frau an der Rezeption übergab ihm unaufgefordert einen Schlüssel. Sie tauschten zwei Sätze, dann drehte er sich in Richtung Aufzug. Karin lief zwanglos hinterher und stellte sich in die Nähe des schmalen Lifts, stieg erst hinzu, als die Tür fast geschlossen war, und grüßte den Mann kurz. Er hatte den Knopf für die vierte Etage gedrückt. Zwischen der zweiten und dritten Etage zog die Hauptkommissarin ihren Ausweis aus der Jackentasche.

»Bitte erschrecken Sie nicht. Mein Name ist Karin Krafft. Ich bin Hauptkommissarin und komme aus Deutschland, genauer gesagt aus Wesel.«

Der Aufzug hielt im vierten Stock. Der Mann schien erstarrt, er rührte sich nicht.

»Kommen Sie, hier müssen wir raus. Sie haben doch ein Zimmer in der vierten Etage, Herr Pastoors, mit dem herrlichen Blick auf das Meer, richtig?«

Sie öffnete ihm die Tür. Langsam schlurfend verließ er den engen Raum, atmete hektisch, lehnte sich an die Wand. Vor ihnen gab eine Glaswand den Blick in die Ferne frei. Hier stand die Luft, die von der gelegentlich durch die Wolkenlücken scheinenden Sonne aufgeheizt wurde.

»Sie sind doch Meinhard Pastoors, oder?«

Der Mann nickte, antwortete mit belegter Stimme, seine Worte klangen unsicher und abgehackt. »Ich habe meinen Namen nur so lange nicht mehr gehört. Was wollen Sie von mir? Dürfen Sie überhaupt hier sein? Verzeihung, aber ich muss mich setzen.«

»Vielleicht darf ich Sie begleiten, denn ich möchte ungern hier auf dem Flur ins Detail gehen.«

Er wohnte in Zimmer 404, er öffnete die Tür. Dort tat sich der gleiche atemberaubende Blick auf das Meer in Richtung Süden auf. Über den Dächern von Katwijk, weit im Hintergrund, war die Skyline von Den Haag zu sehen.

»Das ist also der Adlerhorst, in dem Sie so lange ausgeharrt haben. Herr Pastoors, Sie müssen uns helfen. Sie können verhindern, dass es noch mehr Tote gibt. Bitte, sprechen Sie mit mir.«

»Wie haben Sie mich gefunden?«

»Sie korrespondieren mit einem jungen Psychologen. Bitte, denken Sie nicht schlecht von dem Mann, er hat genau das Richtige getan, als er zu uns kam. Ihre Geschichte ist so furchtbar, er machte sich Sorgen um Sie und bat um Unterstützung. Er ist übrigens unten in der Hotelbar, zusammen mit einem weiteren Kollegen von mir. Werden Sie uns helfen?«

»Wozu? Dadurch wird nichts ungeschehen gemacht, und meine Heike bleibt tot. Die macht nichts und niemand mehr lebendig. Wozu soll ich mich mit Ihnen abgeben?«

Schwerfällig ließ er sich in einen der weinroten Ledersessel fallen, die dem Panoramafenster zugewandt auf flauschigem Teppichboden standen. Karin schaute sich einen Moment lang um. Nichts wies darauf hin, dass dieser Mann ein Dauergast war. Vielleicht standen drei Medikamente zu viel auf dem Nachttisch. Ein gerahmtes Bild von Heike Pastoors war daneben aufgebaut, und unter dem Schreibtisch bemerkte sie eine Kiste mit Leergut. Wasserflaschen aus Kunststoff. Karin setzte sich in den zweiten Sessel.

»Wir müssen den Mann finden, den Sie den ›Butt‹ nennen. Wir glauben, dass er für eine Reihe von Morden am Niederrhein verantwortlich ist. Endlich kann alles zu Ende sein. Ihre Not, sich hier zu verstecken, Ihre Angst vor dem Mann, alles kann ein Ende nehmen, wenn wir wissen, wen wir suchen müssen. Herr Pastoors, Sie sind im Moment der Einzige, der uns auf eine brauchbare Spur bringen kann.«

Meinhard Pastoors griff sich ans Herz. »Meine Medizin, bitte, die Sprühflasche auf dem Nachttisch.«

Karin holte ihm das Nitrospray, nach zwei Hüben schien es ihm besser zu gehen.

»Sie wissen, was Sie von mir verlangen?«

»Herr Pastoors, ich verlange nichts. Ich glaube jedoch, dass auch Sie den Mann bestraft sehen wollen, der unter anderem für den Tod Ihrer Frau verantwortlich ist. Ich verspreche Ihnen, nichts über Ihre Identität preiszugeben, bis er hinter Gittern sitzt.«

»Was macht Sie so sicher, dass Sie ihn finden?«

Was sollte sie darauf antworten? Natürlich konnte er ihnen entrinnen, so wie er anscheinend Jahrzehnte im Untergrund agiert hatte. Es gab nur ein Argument. »Mein Team und ich, wir lassen nicht locker, bis wir einen Fall abgeschlossen haben. Wir haben die beste Aufklärungsquote über den Kreis Wesel hinaus zu verzeichnen.«

Er schien noch nicht überzeugt.

»Ihre Geschichte aus der Kindheit hat mich angerührt, Herr Pastoors. Ich habe mir vorgestellt, eins meiner Kinder kommt eines Tages nach Hause und ist nicht mehr das unbeschwerte, glückliche Kind, das am Morgen das Haus verließ. Ich habe mir vorgestellt, wie ich als Mutter mein Kind nicht mehr erreichen kann, weil es etwas so Furchtbares erlebt hat, dass es völlig in sich gekehrt ist. Ihm wortwörtlich die Sprache verschlägt.«

Sie schaute den Mann an, dessen Blick sich in der Ferne zu verlieren schien.

»Und ich habe mit Ihnen gelitten, mit dem Jungen, der seinem Freund folgte und selbst als reifer Mann keinen Ausweg aus der Geschichte gefunden hat.«

Er reagierte noch immer nicht, sie rückte näher an ihn heran, griff in ihre Tasche und zog das Jahrgangsfoto des Internats hervor.

»Er ist auf diesem Bild. Ich will diesen Mann hinter Gitter bringen, Herr Pastoors, so schnell wie möglich.«

Das Bild schien ihn zu irritieren, seine Augen hefteten sich an die Kopie. Sie hielt es einfach nur fest, wagte nicht, sich zu bewegen, wartete ab. Die Minuten vergingen zäh und wortlos. Der Mann und die Frau in roten Ledersesseln vor dem Meerespanorama, was für eine Szene, dachte die Kommissarin. Dann atmete er durch, hustete.

»Das Foto da ...«

»Ja?«

»Das Foto ist wertlos, er ist gar nicht darauf.«

Karins Augen weiteten sich, nur nicht ungeduldig werden, ihn nicht bedrängen. »Ich dachte immer, diese Bilder seien vollständig, für die Erinnerungsalben und die Archive.«

»Er durfte nicht fotografiert werden. Die Eltern wollten keinen Pfennig zusätzlich ausgeben und haben sich mit der Schulleitung gestritten, damit er nicht fotografiert wird. Er ist nicht dabei.«

»Gut, dass wir Sie gefunden haben, Herr Pastoors. Meine Kollegen in Wesel suchen gerade sämtliche Namen aus den Registern, um einen von den Jungs zu finden.«

»Das bringt Sie nicht weiter. Holen Sie mir ein Glas Wasser, und bringen Sie sich auch eins mit, wenn Sie mögen. Ich werde versuchen, Ihre Fragen zu beantworten, wenn Sie sich nicht vor weinenden alten Männern scheuen.«

»Soll ich meine Begleiter hochholen? Dann sind Sie nicht allein mit mir.«

Er reagierte heftig. »Nein, nein, die bleiben, wo sie sind. Ich bin es gewohnt, allein zu sein. Glauben Sie mir, das Leben im Hotel hält ein freundliches Lächeln von Angestellten, das eine oder andere familiäre Wort bereit, man bleibt aber einsam. Ihnen werde ich antworten.«

Karin nahm zwei Gläser vom Tablett auf dem Schreibtisch und holte die Wasserflasche aus dem Kühlschrank.

»Sind Sie bereit?«

Er griff mit relativ ruhiger Hand das Glas, nahm mehrere kleine Schlucke und setzte sich aufrecht. Seine Hände lagen auf den Armlehnen, und er nickte.

»Ich bin bereit, fragen Sie.«

***

Drei der sieben mit vielen Mühen recherchierten, mittlerweile namentlich bekannten Gymnasiasten aus der Stufe von Pastoors hatten sie ausfindig gemacht und aufgesucht, jedoch bislang ohne verwertbaren Erfolg. Der erste, Klaus Wertersheim, eine gescheiterte Existenz, lebte in der Weseler Innenstadt in einer Einzimmerwohnung, bezog Hartz IV und wollte mit dem Leben, das seine Eltern für ihn vorgesehen hatten, nichts mehr zu tun haben. Er habe nie in dieses Bullenkloster gewollt, seine Eltern hätten ihn gezwungen, deshalb sei er dort gewesen. Seine Verbitterung spie er Tom Weber entgegen.

»Wissen Sie, was für ein Leben das war? Da gab es keine Frauen, damals, und wenn man eine Hilfskraft für die Küche suchte, haben die Verantwortlichen die hässlichste Bewerberin ausgesucht, damit wir nicht auf sündige Gedanken kamen. So krank war dieses System. Ob ich noch Namen kenne? Nein, ich habe diesen Abschnitt meines Lebens aus dem Gedächtnis gestrichen.«

Tom zeigte ihm die Fotokopie mit den Fotos seines Jahrgangs, er machte sich nicht die Mühe, einen Blick darauf zu werfen, bis Tom ihm androhte, er würde ihn mit aufs Revier nehmen und so lange dort festhalten, bis er sich die Fotos einzeln und ganz genau anschauen würde. Plötzlich gab sich Wertersheim kooperativ.

»Schauen Sie genau und überlegen Sie, mit wem dieser junge Mann hier, der Meinhard Pastoors, befreundet war.«

Wertersheim vermochte sechs andere Jungen zu erkennen, die enger miteinander befreundet waren, konnte jedoch Meinhard niemanden zuordnen.

Tom verließ ihn mit dem Eindruck, dass selbst gute Internate nicht immer gestandene Persönlichkeiten hervorbrachten, und machte sich auf den Weg nach Schaephuysen, wo er einen weiteren Klassenkameraden zu finden hoffte. Das gelang ihm: Aloys Janssen wohnte an der angegebenen Adresse. Allerdings lebte er als dementer Pflegefall in den eigenen Wänden, gemeinsam mit einer Pflegekraft aus dem Ostblock, die nichts verstehen wollte und auch nichts von der Vergangenheit ihres Schützlings wusste.

»Mann ist bisschen soso in Kopf, Kinder haben alles weggeschafft, alles aus Papier, auch Bücher. Weil Mann mit Papier immer Feuer macht, für Finger warm. Finger immer kalt, wie Eis. Ich nix wissen über Mann, Mann redet nicht.«

Tom konnte Janssen die Kopie vor Augen halten, doch seine einzige Reaktion war, dass er in seinen Hosentaschen kramte, offenbar auf der vergeblichen Suche nach einem Feuerzeug, weil Papier in Flammen aufgehen musste.

Als der Kommissar das Haus verließ, fiel ihm eine gerahmte Urkunde an der Wand auf. Aloys Janssen war ein Diplom-Mathematiker, dem das Gehirn zusammenschrumpfte. Bitter, dachte Tom Weber, was für ein Schicksal.

Es dämmerte schon, als er sich auf den Weg zur dritten Adresse machte, dieses Mal nach Dinslaken zu einem Mann namens Dietrich Brohler-Gestrade, der in der Nähe der Hiesfelder Wassermühle leben sollte.

★★★

Nichts, kein einziger brauchbarer Hinweis auf die Vergangenheit war aus diesen wunderbaren Briefen zu filtern. Von Aha rieb sich die Augen, bemerkte erst jetzt, wie angestrengt er diese Schriftstücke durchgearbeitet hatte. Es blieb ihm noch, mit Rocco gemeinsam in die anderen Schränke des Hauses Pastoors zu schauen. Missmutig räumte er die Schuhkiste unter seinen Schreibtisch und ging ins Nebenbüro, um sich von Jerry zu verabschieden, der noch bleiben wollte, bis die anderen aus den Niederlanden zurück waren.

»Du hast auch kein Zuhause, oder?«

»Doch, aber da wartet momentan niemand auf mich.«

»Auch Ebbe im Beziehungssektor? Willkommen im Club. Aber du warst mit einer Frau zusammen, habe ich doch richtig in Erinnerung, oder?«

»Ja, bis zum Mai war sie da, dann waren wir im Urlaub in Kenia. Da hat sie sich in einen wirklich dunklen Mann verknallt. Die laufen den europäischen Frauen nach und erhoffen sich eine finanzstarke Liebschaft. Der Samuel Otomba war erfolgreich, und jetzt will sie im Busch eine Reiseagentur für Frauen auf die Beine stellen und sich damit verwirklichen, dass sie reichen Weibern bequeme Betten in der Wildnis baut. Soll sie doch, meinen Segen hat sie. Und du?«

Von Aha antwortete mit einer abwehrenden Geste. »Einzelne Strohfeuer machen noch keinen Großbrand. Der Letzte brauchte so verdammt lange, um gelöscht zu werden.«

»Siehst du, da können wir ebenso gut unsere Zeit mit Arbeit verbringen. Da kommen wir nicht auf krumme Gedanken. Tom hat gerade angerufen, es gibt immer noch nichts Konkretes, er ist auf dem Weg zu der dritten Adresse nach Dinslaken. Es ist einfach unbegreiflich. Dieser Mann ist ein Phantom, unsichtbar, unbekannt. Niemand erinnert sich.«

Von Aha begab sich zur Tür. »Deshalb machen wir mit aller Energie weiter. Ich fahre zu dem Flaschensammler, mal sehen, was ich noch finden kann. Die Briefe waren uneffektiv, nur Andeutungen und philosophische Betrachtungen zur eigenen Vergangenheit, alles so wischiwaschi. Wünsch mir mehr Erfolg am Abend.«

»Jau, Bruder, mach dich auf die Socken.«

»Nee, Bruder, ich mach mich auf die Pedale.«

»Noch besser, nach so viel Kaffee ist Bewegung bestimmt gut.«

Von Aha pfiff auf seinem Weg durch das alte Treppenhaus, freute sich auf das grasgrüne Rad, für das er regelmäßig seinen Obolus entrichtete. Er könnte sich mal nach dem Kaufpreis erkundigen, sonst würde das Ausleihen auf Dauer teurer als ein eigenes Rad. Grasgrün, etwas anderes kam nicht in Frage, die Farbe würde Grundvoraussetzung für eine Neuanschaffung sein. Und genügend Geld müsste dann auf seinem Konto sein, denn zurzeit bezahlte er tüchtig für seine Scheidung. Es blieb ihm gerade mal genug zum Leben.

Beflügelt fuhr er erneut in Richtung Feldmark, die meisten Sturmschäden schienen beseitigt oder zumindest provisorisch behoben worden zu sein. Nur die Blätter und Äste, die in Gärten und Grünanlagen den Boden bedeckten, wirkten noch fehl am Platz. Am Getränkecenter fuhr er vorbei – dieses Mal wollte er nüchtern bleiben und mit Rocco gemeinsam nach wichtigen Unterlagen suchen.

Von Weitem hörte er die Musik, die laut aus dem Haus schallte. Auch das noch, Rocco war anscheinend ein Anhänger des guten alten Schlagers. Von Aha erkannte Alexandras raue, dunkle Stimme, die den Tod eines Baumes besang. Bestimmt die alten Scheiben des Onkels, dachte er, als er gegen die Melancholie des Liedes an die Tür hämmerte, bis Rocco ihm öffnete. Von Aha erkannte ihn kaum wieder. Frisch rasiert und mit ordentlich zusammengebundenen Haaren wirkte er um Jahre jünger.

»Hey, was ist passiert? Du wirkst ganz anders als gestern. Du siehst gut aus, frisch, unternehmungslustig.«

Rocco wirkte beschämt, blickte zur Seite wie ein Kind, das ein elterliches Lob erhält. »Ich hab mich nur rasiert und gekämmt.«

»Die Klamotten sind auch neu.«

»Nein, die sind aus der Kleiderkammer, die Leute geben so gute Sachen weg, da ist noch nichts dran. Komm rein.«

»Alles heil geblieben bei dem Sturm?«

»Hier schon, nur das Haus in Xanten hat sehr gelitten. Das Dach hat jetzt ein riesiges Loch, das ist ärgerlich. Aber das wird bald vorbei sein.«

»Wirst du es verkaufen?«

»Nein, ich lasse es reparieren.«

»Ich das nicht unerschwinglich teuer?«

Rocco schüttelte den Kopf, äußerte sich aber nicht weiter dazu. Von Aha musste die Kurve kriegen und baute sich mit sorgenvollem Gesichtsausdruck vor Rocco auf. »Schlechte Nachrichten, Rocco. Wir zwei müssen dein Haus durchforsten und nach alten Hinweisen auf die Schulzeit deines Onkels suchen.« Rocco wirkte nicht begeistert, Unruhe in seinen Wänden ertrug er nur schlecht. »Warum? Ich weiß nicht, ob er was aufbewahrt hat. Ich hab doch nie in seine Schränke geguckt.« »Dann müssen wir das jetzt leider machen. Rocco, dein Onkel kennt wahrscheinlich den Mann, der deine Tante getötet hat. Er ist mit ihm zur Schule gegangen. Vielleicht liegen irgendwo Fotos oder ein Tagebuch. Wir müssen es finden. Welche Musik hörst du da?«

»Ich habe den alten Plattenspieler vom Onkel gereinigt, und du glaubst es nicht, der Wechsler für die Singles funktioniert noch. Pass auf, gleich kommen noch Mary Roos und Gitte und danach Heintje und Freddy Quinn. Was die beiden im Schrank stehen haben, ist einfach irre.«

»Wo steht er, im Wohnzimmer?«

»Ja.«

»Dann lass uns dort beginnen. Wer alte Singles aufgehoben hat, hat vielleicht noch andere Dinge verwahrt.«

Rocco folgte dem tatendurstigen Gero mit schlurfenden Schritten in den Raum mit der Eichenschrankwand und der braunen Sitzgarnitur. Am Fenster zum Garten stand noch ein Schreibtisch, notdürftig abgestaubt und ohne einen einzigen Gegenstand auf der Tischfläche.

»Wer hat dort gearbeitet?«

»Die Tante. Da lagen immer Hefte zum Korrigieren und Kinderzeichnungen. Die schönsten hat sie oft ein paar Tage ans Fenster geheftet. Diese kleinen Künstler, sagte sie dann, die sind noch so unbedarft und frei.«

»Hast du schon mal in die Schubladen geschaut?«

»Nein, wozu?«

»Dann fangen wir dort an. Du bist jetzt mein Hilfspolizist. Achte auf alles Mögliche, auf Fotos, alte Kalender, Notizen, Hefte. Schaffst du das?«

»Klaro.«

Sie arbeiteten sich durch die Schubladen, fanden jedoch größtenteils Schulmaterial, fein säuberlich übereinandergestapelt, als hätte jemand die Materialien sorgsam wie Reliquien behandelt und als dürfe der Geist dieser Papiere nicht verloren gehen. Keine Lade enthielt Brauchbares für die Ermittlungen. Von Aha beauftragte Rocco damit, alles wieder ordentlich einzuräumen, während er sich der massiven Schrankwand widmete. Der Ballast von Jahrzehnten schien sich hinter den matten Türen zu verbergen, manche der Fächer waren vollgestopft mit Kram. Tischdecken und Erdnusskännchen neben hölzernen, gläsernen, tönernen Schalen in allen Größen.

Dann öffnete von Aha das Schrankfach mit den Fotoalben, einem altmodischen Filmprojektor und vielen Filmspulen. Zum Vorschein kam das dokumentierte Leben eines Ehepaares in den besten Jahren. Alles war ordentlich beschriftet. Von Aha suchte sich durch bis zu den Siebzigern und fand tatsächlich eine Rolle, die interessant zu sein schien. »Meinhard«, stand auf der Rolle, die von Aha triumphierend hochhielt.

»Da schau her, da müssen wir durch. Kennst du dich mit dem Projektor aus? Ich erinnere mich an einschläfernde Abende bei den Großeltern, die uns ihre Reisen mit und ohne Ton vorführen mussten. Ich habe nie so ein Gerät bedient.«

Rocco schien zu wissen, was zu machen war, baute den Projektor auf, suchte nach der Leinwand und fand sie in der Nische zwischen Schrank und Fenster, hinter der Gardine verborgen. Vor manchen Handgriffen schien er angestrengt nachzudenken, jedoch gelang es ihm, den Apparat in Gang zu setzen. Verwackeltes Heimkino in der Weseler Feldmark mit äußerst eigenwilliger Kameraführung – Lars von Trier hätte seine Freude an dieser Dokumentation gehabt. Die Handkamera wurde offensichtlich von Meinhards Vater gelenkt, der gleichzeitig seine Bilder mit persönlichen Kommentaren unterlegte.

»Es ist zwanzig vor eins, wir sind auf dem Drachenfels angekommen. Meinhard und Gisela bemühen sich um die niedlichen Esel, die sie treu bis zum Fels hinaufgetragen haben.«

Zu sehen war die Familie Pastoors im Sonntagsornat bei einem Ausflug zum Drachenfels bei Königswinter. Meinhard schien alt genug, um bereits auf dem Internat zu sein. Rocco wies auf das Mädchen, stolz an Mamas Hand.

»Da ist ja meine Mutter, schau, die war ein echt schönes Kind.«

Es folgten Sequenzen aus dem Gelsenkirchener Zoo, von der Schwebebahn in Wuppertal, vom Urlaub im Sauerland. Eine saubere Familie in den Siebzigern, selbst die Kinder an der Schwelle zur Pubertät schienen in dieser heilen Filmwelt anstandslos an der Seite ihrer Eltern zu stehen. Zum Schluss gab es laufende Bilder von einem Familienfest. Dem Alter von Meinhard nach zu urteilen, musste es sich um eine Firmung oder Konfirmation handeln. Da erklang auch schon die sonore Stimme des Amateurfilmers: »Meinhards Firmung feiern wir harmonisch in der Familie. Er hatte nur einen einzigen Wunsch, den wir ihm erfüllten. Er wollte seinen Freund Siegfried dabeihaben. Siegfrieds Eltern feiern dieses Fest nicht mit ihrem Sohn. Hier sind die beiden Freunde vor dem Xantener Dom zu sehen, in dem sie die Weihen des Bischofs empfangen durften.«

Von Aha hielt den Atem an, während die nächsten Bilder leicht ruckelig vor seinen Augen vorbeiliefen. Eine Gruppe junger Menschen, die Mädchen in Kleidern, die Jungen in Stoffhosen mit Schlag und Hemden, war zu sehen. Es schien ein warmer Tag zu sein, und dann gab es die Porträtaufnahme zweier Jungen auf den Stufen des Doms.

»Da, das ist bestimmt Meinhard.« Roccos Wangen hatten sich vor Aufregung gerötet.

Von Aha starrte auf die Leinwand. Der Junge mit dem ernsten Gesicht neben Meinhard musste sein Freund sein. Siegfried, der Butt.

»Das ist er, kannst du das Bild anhalten? Das ist der Mann, den wir suchen.«

Rocco reagierte hektisch, fuchtelte an dem Projektor herum mit dem Ergebnis, dass die Spule sich falsch abrollte, sich verfing, und statt eines gestoppten Standbildes entstand ein Filmriss. Das lose Ende schlappte im Leerlauf um die Spule, die Leinwand blieb leer.

»Oh, Entschuldigung, ich hab doch keine Ahnung, wie man mittendrin anhält, jetzt ist der Film hinüber.«

Von Aha stöhnte auf, klopfte ihm aber auf die Schulter und meinte beschwichtigend, die Techniker würden das schon wieder hinkriegen.

»Siegfried, zumindest einen Vornamen haben wir jetzt. Vielleicht finden wir noch mehr, schau schon mal die Filmrollen durch, ob es noch Aufnahmen aus den Jahren davor oder danach gibt. Ich muss schnell telefonieren und gehe dann kurz für Königstiger.«

Rocco schaute ihn fragend an.

»Mann, ich muss pinkeln.«

Auf dem Weg zur Toilette rief er Jerry an. »Wir haben den Vornamen, er heißt Siegfried. Sind die anderen zurück? … Nicht? Was ist da los? … Die Chefin ist hartnäckig, das kann man wohl sagen. … Seit Stunden allein mit ihm auf dem Zimmer? Kann nur gut sein, wenn sie ihm Zeit lässt.«

Von Aha schaute während des Gesprächs beiläufig auf die Garderobe, in die kleine Schublade mit den Handschuhen, blickte auf die Bodenvase, hässlich braun gesprenkelt, schnippte mit dem Finger dagegen und erwartete den satten Ton eines irdenen Gefäßes. Stattdessen klang es matt, als wäre der Klangkörper gedämpft.

»Ist wenigstens Tom mit Neuigkeiten aus Dinslaken zurück?«

Von Aha langte ins Dunkel der Bodenvase und ertastete eine Schicht aus Papier, die gut zwei Drittel des Gefäßes ausfüllte. Beherzt griff er zu.

»Wie, es war der falsche Mann?«

Zum Vorschein kamen gebündelte Euroscheine, in seiner Hand lagen drei Banderolen mit Fünfzigern.

»Ach, es waren Zwillinge mit fast identischen Vornamen. Vom Pech verfolgt, sage ich nur.«

Ohne den Kopf einzuschalten, verstauten seine Hände das Geld in den Hosentaschen.

»Wie, ob etwas mit mir los ist? Nein, ich klinge nicht komisch, alles in Ordnung. Mir geht es gut. Ich komme nicht mehr rein, wir sehen uns morgen.«

Was hatte er da getan? Einen Haufen Geld gefunden, das offensichtlich jemand versteckt hatte. Für einen Moment war er gewillt, seine Hosentaschen wieder zu leeren, aber das ging vorbei. Da saß ein Flaschensammler auf einem Haufen Kohle, offenbar gab er sie auch aus, warum sollte nicht ein wenig davon in seinen Besitz übergehen? Auf der Toilette dachte er daran, schnell wieder zu verschwinden, er würde den müden Mann machen und sich verabschieden. Das Geld brannte in seinen Taschen.

Rocco stand ratlos mitten in den Aufbauten und kramte in den Filmrollen, während von Aha übertrieben gähnend das Wohnzimmer betrat.

»Ich bin fix und fertig, ich kann nicht mehr. Gib mir die kaputte Rolle mit, aus dem Bild können unsere Techniker bestimmt mit einem Programm die altersbedingte Veränderung in das Gesicht projizieren. Daraus machen sie ein Foto, mit dem wir ihn suchen können.«

Rocco nahm die Spulen aus den Halterungen und übergab beide Filmhälften. »Du willst schon los? Ich dachte, wir trinken noch ein Bier.«

»Ein anderes Mal, Rocco, lass gut sein für heute.«

Wieder an der frischen Luft, verstaute er die Filmrollen in dem Fahrradkorb und raste los, die einsame Straße im Hinterland zur heimlichen Rennstrecke erhebend.

Die Scheinwerfer eines Autos trafen ihn im Rücken, es schien, als bewege der Wagen sich auf ihn zu. Von Aha drehte sich kurz um, hielt die Hand vor die Augen, die eckigen Scheinwerfer eines älteren Fahrzeugs blendeten auf. Schon war der Wagen genau hinter ihm. Von Aha schlingerte verunsichert.

»Ey, du Arsch!« Er schrie den offenbar betrunkenen Fahrer an, geriet ins Schleudern, stürzte.

Der Wagen hielt mit quietschenden Bremsen genau hinter ihm an, von Aha lag in den hellen Scheinwerferkegeln, im Licht blinzelte er dem Fahrer entgegen, der ausgestiegen war. Von Ahas Bein durchzuckte ein stechender Schmerz.

»Mann, können Sie nicht aufpassen? Helfen Sie mir gefälligst auf!«

Der Mann bückte sich zu ihm herab, das Gesicht vom gleißenden Scheinwerferlicht abgewandt. »Du sollst nicht begehren deines Nächsten Hab und Gut.«

Bevor er reagieren konnte, sah von Aha etwas auf sich zukommen. Er spürte einen kurzen Schmerz an seiner Schläfe. Als Letztes traf sein Blick auf weiße Gesundheitslatschen neben seinem Kopf.

Er fiel in eine tiefe Dunkelheit. Es war, als würde ihn die Öffnung eines schwarzen Trichters aufsaugen.

★★★

Maarten schien neben dem Telefon gesessen zu haben, nach dem ersten Klingeln nahm er ab, wirkte erleichtert, als Karin sich meldete.

»Ich bin noch in Katwijk, Maarten, wir haben den Mann gefunden.«

»Und? Werdet ihr ihn mitbringen?«

»Ich habe weder Handhabe noch Befugnis, ihn aus seinem selbst gewählten Exil mitzunehmen.«

»Was wirst du tun?«

»Heute werde ich hier übernachten. Es war nicht einfach, ein Zimmer zu finden, schließlich ist Hauptsaison. Mitten im Ort gab es noch eine Art Abstellkammer mit Bett, das muss reichen. Maarten, ich muss zumindest bis morgen bleiben. Irgendwie fühle ich mich verantwortlich für das, was hier geschieht. Der Mann ist so aufgewühlt, dass er kaum zur Ruhe kommt, der geht durch die Hölle. Andererseits will er niemanden sehen außer mir. Burmeester und der junge Psychologe sind auf dem Rückweg, die wollte ich hier nicht länger festnageln. Ich habe sie zur Bahn nach Den Haag gebracht.«

»Verstehe. Schaffst du das allein? Ich meine, wenn er nun zusammenbricht, was ist dann?«

»Genau das versuche ich zu verhindern. Wir haben lange zusammengesessen. Immer wieder kommt er an eine Grenze in seiner Erinnerung, eine Art inneres Stoppschild, das er nicht überschreiten kann. Dann verstummt er mitten im Satz, und seine Augen werden feucht. Ich merke aber, dass er Schritt für Schritt auf diese Grenze zugeht. Ich rechne damit, dass er sich morgen traut, über das Unaussprechliche zu reden. Ich kann in dieser Situation hier nicht einfach Dienstschluss machen.«

Maarten schien zu überlegen. »Wie willst du dein Vorgehen deinen Vorgesetzten erklären?«

Karin schmunzelte, Maarten würde jetzt grinsen, weil er dieses von einem eindeutig süffisanten »Hm, hm« begleitete Lächeln selbst durch den Hörer wahrnahm. »Das wird Burmeester übernehmen.«

»Den schickst du in die Höhle des Löwen, da hat er aber für irgendwas Abbitte zu leisten, oder? Das musst du mir erklären.«

»Der hat doch tatsächlich mit einem Schuhkarton voller alter

Tierknochen einen Großeinsatz mit Tauchern und Heli ausgelöst.« Sie schilderte ihm knapp zusammengefasst die unrühmliche Geschichte.

»Bislang wissen nur er und ich, wer dieser Knochenweitwerfer ist. Damit das so bleibt, kann er sich die passenden Argumente zu unserem Auslandseinsatz für van den Berg und Haase überlegen. Ich nenne das ausgleichende Gerechtigkeit.«

Maarten lachte und konnte sich kaum einkriegen. »Der Bekloppte tanzt doch ständig aus der Reihe. Eine tolle Aktion, hätte ich ihm gar nicht zugetraut. Manchmal ist er ja ein bisschen einfältig.«

»Hattest du viel zu tun mit den Sturmschäden?«

»Wir waren hier gut beschäftigt, ja, aber das Dach ist wieder dicht, du wirst es morgen sehen. Sonst ist alles okay. Schöne Grüße von deiner Tochter, sie ist ganz stolz, weil sie mitgeholfen hat. Du wirst dir eine Menge anhören müssen.«

»Nenn mich ›das Ohr‹, ich bin gespannt. Wünsch mir, dass meine Mission erfolgreich ist. Er muss einfach mit seinen Erinnerungen herausrücken, aber das geht nur freiwillig. Wenn man ihn unter Druck setzt, läuft nichts. Es gibt keinen anderen Weg.«

»Okay, pass auf dich auf. Und grüß mir das gute alte Königreich.«

»Soll ich dir was mitbringen?«

»Oh, Douwe Egberts Koffie, das wäre fein, und ein, zwei Päckchen mit dem hauchdünnen Ham, äh, Kochschinken, ja?«

»Krieg ich hin. Kuss.«

ZWÖLF

Tom, Jerry und Burmeester waren pünktlich zum Dienst erschienen. Burmeester hatte von Pastoors erzählt und von Karins Verbissenheit, mit der sie sich ihm näherte, um nur die eine entscheidende Information von ihm zu bekommen. Sie würde dort bleiben, solange es notwendig war, das war ihnen klar.

Burmeester hatte den Auftrag, ihre Aktion den Vorgesetzten zu erläutern, und er freute sich gar nicht darauf. Und in so einer Situation verspätete sich von Aha auch noch! Ratlos saßen die drei Männer im Besprechungsraum. Jerry schnappte sich das Telefon.

»Da stimmt doch was nicht, der ist doch immer pünktlich. Egal, ob der am Vorabend gesoffen hat oder einen Riesenärger erwarten kann, der erscheint immer regulär zum Dienst. Ich rufe bei ihm an.«

Er ließ es mehrmals erfolglos durchklingeln. Sein Handy war seltsamerweise abgeschaltet.

Tom schüttelte den Kopf. »Das ist nicht normal. Weiß jemand, was er gestern noch vorhatte?«

Als Jerry von Geros geplantem Besuch bei Rocco erzählt hatte, war klar, dass sie nachschauen sollten, ob er noch in der Feldmark war. Tom und Burmeester wollten zusammen los, doch Jerry hielt den bunten Kommissar auf.

»Stopp, du solltest hierbleiben, du hast einen Auftrag zu erfüllen. Ich halte nicht den Kopf für die Botschaften hin, die du der Obrigkeit überbringen sollst. Ich fahre mit.«

»Und was mache ich hier in der Zwischenzeit?«

»Arbeite dich in Geros bunte Technikwelt ein und deute seine Dateien, vielleicht gibt es Neuigkeiten, von denen wir noch nichts wissen. Ansonsten still verhalten und abtauchen.«

***

Rocco fand den Kostenvoranschlag samt Vertrag im Briefkasten, nahm die Post mit zum Küchentisch und trank seine morgendliche Tasse Nescafé. Eine Menge Geld sollte die Sanierung des Hauses in Xanten kosten. Nie in seinem Leben hatte er eine solch große Summe in einem Brief gesehen, der an ihn adressiert war. Das Geld lag hier in diesem Haus, das nicht sein Zuhause war. Warum sollte er es nicht für eigene Zwecke ausgeben? Er verprasste es schließlich nicht. So wie die anderen, denen er das Leben erleichtern wollte.

Keiner, nicht ein Einziger, dem er heimlich eine beträchtliche Summe geschenkt hatte, hatte das Geld für den vorgesehenen Zweck ausgegeben. Er wollte die Not der Menschen lindern, und sie hatten das Geld für unnötigen Luxus ausgegeben. Statt seinen Kindern anständige Kleidung zu kaufen, damit sie in der Schule nicht geärgert wurden, hatte sich der heimlich beschenkte bedürftige Mann in Xanten einen riesigen, flachen Fernseher angeschafft. Rocco hatte gesehen, wie er die Verpackung zum Müll trug. Und die junge Mutter in der Feldmark hatte ihrem Macker einen neuen Roller spendiert, statt sich selbst die Sachen zu leisten, die ihr das nächste Vorstellungsgespräch erleichtert hätten. Überall nur Gier und Verschwendung. Er würde mit dem Geld sorgsam umgehen und sich sein Zuhause sichern. Hier in der Pampa wollte er nicht bleiben.

Die metallenen Töne des Türgongs holten ihn aus seinen Gedanken, langsam stand er auf. Zwei Fremde standen vor der Tür und stellten sich als Kollegen seines Freundes Gero vor.

»Können wir ihn sprechen?«

Rocco wusste zunächst nicht, was sie meinten. Es dauerte, bis er verstand.

»Gero? Nein, der ist nicht hier. Wir haben gestern lange in altem Zeugs von Onkel und Tante gestöbert. Dann haben wir uns alte Filme angeguckt, und in einem hat er den Mann gefunden, den ihr sucht. Also, nicht direkt den Mann, nur ein Bild, wie er als Junge gewesen ist. Man hört den Vater vom Onkel, wie er den Jungen Siegfried nennt.«

Er schaute in erstaunte Gesichter. Der dunkelhäutige Kripomann fragte nach. »Es gibt ein Bild des Freundes von Meinhard Pastoors?«

Rocco verstand nicht, warum der Mann so überrascht war, Gero hatte den Film doch bestimmt abgeliefert. »Ja, das ist alles auf diesem alten Film, den er mitgenommen hat. Hat er den nicht abgegeben? Er sagte, die Technik könne das Bild altern lassen oder so ähnlich.«

Der Kommissar mit den grauen Haaren telefonierte. »Bei der Technik ist nichts eingegangen. Sagen Sie, wann genau ist Gero hier gestartet?«

»Weiß nicht. Es war schon dunkel, er hat das Licht an dem Rad erst nicht gefunden, dann ist er schnell losgefahren.«

»So ein grünes Fahrrad?«

»Ja, ja, mit dem kommt er doch immer her.«

»Danke für die Auskunft. Aber was kann das bedeuten? Das ist sehr ungewöhnlich. Der von Aha verschwindet doch nicht mitten in der heißen Ermittlungsphase. Es sei denn, er kann nicht anders.«

Die beiden stiegen sehr schnell wieder in ihr Auto, wendeten und rasten davon.

Rocco sah ihnen nach, bemerkte, wie sie nach ein-, zweihundert Metern plötzlich so heftig bremsten, dass er das Quietschen bis zum Haus hören konnte. Die Männer stiegen aus und schauten in die Sträucher neben der Straße. Dann zogen sie etwas hervor, Rocco ging ein paar Schritte auf sie zu. Jetzt konnte er erkennen, was die beiden aus dem Gebüsch holten. Es war das grüne Fahrrad. Einer von beiden schaute sich genauer an dieser Stelle um, der andere telefonierte. Merkwürdig, fand Rocco, und ging wieder zu seinem Kaffee ins Haus.

Als er eine Viertelstunde später zu seiner üblichen Sammelfahrt aufbrach, parkte ein weißer Kombi neben dem Auto der Kripomänner. »Tatortfahrzeug«, stand hintendrauf, und zwei Männer in weißen Overalls durchsuchten das Gebüsch, alles war mit rot-weißem Plastikband umzäunt. Rocco hielt bei dem dunkelhäutigen Beamten.

»Was macht ihr hier?«

»Wir haben das Fahrrad gefunden, und unsere Kollegen haben auch Filmrollen entdeckt. Zwei Stück, waren das alle?«

»Ja, er hatte sie in den Fahrradkorb gelegt.«

»Hier ist irgendwas passiert, verdammt, das ist mysteriös. Haben Sie etwas Ungewöhnliches bemerkt, kurz nachdem er gestartet war?«

Rocco dachte kurz nach, versuchte, sich den Abend ins Gedächtnis zu rufen.

»Nein. Ich habe noch aufgeräumt, nachdem er weg war, und dann bin ich ins Bett gegangen. Komisch. Dem Gero ist doch nichts passiert, oder?«

Jerry sah tiefe Besorgnis in Roccos Gesicht. »Nein, glaube ich nicht. Es ist merkwürdig, ja, aber der wird schon wiederauftauchen.«

Rocco verabschiedete sich, die leeren Plastiktüten baumelten an seinem Lenker. Da hatte er einen Freund gefunden, und jetzt war er verschwunden. Er nahm dem Beamten die Sorglosigkeit nicht ab. Wenn nichts geschehen wäre, würden die wohl kaum mit dem Tatortwagen anrücken.

Etwas stimmte mit diesem Haus nicht. Alle Menschen, die ihm etwas bedeuteten, verschwanden hier urplötzlich aus seinem Leben. Er musste wieder zurück nach Xanten, denn hier spukte ein unguter Geist.

***

Ratlosigkeit machte sich breit, denn selbst in seiner Wohnung mit Blick über den Großen Markt in Wesel war Gero von Aha nicht anzutreffen. Sie hatten seine Tür geöffnet, um wirklich sicher zu sein, dass er nicht hilflos in seinen Räumen lag. Burmeester informierte Karin, die über den Fund des Rades sehr beunruhigt schien. Wenn er sich bis zum Mittag nicht gemeldet hatte, sollten sie Alarm auslösen.

»Hat er denn wieder irgendwelche Alleingänge durchgeführt, ist er dem Täter zu nahe gekommen?«

»Keine Ahnung. Ich habe die neue Technik im Besprechungsraum durchsucht, da ist nicht mehr zu finden, als er uns vorgestellt hat. Er hat eine Spur aufgetan, die sich entlang des Niederrheins zieht. Aber er stochert genau wie wir noch im Nebel.«

»Was haltet ihr von diesem Rocco? Hat der irgendwas mit der Geschichte zu tun?«

»Glaube ich nicht. Die Kollegen halten ihn für harmlos. Im Gegenteil, der scheint sich ebenfalls Sorgen zu machen über Geros Verbleib.«

»Haltet mich auf dem Laufenden. Am besten per SMS oder Mail auf mein iPhone, das stört nicht gleich so aufdringlich.«

»Wie läuft es denn?«

»Wenn ich nicht aufpasse, treibt mich dieser Ausflug in den finanziellen Ruin. Eine Abstellkammer in der Hauptsaison kostet ein Vermögen, dann die Parkgebühren, und die Aussicht auf Ärger wegen des ungenehmigten Auslandseinsatzes kommt noch obendrauf. Ansonsten läuft es gut. Wir beide haben in aller Ruhe mit Meeresblick gefrühstückt, er macht sich gerade fertig, und gleich werden wir ein paar Meter am Wasser entlanggehen. Ich hoffe, der Wind pustet seinen Kopf frei, seine Stimmung klart je-denfalls auf, wenn er das Meer sieht. Wird schon. Etwas kann ich euch bereits zum Fall mitteilen. Der Mann, den wir suchen, ist nicht auf dem Jahrgangsfoto.«

»Dafür haben wir ihn vielleicht auf einem Super-8-Film. Der wird gerade in der Kriminaltechnik zusammengeflickt.«

»Schick mir aufs Handy, was ihr findet.«

Heierbecks Team arbeitete auf Hochtouren. Alle fünf Minuten stand entweder ein Kollege aus dem K 1 hinter ihm und schaute ihm unruhig über die Schulter, oder sie riefen an.

»Sind Fingerabdrücke auf dem Rad?«

»Jede Menge, schließlich ist es ein Leihrad, das schon viele Fahrer genutzt haben. Wir konzentrieren uns auf die, die nicht mehr von anderen Abdrücken überlagert wurden, dann reduziert sich die Anzahl automatisch.«

Jerry schaute den Kriminaltechniker an und traute sich nicht, die nächste Frage zu stellen. Dann kam sie doch über seine Lippen. »Irgendwo Blutspuren?«

»Bislang nicht, jedenfalls nicht am Rad. Aber es hat einen Abrieb im Rahmenlack und eine leichte Acht im Hinterreifen. Wir glauben, dass es von schräg hinten angefahren worden ist, verstehen Sie? Der Radler wollte abdrehen und wurde dabei touchiert. Wenn Kollege von Aha während des Unfalls draufgesessen hat, dann wird er gestürzt sein. Dies entspricht einer anderen Spur, die wir auch noch auswerten müssen. Dazu brauche ich eine Vergleichsprobe von ihm, Haare, eine Tasse, aus der er getrunken hat, ihr wisst schon.«

»Besorgen wir umgehend. Was ist das denn für eine Spur?«

»Auf dem Asphalt haben wir eine kleine Blutspur sichern können. Keine Sorge, nicht viel, aber immerhin haben wir sie entdeckt.«

»Sie gehen also davon aus, dass er angefahren wurde. Dann hat jemand das Rad in die Büsche geworfen. Und wo ist Gero?«

Heierbeck gab sich ratlos. »Versuchen Sie es in den Krankenhäusern, vielleicht hat der Fahrer ihn dort abgeliefert. Wart ihr bei ihm zu Hause?«

»Ja, da ist er jedenfalls nicht.«

Jerry hetzte davon.

In den nächsten Stunden wurde fieberhaft gearbeitet. Sämtliche Krankenhäuser der Stadt und des Umlandes wurden überprüft, ohne Erfolg. Aus Gero von Ahas Wohnung holten die Kollegen eine Haarbürste, um einen DNA-Vergleich zu ermöglichen und festzustellen, ob das gefundene Blut von ihm stammte.

Gleichzeitig setzten versierte Finger den Amateurfilm aus den Siebzigern wieder zusammen. Die Bilder wurden digitalisiert, um sie mit den gängigen Programmen bearbeiten zu können und um sie gegen weitere Schäden zu sichern. Die Techniker schickten den restaurierten Film auf den PC im Besprechungsraum des K 1.

Burmeester rief die Kollegen zusammen. Gemeinsam starrten sie auf die laienhaft aufgenommenen Bilder aus der Handkamera, die Dokumentation der heilen Familienidylle, in der Meinhard Pastoors aufwuchs, kommentiert von seinem Vater. Dann flimmerten die Szenen der Firmung vor ihren Augen, die Einleitung, der Schwenk zum Domportal, Meinhard und sein Freund Siegfried.

»Da ist er! Wir haben ihn auf dem Film, da ist er. Genau wie dieser Rocco sagte. Gero war mit dem Film auf dem Weg zu uns.«

Burmeester konnte sich kaum beruhigen. Mehrmals wiederholten sie die Szene, schauten sich die beiden Jungen an, dann stoppten sie das Bild. Jetzt schaute Siegfried direkt in Richtung Kamera, mit leicht gesenktem Kopf hob er die Augen, keine Regung im Gesicht erkennbar, während Meinhard neben ihm glücklich zu seinem Vater herüberlächelte. Jerry starrte auf das Gesicht, das in Überlebensgröße auf dem Bildschirm erschien.

»Nicht die kleinste Regung, der war schon als Kind so kalt, so empfindungsarm. Kein Wunder, dass sie ihn Butt nannten. Wir

brauchen genau dieses Bild, und Heierbeck soll es durch das englische Programm laufen lassen, das sein heutiges Aussehen simuliert.«
Jerry informierte den Kriminaltechniker.
»Ist schon in der Mache, ihr habt das Ergebnis in einer halben Stunde auf dem Rechner.«
Burmeester arbeitete am PC, speicherte ein Standbild mit den Köpfen der beiden Jungen ab, schrieb eine kurze E-Mail und schickte beides auf Karins Handy.
»So, jetzt kann sie den Pastoors mit einem Foto aus seiner Kindheit konfrontieren, vielleicht durchbricht das seine letzte Barriere. Wir haben den Vornamen. Mit dem Nachnamen kommen wir weiter, er muss ihn endlich nennen.«

***

Karin bemerkte bei dem Strandspaziergang den Eingang einer E-Mail auf ihrem Handy und schaute nach. Siegfried. Alarmiert schaute sie auf das Display. Ein Foto mit zwei Jungengesichtern. »Firmung von Meinhard. Viel Erfolg«, hatte Burmeester dazugeschrieben.
»Herr Pastoors, ich möchte Ihnen etwas zeigen. Sollen wir uns in ein Strandcafé setzen?«
Ein öffentlicher Ort würde ihn von Kurzschlussreaktionen abhalten, dachte sie, der Balkon seines Hotelzimmers lag ihr vier Etagen zu hoch für so eine Konfrontation. Sie hatten zwar, wie auf der Hinfahrt besprochen, Vorsorge getroffen für den Fall, dass Pastoors kollabierte, sie waren gewappnet, aber Karin durfte ihm nicht das Gefühl geben, er sei ein Risikofaktor. Sie brauchte seine Bereitschaft, sich erinnern und sprechen zu wollen.
»Lassen Sie uns über die Rheinmündung zu ›Willy Noord‹ gehen. Da sitze ich immer, Willy und seine Familie sind nett und haben viele Stammkunden. Die Einheimischen haben dort Strandbuden, die mit ihren Namen versehen sind. Ein Stück Strand mit zwei Liegestühlen, Holzhütte und Windschutz, ganze Kolonien leben rund um das Strandcafé. Manchmal treffen sich zehn, zwölf Leute an einer Bude, dann wird es sehr lebhaft.«
Sie schlichen in seinem Tempo parallel zum Boulevard auf dem harten Sand am Meeressaum entlang. Karin betrachtete sein Pro-

fil. Dieser Mann war höchstens Mitte fünfzig und wirkte in seiner Körperhaltung wie mindestens siebzig. Sein Gesicht war fahl und faltig, die buschigen Augenbrauen ließ er ungestutzt, er war schlecht rasiert.

»Wie sind Sie darauf gekommen, sich hier zu verbergen? Es gibt doch auch Touristen vom Niederrhein hier. Ich würde fürchten, dass mich jemand erkennt.«

»So viele Leute kannte ich in Wesel nicht. Ich war doch viel unterwegs in den Emiraten, kaum vier Wochen war ich zwischenzeitlich zusammenhängend zu Hause. Da wollte ich meine Frau sehen und legte keinen gesteigerten Wert auf ausschweifende Sozialkontakte. Diesbezüglich bin ich bestimmt auch geschädigt durch alles, was ich erlebt habe. Mein Beruf war perfekt dafür. Immer unterwegs. Meine Heike war eine Frau, die genug Kinder in ihrem Beruf hatte und diesen so sehr liebte, dass sie auf eigenen Nachwuchs verzichtete. Wir hatten uns gefunden.«

»Haben Sie nie etwas vermisst?«

Er zog den rechten Fuß nach und bekam schlecht Luft auf dem ansteigenden Weg zu dem Wehr, über das die Flussmündung zu überqueren war.

»Vermisst? Dazu muss man erst einmal etwas wertschätzen können. Das habe ich verlernt. Jetzt setze ich minimale Maßstäbe. Ein Lächeln eines Kellners, ein freundliches Geplänkel mit Willy, mit dem einen oder anderen Stammgast des Hotels wechsele ich auch schon mal ein paar Sätze. Mehr brauche ich hier nicht.«

★★★

Es war kalt, sein Bein schmerzte mehr als die Hand, die merkwürdig hoch über seinem Kopf in einer Halterung hing. Von Aha wollte sich in eine bequemere Lage bringen. Er zuckte zurück, weil die kleinste Regung ihm den Atem raubte. Wo war er? Was war geschehen? Seine Finger tasteten die Fläche ab, auf der er hockte, Betonboden, dreckig, hinter ihm eine Ziegelwand, an der er lehnte. Es roch modrig. Da war noch etwas, das seine Nase aufnahm. Sein Schweiß, Urin. Er fasste sich mit der freien Hand an den Schritt, seine Hose war trocken. Er hörte seinen eigenen Atem. Aber ganz in seiner Nähe, wenn er den Atem anhielt und genau

lauschte, dann hörte er noch jemanden atmen. Seine Kehle war trocken, er versuchte, etwas Speichel zu produzieren, schluckte.
»Hallo? Wer ist da?«
Nichts, keine Reaktion.
»Ist da jemand? Melden Sie sich, verdammt. Was soll das hier?«
Nichts.
Er zog sein Bein an. Das ging. Er stellte es auf den Fuß, auch das war möglich. Es war also nicht gebrochen, nur verletzt, Prellungen bestimmt, und eine Schürfwunde. Er tastete nach seiner Hand, stellte fest, dass sie in einem Ring feststeckte, der mit einer Kette an der Wand befestigt war. Sein Gehirn schaltete sich ein. Er würde sich noch ein paar Minuten gönnen, dann würde er sich aufrichten und die Halterung der Kette suchen. Suchen. Sein Handy, er tastete seine Taschen ab. Das Mobiltelefon war nicht da, keine Pistazien, kein Geld, jemand hatte seine Hosentaschen geleert.

Er musste sich aufrappeln, das war wichtig, nicht hängen lassen. Er strich sich durchs Gesicht, seine Brille war weg. Im Dunkeln war das nicht von großer Wichtigkeit. Was würde er sehen, wenn es hell würde? Nicht darüber nachdenken, Gero, kein Waswäre-wenn-Denken, sonst fängst du an zu spinnen. Bleib cool, Alter.

***

»Haben Sie kein Gefühl von ›Heimat‹?«
Wieder ließ sich Meinhard Pastoors Zeit für die Antwort. Inzwischen gingen sie auf dem sandbedeckten Asphaltweg an den Dünen entlang. Das Strandcafé kam in greifbare Nähe.
»Das Wort stimmt mich sentimental. Ich hatte nie eine Heimat, weil seit langer Zeit mein Leben von einer großen Angst überschattet ist. Sie stellen aber auch Fragen, junge Frau. Gönnen Sie mir eine Pause, ich brauche meine Puste.«
Sie schlich schweigsam neben ihm her, folgte dem Impuls, die Schuhe auszuziehen und den Sand unter den Füßen zu spüren. Das Wetter war inzwischen angenehm, Jugendliche tobten im Wasser, die Strandbuden waren belegt, man sonnte sich oder las die Zeitung, während die Kinder den großen Sandkasten ausgie-

big nutzten. Im Café gab es Nischen aus transparenten Windschutzwänden zwischen den einzelnen Tischen. Karin wählte einen Platz abseits der bereits dicht besetzten groben, mit Kissen ausgestatteten Holzmöbel. Sie bestellten Kaffee mit Apfelkuchen, dazu ein Glas Wasser. Jetzt war der richtige Zeitpunkt, beschloss Karin. Oder vielleicht doch nicht, dachte sie gleich hinterher.

»Ich weiß den Vornamen Ihres alten Freundes.«

Pastoors hielt in seiner Bewegung inne.

»Bitte, nehmen Sie erst einen Schluck Kaffee, dann sehen wir weiter.«

Karin kramte Block und Kugelschreiber aus ihrer Tasche, zog die leichte Jacke aus und hielt ihr Gesicht genussvoll in die Sonne.

»Das tut so gut. Gestern tobte ein echter Tornado bei uns am Niederrhein, ich war noch gar nicht wieder zu Hause. Der alte Apfelbaum hat bestimmt Äste gelassen.«

Pastoors schien irritiert ob des Themenwechsels, erwachte jedenfalls aus seiner Starre. Die Hauptkommissarin nahm dies mit Wohlwollen wahr.

»Ich schreibe den Vornamen auf diesen Block, verdeckt. Wenn Sie so weit sind, dann schreiben Sie den Nachnamen dazu.« Ohne seine Reaktion abzuwarten, schrieb sie und drehte den Block um.

»Ist das da draußen ein Fischkutter?«

Sein Blick glitt von dem Tisch aufs Meer. »Ja, es ist Ebbe, die holen die Krabben vom Grund. Dann bringen sie die Tiere zum Pulen nach Marokko, und die verzehrfertigen Krabben werden zurücktransportiert, kommen dann hier wieder in den Verkauf. Verrückt, nicht?«

Seine Hand griff den Block und zog ihn zu sich hin.

»Sie drehen den Block bitte erst um, wenn Sie meinen, es zu verkraften, okay?«

Er nickte und aß zunächst ein Stück Kuchen. Er kann essen und trinken, er kann mir den wahnwitzigen Europa-Afrika-Retour-Trip der Krabben erklären. So schlecht geht es ihm nicht, dachte Karin, er erfährt gerade, dass die Welt nicht untergeht.

Karin bereitete den zweiten Schritt vor. Sie rief die E-Mail mit dem Foto auf ihrem Handy auf, legte auch das Gerät zur Seite, als sie bemerkte, dass Pastoors sie beobachtete.

»Ich habe auch ein altes Foto von Ihnen und dem anderen Jungen, ich lege es zur Seite. Alles, was ich brauche, ist der Nachname. Das ist ein großer Schritt für Sie, ich weiß, aber ein äußerst wichtiger, auch für uns. Wir brauchen den Namen, Herr Pastoors.«

Jetzt zitterten die Hände ihres Gegenübers, Karin musste ihn ablenken. »Wie heißt eigentlich die nächste Stadt? Man sieht den Leuchtturm da im Norden.«

Er zögerte erst, ließ sich jedoch auf ihre Frage ein. »Das ist Noordwijk, eine ziemliche Rummelstadt für Leute mit Geld. Da sehen Sie auch schon mal ein paar Ferraris hintereinander durch den Ort fahren.«

Seine Hand lag zögerlich auf dem Block. Karin berührte sie kurz.

»Sehen Sie, es geschieht Ihnen nichts. Obwohl sie ganz nah dran sind, tut sich kein riesiges Loch auf. Ihr Herz rast bestimmt, aber es ist kräftig genug. Sie leben weiter, Sie werden auch weiterleben, wenn Sie mir den Namen nennen, vielleicht sogar das Foto betrachten, um ganz sicherzugehen, dass wir beide dieselbe Person meinen. Es ist schwer, ich weiß. Sie sagen mir, was Sie zuerst machen möchten. Wir haben den ganzen Tag Zeit. Sie bestimmen das Tempo.«

Wieder hielt sie lächelnd ihr Gesicht in die Sonne, schaute Pastoors beim nächsten Satz ganz bewusst nicht an. Er sollte beiläufig klingen. »Je schneller Sie es versuchen, desto eher werden Sie von Ihrer Last befreit sein.«

Wo nahm sie diese Sicherheit her? Sie saß hier und handelte völlig intuitiv, um zum Ziel zu gelangen. Ob es Pastoors auch guttat?

Ein kleines Geräusch riss sie aus den Gedanken, das Klicken eines Kugelschreibers. Vorsichtig blinzelte sie zu Pastoors. Er hielt den Schreiber in der einen Hand, den Block in der anderen, drehte ihn schlagartig um. Er schien den Atem anzuhalten und las, was dort stand. Er nickte. Dann setzte er an und schrieb mit zittrigen Fingern, drehte den Block um und schob ihn der Hauptkommissarin über den Tisch hinweg zu. Karin hörte ihn die Kaffeetasse hochnehmen, blickte ihn an.

»Danke. Ich schau mir jetzt den Namen an und muss ihn meinen Leuten durchgeben. Oder möchten Sie erst einen Blick auf das Foto werfen? Ich habe es noch auf dem Display.«

Er verneinte vehement.

»Für heute reicht mir die Erfahrung, diesen Namen gedacht und geschrieben zu haben und noch auf das Meer schauen zu können. Ich muss Ihnen danken, Sie haben mir einen Weg gezeigt.«

»Was hat der Mann noch getan?«

Pastoors blieb stumm.

»Ist er verantwortlich für den Tod Ihrer Frau?«

Es dauerte, bis er mit belegter Stimme antwortete. »Ich bin ihm zu nahe gekommen, da wollte er mir einen Denkzettel verpassen. Ich habe dafür keine Beweise, nichts, aber es kann nur er gewesen sein.«

Karin nickte und schaute ungeduldig auf den Block. »Siegfried Wolter«, stand dort. Der große Unbekannte. Sie tippte den Namen ein und schickte die SMS an Burmeester.

»Womit sind Sie ihm zu nahe gekommen?«

»Sie verlangen viel von mir. Zu viel für dieses Mal. Ich werde es Ihnen mitteilen, wenn ich dazu in der Lage bin.«

Karin dachte sich, dass er eigentlich nach Wesel kommen müsse, dann wäre er in der Nähe. Ob seine Geschichte ausreichte, um ihn rund um die Uhr bewachen zu lassen, war die andere Frage. Van den Berg würde ihr bei so einem Personalaufwand den Kopf abreißen. Gut, das würde sowieso geschehen.

»Okay. In Ihrem Haus lebt zurzeit Ihr Neffe aus Xanten, Ronald Corthaus. Wie wäre es, wenn Sie Kontakt zu ihm aufnehmen? Für Sie war es die Frau, für ihn seine Lieblingstante, deren Tod wir bestätigen mussten. Wenn er seinen Onkel wiederfände, wäre er bestimmt froh. Er ist ganz allein, so wie Sie. In Xanten ist er bekannt als Flaschensammler.«

»Was? Ist das ein Beruf?«

»Nein, er bessert seine mageren Finanzen dadurch auf, dass er Pfandflaschen sammelt. Wenn Sie ihn wiedersehen möchten, kann ich Sie mitnehmen.«

Pastoors schüttelte den Kopf. »Noch nicht, Frau Krafft, erst muss ich wieder von einem Leben in das andere zurückfinden. Ich werde den Kontakt zu dem Psychologen intensivieren, und wenn ich mich ganz sicher fühle, dann werde ich meinen Aufenthalt hier vielleicht beenden.«

Er aß den Kuchen auf und trank sein Wasser. Vielleicht war er hier wirklich sicherer untergebracht als in seinem Haus in Wesel.

»Das Meer wirkt heilsam auf mich. Bei allem, was mich zwackt und drückt, war es immer da. Ich werde es noch eine Zeit lang brauchen. Schauen Sie, da kommen die Möwen über die Dünen gesegelt.«

***

»Siegfried Wolter!«

Burmeester schrie den Namen über den Flur, alle Anwesenden horchten auf, Finger huschten über Tastaturen, Melderegister, Strafregister, Fahndungsraster, überall wurde dieser Name eingegeben. Es dauerte nicht lange, und Jerry schrie ebenso laut auf.

»Volltreffer! Der Mann ist noch in seinem Elternhaus in Xanten-Vynen gemeldet.«

Schon stand Burmeester bei Tom und Jerry. »Dann sollten wir dorthin fahren. Eins nach dem anderen. Erst schalten wir den Wahnsinnigen aus, dann kümmern wir uns um Gero.«

Tom Weber und Jeremias Patalon wollten es zunächst ohne Verstärkung versuchen. Sie würden Wolter mitbringen, und wenn sich der Verdacht erhärtete, könnten sie immer noch einen Haftbefehl erwirken.

Sie fuhren los, mussten von Xanten aus an Wardt vorbei nach Vynen, quer durch den Ort und die Rheinallee in Richtung Rheindamm hoch. An der NATO-Rampe fuhren sie links auf den Deich, nach ein paar hundert Metern bei der Gansekuhl wieder steil vom Damm hinunter auf den Weg ins Hinterland zu dem unterhalb des Bollwerks gelegenen Gutshof. Kurz vor der Zufahrt zu einer ehemals prachtvollen Allee stand ein Volvo auf dem Seitenstreifen, ansonsten war nichts und niemand zu sehen.

»Mensch, schau mal in Richtung Hof, sind wir hier richtig? Das sieht ja total heruntergekommen aus. Pass auf, dass du nicht in einem Schlagloch hängen bleibst.«

Tom umkurvte geschickt die leidlich aufgefüllten Mulden.

»Siehst du die Baumstümpfe links und rechts? Da hat jemand das Holz zu Geld gemacht. Und da vorn, das Gebäude erst, guck mal, der Sturm hat riesige Löcher ins Dach gerissen.«

Jerry filmte die ganze Szenerie mit seiner Handykamera. Falls dieser Ort von Belang war, konnten sie auch am PC einen Blick darauf werfen. Der Vorplatz war übersät mit Scherben von Dachziegeln und abgerissenen Ästen.

»Schau dir die Treppe an, würde hier jemand leben, wären wenigstens die Stufen gefegt worden. Meinst du, hier wohnt wirklich jemand?«

Tom schaute um die Hausecke. Dort standen Mülltonnen, er klappte den Deckel der schwarzen Tonne auf und spähte hinein. »Der Hausmüll ist nicht sehr alt, hier lebt wirklich jemand.«

Sie schellten, klopften, umrundeten das Gebäude auf der Suche nach einer Gelegenheit, ungehindert einen Blick ins Innere zu werfen, keine Chance.

»Was machen wir, gehen wir rein?«

Tom äußerte Bedenken. »Damit begeben wir uns entweder in Gefahr, oder wir warnen den Mann. Nein, das ist einfach zu riskant. Entweder entern wir mit Verstärkung im Rücken und einem offiziellen Durchsuchungsbescheid oder gar nicht. Ich bin für geordneten Rückzug.«

Jerry erklomm noch einmal die Stufen zur Eingangstür. Er klopfte vehement. »Herr Wolter, sind Sie da? Hier sind die Stadtwerke, wir müssen den Zähler überprüfen, geht ganz schnell.«

Er legte sein Ohr an das Türblatt, nichts rührte sich. »Wir lassen Ihnen einen Termin zukommen. Der ist dann verbindlich, da müssen Sie uns reinlassen, okay?«

Sie stiegen ein, Tom umfuhr dicke Äste und Scherben, während Jerry die Fenster des Hauses ebenso im Blick behielt wie die von außen verriegelten Tore von Stall und Scheune. Nichts. Ungewöhnlich still für ein so großes Anwesen.

»Wir besorgen uns eine Legitimation, dann kommen wir mit Verstärkung zurück.«

Tom blickte im Vorüberfahren auf den alten Volvo. Er konnte nicht sagen, warum, hielt an, gab das Kennzeichen an die Leitstelle durch und machte eine Halteranfrage. Das Fahrzeug war zugelassen auf Stanislaus Retlow, wohnhaft in Voerde.

»Was macht ein rechtsrheinischer Voerder hier ganz weit draußen hinter dem Damm auf der linken Rheinseite?«

»Vielleicht drüben am Rhein sitzen und in der Nase bohren, keine Ahnung. Das ist erst mal nicht ungewöhnlich.«

Jerry umrundete den Wagen und schaute ins Innere. Sehr ordentlich und gepflegt war das Fahrzeug, von innen wie außen. »Tipptopp, die alte Kiste.«

Er war im Begriff, wieder einzusteigen, als er stockte und zurückging. Da war etwas, eine kleine Irritation, er wusste sie nicht zu benennen. Eine unscheinbare Kleinigkeit hatte sein Interesse geweckt. Jerry schritt langsam um den Wagen herum, verharrte bei den hinteren Seitenfenstern, nein, da war nichts. Vor der Motorhaube ging er in die Knie. Kaum wahrnehmbar hafteten winzige farbige Splitter an der Stoßstange. Er zückte ein Kunststoffbeutelchen aus seiner Jacke und ließ sich von Tom einen Kugelschreiber geben. Mit großer Vorsicht schabte er winzige Partikel in den Beutel.

»Wofür hältst du das?«

Tom fischte seine Lesebrille aus dem Handschuhfach und erkannte grüne Lacksplitter. Er pfiff anerkennend durch die Zähne. »Grüner Lack. Und jetzt? Doch das volle Programm oder erst observieren?«

Sie schauten sich um. Wenn sich jemand in dem alten Gutshaus befand, so war er nun gewarnt und würde versuchen, sich abzusetzen. Tom ließ den Wagen an und fuhr los, hielt erst wieder an der Rheinallee, in Höhe des Obstbauern.

»Wenn er glaubt, dass wir hierbleiben, wird er vermutlich über das Hinterland abhauen. Dies war also der offizielle Rückzug. Einer bleibt hier, der andere bringt die Probe zum Vergleich ins Labor und besorgt die notwendigen Legitimationen.«

Jerry wollte bleiben. »Mit dem Wagen muss er über den Damm, ich behalte ihn im Auge. Wir brauchen Verstärkung, lass Burmeester das organisieren. Ich werde ihn schlecht zu Fuß verfolgen können, wenn er wirklich losfährt.«

Tom kramte in seinem Handschuhfach und reichte Jerry ein Taschenmesser. »Dann verhindere doch, dass er überhaupt losfahren kann.«

Jerry schaute sich das alte Schweizer Messer an. »Du meinst, ich soll …?«

»… genau, du sollst dadurch Zeit schinden, dass er einen Reifen wechseln muss.«

Jerry tippte sich an die Stirn. »Drehst du jetzt auch schon am Rad? Und wenn die Farbe von einem Gartenzaun stammt, bin ich wegen mutwilliger Sachbeschädigung dran, oder was?«

»Hast du eine bessere Idee?«

Hatte er in der Tat nicht, und er ließ das Messer in die Hosentasche gleiten.

Tom gab Gas. »Ich beeile mich, werde erst am Ortsausgang das Blaulicht aufstecken, damit er nichts merkt.«

***

Einen Haftbefehl für Stanislaus Retlow stellte Staatsanwalt Haase nicht aus. Man wisse nicht, ob der Mann überhaupt den Wagen gefahren habe oder ob er vielleicht gestohlen und abgestellt worden sei.

»Lassen Sie den Wagen herholen. Grüner Lack ist das eine, aber wenn Ihr Kollege von Aha damit transportiert wurde, dann müssen Spuren von ihm im Fahrzeug vorhanden sein. Finden Sie die, dann kriegen Sie von mir alles, was Sie brauchen. Mich irritiert einfach, dass der Wagen so nah am Haus dieses Siegfried – wie heißt er noch? – ja, Wolter abgestellt wurde. Für diesen Mann kriegen Sie alles, vorläufigen Haftbefehl, Durchsuchungsbescheid, stelle ich gleich aus. Sagen Sie, wo ist eigentlich Ihre Chefin?«

»Die unterhält sich gerade mit dem Mann, dessen Geschichte uns zu dem Gutshaus geführt hat. Vielleicht weiß er noch mehr außer dem Namen. Sie müsste bald wieder hier sein.«

»Sie ist nicht im Befragungsraum?«

»Nein.«

»Wo dann?«

»Außerhalb.«

»Jetzt bitte nicht übermäßig witzig sein wollen, ich habe heute einen bedeckten Humor. Ich bitte um klare Antworten auf direkte Fragen.«

Tom blieb nichts anderes übrig. Einen letzten Versuch unternahm er noch, um seine Vorgesetzte zu schützen.

»Das ist nicht ganz einfach. Sie wissen doch Bescheid über die E-Mails des Unbekannten, dessen Frau wohl auch dem Täter in die Hände fiel. Wir haben den Schreiber mit Hilfe eines Computerfachmanns ausfindig gemacht, und sie ist dorthin, um ihn zu befragen.«

»Herr Weber, bitte, wo ist sie hin?«

»An die Nordsee.«

»Na bitte, geht doch. Das kriegen wir doch nachträglich genehmigt.«

»An die niederländische Küste. Und wenn Sie bitte dieses kleine Detail nachträglich für genauso notwendig befinden würden, dann wäre uns sehr geholfen. Ohne diese recht spontan beschlossene Aktion von ihr hätten wir den entscheidenden Namen nicht bekommen.«

***

Ein dunkelhäutiger Mann, der im abgelegenen Vynen über den Rheindamm schleicht, fiel leicht auf. Zwei ältere Nachbarn beäugten ihn schon lange, spazierten demonstrativ, mit altmodischen Herrenkappen und sommerlich kurzen Hosen bekleidet, ebenfalls auf dem Damm entlang. Sie ließen den Fremden nicht aus den Augen. Da half nur die Offensive – Jerry ging auf sie zu. Schon in einiger Entfernung zückte er Dienstausweis und Polizeimarke.

»Polizei, bitte bleiben Sie stehen.«

Die Herren blickten verdutzt drein, ließen ihn näher kommen, er stellte sich vor. Die Männer waren sichtlich beeindruckt. Kommissar Patalon machte die beiden zu wichtigen Zeugen und befragte sie gleich an Ort und Stelle.

»Wohnen Sie hier?«

Sie wiesen auf zwei Häuser, die in geringer Entfernung ebenfalls hinter dem Damm standen, zurückgezogene Gardinen zeugten von neugierigen Gattinnen.

»Was wissen Sie über die Bewohner des alten Gutshauses da unten in der Gansekuhl?«

»Den alten Wolter meinen Sie? Den kriegen wir kaum noch zu Gesicht, der verkriecht sich völlig, seit seine Frau gestorben ist.«

»Wann ist die Frau denn gestorben?«

»So vor ... weiß ich auch nich so genau, bestimmt schon ein paar Jahre her. Meine Frau wüsst et genau, die weiß hier Bescheid.«

Ha, dachte Jerry, die hat den Gatten auch bestimmt auf den Farbigen angesetzt, der da auf dem Damm herumlungerte.

»Und? Lebt da noch wer?«

»Nee, nur der Alte. Hat et sich ja mit allen anderen verdorben.«

Jerry besann sich auf den niederrheinischen Dialog und bot den Herren sein Bestes.

»Wie?«

»Was, wie?«

»Na, wie, verdorben?«

»Der ist doch ein Scheusal. Der hat doch Frau und Kinder regelmäßig drangsaliert.«

»Wie?«

Der zweite Nachbar kam näher und flüsterte fast. Bloß niemanden offen denunzieren, nur niemanden direkt verpetzen, höchstens nebenher. »Der war sehr gewalttätig. Sie wissen schon, einer, der gerne mal zulangt.«

»Verstehe, jeder hat es gewusst, und keiner hat ihn stoppen können.«

»Genau, so war et. Als er noch zum Stammtisch ging, haben wir et manchmal versucht. Besonders wenn der kleinere Jung wieder wie ein Häufken Elend durch de Gegend schlich. Mensch, Wolter, haben wir gesagt, musste et wieder sein? Kannst du nich et Hackholz malträtieren, wenn et wieder so weit ist?«

»War doch alles umsonst. Perlen vor de Säue, der ließ sich nix sagen. Der war Herr im Haus und durfte machen, wat er für richtig hielt.«

Von Weitem hörten sie mehrere Polizeiwagen näher kommen, dann verstummten die Sirenen, und auf dem Damm flammte Blaulicht auf. Tom hatte also innerhalb einer knappen Stunde alles organisiert. Er war ein guter Polizist.

»Meine Herren, Sie gehen jetzt besser ins Haus und bleiben dort, bis wir wieder abziehen.«

Jerry notierte sich noch ihre Namen, dann beeilten sich die Männer, um daheim von ihrem Erlebnis zu berichten.

Hinter dem letzten Peterwagen folgte ein Abschleppwagen. Der Volvo sollte also mitgenommen werden. Tom stoppte, Jerry stieg zu, gemeinsam glitt die Fahrzeugkolonne ohne Licht hinter den Damm. Sie hatten den grünen Lack verglichen, die Proben waren identisch. Es gab keine Zweifel, dieser Volvo hatte das Fahrrad des verschwundenen Gero von Aha gerammt.

Die Aufgaben vor Ort waren klar verteilt. Eine kleine Sondereinheit baute sich vor dem Haus auf und begann, die Nebengebäude zu öffnen, der Abschleppwagen lud den Volvo auf und verschwand als Erstes von der Bildfläche. Die schwarz gekleideten, schwer bewaffneten Männer mit den Helmen verschafften sich Zugang zum Haus und durchkämmten es vom Keller bis zum Dach. Ausgeflogen, niemand zu finden. Innen bot das Haus den gleichen verwahrlosten Zustand wie außen.

»Hier hat seit Jahren niemand mehr geputzt. Und der Gestank! Ein Wunder, dass überhaupt irgendwas im Müll landet, der hat doch keinen Plan mehr. Ginge es um einen harmlosen Nachbarn von mir, würde ich bei dem Anblick den psychosozialen Dienst des Gesundheitsamtes herschicken. Das ist doch nicht normal.«

Ein weiteres Auto hielt auf dem Vorplatz. Karin Krafft stieg aus und kam ins Haus. Haase hatte sie abgepasst und auf die Schnelle über den letzten Stand informiert. Sie war gleich losgefahren.

»Was haben wir hier?«

»Ein heruntergekommenes Gutshaus, in dem der Butt als wohnhaft gemeldet ist. Einen alten Volvo, der einem Mann aus Voerde gehört und an dessen Stoßstange sich Lack von Geros Fahrrad befindet.«

»Niemand hier?«

»Alles verlassen.«

Gemeinsam gingen sie durch die Etagen. Karin hatte lebhafte Erinnerungen an Meinhard Pastoors, den Mann, der wesentlich älter wirkte, als er eigentlich war. Sein ehemaliger Freund Siegfried Wolter müsste im gleichen Alter sein. Sie blickte in die Räume und konnte sich nicht vorstellen, dass hier jemand wohnen sollte, der erst Mitte fünfzig war.

»Seid ihr sicher, dass der Mann hier lebt? Irgendwas stimmt hier nicht. Gibt es Nachbarn, die wir befragen können?«

Jerry berichtete von den beiden Männern vom Damm. Karin überlegte nicht lange. »Dann nimm mein Handy mit, du findest unter ›X‹ abgespeichert die Bilder, die Burmeester mir geschickt hat. Sie sollen bestätigen, dass der dort abgebildete Mann hier lebt.«

Sie verriegelten die aufgebrochenen Türen notdürftig und standen ratlos vor dieser Ruine, die schon bessere Tage gesehen hatte.

»Wir sollten das Haus noch eine Weile unter Beobachtung halten, er muss ja irgendwann zurückkommen.«

Tom schien angestrengt nachzudenken. Karin kannte diese stillen Momente, wurde jedoch zunehmend ungeduldig. »Lass mich teilhaben an deinen Gedanken.«

»Ich überlege die ganze Zeit, was dieser Volvo in der Nähe des Hauses zu suchen hatte. Ich glaube keineswegs an einen Zufall. Der Meinhard Pastoors rückt mit dem Namen raus. Siegfried Wolter. Der soll hier wohnen. In der Nähe des Hauses steht das Auto eines Mannes aus Voerde. Was bedeutet das? Will uns hier jemand auf eine falsche Fährte locken? Und welche ist die richtige Spur? Sie führt entweder hierher oder nach Voerde. Ich finde, wir sollten so schnell wie möglich dorthin fahren.«

Karin wehrte ab. »Der Staatsanwalt will erst noch mehr Indizien oder Beweise. Nichts spricht dafür, dass der Besitzer auch selbst am Steuer saß. Vielleicht wurde der Wagen auch gestohlen. Es liegt auf jeden Fall keine Anzeige wegen Diebstahls vor.«

Karin hockte sich auf die Treppe. Sie warteten auf Jerry. Tom setzte sich zu ihr. Ihre Fahrzeuge standen als Einzige noch auf dem Hof. Karin nahm ihren Block aus der Tasche, schlug ihn nachdenklich auf. Heraus fiel eine weiße Feder.

»Schau, eine Möwenfeder, die habe ich für Hannah mitgebracht. Und eine Wellhornschnecke, damit sie das Meer rauschen hören kann.«

Sie blätterte durch ihre Notizen und fand das Blatt, das sie suchte. »Vorsichtshalber habe ich mir die Adresse notiert. Der Name klingt osteuropäisch.«

»Wer weiß, er könnte Russe oder Ukrainer sein. Oder vielleicht aus dem Baltikum stammen. Stanislaus Retlow. Gab das Register nichts weiter her?«

»Mensch, Tom, ich war ganze zehn Minuten im Kommissariat, davon hat Haase allein acht beansprucht. Blieben zwei für Ermittlung und Recherche. Computer hochfahren, einloggen, Namen und Adresse notieren und weg.«

»Schon gut, ich mein ja nur. Da kommt Jerry, der ist gut zu Fuß, oder? Macht eine gute Figur.«

Jerry winkte den anderen zu, sie gingen ihm entgegen.

»Die Nachbarn hatten sich zusammengerottet und saßen samt Gattinnen vor einem der Häuser, um Strategie und Vorgehen der Polizei und mögliche Anlässe zu erörtern. Das hat die Mission nicht einfacher gemacht, da vier Leute ihren Senf zum Einsatz geben mussten.«

»Und?«

»Ja, ja, die einhellige Meinung ist, dass wir schnell und effektiv gearbeitet haben, sie sind zufrieden mit uns. Ich verbessere, sie waren zufrieden mit uns, bis ich ihnen die Fotos zeigte. Das hätten wir vorher machen sollen, dann hätte der Steuerzahler heute eine Menge Geld gespart. Der Mann auf diesem Bild ist nicht das alte Scheusal, das hier zurückgezogen lebt. Es ist sein Sohn, Siegfried Wolter.«

»Also stimmen Bild und Name überein, nur er lebt nicht hier. Als Ergebnis für einen Sondereinsatz ist diese Erkenntnis phänomenal. Wussten sie etwas über den Sohn?«

»Der Alte hat ihn immer als Taugenichts beschrieben. Die letzte Chance für ihn war ein Internatsaufenthalt, damit er sich auf das Abitur konzentrierte. Selbst das hat er wohl versemmelt. Eins steht laut sozialer Kontrolle der Nachbarschaft fest. Siegfried sei nie mehr so richtig hierher zurückgekehrt. Manchmal habe er die Mutter besucht. Nach ihrem Tod habe der Vater ihn beschuldigt, ihr nicht geholfen zu haben, obwohl er doch Arzt sei. Das habe sie irritiert, weil der Siegfried doch nichts zustande gebracht habe. Wieso war der denn Arzt geworden, das fanden sie merkwürdig. Wenn ihr mich fragt, dann hat er sich hier nie abgemeldet und ansonsten irgendwo einen Zweitwohnsitz angemeldet.«

Karin konnte das nicht glauben. »Alle Wohnsitze werden aufgeführt, wenn man einen abfragt. Da gab es nicht mehr Einträge, oder?«

Nein, gab es nicht. Schließlich hatten sie in alle Register geschaut, ohne Erfolg.

Tom hatte noch eine Idee. »Was ist mit einer Namensänderung durch eine Heirat?«

»Können wir auch ausschließen. Der ist abgetaucht. Schließlich wird er genügend Gründe dafür haben. Mindestens neun, wenn ich mich nicht irre.«

Jerry blickte zu dem Haus. »Vielleicht sogar zehn. Die Nachbarn sagen, der Alte würde das Haus nie verlassen. Der kriegt zweimal im Monat eine Lebensmittellieferung vom Supermarkt, und das war's. Da drinnen hat es arg gestunken, aber das waren Müll und Schimmel, der Muff von Dreckwäsche. Das war nicht der Geruch von Verwesung, einer unentdeckten Leiche oder sonst was Schlimmes. Also frage ich mich, wo dieser alte Eremit abgeblieben ist.«

Karin wurde mulmig zumute. »Lasst uns fahren. Hier stimmt was nicht. Jerry, ist der Hof von einem der Gärten aus zu observieren? Wir sollten wirklich dranbleiben, falls jemand herkommt.«

»Das ist möglich. Ich übernehme das, schließlich kennen mich die Nachbarn schon. Wer löst mich ab?«

»Ich schicke dir Burmeester gegen zweiundzwanzig Uhr. Gib ihm deinen Standort durch.«

Zu dritt fuhren sie los, um einem eventuellen verborgenen Beobachter den geschlossenen Abzug zu demonstrieren.

***

Diese Unterbrechungen seines Vorhabens durch den Dienst in der neuen Klinik waren nicht gut. Es war andererseits überaus wichtig, dass er hier einen guten Einstieg schaffte. Er brauchte es, dass jemand zu ihm aufsah, ihn dankbar und demütig anlächelte, ihm mit Unterwürfigkeit begegnete. Diese Momente konnte er genießen, davon zehrte sein Ego. Damals, als er das Buch veröffentlicht hatte, hatten die Menschen an seinen Lippen gehangen, da war das Gefühl, ein Heiler zu sein, besonders stark. Dafür lohnte es sich, seine Biografie immer wieder zu modifizieren. Er schadete schließlich niemandem.

Nie übernahm er OPs, denen er nicht gewachsen war. Man bescheinigte ihm überall, ein guter Handwerker zu sein. Nähen hatte er an Entenbrüsten geübt, an Hähnchen die Anatomie, Skalpelle und Haken fand er auf dem Trödel und Einwegspritzen in der Apotheke. Und um sich an menschlichen Körpern zu üben, brauchte er nur einen klaren, unverstellten Blick und seine unverrückbaren Prinzipien der Gerechtigkeit. Sie hatten es alle verdient.

Er hatte sich vorbereitet und verstand manchmal nicht, wofür die werten Kollegen jahrelang studieren mussten. Er war ein Naturtalent.

Trotzdem hatte er mehrfach eine Stelle verlassen müssen, weil man es ihm nahegelegt hatte. Einmal war der Chefarzt irritiert, als der ihn mit einer lateinischen Floskel begrüßte und er nicht hatte antworten können. Das große Latinum hätte er schließlich für das Studium gebraucht, und nun erkannte er nicht einmal eine nette Anrede. Um in Zukunft dagegen gewappnet zu sein, hatte er eine monatelange Pause eingelegt und Latein gebüffelt. Beim nächsten Mal stolperte er über die Vita eines Kollegen, der zur selben Zeit an derselben Uni gewesen sein musste, deren Abschluss er angegeben hatte.

Bevor er sich in die Schilderung falscher Fakten verstrickte, räumte er das Feld. Und er musste sich wieder neu erfinden. Auslandsstudium. Neue Krankenversicherung, neue Steuernummer und so weiter. Bislang hatte er die Dokumente besser hingekriegt als sein Bekannter, der Fälscher aus Düsseldorf. Dessen Werkstatt hatten sie in der letzten Woche hochgehen lassen. Jetzt bangte er noch, die Sondereinheit könnte eine Spur aus der Werkstatt bis zu ihm verfolgen. Trotzdem, er hatte vor, hierzubleiben, am Niederrhein, wo seine Toten lagen. Wo er dem Vater bald zeigen würde, wozu er, der Nichtsnutz und vermeintliche Versager, in der Lage war. Wo er einen Dieb dabei beobachtet hatte, wie er sein Geld, ohne zu fragen, einsteckte.

Am Morgen hatte die Hübsche aus der Verwaltung ein Foto von ihm gemacht. Es widerstrebte ihm zwar, war jedoch Usus in der Klinik. »Usus«, das Wort gefiel dem Mann, er hätte es ständig benutzen können. Auf der Krankenstation gab es eine Fotowand mit Namen, Fachrichtung und Titel. Die Besucher sollten sehen, wer sich hier persönlich um die Kranken kümmerte. Die Fotoreihe musste um sein Konterfei ergänzt werden. Er setzte ein besonderes Lächeln auf, unnatürlich und befremdlich. So würde er nie herumlaufen. Die Hübsche war begeistert von seinem Theater und wollte das Bild im Laufe des Tages in den Rahmen hängen.

Seine unterschiedlichen Identitäten hatten ihm Vorteile verschafft, die nicht zu verkennen waren. So verfügte er über drei Häuser in verschiedenen Städten. Überall kam er, dank seiner Tantiemen, die er auf verschiedene Konten überweisen ließ, den Steuerforderungen und städtischen Abgaben nach. Eines hatte er gelernt, man durfte nicht auffallen. Schon gar nicht, wenn man wie er falsche Identitäten besaß.

Heute hatte sich gezeigt, dass es von großem Vorteil war, über mehrere Möglichkeiten zu verfügen, um seinen Plan umzusetzen. Das zweite Auto aus der Garage zu fahren hatte ihm gefallen. Er würde damit nicht in die Nähe des Geschehens fahren, er würde es weit weg abstellen, um nicht aufzufallen.

Du sollst deine Eltern achten und ehren.

Du sollst nicht unterschätzen, was aus Kindern wird, die man misshandelt. Wimmern und betteln würde der Alte. Ihn anflehen. Ihn bitten. Sich schämen, weil ein Fremder ihn so sehen würde, in einer hilflosen, lebensbedrohlichen Lage, die unweigerlich mit dem Tod enden würde.

Danach war der Dieb dran.

DREIZEHN

Karin mischte in ihrem Kommissariat wieder mit. Der Ausflug in die Niederlande wurde von niemandem in der sonst so korrekt auf das Spesenkonto schauenden Polizeibehörde thematisiert, zumal sie ihn erfolgreich beendet hatte. Es wurde Nachmittag, und es fehlte nach wie vor jede Spur von Gero von Aha.

Niemand war sich sicher, ob ein halber Tag unentschuldigter Abwesenheit, ein demoliertes Niederrheinfahrrad und eine kleine Blutspur auf dem Asphalt für die Einleitung von Suchmaßnahmen reichten. Eines stand fest, die Behördenchefin musste informiert werden. Sie wollte in einer Stunde zu einer improvisierten kleinen Lage zu ihnen stoßen. Karin ließ es sich nicht nehmen, bei der Kriminaltechnik reinzuschauen. Sie hatten eine Menge Spuren gefunden, die nicht eindeutig zugeordnet werden konnten, die Haare aus dem Kofferraum wurden noch untersucht, ansonsten war der Wagen von innen fast als steril zu betrachten.

»Entweder hat der eine Freundin mit Putzzwang, oder der Besitzer selbst ist gestört. Es gibt kaum Fingerabdrücke, auf dem Lenkrad finde ich Spuren von Baumwollhandschuhen, teilweise auch Rückstände von handelsüblichen Einweghandschuhen. Da ist kein einziger Fingerprint. Deshalb gehe ich davon aus, dass alle anderen nicht dem Besitzer zuzuordnen sind. Auf dem Dach hat sich jemand abgestützt, könnte ein Fremder auf dem Parkplatz gewesen sein. Einige Kinderfinger sind an der Seite entlanggefahren, und der Tankdeckel enthält eindeutige Abdrücke, wobei ich fast von einer Servicekraft ausgehe, die für ihn getankt hat.«

»Wo gibt es heute noch eine Tankstelle mit Service?«

»Stell dir vor, du kommst da mit Baumwollhandschuhen rein und sagst, ich habe schlimme Hände, einmal volltanken, dann machen die das. Nicht einmal die Parkscheibe hat Abdrücke. Warum sollte der Besitzer ausgerechnet für eine Arbeit, bei der man sich die Finger besudeln kann, den Schutz ausziehen?«

»Entweder zieht er die Dinger aus Kalkül an, oder er hat wirklich eine Hautkrankheit oder eine Überempfindlichkeit, die ihn dazu zwingt. Sonst nichts?«

Heierbeck schien ratlos. »Absolut sauber. So etwas habe ich noch nie gesehen. Das Auto ist fünfzehn Jahre alt. Da liegt trotzdem kein Stäubchen unter den Sitzen, die Aschenbecher sind jungfräulich. Außer dem Handbuch liegt kein Zettelchen im Handschuhfach, und in der Mittelkonsole ist nur ein total gereinigter Eiskratzer deponiert. Wir haben selbst den Verbandskasten auseinandergenommen, nichts.«

Karin horchte auf. »Du sagtest gerade, es gibt ein Handbuch. Sind da Inspektionen eingetragen?«

»Nein.«

»Aber der Wagen ist in gutem Zustand. Wo lässt er das machen? Da braucht man doch ältere Originale, um Verschleißteile zu ersetzen.«

»Schau ins Internet, es gibt genug Möglichkeiten, sich die selber zu besorgen, oder Sie haben einen Freund, der einen Freund hat, und dessen Bruder kann das.«

»Verstehe, unter der Hand oder Beziehungen.«

Karin ging hinüber zu Heierbecks Arbeitstisch, auf dem stets ein buntes Durcheinander aus Werkzeugen und Papieren lag. Sie lehnte sich an die Tischplatte. »Ein steriles altes Auto, langsam wird der Besitzer immer interessanter für mich.«

Ihr Blick fiel auf eine Petrischale, in der drei, vier kleine ovale Gegenstände lagen. Sie nahm die Glasschale hoch und betrachtete den Inhalt genauer. »Das sind Pistazienschalen! Woher sind die?«

»Da wollte ich gerade drauf kommen. Die lagen wie Fremdkörper im Kofferraum, nur diese Schalen im blitzblanken Auto.«

»Mensch, Heierbeck, das ist es.«

Er sah sie verständnislos an, konnte die Euphorie nicht nachvollziehen, die Karin schlagartig versprühte.

»Von Aha frisst die Dinger andauernd. Immer hat er welche dabei und hinterlässt die abgepulten Schalen, wo er geht und steht. Der hat die Dinger absichtlich verstreut, wette ich. Das ist der Beweis dafür, dass er in diesem Wagen gewesen sein muss. Im Kofferraum, sagten Sie? Verletzt, bewusstlos, egal wie, der Fahrer des Wagens hat ihn mitgenommen. Wir werden ihm einen Besuch abstatten, diesem unbeschriebenen Blatt Stanislaus Retlow.«

★★★

Burmeester und sie parkten in der Nähe des Zielobjekts in Voerde. Ein großzügiges, weiß gestrichenes Haus auf der Bahnhofstraße in der Nähe eines kleinen Waldstücks.

»Donnerwetter, eine Villa mit vergitterten Fenstern zur Straße.«

»Ja, irgendwie steril und phantasielos«, resümierte Karin. »Wie ein Wochenendhaus, in dem man nur ab und zu Besucher ist. Da wohnt keine Frau, schau mal, es blüht nicht eine Blume im Vorgarten. Keine liebevolle Dekoration, nichts als Sträucher, Rasen und Koniferen. Kannst du erkennen, ob uns jemand beobachtet?«

Burmeester ließ den eher einfallslosen Vorgarten auf sich wirken und tastete mit den Augen die Front ab, schweifte hinüber zur Doppelgarage.

»Nicht direkt, es bewegt sich nichts. Aber schau mal zu der Regenrinne an der Garage, da siehst du unter der Traufe ein dünnes Kabel hängen. Ich gehe davon aus, dass dort eine Kamera hängt, die den Eingangsbereich überwacht. Wir werden sie erst sehen, wenn wir dort stehen. Dann hat sie uns aber bereits im Visier.«

Karin blickte ganz nebenbei zum Haus, dann wieder auf die Straße. »Können wir sie umgehen? Einen Stromausfall simulieren?«

Burmeester schüttelte den Kopf. »Das ist zu hoch, da komme ich nicht dran.«

»Und wenn wir erst die Nachbarn befragen, um uns ein Bild zu machen?«

»Das könnte ihn genauso warnen wie unser Auftritt am Eingang.«

Sie saßen eine Weile reglos in ihrem Auto. Burmeester meinte, es sei verantwortungslos, wenn sie einfach nur anklingelten.

»Was ist, wenn Gero da im Haus ist? Wenn Retlow uns kommen sieht, ist unser Kollege vielleicht in Gefahr. Das ist mir eine Spur zu heiß. Wir sollten da reingehen, aber mit dem Sonderkommando. Ohne Ankündigung, ohne ihm die Chance zu lassen, von einem Raum in den anderen zu gehen. Zack, rein und fertig.«

Karin ließ sich überzeugen. Sie fuhr ein Stück weiter in den Ort und parkte auf dem Marktplatz. Sie telefonierte mit der Behördenchefin, erklärte in knappen Worten die Lage, beschrieb ihr Anliegen und erwartete Widerstand. Ein zweiter Sondereinsatz am Tag barg das Risiko, sich an noch höherer Stelle rechtfertigen zu müssen.

»Sie haben mein Okay. Ordern Sie so viele Leute, wie Sie brauchen. Ich gebe der Einsatzleitung Bescheid.«

Innerhalb einer halben Stunde waren die Männer bei der Polizeistation an der Frankfurter Straße in Voerde in Stellung gegangen. In einer kurzen Lagebesprechung wurden sie eingeordnet, und ohne Blaulicht ging es mit drei Fahrzeugen zur Bahnhofstraße. Burmeester und Karin folgten und blieben in angemessener Entfernung stehen.

Plötzlich ging alles ganz schnell. Drei dunkle Vans bremsten hart, ihre Türen sprangen auf. Schwarz gekleidete, bewaffnete Männer stürmten los und verteilten sich rund um das Haus. Vier Männer mit einer Ramme postierten sich vor der Haustür, auf ein stummes Zeichen hin holten sie Schwung.

Ohne jede Vorwarnung gab es eine gewaltige Explosion, einen ohrenbetäubenden Knall. Scheiben zerbarsten, Dachpfannen flogen durch die Luft, die behelmten Männer an der Tür wurden von der Druckwelle in den Vorgarten geschleudert. Im Haus entstand ein Feuerball, der sich blitzartig nach außen wälzte.

Die Männer der Spezialeinheit konnten sich in Sicherheit bringen. Es gab zwar drei Leichtverletzte, die von herumfliegenden Splittern getroffen wurden, doch die Schutzkleidung bewährte sich.

Karin konnte im Nachhinein nicht beschreiben, was zuerst geschehen war, ob die Ramme die Tür überhaupt berührt hatte oder ob die Explosion vorher ausgelöst worden war. Eines war ihr klar geworden: Sie hatten es mit einem gerissenen, gut gewappneten Gegner zu tun, der vorbereitet handelte und rücksichtslos Fallen aufstellte. Um ein Haar hätten nicht geschulte Männer in Schutzkleidung vor der Tür gestanden, sondern Karin Krafft und Nikolas Burmeester in leichter Sommerbekleidung. Dieser Gedanke hinterließ ein verdammt schlechtes Gefühl.

Die ausgerückte Feuerwehr fand nach den Löscharbeiten niemanden im Haus. Die Fachleute für die Ermittlung der Brandursache konnten noch nichts ausrichten, zu viele Glutnester loderten immer wieder auf. Menschentrauben standen hinter der Absperrung, die Presse rückte an, der WDR schickte ein Kamerateam. Bei den Journalisten entdeckte Karin einen Fotografen, den sie kannte. Sie eilte zu ihm hinüber.

»Weißt du noch, wie du vor Jahren mit mir auf dem Motorrad mit hundertfünfzig Sachen über die alte Rheinbrücke fahren wolltest, um mir zu beweisen, dass man dort rasen kann, ohne sich umzubringen?«

Der Mann grinste breit. »Du hast mir einen Korb gegeben, zu gefährlich, hast du gesagt.«

»Das hier war gefährlicher, glaub mir, das war ein Hinterhalt. Tu mir den Gefallen und fotografiere nebenbei die ganze neugierige Schar hinter dem Trassierband. Auch die, die im Hintergrund stehen, die hinter Autoscheiben sitzen. Ich brauche alle Bilder von dir.«

Er sah sie an, die blasse Frau mit der eingefrorenen Miene, deren Augen ständig durch die Gegend wanderten, erkannte den Ernst der Lage, wechselte die Speicherkarte in der Kamera und legte los.

»Ich gebe dir nachher die Karte mit, dann könnt ihr sie gleich auswerten.«

»Danke, du bist ein Guter.«

Die Kollegen waren angerückt. Man rekrutierte noch drei Polizeibeamte zusätzlich und teilte sich auf, um die Nachbarn in den umliegenden Häusern so schnell wie möglich zu befragen.

Auf dem Weg zum Haus gegenüber rief Karin Maarten an. Er solle keinen Schreck kriegen und keinesfalls mit Hannah zusammen die »Aktuelle Stunde« im Fernsehen schauen. Dort könnte die Mama im Bild sein, am Rande eines Fiaskos. Nein, sie sei okay. Wirklich.

★★★

Staatsanwalt Haase eilte in den Besprechungsraum, seine Augen suchten die Hauptkommissarin, selbst Burmeester kam in den Genuss seines gesteigerten Wohlwollens.

»Ich bin heilfroh, Sie beide hier unversehrt vorzufinden. Liegt die Auswertung der Brandexperten vor? Man sagte mir, dies sei eine gezielt ausgelöste Explosion gewesen. Wer ist der Hauseigentümer, haben Sie ihn ausfindig gemacht? Zur Fahndung ist er doch sicherlich ausgeschrieben.«

Karin Krafft bot ihm einen Platz an. »Eins nach dem anderen. Wir hatten großes Glück, Herr Haase, das war eine Falle. Darüber sind wir uns einig. Die drei verletzten Kollegen von der Spezialeinheit konnten nach ambulanter Versorgung entlassen werden. Die Brandexperten gehen von einer manipulierten Gasleitung und einer ferngesteuerten Zündung aus. Er wird über Webcams die Männer an der Tür beobachtet haben, und womöglich reichte ein durch sein Handy ausgelöster Impuls, um das Haus in die Luft zu jagen. Die Spurensicherung dreht alles um, was nicht pulverisiert ist.«

Sie wies auf die Infowand und deutete auf die Fotos des alten Volvos. »Der Hauseigentümer, Stanislaus Retlow, ist zur Fahndung ausgeschrieben. Das Ergebnis der Nachbarschaftsbefragung sieht eher mager aus. Der Mann besitzt dieses Haus seit zwei Jahren. Der fuhr immer mit dem Wagen, ebendiesem Volvo, den wir sichergestellt haben, in die Garage, schloss sie hinter sich und betrat das Haus direkt von dort aus. Die Gartenarbeit erledigte viermal im Jahr ein Gartenbaubetrieb. Der hat einen festen Auftrag, nur Instandhaltung, keine Neubepflanzung. Er ließ das Notwendigste machen, um nicht aufzufallen. Den Retlow hat niemand näher kennengelernt. Die Nachbarn hatten sich damit abgefunden, dass er zurückgezogen leben wollte. Manchmal war er über einen längeren Zeitraum nicht zu sehen, das Licht im Haus wurde bestimmt über Zeitschaltuhren geregelt. Ansonsten haben wir nichts. Die Nummer seines Ausweises ist nicht nachzuverfolgen, ich gehe davon aus, dass er gefälscht ist. Der zahlt seine Abgaben an die Stadt Voerde über ein Konto in Krefeld. Ob er auch hier am Ort irgendwo ein Girokonto hat, wird gerade überprüft.«

Haase schaute in die Runde. »Das K1 ist bis auf Herrn Patalon komplett, wer unterstützt Sie?«

»Mit Frau van den Berg zusammen haben wir die Sonderkommission Voerde zusammengestellt.«

»Wer leitet die Soko?«

»Ich.«

Der Staatsanwalt schien mit der Entscheidung und den knappen, präzisen Antworten zufrieden zu sein. Mit angespannter Miene hörte er konzentriert zu.

»Insgesamt arbeiten jetzt zwölf Kollegen und Kolleginnen mit. Kontobewegungen, die Gärtnerei, wo er getankt hat, mit wem er vom Festnetz aus telefoniert hat. Wenn wir fertig sind, werden wir wissen, wo er seine Brötchen gekauft hat. Wir sind erst am Anfang. Aber jeder Faden, den wir aufgreifen, ist nur zwei Zentimeter lang. Er scheint vom Erdboden verschwunden zu sein. Ein Phantom, das unseren Kollegen von Aha vom Fahrrad geholt und in seinem Kofferraum transportiert hat. Das Schlimmste ist, dass wir nicht wissen, was mit ihm ist. Da Retlow sich nicht meldet, können wir eine Entführung wegen Lösegeld ausschließen. Und weil das noch nicht reicht, ist in Vynen —«

»Verzeihung, wo?«

»Vynen, ein Ort am Rhein, der zu Xanten gehört. Patalon ist übrigens dort und observiert das Elternhaus des mutmaßlichen Mörders Siegfried Wolter. Dort ist offensichtlich der Vater dieses Mannes verschwunden, den wir verdächtigen, seit den Siebzigern mehrere Menschen ermordet zu haben. Er hat seine Opfer anscheinend so geschickt verschwinden lassen, dass wir bis heute nur einzelne Knochen beziehungsweise in einem Fall ein fast komplettes Skelett gefunden haben. Siegfried Wolter ist ein unbeschriebenes Blatt, dessen Adresse angeblich das elterliche Haus in Vynen ist. Dort fanden wir keinen Hinweis darauf, dass außer dem Alten noch jemand in dem Haus lebt. Kollege von Aha hat von hier aus ermittelt, dass es noch mehr ungeklärte Fälle gibt, von Krefeld über Duisburg, Orsoy bei Moers bis zu uns hier, in Weselerwald bei Drevenack und Reichswald bei Uedemerbruch bis hoch nach Emmerich. Vorhin hat Jerry uns einen Hinweis durchgegeben, dem wir jetzt gezielt nachgehen.«

Haase blickte auf die Infowand, auf der zwei Fälle nebeneinander dargestellt wurden. In Stanislaus Retlows Volvo war von Aha abtransportiert worden, sein Haus war in die Luft geflogen, als die Polizei es durchsuchen wollte. Auf der anderen Seite waren Fakten zu Siegfried Wolter zusammengefasst, der in Verdacht stand, mehrere Menschen ermordet zu haben.

»Sind das nun zwei Fälle, die parallel bearbeitet werden, oder gibt es einen Zusammenhang?«

»Der einzige Zusammenhang ist der Volvo, den wir in der Nähe des Hauses in Vynen gefunden haben, aus dem der Alte verschwunden ist. Und von Aha ist vor dem Haus von Meinhard Pastoors, der uns auf die Spur von Wolter geführt hat, mit Retlows Volvo entführt worden. Jerry Patalon gab durch, was er von den Nachbarn der Wolters erfahren hat. Bei der Beerdigung der Mutter habe der Alte den Sohn vor versammelter Trauergemeinde bezichtigt, seiner Mutter nicht geholfen zu haben, obwohl er doch Mediziner sei. Sie denken, er hat in der Fremde das Abitur nachgeholt und studiert. Über seinen Aufenthaltsort gibt es nur wilde Spekulationen, nichts Konkretes.«

»Fragen Sie bei der Ärztekammer nach, klappern Sie mit dem Foto die Kliniken ab. Wenn er Arzt ist und hier in der Gegend sein Unwesen treibt, dann wird er auch in der Nähe arbeiten. Vielleicht in einem Krankenhaus. In Wesel gibt es drei, in Xanten eins. Oder in Dinslaken. Keine leichte Aufgabe! Wir suchen also zwei Männer, Gero von Aha und ... wie heißt noch mal der alte Mann?«

»Hubert Wolter.«

»Und es gibt zwei Männer, die sich hier unsichtbar bewegen. Die gilt es aufzuspüren. An die Arbeit, meine Herrschaften, Sie bekommen von mir auf dem kleinen Dienstweg jegliche Unterstützung, ich bleibe für Sie in Bereitschaft.«

Um mit der gesamten Soko Voerde Besprechungen durchzuführen, würde es eng werden in ihren Räumen. Zwei Kollegen von der Sitte stießen gerade zu ihnen, die meisten der anderen waren mit klaren Aufträgen beschäftigt und saßen im Hauptgebäude an ihren PCs. Zwei Beamte sichteten über dreihundertfünfzig Fotos auf der Speicherkarte des Fotografen, um verdächtige Personen in das Fahndungsraster zu geben. Der hatte auftragsgemäß alles abgelichtet, was ihm vor die Linse gekommen war.

Die Hauptkommissarin beauftragte Burmeester und die beiden Neuen, sie sollten sich mit dem bearbeiteten Foto Siegfried Wolters, das sein mögliches heutiges Aussehen darstellte, in die Kliniken der Stadt Wesel und der Umgebung begeben. Tom sollte Kontakt zur Ärztekammer aufnehmen, um dort nach Siegfried

Wolter zu suchen. Sie selbst übernahm die Koordination vor Ort. Es reichte für heute.

Wieder einmal war sie dem Tod von der Schüppe gesprungen, hatte ihre Intuition sie vor größerem Schaden bewahrt. Seit über dreißig Stunden war sie nicht zu Hause gewesen. Sie nahm das Handy zur Hand.

»Ich bin's. Es wird länger dauern heute. ... Was da passiert ist? Irgendjemand will nicht, dass wir ihn finden, und ihm ist anscheinend jedes Mittel recht, dies durchzuhalten. ... Ja, ich werde die Schutzweste anziehen, wenn wir uns wieder in seine Nähe begeben. ... Nein, nichts Neues von Gero von Aha.«

***

Burmeester fuhr zunächst zum Marienhospital mitten in Wesel. Er wunderte sich über diverse Bauzäune, die das Gelände wie so oft in den letzten Jahren an unterschiedlichen Stellen abgrenzten. Hier schien sich viel zu verändern, ein neues Ärztehaus war entstanden. Ein einziges altes Haus zwischen der sanierten Klinik und dem Neubau trotzte den Umbauten, in dessen Erdgeschoss hatte das einzige traditionelle Café von Wesel geöffnet. Er widerstand dem Impuls, schnell bei Ulli Fehr einen Kaffee zu trinken. Es gab viel zu tun.

In der Personalabteilung des Krankenhauses konnte man ihm allerdings nicht weiterhelfen. Das Foto wurde durch die Verwaltung gereicht bis hin zum Personalchef, selbst dem ärztlichen Direktor wurde es vorgelegt. Den Mann auf dem Foto kannte niemand.

Das kann ja heiter werden, dachte er. Die Liste der Krankenhäuser, die er abklappern sollte, lag auf dem Beifahrersitz. Als Nächstes stand die Klinik in der Aue direkt neben der RWE-Hauptverwaltung auf seinem Programm. Burmeester erinnerte sich. Dort hatten sie vor Jahren einen Skandal um einen Oberarzt aufgedeckt, der seinem Sohn zu Ansehen verhelfen wollte, indem er ihm Operationen überließ, die den jungen Arzt jedoch überforderten. So kam es zu einer Reihe von Kunstfehlern mit tödlichem Ausgang, die im Krankenhaus vertuscht wurden. Es hatte kein gutes Karma, dieses Haus, obwohl es nach Grundsätzen des

Feng-Shui gebaut und eingerichtet war und hohe Kompetenz verkaufen wollte.

Burmeester betrat die Eingangshalle, wollte auf den Verwaltungstrakt zusteuern, landete jedoch am Eingang einer modernen, hell gestalteten Krankenstation, als diese Frau an ihm vorbeilief. Diese unglaublich gut aussehende Frau mit den langen schwarzen Haaren, den vermutlich orientalischen Gesichtszügen, den dunklen Augen, die wie schwarze Oliven glänzten. Zehn Schritte auf ihn zu und zwei an ihm vorbei reichten, und er ließ sich bereitwillig den Kopf verdrehen. Er machte kehrt, musste ihr einfach nachsehen.

Sie trug ein kurzes, hautenges Sommerkleid, unter dem er eine traumhafte Figur erahnte. Diese zarte, gebräunte Haut, ach, diese ganze Frau bewirkte, dass er zwar im Moment nicht mehr daran dachte, warum er hier war, aber genau wusste, was er machen wollte. Er lief hinter ihr her, war bereit, ihr überallhin zu folgen, bedingungslos. Besinnungslos.

Sie passierte den Empfang der Krankenstation, schien ein paar freundliche Worte mit den beiden Schwestern zu wechseln, die dort tätig waren. Eine der beiden Frauen wurde von ihr anscheinend auf das Fehlen ihres Namensschildes hingewiesen. Die Schwester suchte es sofort und steckte es an ihre Bluse. Hat auch noch was zu sagen hier, dachte Burmeester, und stolperte ihr nach wie ein verliebter Teenager, hormongesteuert und auf einem anderen Stern wandelnd. Sie hielt etwas in der Hand und steuerte zielstrebig auf eine riesige Fotowand zu, auf der offensichtlich die in dieser Abteilung tätigen Ärzte und Ärztinnen abgebildet waren. Burmeesters Augen hingen am Schwung der kräftigen, matt glänzenden Haare. Sie öffnete den Rahmen der Fototafel mit einem Schlüssel. Allein wie sie sich reckte, verschlug ihm den Atem.

Den mitten im Gang stehenden Wagen mit aufgeklappten Patientenakten und vorsortierten Pillenbehältnissen, der bereitstand für die Visite, hatte er wirklich nicht gesehen. Mit lautem Getöse stieß er dagegen, stolperte darüber, sodass der Wagen kippte und Kaskaden bunter Tabletten den grauen Linoleumboden farbig sprenkelten. Burmeester strauchelte, geriet aus dem Gleichgewicht und fiel dem Objekt seiner Gefühlswallungen von der

Seite aus mit einer angedeuteten Rolle direkt vor die Füße. Sie erschrak, ließ den Schlüssel und ein Foto fallen. Burmeester wagte nicht, sich zu bewegen, so etwas Peinliches war ihm noch nie passiert. Die schöne Frau beugte sich zu ihm herab. Sie begann, mitfühlend zu sprechen, und er musste feststellen, dass sogar ihre Stimme eine Lieblichkeit besaß, die ihrem Äußeren in nichts nachstand.

»Oh, Sie Ärmster, haben Sie sich etwa verletzt? Ich lasse jemanden aus der Ambulanz kommen, der sich um Sie kümmert. Oder ist alles heil geblieben?«

Jetzt bewegte er sich doch, er wollte keinesfalls weitergereicht werden. Offenheit war angesagt, irgendwas Witziges, Sinniges, Souveränes. Er stützte sich auf die Ellenbogen.

»Ehrlich gesagt, ich war so fasziniert von Ihnen, dass ich das Patientenwägelchen einfach übersehen habe.«

Sie duftete auch noch verführerisch und lächelte ihn mit einem koketten Augenaufschlag an. »Soso, ich störe also die öffentliche Ordnung, lassen Sie das bloß nicht meinen Vorgesetzten hören. Wollen wir hier auf dem Boden weiterreden, oder können Sie aufstehen?«

Vor seinen Augen sah er ihr Namensschild. »Yasmin Ögülsan, ein schöner Name. Ich bin Nikolas Burmeester.«

Sie richteten sich beide gleichzeitig auf und gaben einander die Hand. Nur darum war er hier, um für ein paar Sekunden diese zarte Hand zu berühren. Oder war da noch etwas? Es fiel ihm wieder ein, dass er ja im Job war. Er fingerte seinen Ausweis aus der Jacke und hoffte inständig, sie würde einen unkoventionell, um nicht zu sagen schrill angezogenen Mann wie ihn mögen.

»Ich bin Kommissar und habe eine Frage, Moment, wo habe ich das Foto? Da, schauen Sie.«

Er hielt ihr das Bild entgegen und fragte, ob dieser Mann als Arzt hier arbeite. Sie betrachtete es, schien zu überlegen und wies dann mit ihrem Finger zum Boden.

»Im Keller?«

Sie lachte glockenhell. »Nein, schauen Sie mal auf den Boden, mir ist bei Ihrer denkwürdigen Aktion ein Foto aus der Hand gefallen. Das sieht dem Bild, das sie mir gezeigt haben, sehr ähnlich.«

Burmeester hob das Bild auf, hielt die beiden Konterfeis nebeneinander. Die Ähnlichkeit war nicht zu leugnen.

»Das ist unser Neuer mit doppeltem Doktortitel. Er hat erst vor Kurzem hier angefangen.«

»Ist er im Dienst?«

»Das weiß ich nicht, da müsste ich nachfragen. Ich schließe eben das Board. Kommen Sie doch mit in die Verwaltung.«

Er lächelte sie offen und hoffnungsvoll an. »Ihnen folge ich überallhin. Erst liege ich Ihnen zu Füßen, dann laufe ich Ihnen hinterher, ich trage auch das Schlüsselchen für Sie.«

»Kommen Sie einfach mit und übersehen Sie bitte nicht die Rezeption, sonst erschrecken sich die Frauen dort, wenn Sie dagegenlaufen.«

Weiter, er musste sie bei Laune halten. Je länger sie sich unterhielten, umso bessere Chancen rechnete er sich aus. »Verzeihen Sie, wenn ich so offen bin, aber bei Ihrem Aussehen liegen Ihnen doch bestimmt öfter Männer zu Füßen, oder?«

Sie musste wieder lachen, während sie den Verwaltungstrakt betraten. »Sie sind wirklich sehr direkt. Eigentlich kenne ich das Übliche, Anstarren, Nachpfeifen, Hinterherrufen. Sie sind der Erste, der mir vor die Füße gefallen ist. Das kannte ich noch nicht. Kommen Sie, hier ist mein Büro.«

»Qualitätsmanagement«, las er auf dem Schild neben der Tür. Er dachte, Donnerwetter, und schlau ist sie auch noch. »Für mich war das auch das erste Mal, und ich fand es, ehrlich gesagt, grottenpeinlich.«

Sie nahm den Hörer zur Hand.

»Bis Sie mich angesprochen haben. Da dachte ich dann, anders hätte ich Sie vielleicht nicht kennengelernt. Ich hätte Ihnen wahrscheinlich, ähnlich einem primitiven Primatenmännchen, nachgepfiffen, hätte Sie angestarrt, so das Übliche eben.«

Es schien ihr zu gefallen. Die Stationsschwester meldete sich und gab durch, der Neue habe vor einer halben Stunde Dienstschluss gemacht. Er habe am nächsten Tag frei und sei übermorgen zur Frühschicht wieder da. Sie teilte Burmeester die Fakten mit.

»Was hat er denn gemacht? Er wird von einem echten Kommissar gesucht, das hört sich ja nicht gerade gut für die Klinik an. Wir bevorzugen Mediziner ohne Kontakt zur Polizei.«

»Kann ich Ihnen leider nicht verraten. Wir haben einfach nur viele Fragen an den Herrn Wolter.«

Sie schaute zum ersten Mal sehr ernst. Burmeester fürchtete schon, sie habe jetzt genug von dem Geplänkel. Sie nahm die Fotos in die Hände und hielt ihm den Abzug aus der Klinik vor die Augen.

»Das ist Herr Dr. Dr. Stanislaus Retlow. Ich hoffe einfach mal, es möge eine Verwechslung vorliegen.«

Burmeester horchte auf. Das war der Schlüssel zur Entwirrung der Verwirrung, die in der Soko Voerde herrschte. Es gab nur eine einzige Person, die für alles verantwortlich war, einen Mann mit unterschiedlichen Identitäten, nahezu genial. Ein durchtriebenes Superhirn. Am liebsten hätte er umgehend telefoniert, wollte es jedoch noch genauer wissen.

»Bitte, sehen Sie in seine Personalunterlagen und nennen Sie mir seine Adresse. Dann werden wir wissen, um wen es sich handelt.«

Sie hasteten hinüber in die Personalabteilung. Man reagierte sofort auf die Frage von Frau Ögülsan. Der Neue hatte als Adresse die Bahnhofstraße in Voerde angegeben.

Sie lächelte nicht mehr, die Schöne, sie erkannte in seinen Augen den Ernst der Situation. »Er ist kein guter Mensch, richtig? Ich dachte mir, dass etwas nicht mit ihm stimmt. Er hat sich total verkrampft, um auf dem Bild für den Aushang zu lächeln, das ich vor ein paar Stunden von ihm gemacht habe. So etwas habe ich noch nicht erlebt. Jemand, der sich anstrengen muss, um einen kurzen Moment für ein Foto zu lächeln, das ist merkwürdig.«

Burmeester musste los. Er fischte seine Karte aus der Jacke und schrieb auf die Rückseite seine private Handynummer. »Yasmin Ögülsan, ich würde mich sehr freuen, Sie wiederzusehen. Ich verspreche auch, Ihnen nicht wieder vor die Füße zu fallen.«

»Das hatte schon was. Ich melde mich.«

»Versprochen?«

»Versprochen, Nikolas Burmeester.«

Selig grinsend begab er sich zum Ausgang.

***

Karin Krafft hastete rüber zu Haases Büro, fiel mit der Tür in den Raum. Der Staatsanwalt fühlte sich überrumpelt, konnte sie jedoch nicht stoppen. Ohne Umschweife kam die Kommissarin auf den Punkt.

»Er hat mehrere Identitäten, das ist der Schlüssel, deshalb finden wir nichts. Wir suchen ein und dieselbe Person, Retlow ist Wolter!«

»Sind Sie sicher?«

Die Hauptkommissarin schilderte die Neuigkeiten aus der Klinik in der Aue.

»Sie werden also gleich ein aktuelles Foto des Mannes erhalten. Schicken Sie es an die anderen Kliniken in den Städten entlang des Rheins, in denen es ebenfalls ungeklärte Fälle gibt. Wer zwei Identitäten hat, der lebt vielleicht schon lange unter falschem Namen.«

Sie lief zum Besprechungsraum und öffnete die Dateien, die von Aha angelegt hatte. Akribisch hatte er Einzelheiten zu den Städten notiert, natürlich noch keine Kliniken, da er den Zusammenhang nicht kannte. Karin rief Tom zu sich, erläuterte ihm die neuesten Erkenntnisse. Burmeester kam mit der aktuellen Ablichtung des Dr. Dr. Retlow alias Wolter. Karin erschrak über dieses maskenhafte Gesicht.

»Der geht zum Lachen in den Keller. Das sieht so gekünstelt aus, das glaubt ihm keiner.«

»Das hat Yasmin auch gesagt, er habe sich völlig verkrampft, um zu lachen, meinte sie.«

Das Bild wurde eingescannt, zusammen mit Fakten und einem Ersuchen um Amtshilfe an sämtliche Kommissariate in den Städten geschickt, aus denen die ungeklärten Todesfälle gemeldet worden waren. Die Kollegen wurden gebeten, das Bild den Leitungen der Personalabteilungen aller örtlichen Krankenhäuser vorzulegen, um zu überprüfen, ob und unter welchem Namen der Mann dort gearbeitet habe.

Jerry meldete nichts Neues von seinem Standort im Garten der Wolter'schen Nachbarn, es sei garantiert niemand auch nur in die Nähe des Hauses gekommen, alles ruhig. Er müsse sich allerdings einer Art fürsorglicher Belagerung erwehren, da ständig einer der Nachbarn vorbeikomme, um ihm zu berichten, was der Gemeinschaft wieder zur Familie Wolter eingefallen sei. Ein typisches Bild von aufrechter Fassade und desolatem Innenleben tue sich auf. Es habe Gewalt geherrscht – wer nicht funktionierte, wurde so lange sanktioniert, bis es lief.

***

Rocco wunderte sich über die Fußspuren auf der Matte zu seiner Hintertür. Er war sich ganz sicher, dass er diesen neuen Schmutzfänger gestern Nachmittag ganz sauber dorthin gelegt hatte. Nun waren eindeutige Spuren darauf zu erkennen, große Abdrücke wie von Männerschuhen. Er dachte kurz nach, nein, Gero war durch die Haustür gekommen. Diese Spuren konnten weder von seinem neuen Freund noch von ihm stammen. Seltsam, entweder hatte ihn jemand beobachtet, oder es hatte sogar jemand versucht, in dieses Haus einzubrechen.

Der letzte Gedanke gefiel ihm überhaupt nicht, verstärkte seinen Wunsch, endlich wieder nach Xanten zurückzukehren. Hier stimmte etwas nicht, es wurde immer unheimlicher.

Oder hatte ein Unbekannter Gero beobachtet und anschließend gekidnappt? Von der Hintertür aus hatte man einen guten Blick bis zum vorderen Eingang, quer durch die Küche und den Flur. Wenn dem so war, dann stand er hier vor den Spuren eines Verbrechers. Jetzt rieselte ein Schauer über seinen Rücken. Was konnte er machen? Er konnte die Polizei anrufen. Er würde nach den Kollegen von Gero fragen und sie bitten herzukommen.

***

Er wusste, dass sein Haus in Voerde zerstört war, schließlich hatte er selbst den Impuls ausgelöst, der zu der Explosion führte. Man musste gewappnet sein. Die zur Überwachung installierten Webcams sendeten Nachrichten auf sein Handy, wenn jemand sich ihnen näherte. Die Welt war schlecht, und er hatte sich einen Schutzschild entworfen, der Sicherheit und, wie in diesem Fall, auch Selbstzerstörung bedeutete. Sie hätten sowieso nicht viel finden können in Voerde, so hatten sie gar nichts. Die Feuerwalze nach der Explosion hatte alles vernichtet, was auf ihn deuten könnte.

Nun gab es ein Problem. Es würde einem Kollegen in der neuen Klinik spätestens bei der morgendlichen Zeitungslektüre auffallen, dass seine Adresse mit dem Ort der Explosion übereinstimmte. Sie würden erst nachdenken, dann fragen. Er hasste Fragen. Seine Anstellung an der Klinik in der Aue würde zu einem kurzen Gastspiel werden, zu mehr reichte es nicht.

Der Mann betrachtete seine Hände, seine heilenden, für Gerechtigkeit und Ordnung sorgenden Hände, asymmetrisch durch die Verkürzung des linken kleinen Fingers. »Ab is ab, nu heul nich«, hatte sein Vater ihm mit eisiger Kälte gesagt, nachdem seine strafende Axt auf die Hand niedergesaust war und den kleinen Finger getroffen hatte. Blut spritzte. Er erinnerte sich genau, wie der Schmerz erst später, nach dem Entsetzen, gekommen war und beides gleich schlimm gewogen hatte. Sein Vater hatte ihm angedroht, die ganze Hand abzuhacken, wenn er jemals wieder klauen würde. »Ein Wolter klaut nich, merk et dir. Wir sind ehrliche Leut.«

Zum Schweinestall hatte er das heulende Kind geschleift, ein dreckiges Stofftaschentuch um den blutenden Finger geschlungen, damit der Junge zusah, wie Vaters beste Zuchtsau das kleine Stückchen Finger bereitwillig in ihrem Maul verschwinden ließ. Pervers, aber wahr.

Hände waren ihm seitdem überaus wichtig, sie waren sein Lebensthema geworden. Die kraftvolle Hand, die formen, zupacken, heilen und zerstören konnte.

Sein selbst verliehener Doktortitel bezog sich auf eine Dissertation im Bereich der Handchirurgie, die er sich aus diversen Veröffentlichungen im Internet zusammengeschrieben hatte. Im Gegensatz zu der investigativen Umgangsweise mit Politikern schaute in den Kliniken so schnell niemand nach, ob es sich bei der Doktorarbeit des Neuen um ein Plagiat handelte. Die Überprüfungen waren erstaunlich lax. Er würde sich etwas anderes suchen. Er würde nie wieder dominiert werden wie damals durch seinen Vater, nie! Er bestimmte, wo es langging, niemand hatte seine Pläne zu durchkreuzen. Und wenn doch, dann nicht ungestraft.

Der Mann steuerte seinen Wagen auf den Parkplatz des neuen Baumarktes im Bereich der Weseler Hagerstownstraße. Er brauchte ein Seil, ein zehn Meter langes, stabiles, belastungsfähiges Seil, das einen erwachsenen Menschen halten konnte. Niemand würde

ihn daran hindern, sein lang gehegtes, wichtigstes Vorhaben endlich in die Tat umzusetzen.

Dieben wurde die Hand abgehackt, so einfach war das. Das Seil
war für seinen Vater. Das Seil bedeutete Macht.

VIERZEHN

Heierbeck war rausgefahren in die Feldmark, um auf Roccos Fußmatte die Abdrücke einer fremden Person zu sichern, Karin hatte dem verunsicherten Mann geraten, in den nächsten Nächten eine andere Bleibe zu suchen, vorsichtshalber. Er habe keine Freunde, bei denen er bleiben könnte, aber er würde versuchen, in der Jugendherberge in Xanten einen Platz zu bekommen. Er wollte packen und sich, wenn die Polizei wieder abfuhr, auf den Weg machen.

Sie bereiteten eine große Lagebesprechung vor, in deren Anschluss die Presse zügig informiert werden sollte. Die Soko Voerde hatte sich entschieden, in die Offensive zu gehen. Das Foto, die Fakten, der Wohnsitz an der Bahnhofstraße, das alte Gutshaus, alles sollte morgen genau beschrieben in den Zeitungen zu finden sein. Siegfried Wolter sollte sich nicht mehr unbeobachtet fühlen. An jeder Tankstelle, auf jedem Bahnhof, in allen Supermärkten würde sein falsches Lachen von den Titelseiten blecken. Mit seiner kriminellen Karriere würde er es in die Abendnachrichten schaffen, ein trügerischer Ruhm für einen Akademiker, der nie eine Universität von innen gesehen hatte, wie die weiteren Ermittlungen nun zutage brachten. Die Liste der Namen, vor die er den »Herrn Doktor« gesetzt hatte, wurde stündlich länger.

In Krefeld war er zunächst unter seinem richtigen Namen in die Ausbildung zum Krankenpfleger eingestiegen. Kurze Zeit später erschien er als Sigurd Werner in Moers und wurde Assistenzarzt in einer Klinik. Als Samuel Winkler bewarb er sich später wieder in einem anderen Krankenhaus in Krefeld. In Emmerich nannte er sich Stefan Wimmel, und noch standen die Informationen von einigen Kommissariaten aus. Immer hatte er so überzeugend und fachlich souverän gewirkt, dass er als Arzt eingestellt wurde. Die so leicht gefälschten Papiere waren nie aufgefallen, einem veritablen Doktor traute offensichtlich niemand solch dreiste Hochstapelei zu.

»Wir müssen wissen, wie er an die falschen Papiere gekommen ist. Haben wir einen V-Mann in der Fälscherszene, der sich umhören kann?«

Tom meinte, er werde den Tipp nach Düsseldorf weiterleiten, dort habe man unlängst eine Fälscherwerkstatt auffliegen lassen, die Spuren seien vielleicht schon ausgewertet. Van den Berg brachte den Pressesprecher gleich mit in die große Lage, damit er sich an Ort und Stelle ein Bild vom Umfang der Informationen machen konnte, die es so effektiv wie möglich weiterzugeben galt. Er saß mit einem Laptop da und tippte eifrig mit.

Ein Beamter der Soko meldete sich zu Wort. »Ich habe versucht, unter den verschiedenen Namen nachzuforschen, und bin da auf was gestoßen.«

Er berichtete von einem Bestseller, der unter dem Namen Dr. Samuel Winkler veröffentlicht wurde, ebenfalls eine Identität Wolters. Für dieses populärmedizinische Buch würden immer noch Tantiemen gezahlt, und zwar auf ein Konto in Liechtenstein. Es sei denkbar, dass von dort aus regelmäßig Geld auf unterschiedliche Konten am Niederrhein transferiert wurde, er sei dran.

Karin kannte das Buch. Auch sie hatte es sich als junge Frau gekauft, weil es hip war, an der Erweiterung des Bewusstseins zu arbeiten. Ihre Freundinnen schworen damals auf bestimmte Handmassagen. Eine Zeit lang hatte Karin nach der Lektüre bei jedem Menschen, den sie traf, Aussehen und Gebaren der Hände gemustert, um Verborgenes zu erahnen. Das Buch eines Wahnsinnigen in ihrem Regal. Sie schob den Gedanken beiseite und rekapitulierte:

»Dies erklärt den reibungslosen Kauf des Hauses in Voerde. Er musste keinen Kredit aufnehmen wie ein Normalbürger. Wahrscheinlich hat er das Geld komplett überwiesen. Ist jemand dabei, nach anderen Häusern zu suchen, die eventuell unter einem der bekannten Namen gekauft oder gemietet wurden?«

Ein Finger schnellte in die Höhe, die Fahndungsarbeit lief wie am Schnürchen.

Alle Anwesenden analysierten vorliegende Fakten, um mögliche Lücken in der Ermittlungsarbeit auszuschließen. Sie durften nichts übersehen. Sie waren dran, ganz nah dran, brauchten nur noch den entscheidenden Hinweis auf den Aufenthaltsort.

★★★

»Lassen Sie mich durch, ich habe wichtige Informationen für Nikolas Burmeester und seine Chefin, die Frau Krafft! Es wird ihnen nicht gefallen, wenn Sie mich hier sitzen lassen.«

Niels Meier war der Verzweiflung nahe. Der Mann an der Pforte ließ ihn nicht durch, er habe seine Anweisungen. »Dann bringen Sie ihnen dieses Papier, schauen Sie, es steht der Name von Frau Krafft im Text.«

Er könne seinen Platz nicht verlassen, alle seien in einer Lagebesprechung, er müsse eben warten. Warten! Das war nicht Niels Meiers Stärke, zumal er fest daran glaubte, den Schlüssel zur Auflösung des Falls in Händen zu halten. Er tigerte durch den kahlen Vorraum und überlegte fieberhaft. Sein Handy hatte keinen Saft mehr, er konnte also weder simsen noch telefonieren. Nach zwei weiteren Runden durch die Wartezone fiel ihm Burmeesters Karte in seinem Portemonnaie ein. Er klopfte an die Scheibe der Pforte.

»Der Akku meines Handys ist alle, und ich müsste eben telefonieren, kann ich wohl? Ich zahle auch, es ist ein Ortsgespräch ins Festnetz.«

Dieses Mal schien der Wachhabende Mitleid mit ihm zu haben, er reichte ihm einen schnurlosen Apparat durch das Fensterchen.

Es dauerte, bis Burmeester sich am Smartphone meldete.

»Niels hier, euer Pförtner lässt mich nicht durch. Ich habe eine Nachricht von Pastoors, die irre wichtig für euch sein dürfte. Kannst du sie eben abholen? Ja, ich stehe schon an der Pforte.«

Er reichte dem verdutzten Pförtner das Gerät zurück, und kurz darauf stand Burmeester schon neben ihm. Niels Meier hatte eine weitere E-Mail von Meinhard Pastoors erhalten.

Burmeester klopfte ihm anerkennend auf die Schulter. »Ich muss, wir sind in einer wichtigen Besprechung. Wir sehen uns.«

Auf dem Weg nach oben begann er zu lesen.

28.06.2011, 16:07 MEZ

Sehr geehrter junger Mann,
leider habe ich Sie nicht kennengelernt, ich war zunächst so schockiert darüber, dass jemand mein Versteck gefunden hat, ich wollte außer Frau Krafft nicht noch mehr Menschen an diesem Tag begegnen.

Ich weiß nicht, ob Sie sich mit der Hauptkommissarin vorher abgesprochen haben oder ob diese Frau vielleicht sogar ein paar Semester Psychologie studiert hat, jedenfalls ist es ihr gelungen, dass ich mich der größten Angst meines Lebens gestellt habe. Ich kann den Butt beim Namen nennen, ohne dass sich unter mir die Erde auftut, um mich zu verschlingen. Diese Erfahrung tat so gut, ich kann es gar nicht beschreiben. Die Angestellten im Hotel fragen mich, ob ich Besuch von meiner Verwandtschaft gehabt hätte, ich sei so verändert.

In absehbarer Zeit, spätestens wenn Siegfried Wolter hinter Gittern sitzt und nicht mehr lebend herauskommen wird, werde ich nach Wesel eilen und mich auch bei Ihnen gebührend bedanken. Ich habe Ihre Belastungsfähigkeit arg strapaziert, verzeihen Sie mir, wenn ich Ihnen Lasten aufgebürdet habe, die für Ihre jungen Schultern schwer zu tragen sind.

Ich war bei den Ereignissen am Rheinufer noch ein Kind, das wohlbehütet aufgewachsen war, ein junger Schnösel, der die Inhaltsangaben der Spätfilme in den Fernsehzeitungen auswendig lernte, um damit anzugeben, alles mit eigenen Augen gesehen zu haben. Dabei war ›Bonanza‹ das Äußerste, was meine Eltern mir erlaubten zu schauen. Ich bin damals so hart auf dem Boden der Realität aufgeschlagen, dass es bis heute andauert, mich von den Auswirkungen zu befreien. Das waren vierzig Jahre mit wachsender Einsamkeit, ein Leben geprägt von Einschränkungen und Angst. Ich schaue mich noch immer um, wenn ich das Hotel verlasse, ob jemand hinter mir herläuft. Es wird lange dauern, bis ich zu einer anderen Normalität finden werde. Vielleicht komme ich in Ihre Beratungsstelle, oder Sie vermitteln mich an einen Kollegen, das werden wir dann sehen.

Zunächst muss ich Sie aber erneut um einen Gefallen bitten. Was ich Ihnen mitzuteilen habe, könnte für Frau Krafft von äußerster Wichtigkeit sein. Da ich die E-Mail-Adresse der Hauptkommissarin nicht kenne, muss ich Sie bitten, diese Nachricht weiterzuleiten. Keine Sorge, die schlimmsten Details haben wir hinter uns, es geht um etwas anderes.

Mir fiel ein möglicher Unterschlupf ein, in dem Siegfried sich verschanzen könnte. Wir haben uns als Kinder manchmal dort hineingeschlichen. Verbotenes Terrain war das, wie die gesamten Hofgebäude der Wolters tabu waren. Der Butt meinte, je mehr er hinter dem Rücken seines Vaters agiere, desto mehr Macht übe er aus. Denn wer lerne, die Verbote zu umgehen, der sei frei. Sein Begriff von Freiheit sah also vor, dass wir in den alten Schlacht- und Lagerkeller kletterten, der abseits des Hauses unter einer Bodenerhebung lag.

Man hatte den Raum wohl vor Generationen gebaut, um dort wie in einem alten Eiskeller die natürliche Kühle der Erde zu nutzen. Fleisch und selbst gemachte Wurst wurden noch von seinen Großeltern über längere Zeiträume dort gelagert. In einem Teil des Gebäudes gab es aus Stein gemauerte Becken, um Fische tagelang darin schwimmen zu lassen, bis man sie in der Küche brauchte oder verkaufen konnte. Es gab Wasser und Strom, der Eingang lag unter alten Weiden verborgen. Wenn wir dort waren, konnte uns niemand finden, weil normalerweise schon lange keiner mehr aus dem Haus den Keller nutzte. In der Nachkriegszeit begannen Kühlschrank und Gefriertruhe, ihn abzulösen.

Ich erinnere mich an die Kälte, die dort herrschte, an den muffigen Geruch und an die Haken an den Wänden. Dort waren wohl Rehe und Hasen zum Ausbluten aufgehängt worden. Einmal fesselte er mich dort und ließ mich eine geschlagene Stunde ausharren, bis er mich befreite. Seither hatte ich dieses verborgene Gebäude nicht mehr betreten. Ich hätte mir die Seele aus dem Leib schreien können, man hätte mich nicht gefunden. Ich wäre dort verrottet. Ich traute dem Butt inzwischen einiges zu.

Wenn es diesen Keller noch gibt, könnte ich mir vorstellen, dass er sich dort versteckt. Dieser Außenkeller taucht bestimmt nicht auf irgendwelchen Plänen auf. Der alte Wolter passte auf, dass das Gesträuch aus Holunder, Brombeergestrüpp, Eschen und Weiden sich dicht genug um den unscheinbaren künstlichen Hügel zog, damit er schön versteckt blieb. Sonst hätte er ihn vielleicht sogar abreißen müssen. Er liegt im Bereich hinter den Ställen, in einem kaum durchdringbar bewachsenen Geländestück, und ist nicht leicht zu entdecken.

Mein Gott, war ich froh, als sich unsere Wege nach meinem Abitur endlich trennten. Was nicht heißt, dass wir uns nicht noch einmal begegnet sind. Er hat ein Buch geschrieben, das war in den Neunzigern der Renner. So was Heilendes, Esoterisches, er sprang damals auf den New-Age-Zug auf und machte ein Vermögen mit der internationalen Vermarktung. Ich glaube, es hieß »Heilende Hand« und kritisierte die zunehmende Gerätemedizin, die nicht mehr den ganzheitlichen Menschen vor sich sah. Den Inhalt habe ich vergessen, ich weiß nur noch, dass ich es schon gelesen hatte, als ich einen Artikel im »Stern« darüber fand.

Auf dem Bild saß der Butt auf dem Sofa seinem Interviewer gegenüber, aber darunter stand ein ganz anderer Name: Samuel Winkler. Er nutzt ein Pseudonym, dachte ich, wie schlau. Und dann folgte eine direkte Begegnung mit ihm in der Ambulanz einer Klinik in Moers, wo ich nach einem Autounfall eingeliefert wurde. Mir wurde Dr. Weber als diensthabender Arzt angekündigt, zur Tür herein kam Siegfried Wolter alias Samuel Winkler.

Ich versuchte, ihm meine Irritation mitzuteilen, was er völlig falsch verstand. Eine kurze Zeit später stand er überraschend vor meiner Tür in der Feldmark in Wesel, in seiner Hand hielt er einen großen Koffer. Er lasse den Koffer da, damit er sich darauf verlassen könne, dass ich nichts von seiner doppelten Identität preisgebe. Nimm mit, was immer es ist, habe ich ihm gesagt, doch er saß schon wieder in seinem Auto. Der Koffer enthielt eine Million Euro in neuen Scheinen, der Euro war erst ein halbes Jahr alt. Ich wusste nicht, was ich davon halten sollte, überlegte, zur Polizei zu gehen, zögerte. Wir hatten unser Auskommen, wir brauchten die Million nicht. Für uns war das eine beängstigende Summe.

Dann gab es den Aufmacher in der Bildzeitung: »Hochstapler in deutschen Kliniken«. Der Untertitel lautete: »Wer ist Dr. Unbekannt?« Im Artikel war von Krankenhäusern am Niederrhein die Rede, von Schlamperei in Personalabteilungen.

Ich bin davon überzeugt, dass meine Heike sterben musste, weil der Butt glaubte, ich hätte ihn verraten. Zu diesem Zeitpunkt hielt ich mich in den Emiraten auf, so lauerte er dem Menschen auf, der mir am meisten bedeutete. Seit ihrem Verschwinden bin ich auf der Flucht. Auch dazu hatten die Beatles ein Lied: »Yesterday, all my troubles seemed so far away ...«

Warum ich nicht zur Polizei gegangen bin? Weil dieser Mann es schaffte, unter mindestens drei verschiedenen Namen zu leben und zu arbeiten, dazu die Kaltschnäuzigkeit besaß, mit einem Buch in die Öffentlichkeit zu gehen. Wenn Sie mit diesem Menschen erlebt hätten, was ich erlebt habe, dann wären Sie auch untergetaucht. Der ist zu allem fähig. Deshalb werde ich erst wieder an den Niederrhein kommen, wenn die Kripo ihn festgenommen hat.

Genug für heute, ich hoffe, dass mein Brief Frau Krafft und ihren Kollegen weiterhelfen kann.

Ich grüße Sie herzlich.

Meinhard Pastoors

***

Von Ahas Gesichtszüge verhärteten sich, er blickte angestrengt ins Leere. In diesem Moment verzweifelter Konzentration dachte er nur an eins: an die erlösende Idee. Was konnte er machen, um diese Situation für sich und für immer zu entscheiden? Bis jetzt war ihm nichts Gescheites eingefallen. Es war so kalt hier, sein Körper fühlte sich schwach und gebeutelt an, er spürte den angeketteten Arm nicht mehr. Als das Licht ansprang, schmerzte es in seinen Augen. So schnell es ging, verschaffte er sich einen Überblick über seine Lage. Er befand sich in einem Kellerraum. Blanker Boden, schwere Haken, die in die Wände eingelassen waren. Sein linker Arm war von einer kurzen, schwergliedrigen Kette über seinem Kopf umschlossen, die wiederum an einem eingemauerten Haken befestigt war. Ein Bügelschloss fixierte die rostigen Glieder so stramm um sein Gelenk, dass es ihm das Blut abschnürte. Er war in einem Verlies gefangen, aus dem niemand sollte fliehen können.

Von Aha erschrak über das plötzliche röchelnde Husten neben ihm. Immer wieder in seinen wachen Phasen hatte er das Gefühl gehabt, nicht allein in diesem Raum zu sein. Jetzt sah er schemenhaft einen alten Mann zusammengesunken ein paar Meter von sich entfernt auf dem Boden sitzen. Er war ebenfalls angekettet. Von Ahas Kurzsichtigkeit tauchte alles in weiche, leicht verschwommene Umrisse. Der Raum war jedoch nicht groß, er konnte sich orientieren und Einzelheiten erfassen. Gero sammelte seine letzten Kräfte zusammen, er musste den Alten aktivieren.

»Hallo? Hören Sie mich? Wer sind Sie, und was will der mit uns machen, haben Sie eine Ahnung?«

Der Alte reagierte nicht. Von Aha konnte ihn nicht erreichen. Mit einem Ruck sprang die Tür auf. Sie ist nicht einmal verschlossen, dachte der Kommissar. Ein Mann, irgendwo in den Fünfzigern, groß, grau melierter Haarkranz um eine gebräunte Glatze, ordentlich gekleidet, betrat den Raum. Von Aha entschied sich für eine verbale Offensive, sich nicht eingeschüchtert zeigen, gleich losbellen auf die kontrollierte Art, statt den Schwanz einzuziehen.

»Was soll das, warum halten Sie mich hier fest?«

Der Mann ignorierte ihn zunächst. Er trug in der einen Hand

eine Arzttasche, über dem anderen Unterarm hing ein locker aufgewickeltes Seil, und in seiner anderen Hand hielt er eine Axt mit kurzem Stiel. Er ist es, ging es von Aha durch den Kopf, das ist der Wahnsinnige, der anderen die Hände abhackt und die Leichen anschließend verschwinden lässt.

»Wer war der Mann in Weselerwald, den Sie auf den Baum geknüpft haben? War der auch zuerst hier mit einem Arm an die Wand gekettet? Oder haben Sie noch andere Hinrichtungsstätten? Sie wissen, dass ich Kripo-Mann bin. Das heißt, dass meine Kollegen nach mir suchen. Geben Sie auf. Die werden bald hier auftauchen. Wer ist der alte Mann? Der lebt kaum noch, was haben Sie vor? Noch können Sie alles –«

»Halten Sie die Klappe, sonst sind Sie gleich dran!«

Seine Stimme füllte den Raum, der Alte zuckte kurz auf. Der Mann nahm eine Spritze aus seiner Tasche, die er bereits aufgezogen hatte. Er wandte sich an den Alten.

»Es ist Zeit, Vater, aufwachen. Du sollst nicht verpassen, was gleich geschieht.« Brutal, doch auch geübt jagte er dem Alten die Spritze durch die Kleidung in den Oberarm.

Der Mann verließ den Raum und kehrte mit einem alten Küchenstuhl zurück. Von Aha nahm den cremefarbenen, brüchigen Lack wahr, der an vielen Stellen abblätterte. Am anderen Ende des Kellers trennte eine bauchnabelhohe, stabil gemauerte Wand einen kleineren Bereich ab. Sie wirkte wie ein türloser Querriegel, über den man hinwegschauen konnte. Dahinter bildeten die Außenmauern die Abgrenzung, sodass ein von vier Seiten geschlossener, von vorn über die halbhohe Wand hinweg einsehbarer Raum entstand. Alle Mauerseiten waren bis auf halbe Höhe mit einem dunklen, zähen und offensichtlich wasserfesten Belag bestrichen. Vielleicht war das einmal ein Schweinekoben gewesen, jetzt glich es eher einem allseits zugemauerten, viereckigen Becken, als wolle man hier Flüssigkeiten einleiten.

Der Mann stellte den Stuhl hinter der vorderen Mauer ab. Dann schulterte er den hageren Alten, der langsam wieder zu sich kam, und warf ihn wie einen nassen Sack ebenfalls über die Mauer. Von Aha hörte den dumpfen Aufprall, ein Aufstöhnen.

»Was machen Sie da? Das ist doch Ihr Vater, wie gehen Sie mit diesem Mann um? Was sagt denn Ihre Mutter dazu?«

Der Mann kramte in seiner Arzttasche und kam mit zornigem Gesichtsausdruck auf ihn zu. »Sie sollen das Maul halten!«

Er klebte ihm ein breites Pflaster über den Mund, verbot ihm, es auch nur zu berühren, das würde sein Leben auf der Stelle beenden. Dann nahm er das Seil, schritt zur halbhohen Trennwand und ließ sich selbst über die Mauer gleiten. Der Alte war inzwischen bei Bewusstsein.

»Nimm deine Drecksfinger weg, du Taugenichts, du sollst auf mich hören. Lass das. Ich werde dich bestrafen, ich darf das, ich bin dein Vater, nein, lass das!«

Von Aha konnte nicht sehen, was hinter der Wand geschah, aber er konnte es erahnen. Der Alte wurde gefesselt. Seine wirr abstehenden, schütteren Haare und den oberen Teil der Stirn konnte er erkennen, also saß er auf dem Stuhl. Der Mann fesselte seinen Vater an einen Stuhl. Was konnte das bedeuten? Der Alte wurde nicht geknebelt, er schrie und fluchte, verfluchte die Frucht seiner Lenden.

»Deine Mutter war eine Hure, die hat mich zwischen ihre Beine genommen, und herausgekommen ist so ein Abschaum wie du! Was wird das hier, binde mich los, du Dreckskerl. Aus dem wird nix Gescheites, immer hab ich das gesagt. Lass das. Mach das los, sofort.«

Der Mann wickelte Meter um Meter des Seils um den Alten, ließ sich nicht von den Tiraden beeinflussen. Der Alte kotzte Flüche aus, seine Stimme wurde langsam heiser, jedoch nicht kraftloser. Der Mann hatte ihm einen aufputschenden Muntermacher gespritzt. Was hatte er vor? Warum weckte er den Alten, um ihn danach an einen Stuhl zu fesseln?

Erst als er wieder über die Mauer kletterte und den großen angerosteten Wasserhahn, der auf der anderen Seite aus der Wand ragte, aufdrehte, wurde von Aha langsam klar, was hier ablief. Wasser ergoss sich in einem breiten, lauten Strahl in den geschlossenen Raum hinter der Mauer. Für einen Moment war der Alte still, als hätte er begriffen, was vor sich ging. Sein Kopf ragte ein Stück über die Trennmauer. Ganz so, als sei es geplant, dass von Aha anschauen musste, was mit dem gefesselten Opfer auf dem Stuhl zwangsläufig geschehen würde.

»Erinnerst du dich an die kleinen Katzen, die du in dem Becken ertränkt hast? Ich sollte das lustig finden und mit dir wetten, welches Kätzchen am längsten um sein Leben strampelt.«

»Kroppzeug, die mussten weg. Stell sofort et Wasser ab!«

»Als du meinen Kopf unter Wasser gedrückt hast, weil ich patzig zur Mutter gewesen bin, da habe ich gedacht, ich sterbe gleich genauso qualvoll wie diese kleinen Katzen.«

Von Ahas Hirn arbeitete auf Hochtouren. Langsam dämmerte ihm, in welcher Situation er sich befand. Ein misshandeltes Kind hatte anscheinend jahrzehntelang auf diesen Moment gewartet. Es zahlte seinem Vater heim, was es erlitten hatte.

»Du konntest nicht gehorchen, das hast du nie gelernt.«

»Siehst du, deshalb höre ich jetzt auch nicht auf dich.«

Der Mann war voll und ganz mit dem Alten beschäftigt. Er achtete nicht darauf, dass das Bügelschloss, mit dem er seinen Vater angekettet hatte, auf dem Boden lag. Vielleicht waren die Schlösser identisch. Von Aha streckte sich, um mit der Fußspitze nach dem Schloss zu fischen.

»Du hast mich systematisch zerstört, Vater. Du hast mir die Würde genommen und das Vertrauen in die Erwachsenen, die eigentlich auf mich achten sollten. Mutter war immer deine Gehilfin. Oder warst du ihr Vollstrecker? ›Warte, bis Vater vom Feld kommt‹, sagte sie dann. Ich wusste, was das hieß.«

Von Ahas Fußspitze erreichte das Schloss, das er zumindest als Schlagwaffe nutzen konnte. Langsam zog er den Fuß zurück und legte seine freie Hand auf das kalte Metall.

»Mach den Wasserhahn zu und bind mich los! Ich brech dir sämtliche Knochen! Du bist der Teufel, Sohn, ich hätte dich ertränken sollen, bevor du den ersten Schrei getan hast.«

»Dadurch hättest du uns beiden viel Leid erspart. Zu spät, Vater.«

Von Aha zog das Schloss zu sich heran. Er richtete sich auf. Da drehte der Mann sich um und kam auf ihn zu.

»Sie tun es ja schon wieder. Sie versuchen gerade, mein Schloss zu stehlen. Ein Unbelehrbarer. Das macht es mir leichter.«

Mit großer Wucht landete der Absatz des Mannes auf den Fingern, die von Aha nicht von seiner Beute lösen wollte. Das Pflaster auf dem Mund erstickte seinen Schrei, Schweiß trat ihm auf die Stirn. Er atmete stoßweise, während die gebrochenen Finger heftig schmerzten. Sie ließen sich nicht mehr bewegen.

»Wer nicht hören will, muss fühlen. Bedanken Sie sich bei dem Kerl dahinten, der hat mich mit solchen Lebensweisheiten traktiert.«

Er nahm das Schloss und warf es hinter die Mauer. Es landete mit einem Platschen im Wasser und versank. Von Aha versuchte, das Pflaster zwischen seinen Lippen mit der Zunge zu lockern. Wenn er doch wieder sprechen könnte. Wenn ihm etwas richtig Gutes einfiele. Wenn sie ihn endlich fänden. Ihm war elend zumute. Lieber Gott, hilf.

***

Jerry saß gut versorgt auf einem bequemen Gartenstuhl auf seinem Posten hinter der Ligusterhecke und linste durch die Lücken auf das alte Gutshaus. Er hatte nichts beobachten können.

»Hier war alles ruhig, niemand hat sich in den letzten Stunden dem Anwesen genähert. Und falls der sich in der Nähe des Hofes aufhält, dann muss er zu Fuß durch die Felder gekommen sein. Ich werde bei den Nachbarn nachfragen, ob die was wissen. Was ist, wenn er den Keller auch per Webcam gesichert hat? Was ist, wenn die Kamera uns sofort verrät, wenn wir eindringen?«

Mit der E-Mail von Pastoors war die Lagebesprechung für die Soko beendet gewesen. Endlich gab es einen Hinweis, der ernst zu nehmen war. Von Aha konnte dort gefangen sein. Sie erläuterten zusammen mit den Herren von der Technik die Möglichkeiten des Warnsystems. Vielleicht würde Wolter sich mit dem Kollegen zusammen in die Luft sprengen, wenn sie näher kämen.

Tom glaubte nicht daran. »Er weiß, dass wir den Hof kennen und durchkämmt haben. Damit weiß er auch, dass wir den Keller nicht entdeckt haben. Für uns existiert dieses Gebäude nicht.«

Jerry meldete sich wieder telefonisch bei Karin.

»Die Nachbarn sagen, der Keller sei Geschichte. Bestimmt schon lange abgerissen. Der verwilderte kleine Wald sei von drei Seiten aus zu erreichen. Vom Hof aus muss man an der Scheune vorbei. Eine andere Möglichkeit ist, über das Feld zu gehen, auf dem gerade Mais wächst. Und man kann durch die Obstplantage laufen.«

»Pastoors hält es für wahrscheinlich, dass er dort ist.«

»Ich mache einen großen Bogen um das Gebäude und schleiche mich von der rückwärtigen Seite an und sehe nach.«

»Nein! Du bleibst auf deinem Posten. Wir kommen, so schnell es geht. Webcam hin oder her, wir müssen zügig und überlegt handeln.«

Sie mussten davon ausgehen, dass sich ihr Kollege dort befand, hilflos einem Serientäter ausgeliefert, der zu allem fähig war.

»Wir können das Maisfeld als Deckung nehmen, um uns anzuschleichen.«

»Schön und gut, aber wenn niemand dieses Gebäude kennt, wissen wir nicht, wo der Eingang ist, und müssen herumstochern.«

Karin rief eine Ansicht der Hofstelle bei Google Earth auf und beamte sie auf den großen Bildschirm.

»Das scheint eine ältere Aufnahme zu sein. Hier müsste das Maisfeld sein, denn dort stehen schon die Apfelbäumchen von der Plantage, und da liegt der Hof mit seinen Nebengebäuden. Es handelt sich also um diesen Wald, der ist unser Ziel.«

Sie stand vor dem Bildschirm und sah die skeptischen Blicke. »Wir nehmen Wärmebildkameras mit und Richtmikrofone. So können wir sie orten. Tom, horch nach, was die Technik alles parat hat. Wir brauchen Unterstützung, Burmeester, die Jungs von der Spezialeinheit müssen noch einmal ran.«

Die Kollegen hasteten zu den Telefonen.

»Wir werden durch die Plantage gehen, also von Süden aus. Der Mais ist bestimmt noch zu klein gewachsen. Dunkle Kleidung und schusssichere Westen. Noch ist es hell, das ist von Vorteil, da wir nicht wissen, was uns erwartet.«

Tom berichtete, Heierbeck werde in fünf Minuten da sein und sie in die Handhabung der Geräte einweisen. »Der kommt auch mit, keine Frage.«

»Gut.«

Burmeester kam zurück. »Van den Berg fordert eine Einheit aus Düsseldorf an, das kann bis zu einer Stunde dauern, eher länger. Die anderen brauchen ihre Auszeit.«

Der Hauptkommissarin ging das nicht schnell genug. Sie wies auf die Uhr über der Tür. Sie schaute einen nach dem anderen in der Runde an und verteilte die nächsten Aufträge mit knappen Worten.

»Wir nehmen Verstärkung aus dem Revier mit, brauchen drei Einsatzwagen. Heierbeck soll wissen, wo wir zu finden sind. Es geht darum, von Aha sicher zu befreien. Das hat oberste Priorität. Westen und Waffen, der Täter schreckt vor nichts zurück. Der Staatsanwalt muss informiert werden. In exakt zehn Minuten geht es los. Alle Handys werden vor dem Einsatz stumm geschaltet.«

Hektisches Stühlerücken, die Anwesenden standen auf, jeder wusste, was zu machen war. Es musste schnell gehen. Schneller als schnell.

***

Der Konvoi aus Polizeitransportern bewegte sich im Eiltempo durch Büderich. Aufgeschreckte Passanten standen am Straßenrand und schienen Mutmaßungen über das Ziel des Einsatzes auszutauschen.

Im Inneren der Fahrzeuge legten die Beamten der Sonderkommission die schusssicheren Westen an, schwer und unhandlich, jedoch mit lebensrettendem Potenzial. Die Männer vertieften sich in den Einsatzplan. Die Lagebeschreibung in Form mehrerer Kopien der gegoogelten Ortsansicht, versehen mit Markierungen des geplanten Weges, machten die Runde. Das gesamte Areal rund um den alten Gutshof an der Gansekuhl sollte hermetisch abgeriegelt werden.

Karin Krafft wandte sich an Burmeester. »Telefonier mit Jerry, der soll schon mal dafür sorgen, dass sämtliche Nachbarn in ihren Häusern bleiben. Die sollen ein besonderes Augenmerk auf die Kinder richten, bei dem Wetter sind die doch draußen.«

Sie blickte zu dem Mann, der neben Burmeester saß. »Und sie übernehmen von der Natostraße aus das Rheinufer. Da unten sind bestimmt einige Menschen unterwegs, ich will, dass jeder an seinem Platz bleibt.«

Burmeester schüttelte gedankenversunken den Kopf. »Da kannst du besser ein Stadtviertel abriegeln als so einen Landstrich, in dem sich hinter jedem Strauch noch ein Tourist oder ein spielendes Kind verbergen kann.«

»Hoffentlich sind sie dort.« Karin blickte zu Burmeester, der in die Landschaft starrte, die ungewohnt schnell vorbeizufliegen schien. »Hoffentlich lebt der Eulenmann noch«, kam es von ihm. Diese Bemerkung ließ die Geschäftigkeit im Fahrzeuginneren erlahmen. Zu deutlich schien jeder die Schilderungen der Explosion in Voerde im Ohr zu haben. Lauernde, unberechenbare Gefahr, ein Alptraum jedes Polizisten. Du klingelst an einer Tür, und es macht bumm. Ein Kollege aus der Soko brachte es auf den Punkt: »Wird schon. Wir sind doch flott dabei. Hauptsache, wir kriegen die Drecksau, damit er endlich aufhört. Immer wenn ich von Serientätern gehört habe, dann waren die Geschehnisse weit weg. Aber doch nicht hier. Nicht bei uns.«

Ein weiterer Kollege machte sich Luft. »Ich hab mich extra an den Niederrhein versetzen lassen, weil es hier vergleichsweise friedvoll zugeht. Meine Frau und ich mögen die Landschaft und kommen gut mit den Menschen klar. Arbeiten, wo es einem gefällt, dachten wir uns, und dann so was! Der gehört doch in die Forensik in Bedburg, wenn ihr mich fragt.«

»Mindestens Sicherheitsverwahrung bis zum Lebensende.«

Karin ließ sie gewähren. Alles, was die Männer während der Fahrt rausließen, konnte sie beim Einsatz nicht mehr behindern.

In Wardt hatten die Kollegen von der Verkehrspolizei vorsorglich die Zufahrten zur Jugendherberge und zum großen Freibad gesperrt, um ihnen den Weg frei zu halten. Karin ergriff das Wort. »Kollegen, der nächste Ort ist Vynen. Denkt daran, eure Handys auszuschalten. Jeder kennt den Plan und das Ziel. Bei der Apfelplantage geht es los.«

Sie wies den Fahrer an, die anderen Transporter ebenfalls zu informieren. »Während des gesamten Einsatzes will ich kein Handyklingeln hören, keinen Mucks.«

Der Satz von Burmeester war ihr haften geblieben und schob sich in den Vordergrund, je näher sie dem Ort kamen. Hoffentlich lebte Gero von Aha noch.

★★★

Der Wasserspiegel in dem Becken stieg unaufhaltsam, von Aha hörte es am satter werdenden Plätschern des Strahls. Der Alte saß vermutlich bis zum Bauch in eiskaltem Wasser. Das hielt ihn nicht davon ab, seinen Sohn zu beschimpfen. Starrsinnig, dachte von Aha, der Alte könnte seine Situation vielleicht beeinflussen, indem er einmal zugibt, dass er Mist gebaut hat, aber der denkt nicht eine Sekunde darüber nach. An dem Punkt waren sich Vater und Sohn sehr ähnlich, unbeugsam, von ihrem Handeln überzeugt, brutal und unbarmherzig waren sie. Der Apfel fällt nicht weit vom Stamm.

Was würde mit ihm selbst geschehen? Natürlich! Von Aha erkannte, was passieren musste. Ihm wurde schlecht. Der Mann würde ihm die Hand abhacken. Die Hand eines Polizisten, die Unrecht getan hatte. Der Mann musste ihn beobachtet haben, wie er Roccos Geld an sich genommen hatte. Diebstahl, das musste gesühnt werden! Die Reaktion des Mannes auf das verbotene Bügelschloss war spontan gewesen, seine strafende Mission hingegen war in sein Hirn eingebrannt.

Dieser Wahnsinnige würde seiner Bestimmung oder dem, was er dafür hält, folgen müssen, er konnte nicht anders. Vorher würde der Entführer den alten Mann im selbst gebauten Bassin ersäufen. Der Sohn bestraft seinen Vater und befreit sich dadurch selbst, erkannte von Aha. Er, der Polizist, wäre nur ein Kollateralschaden in diesem perfiden Spiel.

Von Aha war überrascht von der eigenen Gedankenschärfe, er war in höchster Not und offenbar zu großer Klarheit fähig. Rasend schnell kombinierte er die Möglichkeiten, die er hatte, um sich und vielleicht den alten Mann zu retten. Doch wie sollte er herauskommen aus dieser bedrängten Lage, angekettet, ohne Hilfe von außen? Er musste Zeit gewinnen und den Mann, der seinen Vater mit Wasser bis über den Hals fluten wollte, dazu bringen, über sein Leben und seinen währenden Schmerz zu erzählen. Er musste reden, doch sein Mund war zugeklebt. Er durfte keine Angst zeigen.

Das Pflaster auf seinem Mund hatte von Aha inzwischen völlig durchnässt, doch noch löste sich der Kleber nicht. Er richtete sich auf, stellte sich auf die wackeligen Beine, lehnte sich an die Mauer, den rechten Arm hinter den Rücken geklemmt, als könne er die verletzte Hand dadurch schützen. Er hörte den Alten nicht mehr, nahm das Plätschern des Wassers nicht wahr, und auch die wütende Stimme des Mannes erreichte ihn nur gedämpft aus weiter Ferne. Geros Kreislauf spielte verrückt. Zentimeter für Zentimeter schob er sich nach oben, fixiert auf die angekettete Hand, mit der er sich vom Pflaster befreien wollte. Worte blieben ihm als einzige Chance, den Wahnsinnigen zu erreichen.

Das Handgelenk war taub und schmerzte wie von tausend Nadeln durchdrungen, als die Durchblutung in dem Moment in Gang kam, als die Kette durch die Bewegung ein wenig offener wurde. Er wollte stehen bleiben. Wenn nicht schnell etwas geschah, würde der Verrückte ihn erst verstümmeln und dann töten. Panik ließ von Ahas Herz rasen, er schloss die Augen. Zeit für letzte Worte, dachte er, als der Schlag seine Beine traf und ihn zurück auf den Boden warf, dabei den angekettet Arm durch den Ruck aus dem Schultergelenk kugelte. Von Aha schrie auf, das nasse Pflaster platzte von seinem Mund und gab zumindest die Oberlippe wieder frei.

»Bleiben Sie sitzen und machen Sie gefälligst, was ich Ihnen sage. Hier hört Sie niemand. Und wenn Sie genau nachdenken, dann wissen Sie, was gleich geschehen wird. Schauen Sie hin, dem Alten steht das Wasser bis zum Hals. Es steigt und steigt unerbittlich.«

Wie um die Qual auch für Gero von Aha zu steigern, drehte er den unermüdlich Wasser ausspeienden Wasserhahn zurück, bis nur noch ein Rinnsal herauskam. Der Mann ging wieder zu der Mauer, schaute in das Becken. Von Aha sah die Haare und die Stirn, aber ein wenig mehr Stirn als vorhin. Der Alte streckte sich mit letzter Kraft. Das leicht bewegte Wasser schlug in Wellen an sein Kinn. Nur wenige Zentimeter noch, dachte von Aha, dann ist es vorbei. Das konnte dauern, qualvoll lange dauern. Aber ihm verschaffte der zurückgedrehte Wasserzufluss Zeit. Wenn sich Vater und Sohn weiter bekämpften, könnte er selbst eine Chance haben. Er musste nur den richtigen Augenblick abwarten.

»Du elende Missgeburt, du sollst in der Hölle schmoren«, schrie der Alte.

»Da werden wir uns wahrscheinlich treffen, Vater. Du hast immer geglaubt, dir wird verziehen. Ich verzeihe dir nicht. Und ob es einen Gott gibt oder nicht, du wirst keine Ruhe finden, und ich auch nicht. Es wird nicht mehr lange dauern. Soll ich mit dem Mann da hinten wetten, wie viele Minuten es noch sind?«

Er drehte sich um und schaute von Aha an. Der meinte, einen amüsierten Ausdruck um den Mund herum zu erkennen.

»Sagen Sie was. Wie lange wird es dauern, bis er aufhört zu zappeln? Bis das Wasser auch seine Nasenlöcher umspült? Na, los, ich will etwas von Ihnen hören.«

Von Aha lag auf dem Boden und konnte sich nicht mehr rühren. Wenn er jetzt schwieg, käme der nächste Schlag, und er hätte nicht einmal versucht, den Mann abzulenken und in ein Gespräch zu verstricken. »Vielleicht zehn Minuten oder eher fünfzehn? Ja, fünfzehn.«

»So lange geben Sie ihm? Du hast gehört, Vater, dir bleiben noch fünfzehn Minuten, um dich für alle Qualen, die du mir jemals bereitet hast, zu entschuldigen. Ich kann mir sogar überlegen, ob ich das Wasser abstelle, wenn du nur ein Mal einen Satz sagst wie: ›Es tut mir unsagbar leid, mein Sohn, dass ich dich geschlagen, getaucht, eingeschlossen, dir ein Stück Finger abgehackt habe. Ich bereue, dich niemals gelobt zu haben, dich nie in den Arm genommen zu haben. Entschuldige die unflätigen Ausdrücke, die dich trafen.‹ Na, Vater? Kommt da irgendwas über deine Lippen?«

Der Alte war zunächst still, dann legte er erneut los. Das langsam steigende Wasser reichte ihm nun bis zur Unterlippe, manche Flüche gurgelte er bereits hervor. Von Aha konnte es nicht glauben, er musste jetzt reden. Es bestand die kleine Chance, dass dieser Mann lebendig aus dem Becken steigen konnte, und der nutzte sie nicht.

»Verdammt noch mal, denken Sie doch einmal nach, ein einziges Mal. Sie haben Ihren Sohn zu dem gemacht, was er ist. Sagen Sie ihm, was er hören will, und seien Sie dann endlich still. Da kommt ja nur Hass aus Ihrem Mund. Nichts als blanker Hass.«

Der Mann schaute zu seinem Vater. »Der Kerl dahinten ist schlau, Vater. Der hat genau erkannt, warum die Dinge geworden sind, wie sie sind. Und? Nein, du wirst uneinsichtig bleiben. Du weißt gar nicht, worum es mir geht. Niemals würdest du zugeben, einen Fehler gemacht zu haben. Noch zehn Minuten.«

★★★

Sie verteilten sich zwischen den Baumreihen nahe dem Bauernhof und agierten so leise es ging, während die Streifenbeamten die Gegend absperrten. Ein Rettungswagen stand in Bereitschaft, während halb Vynen auf den Beinen war und prakesierte, was da wohl los sei. Die vorderste Reihe, die durch die Spaliere aus Apfelbäumen vorrückte, bildeten die Kollegen mit der Spezialausrüstung. Die Horcher und Gucker, meinte Heierbeck, nachdem er sie eingewiesen hatte. Karin befand sich zwischen ihnen, angespannt, konzentriert, mit hellwachen Sinnen. Sie schlichen zielgenau auf den kleinen, dichten Wald zu. Der Kollege mit dem Richtmikrofon gab ihnen ein Zeichen. Er nickte heftig und deutete direkt in das Dickicht hinein.

Es gestaltete sich äußerst schwierig, durch das unwegsame Gelände zu gehen, ohne dass hörbar knackende Äste unter den Füßen zerbrachen. Sie kamen nur langsam vorwärts. Noch tat sich kein Eingang auf, doch mit viel Phantasie ließ sich unter dem Gehölz eine Erhebung ausmachen.

Sie waren am richtigen Ort. Karin ging zu dem Kollegen und bat um die Kopfhörer. Das war tatsächlich die Stimme ihres Mitarbeiters aus dem alten Bau, er lebte also noch. Er bezichtigte sich selbst des Diebstahls und bereute, was sollte das? Was war da los? Plötzlich schrie er erbärmlich. Karin gab die Kopfhörer zurück und wies die Truppe an, sich zu beeilen.

Die Anspannung stand ihnen ins Gesicht geschrieben. Zunächst verharrten sie ratlos am Gebäude, verständigten sich flüsternd und sondierten den Erdhügel mit Blicken. Hier half kein Sinn für Orientierung und örtliche Gegebenheiten weiter.

Wo war der Eingang?

***

Der Alte war still und rührte sich nicht mehr. Sein Kopf hing vornüber. Der Mann drehte den Wasserhahn zu. Er rieb sich die Hände, die in Handschuhen steckten, ein quietschendes Geräusch entstand. Von Aha zitterte. Jetzt war er dran. Beten half auch nicht weiter, gleich würden die letzten Minuten seines Lebens beginnen. Es sei denn, er fand jetzt Worte, die den Mann animieren würden, seine Geschichte weiterzuerzählen.

Wie lange würde es wohl dauern, bis man mit einer abgetrennten Hand verblutete? Oder würde dieses Monster nachhelfen? Der Mann nahm die Axt in die Hand und kam auf ihn zu. Wortlos. Emotionslos. Hoffnungslos. Von Aha schnürte es vor Angst den Hals zu. Er brachte kein rettendes Wort hervor.

***

Karin verharrte im Kriechgang und wies nach links. Sie mussten sich dorthin orientieren. Plötzlich stoppte der Mann mit dem Mikrofon. Er höre nichts mehr, deutete er an, alles sei ruhig. Tom ließ sich nicht beirren, Burmeester lief hinter ihm her, sie konnten doch jetzt nicht stehen bleiben. Tom entdeckte frische Spuren im Unterholz und bedeutete Burmeester, ihm zu folgen.

Sie umkreisten die gut getarnte, ins dichte Grün geduckte, einem alten Eiskeller ähnelnde Kate, die anscheinend tür- und fensterlos war. Sie wirkte nach außen wie ein zugewucherter Erdhügel. Erst unter einer halb zerfallenen olivfarbenen Plastikplane, die vermoost und verdreckt unter einer Laubschicht lag, fanden sie den Zugang zu einer Tür.

Tom schnippte dreimal, der Kollege mit dem Mikro nahm das Zeichen wahr und wies Karin die Richtung. Zu viert standen sie im Eingangsbereich. Jetzt hörten sie von Aha auch ohne die technischen Hilfsmittel schreien. Karin gab das Signal. Zugriff!

***

Der Mann hielt mit der Linken Gero von Ahas Arm auf den Boden gepresst und holte mit dem hocherhobenen rechten Arm aus. Gero spürte den Schwung, aus dem heraus die Axt gleich auf ihn niedersausen würde. Er schrie aus Leibeskräften. Der Axtkopf hatte den Scheitelpunkt erreicht, um dann in die Abwärtsbewegung zu wechseln und mit voller Kraft auf Geros Hand einzuschlagen. Gleichzeitig flog die Tür auf. Gepolter. Rufe.

Schüsse durchpeitschten den Raum. Der Mann kippte zur Seite, die Axt fiel ihm aus der Hand, aber die Schneide drang schmerzhaft in Geros Handgelenk ein. Jemand griff den Alten an den Haaren, zog sein Gesicht an die Wasseroberfläche. Burmeester

setzte sich zu Gero, beruhigte ihn. Karin rief nach den Rettungs-
sanitätern und versuchte, die Blutung des Kommissars zu stoppen.
Der Täter wurde zu Boden gepresst.

Burmeester durchsuchte die Hosentaschen des gekrümmt da-
liegenden Siegfried Wolter nach dem Schlüssel für das Bügelschloss, während Tom den Alten samt Stuhl über den Rand des
Beckens hievte. Karin stützte von Aha, wiegte seinen Körper. Dann
löste Burmeester den ausgekugelten Arm aus der Kette. Gero von
Aha verlor das Bewusstsein.

Epilog

Ein futuristisch anmutendes Gerüst aus dünnen Metallstäben stabilisierte das rechte Handgelenk des Kommissars, der blass in seinem Bett lag. Die Spezialisten der Station für Handchirurgie im Duisburger St. Barbara-Hospital hatten das Gelenk in einer stundenlangen Operation wieder gerichtet und waren guter Dinge, dass Finger und Hand wieder vollständig zu gebrauchen sein würden.

Gero von Aha lag inmitten eines wahren Blumenmeers. So viel Sympathie schmeichelte seinem Selbstbewusstsein. Früher hätte er sich in einer solchen Situation selbst den Heldenstatus verliehen. Doch die Erfahrung des Ausgeliefertseins in der finstern Kate hatte ihm bewusst gemacht, wie brüchig alles sein konnte, was man so intelligent und glorios im Griff zu haben glaubt.

»Ich werde doch nicht etwa sentimental?«, fragte sich der Mann, den viele im K 1 wegen seiner von buschigen Lidern gekrönten bernsteinfarbenen Augen die »Eule« nannten.

Seinen Bettnachbarn erzählte er die Geschichte seiner Gefangennahme und Befreiung nicht. Niemand sollte ihm nachsagen, er plaudere Interna aus. »Ich bin unter eine Axt geraten«, war seine lapidare und gar nicht mal falsche Erklärung für die schwere Verletzung.

Siegfried Wolter hatte den Einsatz überlebt und saß in Haft. Die Ermittlungen über das Ausmaß seiner Tötungsdelikte gelten bis zum heutigen Tag als nicht abgeschlossen.

Sein Vater konnte wiederbelebt werden, erlangte nach der langen Zeit ohne Sauerstoff jedoch sein Bewusstsein nicht wieder. Er lag im Koma. Die Strafe seines Sohnes war grausam ausgefallen. Von Aha war glimpflich davongekommen. Der Täter hatte mit der Axt sein Handgelenk getroffen, jedoch wichtige Nervenbahnen und Sehnen verfehlt.

Täglich besuchten ihn die Kollegen. Burmeester brachte den jungen Psychologen mit, der maßgeblich zur Befreiung Geros beigetragen hatte. Psychologie, davon wollte der gestandene Kripo-Mann nichts wissen, ließ sich jedoch, zunächst großspurig frotzelnd, auf ein Gespräch mit Niels Meier ein und erkannte, dass er wohl mit diesem Berg von schlimmen Erfahrungen nicht einfach zur Tagesordnung übergehen konnte. Meier würde den Kontakt zu einem Haus mit dem Schwerpunkt Traumatherapie für ihn aufbauen, sobald er die Klinik verlassen konnte.

So viel Einsicht sei neu, meinte Karin, als sie ihren Kollegen besuchte, sie sei beeindruckt.

Der Mann im Krankenbett lächelte, bevor er sagte:»Chefin, ehrlich gesagt hatte ich, angekettet im Verlies, echt den Blues. Ihr seid gerade noch rechtzeitig gekommen, ihr habt mich gerettet. Danke.«

Von Aha nickte ein und hatte die Augen zum ersten Mal seit dem Vorfall geschlossen, ohne gleich wieder wie in einem Alptraum hochzuschrecken, als sich die Tür zu seinem Zimmer öffnete. Der Geruch war es, der ihn die Augen fast panisch aufreißen ließ. Da geschah es auch schon. Eine riesige Zunge fuhr ihm quer durch das Gesicht. Der Schleck der Sympathie hinterließ eine fettfeuchte Spur auf seiner Gesichtshaut.

»Hermann. Schön, dich zu sehen.«

Doch die menschliche Stimme, die zu dem Monster gehörte, pfiff die Dogge zurück. Nun stand Frau Professor Reinecke-Bassfeld mit drei gelben Teerosen und einem Hauch 4711 Echt Kölnisch Wasser neben seinem Bett und lächelte ihn an. Sie seien in der Nähe gewesen, da habe sie sich gedacht, Hermann könnte ihn ein wenig aufmuntern.

»Da bin ich aber froh, Sie nicht in skelettiertem Zustand vorzufinden. Unser gemeinsamer Ausflug in die Welt der Knochen war hoffentlich nicht Anlass für eine Art Selbstversuch?«

Frau Professor hatte einen aufmunternden Humor.

»Nein, nein, ich hatte nicht vor, dem Ripper als Lockvogel zu dienen.«

Hermann bellte, als wolle er zustimmen, und verteilte dann freudig seinen Sabber auf dem klinisch reinen Boden.

»Wie haben Sie denn die nicht gerade kleinwüchsige Dogge an der Krankenhauspforte vorbeibekommen?«

Sie wirkte ein wenig wie Miss Marple, die dem Kommissar nicht verraten wollte, wie sie an die Beweise aus dem Haus des Täters gekommen war.

»Das müssen Sie gar nicht wissen. Nur so viel, ich kenne den Hintereingang des Hauses. Dort habe ich als Greenhorn für die Pathologie immer die komplett zugedeckten Menschen abgeholt, wenn Sie verstehen, was ich meine.«

Rocco traf seinen Onkel an einem Herbsttag wieder. Sie lagen sich lange in den Armen. Meinhard Pastoors entschied sich, das Haus in der Feldmark zu verkaufen und sich stattdessen ein kleines Apartment in Katwijk an der niederländischen Küste zu leisten. Das übrige Geld aus den Beständen von Samuel Winkler spendete er einer Organisation, die obdachlosen Menschen Zuflucht und Unterstützung bot. Rocco nahm die Gelegenheit wahr und unternahm die erste Auslandsreise seines Lebens. Er besuchte seinen Onkel am Meer, nicht ohne am ersten Tag gleich zu orten, wo die Pfandflaschen zu finden waren und wo er sie einlösen konnte.

Die Identität des in den siebziger Jahren getöteten Obdachlosen konnte nicht mehr ermittelt werden. Maarten und Karin stellten an einem lauen Sommerabend ein Licht im Weidenhain am Rheinufer für ihn auf. Vom anderen Ufer her leuchtete ein Feuerschein über das Wasser.

»Schau, da grillen wieder Angler ihren Tagesfang.«

»Hoffentlich nur das.«

Thomas Hesse/Renate Wirth
DIE WÖLFIN
Broschur, 304 Seiten
ISBN 978-3-89705-510-0

»›Die Wölfin‹ wartet mit einer großen Portion Lokalkolorit auf. Und die Krimihandlung nimmt einen rasanten Verlauf.«
Rheinische Post

»Das Ganze ist wieder mit dem typisch niederrheinischen Humor der Autoren gewürzt.« nrz

www.emons-verlag.de

Thomas Hesse / Renate Wirth
DIE EULE
Broschur, 256 Seiten
ISBN 978-3-89705-769-2

»Die Verwicklungen setzen sich in bester Thriller-Manier am Ende komplett zu einer Geschichte zusammen. Besonders eindringlich ist die Darstellung der Figuren gelungen, ihre jeweilige Farbe, ihre eigene (Sprach-)Melodie, ihr Witz. Gut, dass kluger Humor und Herz dabei sein dürfen.«
Rheinische Post

»Humorvolle und spannende Handlung!«
Niederrhein Nachrichten

www.emons-verlag.de

Thomas Hesse/Renate Wirth
DIE ELSTER
Broschur, 224 Seiten
ISBN 978-3-89705-629-9

»Eine niederrheinische Familiensaga der besonderen Art.«
Rheinische Post

*»Die Szenen sind für Niederrheiner deshalb so interessant,
weil sie an realen Orten spielen und das Kopfkino beim Leser
so automatisch Unterstützung bekommt.«* NRZ Wesel

www.emons-verlag.de